U0555127

童谣村

廖亦晨　著

I 洪荒漫记

文汇出版社

目录

『序卷』

上·一个夏至的夜晚

"天地玄黄，宇宙洪荒。日月盈昃，辰宿列张。[1]"

洪荒纪五零三五年，夏至[2]。九州大陆，昆仑山脉最深处，童谣村。

在童谣村，每年的夏至，是一年里白昼最长、黑夜最短的日子。过了夏至，白昼将逐渐变短，而黑夜渐长。慢慢的，便在繁花凋零、果实渐丰中，迎来秋天、冬天。深山里的日子与世隔绝，不知年月。童谣村的村民们悠闲散漫地在四季轮转中度过了一年又一年，不知今夕何夕。只在每岁的春耕与秋收之际，才会有那么丁点时间的概念。

说起童谣村，那就有个不是秘密的秘密要讲啦。童谣村里，除了森林中住着的那位老巫师，从一号到十三号，家家户户都不是真正的人类，而是开了灵智、化作人形生活的动物们。就好比在村庄尽头的十二号里住着的那个女孩，原形是一只小猪，名叫唐果。

之所以说这不是秘密，那是因为村里的居民对此都心知肚明，也没觉得有什么好奇怪的。但这到底还是个秘密。离开了童谣村，走出昆仑山，外面的世界几乎没有人（或者其他什么生灵）知晓这样一座村庄的存

---

1 摘自《千字文》，一本由南北朝的周兴嗣所编纂的、一千个汉字组成的韵文，是中国早期的蒙学课本。由于《千字文》的一千个汉字中，仅有六个字重复，其中更是涵盖了天文、地理、自然、社会、历史等多方面知识，因而也被认为是启蒙和教育儿童的最佳读物。

2 夏至，二十四节气中的第十个节气。"二十四节气"是古代农耕文明的产物，当时的人们通过长期的观察，将一年中的季节更替和气候变化总结成了二十四个节气，以此来判断时间。在农耕时代，节气的变化也帮助人们判断农时，是农历中非常重要的一部分。

在。山中无岁月的意思大抵就是，山里的人不知道外面的世界是何模样，外面的人们也不知道山里藏着什么秘密。两相不知晓，也就没有了岁月的概念。

唐果就对外面的世界正上演着什么惊心动魄的故事一无所知。她悠然自得地在夏至的傍晚，吃过一顿丰盛的晚饭，坐在家门口的大松树底下乘凉。外貌看上去六岁左右的女孩，小脸肉嘟嘟的，还生着可爱的雀斑。她背靠身后的大树，被微凉的晚风一吹，眯着眼睛舒服得打起盹来。

可惜小孩还没睡熟，就被溜达到她家门口的老巫师抱了起来，轻轻摇醒，开始识字。老巫师是童谣村里最受尊敬的长老，在村民心目中的地位远远超过村长。他留着长长的白胡子（几乎和他花白及腰的长头发一样长），穿了一身黑色的长袍，腰间挂着个葫芦，手里总是拄着根古朴的木头手杖，身边时常跟着一只三足的青鸟[1]。

没有人知道老巫师今年多少岁，从哪里来，有着什么样的过去。不过据年纪长一些的村民说，老巫师在童谣村存在之前，就已经住在这片森林里了。当这片森林不知什么原因，逐渐有动物莫名其妙地变得更聪明（老巫师将这种现象称为开了灵智，不过村民不懂那是什么意思，只知道自己变得比原来聪明了），还能够变成人类的模样之后，是老巫师领导着这群懵懂的以人形在森林中摸索的动物，建立了这座童谣村。村民们就此在这里安家，过上了无需颠沛流离的安稳生活。

唐果这个年龄段的小辈们没经历过那段往事，但他们也喜欢老巫师，因为老巫师很有趣。他手杖一挥，便能将花花草草变成斑斓的蝴蝶，或是在漆黑的夜里变出许许多多会发光的萤火虫。村里的小孩们见到老巫师就会一拥而上，抓住他玄色的长袍，试图撒着娇让他变那些好玩的把戏。

唐果从小和老巫师关系更亲密一些。因为她家住得离森林最近，而老

1　出自《山海经》。传说青鸟是一种三足的神鸟，是西王母的使者，负责送信和传递消息。

巫师住在森林里，他们四舍五入也算是邻居啦！她本来也是喜欢缠着老巫师变戏法的小孩中的一个，直到老巫师单方面决定好好教她识字。

老巫师一手抱着打瞌睡的小孩，另一手用他那根长长的手杖末端在地上划拉出几个大字。不知道他使了些什么法术，每个写成的字都仿佛天空上的星星那样闪闪发亮，勉强让百无聊赖的唐果打起了一点精神。

老巫师指着地上的字慢慢悠悠地读道："天地玄黄，宇宙洪荒。"

唐果看在自己坐得非常舒服的份上，懒洋洋地重复了一遍。

老巫师也不在意她的消极怠工，手杖下移指着第二排字继续读："日月盈昃，辰宿列张。"

唐果没忍住打了个哈欠。老巫师见状眯了眯眼睛，抬起手杖在小孩的脑袋上敲了一下。

唐果"哎哟"了一声。这个本性没大没小的小崽子，顿时气鼓鼓得想要反手去抓老巫师的胡子。

老巫师风轻云淡地镇压了她的胡闹，用手杖敲了敲地，呵斥："认真点！"

向来只有她暴力镇压村庄里其他小孩，难得在阴沟里翻船吃了个亏的唐果嘟起嘴，扭过头，不搭理他。

老巫师无奈地叹了口气，说："你就不想知道这十六个字是什么意思吗？"

唐果赌气："不想！"

"大字不识一个，你以后出门，会被别人嘲笑是文盲的喔！"

"猪猪才不是文盲呢！"到底年纪还小，被老巫师的激将法刺激到，唐果气呼呼地将目光又落到地上的十六个字上。为了证明自己不是文盲，她抬起手，指着前四个字说，"天地玄黄，就是天是黑色，地是黄色的意思！"

说完，唐果得意地看向老巫师。

老巫师点点头，道了一声"不错"，而后又问她："那'宇宙洪荒'呢？"

唐果噎住，盯着那四个大字左看右看。看了半天，算是被问倒了，实在答不上来。

老巫师将手杖放在一旁的地上，抬手捋了捋胡子，跟终于安静下来愿意仔细倾听的小孩娓娓道来："四方上下是谓宇，古往今来是谓宙[1]。你脚下踩着的大地，头顶仰望的天空，从东面走到西面，南面走到北面，怎么也看不到尽头。这无穷无尽的世界，和走不到的远方，就叫作'宇'。"

说到这里，老巫师适时地停顿，让若有所思的小孩撑着脑袋消化了一阵这个概念，这才缓缓地继续说了下去："而'古'，就是很久很久以前的意思。古往今来，就是从很久很久以前到现在，再到很久很久以后的未来，时间从来不会停在任何一刻止步不前。花开了又谢，人来了又走，过往发生的事情都成了历史，现在发生的事情也成了别人嘴里的故事。从曾经到当下，从现在到未来，如此这般流淌着的时间，就叫作'宙'。"

唐果努力转动着自己的小脑袋，得出了一个结论："也就是说，我们都在宇宙里。"

老巫师摸着胡子，微微抬眸，看向远方的天际："唔，要是你问我的话，我会说——我们都是宇宙的一部分。"

唐果眨了眨眼睛，有些懵懂。

老巫师没有进一步解释自己的话，而是拿起手杖，继续指向第二排字："'日月盈昃'——太阳有正有斜，月亮有圆有缺。说的是太阳有时在我们的头顶，好比正午吃饭的时候；有时它又会斜到天的那一边去，就仿佛早上它从东边升起，晚上又会自西面落下。夜里的月亮有时是圆圆的，像一个明亮的盘子，有时又弯弯的像一轮金钩……啊，就是像弯刀一样。"

---

1 古代有关宇宙的概念，一说最早出自《淮南子》的"往古来今谓之宙，四方上下谓之宇"。

这时天已经暗了下来，唐果听着老巫师的话语，抬头看了看夜空："今天的月亮就是弯的，像'金钩'一样，对不对？"

"不错。"老巫师对唐果现学现卖的能力非常满意，"最后四个字，'辰宿列张'，指的是漫天的星辰闪烁着，铺满了整片天空。"

唐果不需要进一步的解释就能明白这四个字，因为只要她抬头，就能看见一片"辰宿列张"的星空。这是她最喜欢的，属于童谣村的夜。

老巫师终于有一搭没一搭地给小猪上完了一堂识字课，单手搂着唐果放松地倚靠着大树。两个人就像寻常人家的一对祖孙那般，一起吹着夜里的晚风，仰望那漫天的星星。

唐果看够了星空，又低头看了眼如星星一般在夜里闪烁着的字，忽然"咦"了一声："嘿，长老，你是不是忘了给我解释'宇宙洪荒'中的洪荒，是什么意思呢？"

老巫师靠着树半阖双眸，听了唐果的疑问，随口回答："唔，洪荒啊，洪是大水，荒是荒芜。但宇宙洪荒里的'洪荒'二字，意为'蒙昧'。"

"那蒙昧又是什么意思？"

"就是我们现在啊。"

"我们现在？"唐果听糊涂了。

"对啊，我们现在所处的时代，就叫作'洪荒纪'。到今年应该是……应该有，五千零三十几年了吧。"老巫师睁开眼，看向头顶的星空琢磨了一阵，"唔，有点记不清了。这人老了啊，记忆总会有些模糊。"

"那为什么要叫'洪荒纪'？"

老巫师用一种念睡前故事的语气，随意地讲述起一段被人遗忘在过去的历史："在'洪荒纪'以前，是'创世纪'，亦被当今的世人称为'上古'。创世纪是神明的年代，他们建造了这个世界上的一草一木、一山一河、大地和海洋……还有众生灵。在世界还是属于神明们的时候，这片大陆上曾经拥有过十分璀璨的文明，比我们现在的文明要璀璨许多许多倍。

可惜后来因为战争，大部分都毁在了创世纪末的那场大洪水里。文明不得不回到'蒙昧'的初始状态，从头开始。那场洪水也被认定为两个纪元的分割线，为创世纪画上句号，为后一个时代拉开序幕。因此，我们现在所处的纪元，便被冠以'洪荒'之名。"

唐果对识字兴致缺缺，但对于听故事的热情却十分高涨。老巫师说的"创世纪"和"洪荒纪"，还有"大洪水"和"战争"，都是此前她从未听说过的故事。她顿时来了精神，也不想打瞌睡了，缠着老巫师讲故事："战争，什么战争啊？长老长老，这个世界上，真的有神明的存在吗？"

老巫师给她上完了课，本想享受一下休闲的晚间时光，却不想之前还懒洋洋的小孩，不知怎么的，突然来了精神，一个劲晃着他的手臂要听故事。老巫师被她烦到无奈，只好睁开眼睛，坐直身子，拿起一旁的手杖在唐果的脑袋上轻轻敲了一下："讲故事可以，你自己坐好啦，不许揪我的胡子。"

看在故事的分上，唐果选择不和老巫师计较他又拿手杖敲自己头的事情。她乖乖地盘腿坐到老巫师对面的草地上，眨巴着一双黑溜溜的眼睛期盼地看着他。

"让我想想从什么地方开始讲……"老巫师眯着一双深邃锐利的眼眸，伸手取下了腰间挂着的葫芦，举到唇边浅啜了一口佳酿。他轻叹了口气，抬眸遥望着夜幕，回忆起那早已成为神话，又被人逐渐遗失在了时间长河里的往事。

中·一段遗落的往事

倘若我们顺着那时间长河逆流而上，回到最初的最初，回到那个青史都尚未落笔书写的世界伊始，回到万物生灵都不曾降临的宇宙开端，你会发现，在这里，未来的万里山河不过是一片荒芜，浩瀚无垠的苍穹大海也只是一团混沌。这里看不到光，没有声音。这是神灵都未降生的年代。时间在这里是没有意义的。因为在一个没有生命、没有思想的世界里，一天、两天，一年、十年，还是一个世纪、几个纪元……都没有区别。直到神明们的到来。

是什么将神祇们于漫长的虚无中孕育出来，那曾经在神明的世界里是一段耳熟能详的睡前故事。只可惜随着神明们的归隐，那些往事对我们而言已经是不可考据的三两流言。不过神明究竟是如何来到这个世界上的，并不重要，重要的是神明的到来，为后来这个世界的一切历史拉开了序幕。他们创造了整个世界。陆地与海洋、山川与河流、太阳与明月、漫天的星辰，乃至于世间的所有万物生灵。小到随处可见的一草一木、一粒尘埃，大至昼夜变换、四季更替，都是神明的造物。

九州第一位苏醒的神明，是天神帝青[1]。他在混沌一片的世界里醒来后做的第一件事，即是伸手拨开上方迷蒙的云雾。于是就有了苍穹。与他几

---

1 帝青，指青天、碧空。

乎同时苏醒的另一位神明，是他的同胞兄弟玄青[1]。传说这两位神明的关系，一度是非常要好亲密的。作为最先被世界唤醒的神祇，他们携手用自己被赋予的神力，一同建造这蒙昧虚无的世界，尔后迎来更多降临到这片大陆上的同伴。

随着帝青与玄青的降生相继醒来的，是建造了大陆山川的大地之神坤灵[2]、创造了广阔海洋的海神重溟[3]、孕育出草木山林的森林神清云、为这个世界带来了火种的火神祖融，以及一同掌管着光明的太阳神扶光[4]、明月神女常曦和星辰神女摇光[5]。这九位最早被世界唤醒的神祇，就是后来九州大陆上赫赫有名的九大神王。他们为九州波澜壮阔的历史奠定了基石，也是创世纪众神中威望崇高的传奇。而在九位神王之后，随着天空、大地、光明、海洋和森林被逐一创造，更多的神明在这欣欣向荣的新世界里苏醒，加入建造大自然的队列之中。

彼时苏醒的神明，在后世都被称作"一代神明"。他们无父无母，由天地精华孕育，生而知之，　出生便是成年模样，不仅拥有着与天地同寿的永恒寿命，还被赋予了无与伦比的智慧和改天换地的神力。这个世界将神明唤醒的同时，亦赋予了他们"创造"的使命。于是他们就仿佛辛勤忙碌的工匠，又似怀有理想的艺术家，忙忙碌碌地奔波在这世界的所有角落，用自己的神力认真打造着理想中的那个世界。这是属于神明的年代，由于整个世界都是由神明一点一滴创造雕琢的，因此这个时代也被称为创世纪。

当自然环境被完善，生灵们逐渐来到这个世界上——鸟儿自由飞翔在天空之上、动物穿梭在山林间……神明们的使命也暂且告一段落。于是，

---

1 玄青，指深黑色。
2 坤灵，古人对大地的美称。
3 重溟，指大海。
4 扶光，扶桑之光，指太阳的光。
5 摇光，北斗七星之一，此处借指星辰。

原本散落在九州大陆各个角落的神祇们重新聚集在一起，商量着按自己的喜好在这片新建成的大陆上选择栖息地，建造属于自己的住处。聚集在一起的神祇们多了，住处就成了部落、城市，乃至于国度。神明们的国度大多建在高耸入云的神山之上，因为他们既舍不下自己对大地的留恋，同时也热爱着天空。唯有以海神重溟为首的海洋之神们，选择在九州大陆南面的沧海深处安家，在海底打造了独属于他们的"沧溟[1]国"。

九州大陆上共有七座神山之国。分别是以帝青、玄青两兄弟为首的蓬莱国，以大地之神为王的方州国，以火神为王的长焱国，以太阳神为王的扶桑[2]国，以明月神女为王的广寒[3]国，以星辰神女为王的云阆[4]国，以及森林之神清云的昆仑国。

其中，帝青与玄青打造的蓬莱是众神域中最为繁荣而令人神往的。但在蓬莱建成后，帝青与玄青不知什么原因大吵了一架，后来甚至大打出手，这对亲密无间到令人艳羡的神明兄弟就此反目。玄青带着自己的追随者离开蓬莱，北上跨越了整片九州大陆，渡过了气候寒冷的北冥海，在那被冰封的世界里重新建立了一个新的国度——北冥国。此后的很长一段岁月，玄青与追随他的神明便在那极寒的国度里与世隔绝，再未踏上过大陆一步。

唐果听老巫师用他那令人昏昏欲睡的语调，缓慢地讲述着那古老的故事，直到这时才忍不住打断了他："可是他们为什么要吵架和打架呢？他们难道不是关系很好的兄弟吗？"

"即使是亲兄弟，也可能会因为很多原因，吵架、打架，甚至于反目

---

1 沧溟，指大海。
2 扶桑，取自"扶桑树"，出自《山海经·海外东经》："汤谷上有扶桑，十日所浴，在黑齿北。"神话传说中生在东海的一棵神树，是太阳栖息的地方。
3 广寒，取自"广寒宫"，是中国神话故事中建在月亮之上的神仙宫殿。
4 云阆（láng），取自"云汉"上的"阆苑"，意为建在星空之上的高大宫殿。在中国神话故事中，"阆苑"最初特指西王母的宫殿，后来泛指神仙居住的地方。

的。"说了太多的话，老巫师难免感到有些口渴，于是拿起葫芦再灌了一口酒。

唐果不赞同地瘪了瘪嘴："假如我有兄弟姐妹，我一定不会和他打架的。即使因为什么吵架了也会和好，才不会像他们两个那样就此不见面了呢。"

老巫师听了她幼稚的话，笑了笑，倒也没反驳。他只是在沉默了片刻后，语气悠长地道："也许你说得对，但这个世界上，有很多的矛盾是无法化解的。即使亲人之间也是如此。"

唐果皱着眉头，不太理解他的意思，于是又回到了最初的疑问："那么，帝青和玄青，他们到底为什么吵架呢？"

"帝青与玄青这两位地位崇高的神明兄弟究竟为何决裂，自古以来一直是有争议的。"老巫师眯着眼睛，摸了摸胡子，将那个传说继续讲了下去。

据说，在蓬莱神域建成的那一日，九州大陆上发生了一件事。在当时，那似乎不是什么重要的事情。可在后来的历史上，那无疑是象征着一个新的开端。在那天，一个新的种族——人类，诞生了。

那个年代，是众生灵陆续降临到被神明打造好的新世界的时代。按理说一个新的生灵种族的出现，不至于惊动帝青与玄青这两位地位崇高的神王。可人类到底是与众不同的。其一，在人类之前（与之后），从未有任何一种生灵的模样生来便与神明相仿。其二，尽管人类的智慧在那时看来与神明相比仍旧是云泥之别，也不曾拥有神明那撼动天地的神力，但与同时期的其他生灵相较，人类在出世后不久，便掌握了如何借助石头破开食物坚硬外壳的技巧，甚至发现了钻木取火将食物烤熟再食用能够降低生病的可能性，以及如何用火驱逐比他们强壮数倍的猛兽……他们的智慧明显已超越其他生灵太多，也因此引起了神明们的关注。

最早的人类男性与女性是什么时候出现的，已经不可考。但在蓬莱神域建成的那日，第一个人类家庭组成了。不久，便诞下了他们的孩子。在人类的外貌与智慧惊动了神明时，最初的人类家庭已经俨然发展成了小型部落。蓬莱是九州大陆众神域中距离人类部落最近的，因此帝青与玄青收到消息，选择带亲信前往查看一番。

尽管帝青与玄青是关系要好、志同道合的兄弟，但撇开相似的俊美容貌与高挑身量，这两位神明的性情却是迥异的。帝青温文尔雅，由于他是九州最古老的神明，他待众神灵与众生灵，皆怀有宽厚温和的悲悯情怀。相比之下，即便同样身为九州最古老的神祇之一，并且牵头、参与了创世、造物以及建立蓬莱神域等造福众生的事迹，玄青的性格比他的兄长要沉默冷僻许多，是不太好相与的那类神。

帝青与玄青抵达人类部落的那日具体发生了什么，真实情况已不得而知。但他们在归途中大吵一架甚至大打出手，尔后分道扬镳、各自为王，却是不可辩驳的事实。有传言说，他们是在对待人类的态度上，产生了严重分歧。

对于人类这个外貌形似神明的生灵种族，帝青的态度仍旧是一视同仁地包容，将这新来到世界上的种族看作是自己的子民。玄青却因那弱小的种族拥有了与神明相仿外形的事实而感到被冒犯，甚至说出"若我们今日放任此生灵繁衍，日后必成大祸"的警告。但他未能说服惯常与自己同心合意的兄长，以往从不争吵的两兄弟在这件事情上观点相悖，以至于争论起来，终究是没有达成共识。气愤之下，玄青竟动了杀意，想要将那部落里的人类斩尽杀绝、以绝后患。若非帝青及时阻拦了他，九州大陆上最早的人类部落在那日便会血流成河。而没有了人类的历史又将发展向何处，如今再推想，也是未知。

言归正传。帝青与玄青这两位最古老的神明在那日打了一架。神祇打架，那架势可非同小可，稍一动手便是天昏地暗、雷鸣大作，整片大陆都为之震动。大雨倾泻而下，足足落了一整日，仿佛天空被捅破了个洞，日月星辰皆不见了踪影，整个九州大陆都陷入黑暗之中。神明虽然自降临起就被赋予了神力，但他们从不滥用神力，而是将自己的使命铭记于心，把这样的力量用在创世造物那类造福世界的事情上。这也是有记载以来，第一次发生神明滥用自己的能力，手足相残乃至波及无辜的事件。

唐果听得十分紧张，在老巫师停顿的时候，忙问："那他们谁赢了呢？"

"谁也没有。"老巫师轻叹了口气，"帝青与玄青几乎是同时降生到这世界上的，被赋予的神力也不相上下。他们打了一架，打得地动山摇、暗无天日，却发现谁也奈何不了谁。最后，许是因为还存着多年的兄弟情分，抑或是出于神性而不想真的祸害四方，他们停手了。"

"然后呢？"

"然后啊，然后他们就分道扬镳了。在帝青的保护之下，那个人类部落幸存了下来，得以继续延续血脉，在九州大陆上扎根繁衍，逐渐成为生灵中规模可观的一大种族。但曾经亲密无间的神明兄弟自此反目，玄青带着他的追随者一路北上，渡过了北冥海，在寒冷的极地建立了北冥国，被他的追随者拥立为北冥王——那也是九州最后落成的神域，与蓬莱等八国并称为创世纪的九大神明国度。我们所在的这片大陆和周边的海洋，也是因为这九大神域，而被冠以'九州'之名。此后数千年，玄青与他的子民再没踏上过九州大陆。而帝青则是与亲信返回了蓬莱，成为在后世声名远扬，在九州众神中地位最为显赫的蓬莱王。就这样，九州大陆重归和平，众神明与逐渐在九州大陆各个角落安家的众生灵，在太平祥和中，又度过了五千多年的时光。"

下·一场空前的战争

唐果对于帝青与玄青这对兄弟的反目耿耿于怀："那帝青与玄青，他们真的就再也不见面，再也不原谅对方了？"

老巫师摇晃着葫芦，没有回答这个问题，而是说道："在玄青北渡之后，一个流言在九州众生灵与神明的世界里蔓延开来。"

唐果一愣："什么流言？"

"他们说，玄青被黑暗吞噬了内心，已经失去了自我，违背了神祇的使命与本心。"老巫师用一种平淡的语气讲述着那段历史，"神明尽管拥有着生灵所没有的神力，但那是与使命一同被赋予的。神明生来的责任，便是为了创造，而非毁灭。是为了将这个世界变得更好，而不是倚仗自己的力量胡作非为，以自己的好恶擅定他人的生死。他们的力量，是用来保护和引导弱者的，而非杀害、欺压。这些在神明的世界里是共识，是所有神祇生来就认可并遵守的本心（也就是'神格'）。玄青因人类与神祇相仿的相貌，动了不该有的杀意，甚至因此与兄长大打出手，给九州带来了灾难。在当时的神明看来，他已经堕落了，丢失了本心和神格，再不配为神。尽管众位神王没有表明态度，但越来越多的神明们在私底下，将玄青与他的追随者称为'魔'，也就是堕神的意思。他们认为堕落的神，是十分危险的、需要警惕和提防的存在。即便'北冥国'在后来被认为是九大神明国度之一，可在当时，众神都不与北冥来往，也很担忧北冥国的'魔'会到大陆上为非作歹。好在，之后的五千多年，北冥国从身为王的玄青到底下的子民，都不曾真正踏上九州大陆，两方倒算是相安无事了许多年。"

唐果眨了眨眼睛，怔怔地呢喃："所以，不是玄青不愿意回九州大陆，是他被其他神明排斥了。"

"你不认为玄青做错了事，这是他应得的吗？"老巫师淡笑着问。

唐果撑着小脑袋思考了一会儿："我不知道为什么，我总觉得他没有那些神说的那么坏，虽然他做的事确实很不对。"

老巫师眯了眯眼睛："唔，也许你说得有道理，因为他确实不是创世纪历史上最坏的神明。"

"哎，什么意思？"

"因为在玄青带着追随者北渡的五千多年之后，神明的世界掀起了真正的战争。不是玄青与帝青那样的'小打小闹'。没错，与战争相比，他们两兄弟当时的那一架带来的影响，不过是微不足道。"

"战争？"唐果暂时放下脑海里对玄青这个神王的好坏善恶的纠结，将注意力放到了老巫师说的"战争"上，"什么战争？你不是说神明爱好和平，相互之间不会打架，也不会去欺负生灵的吗？"

老巫师没有立刻回答她的问题。他靠着大树的树干，目光看向头顶那遥远的星海。沉默半晌，他答非所问地对小孩说："这世间的万物生灵，自降临起，便有着属于自己的命运。生老病死，花开花谢，一个种族的兴起与衰亡，都是生灵生来就注定的宿命。然而当局者迷，即使结局已是注定的，生灵却未必能看到属于自己的命运轨迹。更多的时候，他们只是随波逐流，被时间与环境推向自己应该去往的未来。而神明乃万物生灵的创造者，他们天生就拥有着一双能看透命运的眼眸。生灵们不可触摸的宿命，在神祇眼中却是清晰可见，他们在看到一个生灵的诞生时，便能看到他们的未来与结局。但那双眼睛也并非万能的，在这个世界上有一种命运，是神明也琢磨不透的——那即是属于他们自己的命运。神灵自降生起便被赐予了永恒而不凋零的生命，可作为一个种族的命运，那是另一回事。每当神明们将目光落到属于自己的命运轨迹上时，原本清晰的世界在刹那间就变得模糊，仿佛迷雾一般，朦朦胧胧，无法参透。直到帝青与玄青决裂的五千年后，某一天，那团阻挡视线的迷雾倏地散开了，神祇们看见了自己的命运……"

那即是战争的开端。

在此之前，神灵一直认为自己与生灵注定将要走到终极的宿命，是截然不同的。他们费尽心血创造了这个世界，自然也会在自己创造的新世界里长长久久地存在下去——与天同寿，与地长存。直到那一天，他们看到了自己的命运，意识到那并不是永恒的。眼前的迷雾晕散开的那个瞬间，神祇们看到了属于神灵的终极宿命。这便是他们应该退出历史舞台的时刻了。就如同所有的生灵都有死去的时刻，所有的花开都将走到凋零。这里是属于神灵的结局。往后的世界兴衰、历史轮转，都与他们再无关系，那将是不属于他们的时代。

但就好比从古至今，总有生灵不愿接受自己注定衰亡的宿命，逆天而行地追求永生与长存，对于自己即将终结的命运，也并非所有神祇都能够坦然接受。这是自第一位神灵降生之后，神族内部发生过的最大一次分歧。以帝青为首的一部分神明，认为命运是不可违逆的，抵抗没有好处，因此他们选择了接受。而另一部分神明则感到不甘，这个世界是由他们创造的，他们不愿退出历史舞台，顺从宿命的指引，将这个世界交到弱小的生灵手中。

在天神帝青的邀请之下，那是自神祇们各自安家后，最古老的九位神王首次重新聚集到蓬莱神域，就着神灵共同的宿命开了一次"九国会议"。而北冥王玄青，时隔五千多年，再次踏上了九州大陆，重返蓬莱。但曾经齐心协力地带领神祇们完成了创世壮举的九位神王，在这个问题上，也产生了严重的分歧。那次会议的展开并不顺利，最后以海神重溟愤而离席，画上了一个不圆满的句号。而玄青在会议结束后，拒绝了帝青想要进一步交谈的邀请，带着亲信直接返回了北冥。

戛然而止的九国会议之后的一段时间，仿若暴风雨前最后的宁静。曾经向来是宁静安好，充斥着欢颜笑语的神域上方，被说不出的阴翳所笼罩。神灵们大多失去了往日里无忧无虑的自在，因参透了即将终结的命运而感到烦闷与无奈。相比起寻常神灵，蓬莱王帝青的心头更为沉重。他从那漫天的繁星里看到了一场未知的浩劫正悄然逼近，而与曾经不同的是，他再看不到结局了。参不透这场浩劫会将这个世界推向什么样的未来，更看不明晰众生灵的命运会因此而发生怎样的动荡。这是创世界以来，他第一次看到毁灭。

如帝青所预料的那般，这样压抑的宁静仅仅维持了不到半载，就被彻底打破。以海神重溟为首的沧溟国众神最先堕落了，他们看透了命运后却无法接受真相，在黑暗中逐渐迷失了本心，想要毁灭他们曾经一手建造的世界。他们背叛了神族的信仰，为战争拉开了帷幕。呼啸的海水淹没了大半的陆地，山川被摧毁，森林被吞没，那是有史以来最恐怖的一场战争。大陆上所有的生命都被迫卷入，可在无法被抗衡的神力面前，生命弱小得不堪一击。一时间，整个九州大陆，生灵涂炭。

在帝青的带领下，蓬莱一脉是最早参战抵御沧溟国的神族。但很快，在沧溟国疯狂得恍若是要不惜一切摧毁整个世界的进攻之下，其他神域也不得不参与抵抗，保护这个他们付诸心血建造的世界不被毁灭。其间有许多神明陆续倒戈向海神重溟的"沧溟道"，这也给以蓬莱为首的"神族联盟军"带来了巨大损失。曾经同心协力创造这个世界的神族，在创世纪末期，展开了一场前所未有的同族相残。

那是一段至暗的历史。不仅有数不清的生灵在那次战争中死去，众多古老的神明亦在那场战争中纷纷陨落。奇怪的是，与神族联盟军中许多神祇所以为的那般不同，以玄青为首的北冥国，在很长一段时间里都没有参与战争。他们既没有加入联盟抵御"沧溟道"，也没有如很多神明预想的那般协助"沧溟道"的堕神毁灭世界。战争的第九个年头，蓬莱王帝青——神族联盟军的首领，由于同样身为最古老的九位神明之一的太阳神扶光突然叛变，陨落了。继任者是他的养女晏舟——二代神明中的佼佼者。但晏舟毕竟年轻，再加上帝青的陨落猝不及防，一时间，原本僵持的战况摇摇欲坠，开始向堕神一脉倾斜。

北冥便是在那时参战的。带领北冥军加入联盟的却并非北冥王玄青，而是他的女儿玄墨。北冥的加入，将原本险峻的战局重新拉回到势均力敌的对峙中。而玄墨也是在那时带来了玄青的死讯。原来在战争开始后，与世隔绝的北冥国就陷入了内乱。北冥国中有不少神祇希望玄青带领北冥加入堕神一脉，但玄青拒绝了这个提议，并且强行压制住了手下蠢蠢欲动的反叛心思。过去的九年里，海神重溟一直试图说服北冥加入，在"沧溟道"的反复挑拨之下，内乱彻底爆发，而玄青也死在了几个亲信与沧溟国的里应外合之下。一部分神明叛逃到了沧溟，剩下的被玄墨整顿收编，带来加入联盟军。帝青与玄青两位神明兄弟，在生前未能重归于好，但在他们相继陨落之后，他们的小辈却重新站到了统一战线。

战争打到第十七个年头，联盟军付出惨痛的代价，终于击败了"沧溟道"的堕神，将海神重溟封印在了沧溟海底。沧溟海就此改名为无妄海（但后来的生灵们更多将那里称为南海），由生灵中最早降生也因此最长寿、最具有神性的龙族负责镇守。

在那场战争中，大半的陆地被海洋淹没，九州大陆的领土也因此缩小，成为后世所看到的规模。曾经位于大陆东部的蓬莱和扶桑，也因为陆地被淹没，成了漂浮在海面上的岛屿。诸位古老的神王陨落的陨落、叛变的叛变，再加上战争严重摧毁了神明们曾经栖息的神域，除却位于九州最西面的昆仑，大陆上的其他四脉神族终究是选择弃了满目疮痍的故土，尽数东渡并入蓬莱。为了表示对已陨落的神王帝青的尊敬，晏舟不愿再被称为蓬莱王，后被其他神明奉为晏舟神尊。

曾经辉煌的神族在战争后数量锐减，九大国度只残存三脉——以晏舟神尊为首的蓬莱、以玄青之女玄墨为首的北冥以及昆仑。幸存的神明们帮助生灵恢复了九州大陆破败的环境，而后便顺从命运的指引，归隐在了各自的神域就此不问世事。新纪元的历史，便交由生灵们去书写。对海神掀起的大洪水的恐惧，深深印刻进生灵们的记忆里。这个崭新却又重归原始的时代，也因此被生灵们命名为"洪荒纪"。

就这样，洪荒纪又过去了五千多个年头，曾经一度是世界主导者的神明一族，再未出现在世人眼中。创世纪的往事慢慢被人遗忘，过去的史诗也成了坊间口口相传的流言与故事。说不清真真假假，是是非非。

老巫师终于讲完了那个古老的传说，唐果却听得有些说不出的郁闷。她见老巫师时不时拿起葫芦灌一口，忍不住伸手想从老巫师手里拿过葫芦尝尝里面的佳酿。刚抬起手，却被老巫师拍开。

唐果气鼓鼓地瞪着他。

老巫师懒洋洋地道："小孩子不许喝，等你长大了再说。"

唐果与他对峙半晌，见他不会改变主意，只得作罢。她将注意力从葫芦上移开后，思绪又忍不住回到了那个故事里。唐果躺在老巫师身边的草地上，望着头顶的星空，闷闷地说："所以帝青和玄青，都死了？"

"嗯。"老巫师点头，"即使是他们那样古老的神明，最终也是会陨落的。"

"他们没有再和好。"

"唔，往好处想，他们最后是为了同一种信仰而亡的。也许殊途同归，就是最好的和解了。"

"那么，那些归隐的神明们，后来怎么样了？"

"他们啊……"老巫师慢悠悠地拉长语调，拿起葫芦又灌了一口，才继续说，"这就是另一个故事了。"

唐果听到这个故事还有后续，赶紧从地上爬起来，端坐在他的对面。却不想老巫师漫不经心地看了她一眼，在磨磨蹭蹭吊足了她的胃口后，才笑眯眯地说了一句："欲知后事如何，请听下回分解。"

唐果霎时间被气了个仰倒，忍不住变回原形一蹄子踹在了老巫师的腿上。然后被吹胡子瞪眼的老巫师捏着后颈拎了起来。

"你这个没礼貌的小猪崽子！"老巫师单手拎着那只身长四十厘米的粉色小猪。他手里的小猪却仿佛不服气，依然龇牙咧嘴地在空中胡乱蹬着蹄子。

老巫师没好气地骂道："都给你讲了那么多故事了，你还发的什么脾气！你看看这都多晚了，你个小崽子还不快给我回家睡觉！"

说着，老巫师抬手一扔。不知他是否用上了什么法术，手里的小猪就这样通过敞着的大门，飞进了一旁的屋子里。"砰"的一声，大门也被凭空关上，里面传来唐果愤怒的嘟嘟囔囔。老巫师对小崽子的抱怨充耳不闻，拍了拍被踹了一蹄子灰的袍子，拿起葫芦，重新悠然自得地坐在了树下。

在他身后，一直在装睡的大松树悄悄睁开了眼睛。大松树是童谣村里唯一开了灵智的植物，但相比起变成人形，他更喜欢以原形扎根在土地里慢慢生长。

大松树忽然出声问道："外面的世界如何了？"

老巫师原本半眯着眼睛，听了这话，便又抬头看向了星空。群星璀璨，浩瀚无际。默然了好一阵，他沉吟道："东面有星辰陨灭，亦有新星升起……明天是个好天气啊。"

『上卷』

零·新的故事

  童谣村坐落在昆仑山脉深处不为人知的一道山谷间。这山谷，亦被村子里最受村民们敬仰爱戴的老巫师，称作"世外谷"。该村庄三面环山，东边是一片古老而繁茂的森林，名为"九重密林"。西面的"开明[1]山崖"高耸入云霄，白色的瀑布自崖上飞流而下，水流蜿蜒向东，汇入村庄里最重要的水源——"英招[2]河"。

  英招河横跨整座童谣村，从西往东流淌进九重密林，将村落划分成南、北两个区域。传说英招河里住着一个马身人首、虎纹鸟翼的守护神兽，但自村庄落成至今，从未有村民得幸见过该神兽的真容。村里的长辈们都将这个传说当作哄孩子的睡前故事，讲给自家顽皮闹腾的小辈们听。

  某年盛夏的午后，当时年纪尚幼的小猪唐果，躺在她家门口那棵比房子还要高出一截的大松树下，听说起话来总是慢慢吞吞的树先生，讲了这个有关英招河里那只不见首也不见尾的守护神兽的故事。大松树缓慢的语调伴着夏日的暖阳，令人昏昏欲睡，唐果强行提起精神听完故事，禁不住懒洋洋地打了个哈欠，随口大放厥词："那神兽定是因为长得太奇怪，才不好意思出来见人的。"

---

1 开明，取自"开明兽"，出处为《山海经·海内西经》："开明兽身大类虎而九首，皆人面，东向立昆仑上。"相传昆仑共有九道门，负责看守的门卫即是开明兽。
2 英招，取自"英招兽"，出处为《山海经·西次三经》："神英招司之，其状马身而人面，虎文而鸟翼，徇于四海，其音如榴。"神话里认为英招兽负责看守天帝的花园。

　　长着马的身子、人的脑袋，身上有着老虎一般的花纹，背上再长一对鸟的翅膀……那"神兽"的模样还能看吗？想想就是又怪又丑，令人无法直视。唐果嘟囔着说，要是自己长成那副尊容，估计也得天天把自己关在家里，再不想出门见人了。小孩话音刚落，就被路过她家门口的老巫师用手杖敲了头。

　　老巫师听了她这不知天高地厚的话，摸着胡子语重心长地道："此乃孺子妄言。世间众生之善恶优劣，岂能如此草率地以貌断之？"

　　唐果才不管老巫师那听上去高深的不知所云是何意思，只是摸着被敲痛的脑袋骂骂咧咧地坐起身，心中依然认定——英招河里那只守护兽，就是因为模样生得太古怪，才那么多年都不肯出来见人！

　　童谣村里除开住在森林里的老巫师和开明崖上的那位乌鸦先生，一共有十三户人家。皆是开了灵智，化为人形生活的动物。为了方便管理，村子里家家户户的大门上都挂着块深紫色的"门牌"。牌子上面印着金灿灿的数字，是老巫师亲手镌刻的"门牌号"，对应着村里的每一户人家。

　　村头靠近山谷西面的开明崖，最尽头的两户人家，分别是门牌号为"一"的老鼠家和门牌号为"二"的青牛家。老鼠一家三世同堂，拢共十口人，住处是坐落在河岸南面那山坡底下的"崇果洞"。那山坡高低起伏，圆圆的门洞足有一人高还多，即便是村子里身形最高挑的老巫师，也不至于在进出时不慎撞了头。除去那高高的门洞外，山坡上还开了几个大小不一的菱形窗户。从外观看，这"崇果洞"似乎并不大，但里面却是别有洞天、宽敞得很。即使老鼠一家人丁兴旺，生活在一起也不觉拥挤。

　　青牛一家则住在英招河北岸的"清静斋"里。这座院子的名字，是村里少数几个有文化的动物之一的青牛爷爷自己取的。青牛爷爷学识渊博，慈祥温和，很受村子里的小孩子喜爱。尽管他讲话时不时会掺一些奇怪的"之乎者也"，孩子们仍然喜欢听他讲那些古老又新奇的故事。"清静斋"比之"崇果洞"更靠近开明崖，因此原本的门牌号其实是"一"。但在分到门牌号的那日，青牛爷爷立时扔下手中的锄具，慌慌张张地跑去找老巫师神神叨叨说了一堆令旁听者云里雾里的话——好像是什么"不敢为天下先[1]"之类的。反正核心思想，就是他不要往自家门前挂那个写着"一"的牌子。老巫师耐心地听他讲完，大抵是在掐指一算后认为这不是大问题，便让他自己去跟老鼠一家交换门牌号。于是，老鼠一家的崇果洞就此成了童谣村一号，而青牛家的清静斋是童谣村二号。

　　童谣村的村尾靠近东面的九重密林。离森林最近的，是住在"十二号"糖果屋的小猪唐果，以及她对门"十三号"里那位高傲冷淡的邻居猫大爷。

　　据说每户人家的位置和门牌号，皆是由老巫师根据天上的星宿推演而定，象征着合乎自然之道的"安宁"。且不说这个"据说"究竟有几分真实性，至少村子落成以来，确实是安安稳稳地年复一年，不曾遇到过什么天灾人祸。

　　世外谷里的日子与世隔绝。人世间的战乱纷扰，皆被昆仑重峦叠嶂的天然屏障阻隔在外。在这童谣村里，家家户户之间最大的矛盾，不过是家住五号的狐狸夫人请六号的蛇夫人给自己看病，结果在痊愈后赖掉了诊金，以至于事后狐狸一家再有人染上小疾，都被睚眦必报的蛇夫人毫不客气地冷着脸拒于门外，吃了长达三年的闭门羹；或者是当选村长的姆姓老虎，在巡视过程中再一次和开小饭馆的绵羊夫人，就小店的整洁程度和菜色的口味咸淡发生激烈的口角，当事羊被姆村长鸡蛋里挑骨头的行为给当场气哭，事后委屈地跑去森林里找老巫师来评理……

　　总的来说，是没有什么大事情的。去年没有、前年没有……从唐果有记忆至今，从来都没有什么大事发生。至于往后会不会有，那就不知

1　"不敢为天下先"，出自老子的《道德经》第六十七章："我有三宝，持而保之：一曰慈，二曰俭，三曰不敢为天下先。"

道啦！而且有谁会关心呢？在童谣村，村民们关心的只有填饱肚子和家长里短（也就是说，别人家的闲话他们还是很爱听的）。假如你去问村民们为什么不关心九州的时事，他们一定会回答你说——大事情有大人物去关心，而他们这些小动物只想过小日子。只要昆仑山没有塌方，地里的庄稼还在茁壮生长，那所有的事情就不算事，今年和明年也没有什么区别。

鉴于昆仑山依旧完好地巍然屹立于世间，童谣村的村民们就这样平平淡淡、无忧无虑地，迎来了新的一年。

洪荒纪五零三九年，立春[1]。旧岁去，新年至。昆仑山上冰雪尚未消融，早春的气息已在沉眠的草木梢头悄然蔓延。

距离上古时代神明的故事落幕至今，已经足足有五千又三十九个年头了。如今的九州大陆上，无论是人类抑或是其他开了灵智的生灵，早已不关心那些遥远的、真假难辨的传说。而在昆仑山深处的童谣村里，今年已满十周岁的唐果倒是依旧喜欢缠着老巫师给她讲那些古老的故事。但她也只是将其当作有意思的故事听听而已，并不太当真。

小猪唐果不知道的是，上古时代的古老传说虽已谢幕，但属于洪荒纪的新的传奇却即将被书写。而这将要在九州大陆上拉开序幕的新的传奇故事，与九州所有现存的生灵（包括隐居在昆仑山里的童谣村村民们）的命运都息息相关，甚至逐渐牵扯到了早已归隐的那些神明。且这段传奇的开篇，最初就发生在她所生活的、昆仑山的童谣村里。

唐果对于将要发生的事情自然是一无所知的，就连那传奇故事中最重要的主角——小龙墨渡，目前也还没有来到她的身边。那小龙还在距离昆

---

[1] 立春，二十四节气中的第一个节气，有着万物之始的意思，象征着新一个轮回的开始。立春的到来代表万物闭藏的冬季已经过去，万物生长的春天随之到来。在自然世界，立春最显著的一个特点，即是万物开始有复苏的迹象。

仑山非常遥远的、位于九州大陆中部的云雾山上，并不知晓自己将要受邀去往大陆西部那神秘的昆仑山中做客，也不知晓自己会在那里莫名其妙地卷入一些稀奇古怪的事情当中。

所以，事情的起因是这样的。当唐果在立春这天的傍晚，一如以往的很多次那样，从她的家门口出发去往坐落在森林里的小木屋，找老巫师借话本看时（最好再顺便蹭一顿晚餐），老巫师正坐在书桌前给他的一位好友写信。那位好友，就是隐居在云雾山上的老龙王墨九溟。

作为九州龙族的前任龙王（他于九年前已正式卸任，将王位传给了自己的弟弟白九昭），墨九溟当然不是从洪荒纪伊始就一直隐居在云雾山上的。九州龙族肩负着镇守海神封印的重任，迄今已在南海深处定居五千多年了。这些古老的生灵极少踏上大陆，自然也就不曾参与到洪荒纪元纷纷扰扰的历史之中。若不是有着足够使他改变主意的理由，老龙王原本也会选择和自己的同族一起留在南海，不过问尘世，直到命运的尽头。而令他改变主意的那个契机，即是他和夫人青瑜唯一的女儿墨渡。

说到墨九溟的夫人青瑜，她倒不是龙族中的一员，而是蓬莱一脉的神女，与老龙王是在上古的战场上相识相爱的。虽说异族通婚在九州历史上并不常见，但那毕竟发生在比较特殊的战争时期。假如整个九州明天就要走向灭亡了，谁还会去在意一个神女和一个龙王之间的爱情故事呢？就这样，墨九溟和青瑜在那个战火纷飞的年代，自然而然走到了一起。战后，青瑜没有跟自己的同族隐居蓬莱，而是随老龙王一起去了南海，一住就是五千多年，直到他们有了女儿。

且不说神明，龙族作为九州最为古老也最为长寿的生灵种族，其后裔子嗣向来是非常凋零的。这也是大自然奇特的地方，它总是在众生灵（乃至于神灵）之间维持着某种微妙的平衡。假如它选择赐予你些许其他生灵不曾拥有的特权，那它必然会趁你不注意时，在其他地方悄悄地克扣掉一些什么。总而言之，无论是老龙王抑或是青瑜，都不曾想到他们有朝一日会拥有属于自己的子嗣。而这个不期而至的新生命，也彻底搅乱了他们原本打算在南海继续隐居下去的计划。

毕竟南海作为上古战场，煞气过重，并不适合一个小生命的成长。于是，墨九溟终是在责任和家庭中选择了后者。他将权柄毫不拖泥带水地转交给了弟弟，自己则携妻子回到了九州大陆上，于云雾山中归隐。截止到今天为止，正正好好满九个年头了。而他们的女儿，小龙墨渡，差不多也快要九岁了。

唐果从小长于世外谷中，对外头的事情不太关心，自然意识不到"老龙王"这个身份的特殊性——在她看来，这并不比她今天的晚餐要吃什么来得更加重要。因此，当她问起老巫师在给谁写信后，以上答案并没有激起她过多的兴趣。

她更好奇的是："那么，长老，你给那位老龙王写信，是有什么事情吗？"

老巫师放下青竹笔，晾干了纸上的字迹："啊，我想请他们一家来童谣村做客，住一段时间。"

这倒是令唐果感到惊奇："来做客，为什么呀？"

在她有记忆以来，童谣村就是与世隔绝的，从来没有外来人到村子里做客的先例。

"这个嘛，自然是为了学堂讲课的事情啊。"老巫师说，"他们夫妻俩博闻强识，若他们愿意来给你们这群小孩上几节课，我也好轻松一点。"

老巫师指的是去年入秋时，方才建好开课的"童谣村学堂"。童谣村自建村以来便与俗世无甚交集，村民们以农耕、狩猎与采集林间果实为生，文化程度普遍不高，许多村民连大字都不识几个。老巫师作为村里德高望重的长老，在解决了村民们的温饱和安全问题之后，觉得这样放任童谣村的后辈们长成一代又一代的文盲，着实不太妙。

这要是传出去的话——虽然根本不可能传得出去，岂不是要被人笑话他一手创建的世外谷童谣村，是个落后而没有文化的地方了吗？那他姜文潇（这是老巫师在俗世的曾用名，在如今的世道，知晓这个名字的人怕是屈指可数）的一世英名可就彻底毁于一旦啦！于是，无论是为了村民们好，抑或是为了自己的一世英名（不知天高地厚的唐果总说他并没有那样的东西），老巫师摸着胡子望着天空思忖良久，还是劳心劳力地建起童谣村学堂，想要教会村子里的小孩子和年轻人识字读书。

理想非常的美好。直到学堂真正开课，老巫师才意识到先前的自己，似乎是过于天真了。假如说给一个性情顽皮跳脱的唐果讲课，他常常会感到头疼（因为这小孩的各种无厘头想法）和胡子疼（每回一言不合她总是上爪子抓他的宝贝胡子）的话，同时给村子里十好几个叽叽喳喳的小崽子们上课，那简直是一场可怕的灾难。老巫师自觉洪荒纪以来，他已经很久没有碰到过这么令人心力交瘁的事情了。为了自己不要被这些拆天拆地的小崽子给气到英年早逝，他决定将曾经的好友忽悠过来，替他分担一些烦恼。反正那位老龙王闲在云雾山中也是养闺女，应该对于如何应付一群精力旺盛的小崽子们，是很有经验的吧？

当然，这一次的邀请背后，还有一个比"童谣村学堂"重要好多倍的原因，那将会令老龙王难以拒绝他这次邀请。只不过老巫师觉得那样的大事，没必要告诉眼前这个正偷偷摸摸在他的桌子上找零食吃的贪嘴小鬼头。

唐果翻找出一袋炒松子，嚼着零嘴心满意足地眯起了眼睛，这才将心思放回到方才的话题上。她窝在书桌旁边的摇椅中寻思半晌，突发奇想地问："那么长老，你方才说的云雾山，在哪里啊？"

"在南岭。"

唐果似懂非懂地点头，继而问道："南岭又在哪里？"

老巫师一时语塞，低头对上了唐果那双求知欲旺盛的圆眼睛。他摸了摸胡子，觉得要跟一个从来没出过昆仑的小孩讲清楚九州大陆的地理，确实不是件容易的事情。

他先将写好的信卷起塞进信筒，再将信筒牢牢绑在窗边等候已久的青鸟的腿上。待那送信的青鸟拍拍翅膀飞向远方，他才转过身，从书柜里翻找出曾经绘制的九州地图，在桌面上摊开。

陈旧的锦帛已然有些发黄，但其描绘的那片广阔无垠的世界，却是随着老人娓娓道来的声音活灵活现地跃然于上。

"还记得我跟你讲过的，有关创世纪的那段历史吗？在那场空前的大战后，九州仅剩的三脉神明就此隐退，这片大陆的历史便由生灵来继续书写。在海神重溟掀起的那场大洪水退去后，新的时代就此拉开了序幕。创世纪的故事都成了久远的传说，后人也将那段历史称为'上古时代'。在那之后，即是洪荒纪，这是属于各个生灵种族的年代……"

老巫师指着舆图[1]上的山川河流与那些大大小小的国度，慢慢跟唐果讲述起洪荒纪这五千多年的历史。

"神明隐退后的那些年，是极其混乱的一段历史。九州大陆上风起云涌，各个生灵种族割据为王，国与国、种族与种族之间，谁也不服气谁。要说九州生灵中最为古老、地位也最崇高的种族，莫过于在神祇年代就已闻名于世的龙族了。然而龙族在上古的战争落幕后，便南迁至大陆南面的无妄海（也就是曾经的沧溟海域，现在的南海）镇守海神重溟的封印，再不过问大陆上的一切纷争。没有龙族这个占据绝对优势的种族压在众生头顶，九州各个生灵国度间兵戈频起、战乱不休，这一乱就是将近四千年。在最为混乱的年代，这片大陆被不同的生灵种族割据为大大小小近百个国度，为了争夺资源、扩张地盘，这些国度尔虞我诈，使得九州狼烟四起，没有片刻安宁……直到人族的崛起。"

老巫师苍劲的手指轻轻划过舆图，锦帛之上近百个国度的边疆和一旁

---

1 舆（yú）图，指"地图"。

用丹臒[1]所标注的国家名称，皆随着他的动作慢慢消融。最终，舆图上只余下四个殷红的大字，分别标注在大陆的东南西北四个方向。

"人类的崛起彻底打破了众生灵种族各自为王、裂土割据的局面。就仿佛大鱼吃小鱼那般，几个占据优势的人类国度，慢慢吞了四周那些无力抵抗的小国，进一步壮大自己的实力。直至这片大陆上再没有旁的生灵能够与之抗衡，人类自此成为九州名副其实的众生之王。曾经叱咤风云一时的那些生灵种族，如厌火[2]、轩辕[3]、夸父[4]、枭阳[5]、九尾狐[6]等国度，在人类的崛起后逐渐衰微，终是慢慢消失在了历史长河中。"

唐果听故事总是很专注的，于是她很敏锐地捉住了老巫师话里的漏洞："长老，您刚刚说的好像是'几个'人类国度？"

"没错。"老巫师颔首，"人类将其他的生灵国度兼并后，九州的战乱却未止于此。多个人类国度分庭抗礼，最终将大陆分割成东祁、西梁、北燕、南姜四个国家。人族内部纷争不止，各国都认定自己才应该是整个九州唯一的王。但由于彼此实力相差无几，春去秋来复几载，仍是谁也没能奈何得了谁。洪荒纪四零零九年的夏至，人间四国的君王在各自的国教坐镇下，亲临地处四国之间的终南山，签订了后世赫赫有名的'终南山条约'。这个条约，也被世人称为'和平条约'。在签订条约后，四国终于罢兵戈、止戎马，相约互不侵犯，共同分治九州。就这般，九州大陆纷纷扰

---

1 丹臒（huò），指红色的颜料。
2 厌火，取自"厌火国"，出处为《山海经·海外南经》："厌火国在其国南，兽身黑色，生火出其口中。一曰在讙朱东。"该国度的国民长着黑色的兽身，口中会喷火。
3 轩辕，取自"轩辕国"，出处为《山海经·海外西经》："轩辕国在此穷山之际，其不寿者八百岁。在女子国北。人面蛇身，尾交首上。"该国家的国民长着人脸和蛇身，尾巴盘绕在头顶上。
4 夸父，取自"夸父国"，出处为《山海经·海外北经》："夸父国在聂耳东，其为人大，右手操青蛇，左手操黄蛇。"该国家的国民身材高大，如巨人。
5 枭阳，取自"枭阳国"，出处为《山海经·海内南经》："枭阳国在北朐之西，其为人人面长唇，黑身有毛，反踵，见人则笑，左手操管。"该国家的国民长着人脸，但嘴唇格外长。
6 九尾狐，指青丘国的九尾狐一族，出处为《山海经·南山经》："又东三百里，曰青丘之山……有兽焉，其状如狐而九尾，其音如婴儿，能食人，食者不蛊。"青丘山上有一种长着九条尾巴的狐狸，会吃人。

扰的四千年战乱，在此被画上了休止符，人间在'和平条约'的束缚下太平了一千年，直至今日。"

唐果懵里懵懂地看着舆图上的九州大陆，点了点头。半晌，她消化完这个故事，终于想起有什么不对劲的地方。

"不对啊，长老，我刚刚问的明明是你那位好友所居住的南岭和云雾山在哪里！"唐果气哼哼地望向老神在在的老巫师，指责对方的答非所问。

面对小孩回过味来后染上指责意味的目光，老巫师淡定地捋了捋他的宝贝白胡子，笑眯眯地道："没错啊，我正在试图回答你的问题。"

老人伸手，点了点舆图上正巧位于四个人族国度之间的山脉："呐，这片山脉，就是'南岭'。我方才所说的终南山，即是南岭山脉中段的一座山峰。南岭山脉地势险峻，所处的地理位置也比较特殊。南岭以北，乃燕国的疆土；往南，则是姜国的领地。该山脉向东一直延伸至东边的祁国境内，向西则进入了梁国的国境。可以说，南岭是四个人类国度之间的一道天然分界线，其特殊性是九州大陆其他山脉所不能比的。至于我那位老友隐居的'云雾山'，就坐落在此处，是南岭最高的一座山峰。由于山上常年云雾缭绕，因而得了这样一个名字。"

唐果没想到自己的随口一问，竟牵扯出如此多的故事。她趴在舆图上研究了许久，总算是把这之间的逻辑关系理清楚了。

小孩嚼着松子，摇头叹道："长老啊，您这是不是就叫做'人老话多'？为什么每次我问你什么东西，你都要绕那——么大个弯，讲一大堆的历史故事作为铺垫，然后才回答我的问题。"

老巫师不和这个没大没小的小家伙计较，他小心地收起舆图，转头慈眉善目地对那个还在唉声叹气的小孩说道："天色不早了啊，猪猪，你该回家去了。"

正在絮絮叨叨吐槽长老说话啰嗦的唐果"嘎"的一声傻眼了。

现在赶她回家？

她好像，是过来蹭饭的啊！

老巫师看着方才还在揶揄他"人老话多"的小孩脸上霎时露出晴天霹雳的神情，摸着胡子神清气爽地笑了——这小孩真是的，在肆意嘲讽他以前，难道就没想过今天的晚饭别想蹭到了吗？

俗话说得好，这姜还是老的辣啊。

而在老姜和小糖就着当日的晚膳展开新一轮拉锯战时，信使青鸟正兢兢业业地携着老巫师写好的信件，越过崇山峻岭、重峦叠嶂，向着远方的云雾山飞去。

壹·云雾山庄

南岭山脉的云雾山巅，常年被不散的烟云包裹着。远远望去，恍若置于九霄之上的仙境中。作为龙宫别苑的云雾山庄就坐落在这里。然而任何没有受到山庄主人邀请的外客，都是看不见那被盘错的古木和繁茂的森林众星捧月般簇拥在山林之巅的庄严宫殿和高台楼阁的。心怀不轨的人，一早就会被无形的屏障挡在云雾山外。即使是没有什么恶意的狩猎者，亦会在误入后不知不觉迷失于山里的浓雾中，兜兜转转，再回过神时恍然惊觉自己不知怎么的，竟又稀里糊涂地走回了进山前的那个位置。

相比起外人眼中的诡异和神秘，对于自小在云雾山庄长大的小龙墨渡而言，云雾山的雾倒是没有什么可怕的。那些都是她的父亲——老龙王墨九溟，为了保证隐居生活的清静（也就是说，不被外来人打扰）而搞出的小把戏。当然啦，面对那些没安好心的人，云雾山的确会变得很可怖（它会用实际行动让你知道它可不是什么能被人乱捏的软柿子）。但总的来说，只要你不怀有恶意，那么云雾山也不会把你怎么样。

虽然老龙王一再强调，为了他们一家子的清静，这些基本措施是十分必要的，但在墨渡看来，"清静"二字已不足以形容云雾山庄的生活，"冷清"这个词怕是更合适一些。

先前已经提起过了，云雾山庄就建在云雾山最高耸入云的主峰上。周围参差不齐的小山峰被铁索吊桥连接在一起，小山峰上头也坐落着大大小小的亭台楼阁，共同组成了山庄的一部分。粗略估计，整个云雾山庄的占地面积怕是比五座童谣村加起来还要大呢。别说不熟悉的人了，就是自小在这长大的墨渡，偶尔也会因为贪玩钻进了什么不常去的地方，结果不小心迷了路，只能饿着肚子等她家阿爹阿娘来找她。

对此，小龙跟老龙王抱怨过很多次，表示他到底为什么要把家建得这么大，简直就像座迷宫一样。老龙王对闺女的烦恼颇有些摸不着头脑，毕竟以他的龙形来推算（虽然龙族作为最古老的生灵，现在已经很少会想到要变回原形了），云雾山庄的尺寸其实是正正好好、不大不小的。小墨渡听了他这个合情合理的缘由，心中十分不以为然。因为对于一只不满九岁的小龙而言，她的原形和人形差不多娇小，往家里的随便哪个角落里一滚，就彻底不见踪影啦。

说了这么多，其实只是想要证实一下，跟占地面积相比较，小龙墨渡嫌云雾山庄太冷清，也不是没有道理的。因为山庄里的常住居民一共只有七个，那即是老龙王一家三口，还有墨渡的蒙楚伯伯、蒙棘叔叔和乐山、乐水姐姐。蒙楚、蒙棘是亲兄弟，乐山、乐水是亲姐妹，而与此同时，蒙楚、乐山和蒙棘、乐水又是两对感情很亲密的小夫妻。他们都是龙族的后裔，也是老龙王关系最好的亲信。因此，当老龙王一家决定回归九州大陆时，他们都选择跟过来一同隐居在这云雾山里，只偶尔回南海去探望其他留在那里的亲友。

龙和神明都是很耐得住寂寞的种族。所以除了好动的小龙墨渡，云雾山庄的其他住户是半点也不觉得这样的生活太冷清的。事实上，他们的意见恰好相反。因为自打他们家小龙学会走路之后，整座云雾山庄从此就再没了安宁之日——小墨渡一只龙搞出的动静就抵得上千军万马啦！倘若南嘉老祖也在的话，那么闹出的乱子还要再翻个好几倍。

是了，好像还没有介绍过这位"南嘉老祖"是谁呢。南嘉是青瑜神女的师父、蓬莱的神族，平日里并不住在云雾山庄，但隔三差五总会拎着个小酒壶过来走动走动，探望一下徒弟青瑜和小徒孙墨渡。云雾山庄里的这些家人，再加上常来串门的南嘉老祖，就是小龙墨渡迄今接触到的全部社交圈子。要说墨渡心中最爱的是谁，那无疑是她的父母。但是撇开父母的话，她最喜欢的就是南嘉老祖，因为他非常有意思，并且和她"志同道合"。

墨渡第一次见到南嘉老祖，是五岁那一年。当然，南嘉老祖说他在她出生后不久就来看过她了，但墨渡对此毫无印象，所以她坚持认定他们的头一次会晤就是在她五岁的时候。

小龙墨渡是从小就顽皮到猫嫌狗不待见的那类小孩。她对身边的世界充满了好奇心，无论看见什么东西，总想去进一步探究个明白。她刚学会走路不久，就想着要跑来跑去。而当跑跑跳跳也不足以满足她的时候，她又开始胆大包天地琢磨着上房上树。也是从那时开始，家里人再不敢放她独处，总得有双眼睛盯着她才放心，免得某只小龙在学会飞行以前先行摔断自己的脖子。可是一个小孩子皮起来，总有你看不住的那一刻存在。

于是，某年某月某日，刚过完五岁生辰没几天的墨渡，就这样成功地找寻到了一个没有人看着她的时机，抱着雄心壮志开始爬她院子里那棵参天大树，想要去摘上面的果子尝尝。墨渡自认征服一棵树不在话下，等到摘下一袋果子，她就把这些果子拿给昨天竟敢笑话自己是个小矮子的蒙楚伯伯看，然后再分给家里人吃——但没有蒙楚伯伯那个坏家伙的份！她气哼哼想着，艰难地踩在一根树枝上，伸手去摘那些红红的果子，没注意到脚下的树枝颤颤巍巍的不怎么稳当。因此，在她去够第二个果子时，只听见"咔嚓"一声响，然后就连自己带果子一起摔下了树。

小墨渡吓得"嗷"一声惨叫，下意识紧闭双眼等待着摔个屁股蹲的疼痛。然而疼痛感并没有如期而至。准确地说，她压根就没有真的落到地上，有人及时从背后拎住了她的衣领，将她提在了手中。

一声清澈的轻笑在耳畔响起，墨渡听见一个陌生的声音在说："哎哟，这就是小阿渡吧，都长这么大一只啦。"

墨渡疑惑地睁开了眼睛，跟一双含着浅笑的狐狸眼对上了视线。那是一个长得很清俊好看的长发青年，披一身浅色的青衫，姿态散漫，看着略有些不修边幅。他毫不费力地一手提着墨渡的领子，甚至还好奇地轻轻晃了晃她："怎么轻得跟个小猫崽似的，平时怕不是挑嘴得很，没有好好吃饭吧？"

墨渡从小就知道，神明抑或是龙族这类古老又长寿的种族，一贯是无法用外貌衡量年龄的。毕竟老龙王和青瑜按人类的算法，都是些早该作古的存在，但他们看上去与人族风华正茂的青年也无甚区别。墨渡曾无数次趴在父母身上打瞌睡，可即使是在如此近距离的观察之下，她也不曾从他们的头上找出一根白发。只要命运没有亲自替他们画上句号，那么神明和龙族就不会随着时间老去。

当然，岁月也不是什么痕迹都没有留下，至少墨渡在看见南嘉老祖的第一眼，就通过某种直觉断定他不像外表那么年轻。不可能是普通的生灵，应当是长生的种族。

被青年不靠谱地拎在手里晃荡了几下，墨渡也没有生气。事实上，要不是这个青年及时捉住了她，她这回怕是要吃点苦头了。因此，她更多的还是好奇，小孩眨巴着一双大眼睛问："你是神明吗？"

"对啊。"青年笑眯眯地将她放回地上，"我是你阿娘的师父，我叫南嘉。"

"呀！"墨渡高兴起来，"你就是我的南嘉老祖！"

南嘉老祖挑眉："你知道我？"

"阿爹和阿娘都说起过你，我也问过乐山和乐水姐姐，她们都说你很厉害。"墨渡点头，忽然回过神，想起前些日子偷听父母讲话，她顿时警惕起来，"等一下，你不会是阿娘叫来给我上课的吧？"

南嘉老祖打开手中的折扇，不置可否，只笑着问她："你不想上课？"

"当然不想！"墨渡斩钉截铁地拒绝，"光是阿爹和阿娘布置的功课我就写不完啦！我还想出去玩呢。"

"你想去什么地方玩？"

"想去望月峰看九婴[1]！但是阿爹阿娘不给我去，说那里对我来说很危险。"墨渡有些沮丧。

九婴是老龙王当年在战场上收服的坐骑，乃上古有名的凶兽。相传该凶兽形似怪蛇，有九个脑袋，能上天入地、喷水吐火，是出了名的难缠玩意儿，且脾气非常暴躁。由于叫起来的声音如婴儿一般，因此被称为"九婴"。也就是当年九婴运气不好，在战场上恰好迎头撞上年少时颇为锋芒毕露的老龙王，被一物降一物地给打怕了。一代凶兽这才识时务者为俊杰，改邪归正从了良，憋屈地成了老龙王的坐骑。

对于还未长成的小龙来说，九婴确实是够危险的了，也难怪墨九溟和青瑜不许她去看。但南嘉老祖似乎没觉得小孩的这个念头很不切实际，他看了看垂头丧气的小墨渡，将手里的折扇一收，慢悠悠地说："这有什么难的，你想去看看的话，我这就可以带你过去。"

墨渡惊奇："你不是来给我上课的吗？"

"不上了。"南嘉老祖很顺手地捏着小孩的衣领将她又提了起来，笑意盈盈，"走，老祖带你去'实地考察'一下上古凶兽。"

于是乎，在南嘉老祖到来的短短几天时间内，青瑜就深切地意识到了她将那不着调的师父叫来给闺女上课，是个多么错误的决策。在南嘉老祖来以前，小龙墨渡闯祸的程度仅限于上树上梁、搞乱房间和不小心碰坏东西。而在这一大一小两个闯祸精聚头后，杀伤力顿时扩大百倍，搅得整座云雾山都不得安宁。

首先遭殃的就是九婴居住的望月峰。

---

1 九婴，中国古代神话传说中的凶兽之一，出自《淮南子·本经训》，是一种水火之怪，长着九个脑袋，声音似婴儿，因此被命名为"九婴"。

老龙王对自己那坐骑的坏脾气深有体会，因而一早就将整座望月峰都划给九婴，避免了生活中可能存在的摩擦。九婴得了一整座望月峰后倒是太平了，自己在里头悠闲地过着小日子，但是老龙王怎么也没想到，某天他家胆大包天的宝贝闺女，会跟那不靠谱的南嘉老祖跑上门去招惹一只上古凶兽。

好一阵鸡飞狗跳。

等老龙王一行人扔了手头的活计循声赶到时，整座望月峰已被暴怒发飙的凶兽和战力惊人的神明在你追我赶中拆了个稀碎。而他们家闯祸的小龙，正吃惊又崇拜地用一双亮晶晶的黑眼睛，望着举手投足间轻而易举就镇压了九婴的南嘉老祖。向来温文尔雅的老龙王险些没绷住一贯的笑容，额角的青筋蹦跶得异常欢快。

然后……就没有然后了。青瑜的愤怒程度比起墨九溟有过之而无不及，以至于性情落拓不羁的南嘉老祖，在看见自家徒弟的黑脸时都有那么一瞬的心虚。在确定闺女没有在这场闹剧中受伤后，平日里看似温婉优雅的青瑜，毫无差别地将一大一小两个闯祸精骂了个狗血淋头。骂完犹嫌不够解气，待老龙王安抚好九婴又将望月峰修复如初，她怒而往吊桥前插了块石碑，上头明晃晃地刻着一行大字——"南嘉老祖和小龙墨渡不得踏入半步"。

当然啦，南嘉老祖和小龙墨渡的"闯祸史"并未止步于此。南嘉抵达的第二天，由于墨渡想吃一种传说中的点心，两个不会下厨却自以为会的家伙，将云雾山庄的厨房给炸得回炉重造了。第三天，藏书室里传出一连串巨响，南嘉和墨渡在被青瑜训斥了一顿后，亲手整理了好多天的书架。假如不是南嘉老祖偷偷使用法术的话（作为惩罚，青瑜不许他在收拾烂摊子时用法术），他们俩至少要花一个月的时间，才能把藏书室那一排排的书架和藏书给复原。

总之，南嘉老祖在云雾山待了两个月。在他不得不打道回府返回蓬莱处理事务时，除了小墨渡眼泪汪汪、依依不舍地拽着他的袍角，云雾山庄的其他人（上到老龙王和青瑜，下至脾气最温柔的乐水姑娘）都用一种"短期内你可别再来了"的眼神疲倦地目送他乘着天马[1]离去。

南嘉老祖却丝毫没有自己不被欢迎的自知之明，飞走前还笑吟吟地对小墨渡说："再见啦，小阿渡。下次来以前，老祖先去西边的泰器山[2]给你打条文鳐鱼[3]来吃。"

老龙王脸色微变，低头看着馋猫似的抹着口水的宝贝女儿，颇感头疼地将小姑娘抱起来，耐心十足地跟她温声细语，说教了一大堆"文鳐鱼作为现在的濒危物种[4]为什么不可以打来吃"以及"论物种的多样化对自然世界的平衡稳定的重要性"。一番长篇大论至口干舌燥，半片龙鳞的用处都没有，小墨渡还是惦记着老祖所说的那种尝起来酸酸甜甜，口感特别美味的文鳐鱼。

而墨渡的母亲青瑜夫人嘴硬心软。她年少时很不幸地遇上了战争，父母双双陨落，是南嘉将她从战场上捡回来养大的。因此师徒之间，关系非常要好。即使她嘴里威胁南嘉说若是他再带着墨渡闯祸，下回就不放他进家门了，但只要一段时间不见，青瑜心里还是会很惦念自家师父。至少墨渡从小到大跟老祖一起闯了数不清的祸，也不记得她阿娘有哪一次真的将老祖关在云雾山外。用她阿爹的话说，她阿娘这就叫"刀子嘴豆腐心"。

小龙墨渡从小到大被一家子宠着，童年过得无疑是很快乐的。但她也不是完全没有烦恼。她的烦恼——就像先前提过的那般，大部分时候都是由于云雾山庄对她来说太冷清了些，而她阿爹阿娘从不带她去云雾山外的

---

1 天马，神话中一种会飞的生物，出自《山海经·北山经》："又东北二百里，曰马成之山……有兽焉，其状如白犬而黑头，见人则飞，其名曰天马。"

2 泰器山，《山海经·西山经》里记载的一座山，大抵位于现今的新疆。

3 文鳐（yáo）鱼，出自《山海经·西山经》："又西百八十里，曰泰器之山……是多文鳐鱼，状如鲤鱼，鱼身而鸟翼，苍文而白首赤喙，常行西海，游于东海，以夜飞。其音如鸾鸡，其味酸甘，食之已狂，见则天下大穰。"泰器山上一种会飞的鱼，肉的味道又酸又甜，吃了可以治疗癫狂病。

4 濒危物种，指快要濒临灭绝的生物种族。

世界玩。

若是平时也就罢了，不仅有阿爹阿娘陪伴着她，还有蒙楚伯伯和她拌嘴，蒙棘叔叔陪她进山打猎，乐山和乐水姐姐总会给她做各种各样的好吃的……日子过得还算是有滋有味。可是每逢新年，情况就不同了，云雾山庄会变得比平日更加冷清。因为蒙楚、乐山和蒙棘、乐水总要轮流回南海老家陪亲友过年。而即便南嘉老祖对她可谓是百依百顺，只有那么一件事情是例外——他从来不留在云雾山庄过新年。哪怕墨渡使出浑身解数，也没能让向来对她心软得很的老祖松口。

"哎呀，你到底为什么不可以留下来陪我过年呢！"有一次墨渡气急了，气鼓鼓地直接质问他，"一家人明明就应该一起过年！难道我们不是一家人嘛？"

南嘉有些为难地看着闹脾气的小徒孙，伸手揉了揉她的小脑袋："老祖也想陪你啊，但我必须回蓬莱陪我师姐。她也是我的家人，而且不像你有阿爹阿娘陪着，假如我不回去的话，她就只能自己过年了。"

墨渡知道，南嘉老祖的师姐就是神明世界里那位大名鼎鼎的晏舟神尊。传说是她带领神族联盟军，打赢了上古的那场九州大战，将海神重溟封印在了无妄海底。

少年不识愁滋味[1]。可心思细腻的墨渡，还是觉察出了南嘉状似轻描淡写的语气下那些许微妙的感伤。她没有继续胡闹，只是哼哼唧唧地表示："那她也可以一起来嘛！既然你是我们的家人，她是你的家人，那四舍五入我们就算是一家人啦！我们可以一起过年啊！"

南嘉被她的逻辑逗乐了："你说的也不是没有道理。但是，我师姐她不像我那么自由，她不能离开蓬莱。"

墨渡一通软磨硬泡，就是没能说服南嘉老祖，最后只能扁着嘴放弃

---

1 "少年不识愁滋味"，引自宋代词人辛弃疾的词《丑奴儿》。

了。但为了能够热热闹闹地过一个新年，小墨渡的努力并未止于此。既然南嘉老祖无法被说服，她脑筋一转，又将目标放到自家惯常是很好说话的阿爹老龙王身上。

"阿爹，我听乐水姐姐说了，今年过年蒙楚伯伯、蒙棘叔叔和乐山姐姐都要回南海。要不，我们也跟他们一起回老家过年吧。"

八岁的墨渡挑了一个阳光正好的午后，在老龙王坐在院子里的大树下看书时，凑过去伏到了对方的膝头，用一双水汪汪的大眼睛盯着她阿爹撒娇。

墨九溟放下手中书卷，视线落到墨渡粉雕玉琢的小脸上。

老龙王性情温润如玉、气质儒雅端方，看着一点也不像一个在战场上杀伐决断的将军，反倒像是人间那些带着书卷气息的翩翩君子。面对家人时，墨九溟的脾气更是好得不像话。在墨渡的记忆里，无论自己闯了多大的祸事，她家阿爹总会先温声安抚好火冒三丈的阿娘，再心平气和地与她谈心，让她意识到自己的行为究竟为什么不可取。他似乎从未对她说过一句重话，但墨渡在闯祸后反而因此更加感到心虚和内疚。

被墨九溟温和的目光一看，墨渡的气势平白矮掉一截，她下意识进一步辩解："我是说，南海也是阿渡的老家不是吗？我还从来没有去过那里呢！阿爹，今年过年可不可以带阿渡也一起回家看看呀。"

半晌，墨九溟不明意味地轻叹口气，柔声问她："阿渡，你和阿爹阿娘一起待在云雾山不开心吗？"

墨渡瘪了瘪嘴："开心是开心的，但是，有时候太无聊了。尤其是今年过年蒙楚伯伯他们都要回南海，就我们四个一起过年，感觉一点也不热闹。"

老龙王轻笑一声："相信我，阿渡，南海没有你想得那么好玩。"

"可是我连去都没有去过，怎么知道阿爹说的对不对呢。"墨渡据理力争。

墨九溟似乎被她问住了，垂眸思忖片刻："假如阿渡当真很好奇无妄海是什么样的，等你长大以后，阿爹就带你回去看看。"

墨渡对这个回答不是很高兴，她觉得阿爹这是在明目张胆地敷衍她。什么叫"长大以后"？这压根就是没有定论的一个标准嘛！就像是她觉得自己已经很大了，而蒙楚伯伯总说她还是很小一只小崽子那样，完全是鸡同鸭讲，谁也说服不了谁。

虽然墨渡在老龙王这里碰了壁，不得不委委屈屈地偃旗息鼓，但她心里却是越琢磨越不甘心。这样的不甘心持续到蒙楚一行离开云雾山庄回去南海，持续到年夜饭都吃完之后，也没有消失。于是，墨渡暗自拍板决定了——她要做一件大事情，以此证明自己长大了！这样明年过年的时候，阿爹就没理由不带她一起回南海老家去过节！

就这样，在大年初一后的某一天早晨（那时蒙楚一行还没有回到云雾山庄），好脾气的乐水姑娘一如既往地推开墨渡卧房的门，想要叫喜欢赖床的小龙起床吃早饭。她很快就惊恐地发现房间里所有摆设都完好无损地待在它们应该在的地方，唯独本该安安稳稳睡在床上的小殿下不见了踪影！整座云雾山里最丢不起的那只小龙，就这样在大家的眼皮子底下，见了鬼似的离奇失踪了。

老巫师的信件就是在这样一个兵荒马乱的早晨，被青鸟送达云雾山庄。

老龙王接过信后只粗略扫了一眼，就随手扔到一边。毕竟谁家丢了孩子，一时都不会有心情处理别的事务。是的，小龙墨渡丢了。一开始听乐水慌慌张张地说找不到墨渡的时候，老龙王其实没有非常着急。他们家古灵精怪的小龙打小就皮得上房揭瓦，他想当然地以为小家伙是又把自己藏到什么角落里玩去了。墨九溟甚至还有心情安慰惊慌失措的青瑜和抹着眼泪的乐水几句。然而，当他们将整个云雾山庄翻了个底朝天，老龙王又用法术将云雾山仔仔细细搜寻一遍，还是没找到墨渡时，他一贯温和的脸色

45

瞬间变得不太好看了。

冷静下来思考许久，墨九溟依然觉得没有谁有那个通天的本事，从他的领地里神不知鬼不觉地将他的宝贝闺女给掳走——就是南嘉老祖那种级别的上古神明都做不到！因此，真相只剩下一个，那只拆天拆地的小龙崽子，怕是自己离家出走了！

按常理，小墨渡是没有能力在不惊扰他的情况下，悄悄离开云雾山的。但墨九溟转念想到，南嘉老祖一贯善于捣鼓那些奇奇怪怪的小东西，在通常情况下更崇尚自身实力而不是外力辅助的神族中，难免显得有些不务正业。而被老祖宠到无法无天的小龙手上确实有不少南嘉出品的神器，具体有多少连他和青瑜都不太清楚。墨渡借助那些小玩意儿躲过他布下的法术，也不是不可能的事情。

共同得出该结论后，青瑜花容月貌的脸上，神情却如同被不慎打翻了的调色盘——精彩万分。忍了又忍，忍无可忍，她咬牙切齿地怒道："真是……一日不打，上房拆家！十天不打，这死小孩都敢给我离家出走了！我告诉你墨九溟，你千万别再拦着我！我这回非得打折了她的腿，看她还敢不敢再到处闯祸！还有师父，就知道纵着孩子，下次他再来云雾山，看我不把他丢出去！"

墨九溟难得没有劝说怒火中烧的夫人，反倒是冷着一张俊脸，微微颔首表示认可——确实该教训。

这小孩，真是反了天了！

真相的确跟老龙王和青瑜推测得八九不离十。作为一个从小读正史读得昏昏欲睡，看游侠话本看得精神百倍的小孩，墨渡能想到的用来证明自己已经长大了的"大事情"，就是离家出走去人间的江湖上做游侠闯荡一番，跟话本中豪气万丈的那些主人公一样。而她确实也是靠南嘉老祖送她的那些小玩意，才成功躲过阿爹的眼睛和法术，悄悄离开云雾山的。

云雾山地界外，一条无人路过的山间小道上，一个会隐形的白色小布包毫无预兆地在空气中显形。包上的盖头被一只白皙的小手从里面掀开，墨渡探头探脑地从看似只有不足她一半大的包里钻了出来。落地后，她反手合上了小包，在上面轻轻拍了两下："干得漂亮，阿白！"

小白包很有灵性地上下晃了晃，像是在欢快地回应她。

这只名叫阿白的包，即是南嘉老祖第一次和墨渡见面的那年，送给她的礼物。阿白是很有灵性的神器，不仅会隐形，还能自己活动飞行，平时就寸步不离地跟在墨渡身边。尽管尺寸看着不大，内里却暗藏乾坤，基本上什么东西都能塞进去。必要的时候（就好比现在），还可以将墨渡整个装进去，不被任何人觉察。但是由于里面的空气不流通，不能够待过长的时间，否则会因为难以呼吸而感到头昏脑涨。南嘉老祖特意警告过小龙，毕竟要是她在包里憋昏过去，那可就不好玩啦！

这一次墨渡能在不惊动老龙王和青瑜的情况下离开云雾山，阿白就是那个当之无愧的大功臣。当然，倘若让老龙王他们知道了的话，定会说："好哇！原来你就是那个助纣为虐的帮凶！"但老龙王和青瑜现在还不知道，因此阿白也就不知道自己其实是闯了个不小的祸。它正为自己完美地完成了小主人的任务，并且得到了夸奖，而感到高兴呢。

因为一开始就想好要出来做游侠行走江湖，墨渡出门前换了一身狩猎时穿的黑色劲装，披着一件游侠们经常穿的那种带兜帽的黑色斗篷，腰间还挂着她曾经因为眼馋墨九溟的佩剑而缠着她阿爹给她专门打造的一柄小版龙王剑。小姑娘对自己这一身打扮非常满意，在阿白乖巧地隐去身形后，她就哼着小调沿着小径，一路往南行去。

南岭山脉地势险峻，同时却也四通八达，直接与四大人类国度的边境接壤。要说老龙王将云雾山选为他们一家子的隐居之地，也是合情合理的选择。毕竟现今的九州大陆上，除去古老神秘的昆仑山脉，只余下南岭山脉不在任何一个国度的国境线内。

墨渡出门前当然是做好了攻略的。别看她从小到大都不曾踏出云雾山半步，可她知道的东西还真就不少。她身边的长辈都学识渊博、见多识广，平日里随意说起些外面的事情就令她受益匪浅。老龙王和青瑜尽管宠溺她，对她的教育问题可是毫不含糊，该学的知识、该看的书半点没落下。再加上墨渡一贯对游侠话本感兴趣，自己也会去翻《九州地方志》，在南嘉老祖来时还会缠着他给她讲些四处的风土人情和趣事。种种原因叠加在一起，墨渡此前虽从未涉足人间，但她对外面的世界并非一无所知。

因此，即使南岭地处四个人类国度之间，理论上她想去哪里都是可行的，但墨渡在出行前，仍是认认真真做过计划。她首先排除掉了西边的梁国。尽管西梁是游侠和巫师最常活动的地区，可那里的确鱼龙混杂，碰上坏人的概率大大增加。这是她第一次走出云雾山，没有什么江湖经验，还是不要选择过于复杂的环境比较好。紧接着，她又排除掉了北边的燕国。因为北燕国情相对复杂，且近年来天灾频繁，整体局势不太稳定。至于东边的祁国和南边的姜国，似乎都还比较富裕和平，适合去走走。墨渡在这两个国家当中迟疑了没多久，就出于曾经听说过南姜的帝都长明城，每年元宵节的灯会闻名遐迩，而最终敲定了去往南姜的行程。

于是现在，墨渡走在她认为是去往长明城的路上，打算先沿着乡间小路找到最近的驿站。最好能够在那里买到马匹代步，这样她就可以骑马直奔长明城，看花灯会去啦！

离开云雾山后，白雾逐渐变得稀薄。太阳东升，日头越发晒人。墨渡戴上兜帽遮阳，倒是不急着赶路。她第一次走出从小生活的云雾山，对周边环境抱有着极高的好奇心，不时被从未见过的陌生草木所吸引，比照着将那些花花草草同自己只在书本上见过的植物一一对应。假如周围有人路过的话，就会看到一个小孩自言自语地在山林中上蹿下跳。

"哎呀，这是……迷榖[1]！"墨渡身手敏捷地窜上一棵带着黑色纹理还隐隐散发着微光的构树，从树梢摘下一朵带着黑色纹理的小白花，"我还以为迷榖树只有更南边的招摇山[2]上才有呢……所以这就是迷榖花？"

阿白在她的身边凭空显出形来，也未必懂她在说什么，只附和地晃了晃脑袋（那应该算是它脑袋的位置）。墨渡自言自语的习惯是打小养成的。没办法，整座山上就她一个小孩，想找个玩伴都没处寻去，只能自己跟自己打发时间。后来有了阿白，她就开始走到哪里，都习惯性嘟嘟嚷嚷地跟身边如影随形的小布包说话。

墨渡想了想，又多撸了几朵迷榖花，塞进阿白的肚子里。这迷榖树有许多相关传说，最有名的一个即是只要佩戴它的花，在外行走时就不会迷失方向、忘记回家的路。伴随着传说在民间流传开来的，是一种象征性的寓意。假如你送亲朋好友一朵迷榖花作为临别礼物，那更多是在表达一种无声的寄托。当然，小时候一起读地方志时，她阿爹曾告诉过她，迷榖花的真实作用其实是抵御一些迷惑人方向感的毒素。

虽然墨渡觉得自己不会出门一趟就那么巧合地中招，但还是有备无患。况且，这是她头一回见到真实的迷榖花，还想带一些回家去送给阿爹阿娘和乐水姐姐他们呢！墨渡想好了，以后蒙楚伯伯他们再回老家时，她就在分别前送他们迷榖花，提醒他们过完节后要记得早点回来陪她玩。

撸秃了半棵树后，少见多怪的墨渡这才意犹未尽地收住了她的魔爪，从树上滑下来。小姑娘在委屈地散着光芒的树干上拍了拍，心虚地叨叨："对不起啦，大树。不过这点花你还可以再长出来的，不是吗？虽然现在是有点不好看……但我保证不会有下一次了！……你不说话我就当你原谅我啦？谢谢，你可真是一棵善良大度的树！那么祝你午安，迷榖叔叔，我

1　迷榖（gǔ），神话传说中一种树的名字，出自《山海经·南山经》："有木焉，其状如榖而黑理，其华四照。其名曰迷榖，佩之不迷。"
2　招摇山，《山海经·南山经》记载的一座山，大致位于现今的广东或广西境内。

们有缘再见！"

墨渡抬头看了眼将要升到头顶的太阳，这才在不务正业了半天后，记起自己此番下山的"正事"——也就是去长明城看灯会。她于是不再耽搁，加快了脚程，沿着山路前行，历时一个多时辰，终于抵达了最近的人间驿站。大抵是地处偏僻的缘故，这驿站规模很小，只是座两层的简朴小楼。门口拴着好几匹黑马，看起来是过路的客人临时拴在这里的。

墨渡仰头看了看敞开的大门上那块黑色的牌匾，上面从右往左题着四个大字"浮山 [1] 驿站"。她复又低下头，拉低了自己的兜帽遮住小半张脸。压下心中的紧张和兴奋——毕竟这可是她龙生中第一次跟外人打交道，墨渡故作镇定地迈过门槛走入驿站。

1　浮山，《山海经·西山经》中记载的一座山，大致位于现今的陕西境内。

贰·小龙历险记

浮山驿站比墨渡想象中的人间客栈要萧条，许是此地已非常接近姜国的边境，因而人烟分外稀少的缘故。狭小的驿站阴暗潮湿。这是很奇怪的事情，因为当墨渡站在驿站外的时候还被太阳照得有些刺眼，踏过门槛的瞬间就好像进入了另一个光线稀疏的昏暗空间。小店的底楼是吃饭的地方，摆着七八张大大小小的木桌，但只有两桌坐了人。

门口的小桌上趴着个神志不清的大胡子醉汉，听到她的动静，那人迷迷糊糊地抬起头来，举了举手中的碗，口齿不清地说："敬你。"

墨渡好奇地歪头看他。

提着白瓷茶壶路过的年轻店小二对大胡子笑道："哎呀，伙计，还没过晌午呢，就醉得认不清人啦？"

醉汉咕哝了一声又趴回桌上，手一松，端着的碗毫无悬念地被打翻。好在里面已经空空如也。他大概是醉得彻底睡过去了。

店小二应该是认识这人，对此见怪不怪，转而又看向刚走进门的墨渡。看了一眼，他似乎觉得她的打扮很奇特，抑或是从未见过那么小的孩子独自跑到这偏僻的荒郊野岭来。

"这位……客官？你打尖还是住店啊？"

"我打尖。"墨渡用她能压得最低沉的嗓音——其实还是稚嫩得很，尽量自然地回答。就好像她已经这样做过无数次。

"一个人？"

墨渡正要点头，转念一想，却留了个心眼："两个人，还有一个晚点到。"

店小二于是想当然地以为她家大人就在附近，张嘴想说些什么，被一声不耐烦的召唤给打断。

"小二！你这是现摘茶叶去了吗？叫你添点茶水，怎的半天也不来？"

墨渡循声看向店里的另一桌客人，相比起门口形单影只的醉汉，角落上的那一桌坐得满满当当的，足足有七个人。他们都跟墨渡一样披着厚厚的斗篷，有些在用餐时将兜帽摘下，还有几个依然戴着兜帽看不清面孔。其中，没有戴兜帽的一位年轻姑娘不耐烦地催着店小二去添茶。

店小二皱了皱眉头，估计是被训斥得不太开心，但他还是应了句"这就来"，再扭头对墨渡说："客官里边请，随便坐。"

墨渡目送他提着茶壶匆匆朝那桌客人走去。既然他说"随便坐"，墨渡也就真不客气地在小店里转了一圈，才在柜台附近找了张宽敞的桌子坐了下来。驿站的掌柜正坐在柜台后面支颐着打瞌睡。墨渡坐下时，他抬起浑浊的眸子瞥了一眼，慢慢地伸了个懒腰，才起身踱步朝她走来。这位掌柜是个上了年纪的瘦削老人，一双干枯的手让墨渡禁不住联想到森林里枯萎的老树。

在他走近时，墨渡听见老人自言自语般嘟囔着什么。

"嗯……奇怪、奇怪……怪事年年有，今天特别多……"

墨渡微微仰头，一双藏不住的大眼睛从帽檐下好奇地看向他："什么东西奇怪啊，掌柜的？"

老人在桌边停住脚步，用那双浑浊却莫名犀利的目光端详着她，半晌，低低地笑了两声。他俯下身，用近乎耳语的低哑声音对她说："当然是过路人。浮山距离南岭已不远了，附近少有人往来，但你可不是我们今天接待的唯一一个古怪的顾客啊，小客官。"

墨渡忍住心虚，不甚高兴地反问："我哪里古怪啦？"

老人耸肩，随手用布擦干净桌子，又给她倒了茶——只有一杯："哈，你说不古怪，那就不古怪吧。但老朽很怀疑……啊，是非常怀疑，这一桌的第二位客人是否当真就在附近。"

被戳穿谎言的墨渡惊悚地抬眸看他。

然而这位掌柜似乎没有恶意，他只是将茶放到墨渡面前，带着点不明显的笑意对她轻言细语："莫要惊慌，小客官，我们浮山驿站从不管江湖上的闲事。你从哪里来，又往哪里去，这和我一个老人家可没有丝毫的关系……现在，可以告诉我你要吃些什么了，这是我唯一需要知道的有关你的事情。"

墨渡和他对视片刻，慢慢地松了口气。这一上午走了不短的路，放下戒心后，她确实感到自己的胃正疯狂叫嚣着，于是从善如流地点了一份掌柜推荐的特色面。

在等待开饭的这段时间，她的注意力又落到角落里的那桌客人身上。倒不是墨渡非要去探究旁人的闲事，实在是那桌客人过于扎眼了。她方才点完餐，角落里就爆发了一阵争执，将她和掌柜的注意力都吸引了过去。

那个店小二不满地对年轻姑娘身边一位打扮贵气的女子说："夫人，您这样虐待一个生病的孩子未免也太过分了些！"

墨渡定睛一看，这才注意到那穿斗篷的一行七人里，六个是成年男女，余下一名被夹在他们中间的，却是个年龄不比她大上几岁的少年。这少年也披着件相同款式的深色斗篷，但那看着于他并不合身，里头似乎裹着一套没有理齐整的浅色长袍。先前他大抵是戴着兜帽的，现下兜帽顺着他微乱的墨发向后滑落，于是一张带着浓重病气的苍白的脸，就这样暴露在众人眼前。他眉眼间染着肉眼可见的倦意，神情倒是很淡然平静，好似周围的争执半点也没影响到他。

仿佛是感受到了墨渡的目光，少年忽然抬起眼眸，隔着不远的距离，在这光线不甚明朗的环境中对上了她的视线。偷偷看热闹却被当事人抓包的墨渡下意识一惊，却见那少年友善地冲她微微一笑，复又垂下眼帘，不再看她了。

在他身边，容貌艳丽的女子还在同店小二吵架，姿态格外嚣张跋扈："我管的是我自家的孩子，有你个外人什么事儿啊？"

"那你也不能捆着他的手不给吃饭啊！"店小二却是个热心的年轻人，毫不退缩地指责她，"我还没见过谁家的母亲是这样对孩子的呢！"

"我看你小子是吃饱了撑的，连老娘的闲事都敢管！"那夫人眉毛一横，伸手粗鲁地推搡着身边的少年，"你知道个什么？就跑来管闲事！这皮猴儿跑出去闯祸，刚给我捉回来。我不捆着他给点教训，他下次还敢给我乱跑！"

清秀的少年被她如此推搡，也只是微微蹙了下眉头，看上去连眼皮都懒得抬一下，几乎可以用不动如山来形容，颇有点"你说什么就是什么吧，我懒得跟你吵"的意思在里头。

墨渡闻言，挑了挑眉。别说店小二和掌柜见惯了人情世故，对这夫人的说辞不怎么相信，就连她都觉得用"皮猴儿"去形容眼前这个看上去十分文静有涵养的少年，未免太不恰当了。假如他这样的孩子在人类世界都要被定义为"皮猴儿"，墨渡禁不住想，自己这种拆过无数次家的小龙，会被定义成个什么玩意儿。

在她走神的时候，那边的争执暂且告一段落。店小二不情不愿地被掌柜厉声召唤回来，而那夫人不知出于什么心态稍稍妥协了些，正昂着下颔指使同行的一个随从给那少年喂点吃的（因为她仍旧不肯解开少年手上的绳索）。喂饭的随从动作十分粗暴随意，塞得少年止不住呛咳起来。

由于种族天赋，墨渡先天五感就比寻常人敏锐。在这样的距离下，店小二和掌柜都已听不清那边刻意压低的对话声，她却能将其听得一清二楚。因此，她更加确定了那位夫人是在鬼话连篇，她和少年压根不是什么母子关系！

少年止住咳嗽后，慢条斯理地掀了掀眼皮，好声好气地拖着长调对身边的女子说："这位夫人，您费了大力气将我从长明城劫持出来，总不会是打算让我噎死在这里吧。"

女子冷冷地白了他一眼："你给我闭嘴！我警告过你了，要是再敢乱说一句话，我就割了你的舌头。"

少年好像并不因她这个威胁而感到恐惧，对此淡然一笑："只是好心提醒而已。作为人质，我这个病秧子可能比你想的要脆弱不少。假如你暂时还不希望我有事的话，最好让你的随从轻拿轻放。"

女子没有接话，但她应该是将这话听进了。因为在她的眼神示意下，墨渡注意到那个随从手上的动作确实放轻了不少。少年坦然自若地接受"服务"，用过餐后还彬彬有礼地道了谢，就好像他不是个正寄人篱下的"人质"。

墨渡漫不经心地戳着自己碗里的面条，由于她的心思持续性被驿站另一头的动静分散，这顿饭她几乎没尝出什么味道来。让她困扰的原因显而易见，她已经从寥寥几句对话中，得知那个少年是被人挟持的。但面对这种情况一个旁观者应当做些什么，墨渡还是半点头绪也没有。

她觉得即使没有听见那桌客人的对话，掌柜的和店小二对其中的异样似乎也不是真的一无所知。可这二人的态度好像最终达成了一致，打算对此"袖手旁观"。就像老人一开始跟她说的那样，"浮山驿站不管江湖上的闲事"。

"可我又不是浮山驿站的人。"墨渡咬着筷子暗自琢磨。

她当然是在犹豫要不要帮忙。但横在眼前的两个问题，也是不得不考虑的。其一是对方足足有六人，数量上占绝对优势，她就是想帮忙也未必帮得上。而第二个问题，在于那少年除却最开始与她对视一眼，再没有更多的目光接触。他看上去淡定自若的不像被劫持，墨渡也拿不准他到底需不需要帮助，还是说他自己就有把握脱离险境，兴许他胸有成竹，压根就不需要墨渡的帮忙呢？

她的第二个问题很快就解决了。

由于墨渡抵达驿站较晚，她还没有吃完自己的那份面，角落里的七个人却已用完餐准备离去。在他们陆陆续续走过墨渡坐着的这张桌子时，忽然，那少年毫无征兆地脚下一滑，整个人重心不稳地朝墨渡栽了过来。墨渡下意识伸手扶住摔过来的人，抬眸却对上了一双没有半点惊慌的双眸，那少年冲她不着痕迹地笑了一下，完全不像个险些跌倒的人应有的反应。只是短暂的目光接触，不等墨渡反应过来，一个穿黑色斗篷的人就已将少年粗暴地提起，推搡着带出了驿站。在他们走出门时，墨渡隐约听见那位夫人正语气冰冷地威胁少年"不要做什么小动作"。

墨渡坐在被撞歪的桌子前纹丝不动，一直到门外的动静远去，她才低头看向自己手里被少年在短短一瞬间，借着衣袖遮掩塞过来的东西。那是一块做工精致的白色玉牌，墨渡仔细翻看，只见牌子的一面雕了一个清正的"蔺[1]"字，另一面刻着数字"九"。

作为一个绝对的行动派，墨渡只垂眸思忖了片刻，就决定将这个玉牌当作少年的"求救信号"。既然第二个问题有了答案，第一个问题也可以走一步看一步嘛！胆大包天的小龙在短暂的犹豫后暗自拍板。她收起玉牌，风卷残云地解决了碗里剩下的面条，打着饱嗝抹了抹嘴，一派潇洒地起身去柜台边付账。

掌柜的接过她递去的一堆碎银子，从中数出几个，将剩下的退还给了她。他用那很难说是混沌还是清醒的目光瞟了墨渡一眼，明知故问："不等你家的大人了？"

"不等啦！山不就我，我去就山。"墨渡笑眯眯地冲他挥挥手，"掌柜的再见！祝你午安。"

1　蔺（lìn），姓氏。

在她将要跑出门之际，身后的掌柜忽然出声叫住她。墨渡回过头，老人用和蔼的语气意味深长地说："江湖险恶。这位小游侠，自己多保重吧。"

估计见多识广的掌柜早已看出她的打算，但墨渡并没有改变主意。她不置可否地向掌柜的点了点头，迈开脚步越过依然趴在桌上醉得不省人事的大胡子，走出了驿站。一顿饭的工夫，日头稍稍偏移，散落的阳光也没先前那般晒人了。墨渡循着马蹄留下的足迹，确定了那些人离开的方向，毫不犹豫地提着自己的小版龙王剑追了过去。

若是寻常孩子，耽搁了这点时间，她是绝无可能再追上骑马的那七个人的。但墨渡可不是一般孩子，她再怎么说也是老龙王的女儿。而她阿爹墨九溟作为在上古时期曾以战斗力闻名九州的前任龙王，可没有看上去那般温润儒雅，也未曾打算将自己的下一代教导成什么无害的大小姐。因此，常年随父亲和叔叔伯伯一起在山里狩猎的墨渡，对人迹罕至的荒郊野岭半点不发怵。她驾轻就熟地钻进林子里抄了个近路，在不远的山路上顺利截住了骑黑马的一行人。

七个人，六匹马。蔺苏很淡定地由那个给他喂饭却差点噎死他的随从，将他控制在同一匹马上赶路，心里想着，不知道驿站里遇到的那个小姑娘，能不能明白他的意思？

蔺苏是南姜国的九公子，也是姜帝最小的孩子。距离他被这群人从他大哥的太子府里劫持出来，已经足足过去五天了。他知道大哥和父王现在肯定心急火燎地在找他。也不是他懒到不想要积极自救，实在是在这些劫匪有意避开人的情况下，他们这一路上基本走的除了荒郊野岭……还是荒郊野岭。而沿途的几个驿站，从掌柜到伙计都不想惹麻烦，不然他也不至于选一个小姑娘来往外传递消息。

希望那小姑娘的家长能认出姜国皇室的令牌，并且将这个消息传到他们大姜官府的手里吧——乐观的少年动了动被捆得太紧而几乎麻木的手，如是想着。

可惜，他不知道墨渡是离家出走的。那个所谓要"晚点到"的家长其实压根就不存在，或者说，正远在云雾山里因为丢了孩子着急上火呢。而墨渡这个头一次下山的"乡下孩子"，也并没有认出代表着姜国皇室子弟的令牌。因此，在蔺苏期盼着她将东西上交给官府（以此通知他大哥和父王他的位置）的时候，她选择在山里抄了个近路，不知天高地厚地埋伏在林子里，决定伏击即将路过的一行人。

只能说，平日里在云雾山中的狩猎战绩，让墨渡对自己武力值的估算有点不切实际。她当然可以算是一个狩猎好手，这毋庸置疑。但受限于年龄，即便墨渡是一个神女和一个龙王的孩子，道行也可以说是几近于无。因此，她的法术学得很是稀松，仍旧停留在每回起夜时想要点灯照明，都会不小心将屋子给烧着的水准。而凭借她舞刀弄枪的那点拳脚功夫，应付应付普通人类兴许还有一战之力。可劫持蔺苏的六个人中，没有一个是"普通"的。假如墨渡知道劫持那个少年的"绑匪"其实是和她阿爹老龙王同辈的青丘九尾狐首领白华夫人，她大概就不会想当然地认为自己能够拿着弓箭伏击成功了。

然而墨渡对此一无所知。所以她凭借在山中狩猎的经验，先蔺苏等人一步赶到他们即将经过的山路，攀上一棵枝叶繁茂的大树，将自己小心地藏在一根足够强壮的树枝上。她从小到大爬树爬出了经验，自五岁那次以后，就不会搞出因选错树枝而一头栽下树的洋相了。这点她很有自信！

墨渡蹲在枝头拿出了弓箭，等了不多时，南方的地平线上尘土飞扬，六匹黑色的快马载着七个披着黑斗篷的身影，自扬起的尘灰中飞跃而出。墨渡从背后的箭筒中抽出一根箭，搭在弦上。早在驿站里时，她就已觉察出这六个绑匪中真正的领袖，无疑是那位打扮贵气、脾气傲慢的夫人，其他人都像是她的随从。因此，秉着"擒贼先擒王"的策略，墨渡几乎没有迟疑地拉了个满弓，将手里的箭瞄准了她。

近了……再近一点……就是现在！

墨渡手一松，箭矢脱弦而去。她以为这一箭是十拿九稳的，但在千钧一发之际，原本瞄准那女子的箭矢倏地被一股无形的力量挡开，偏离了原本的轨迹，擦着黑色的斗篷深深扎进不远处的一棵树上。

"谁！"

被偷袭的女子怒喝一声。

墨渡心头一跳，只来得及遵循她忽然开始疯狂尖叫的本能，下意识往旁边一躲，翻身跃下树。而在她的脚尖将将脱离树干的那个瞬间，她原本藏身的位置就被某种杀伤力极强的法术噼里啪啦地炸了个外焦里嫩。墨渡抱着脑袋在草丛里滚了几圈，惊魂未定地抬头去看那棵变得跟焦炭似的面目全非的树，这才后知后觉地意识到，自己好像踢到了块不好惹的铁板！

这法术也太凶残了！假如她方才躲得再慢一点点，现在八成就已经变烤龙了！

外头被伏击的人却犹觉不解气，厉声高喊："什么人鬼鬼祟祟藏头露尾的？有本事给我滚出来！"

墨渡一边抬手将头顶沾上的杂草撸下来，一边暗自嘟囔：你说滚我就滚啊，那我岂不是很没有面子？

但形势逼人，为了不跟那棵可怜的树一起变成烤龙，她还是得出去。墨渡叹着气拍了拍外袍上的尘土，随后挂起人畜无害的笑脸，在那位夫人进一步威胁要烤了她时，依言走了出去。

原本高度警惕的一群绑匪，在看到一旁的林子里应声走出来的只是个半大的孩子时，都有些面面相觑。尤其是这个小姑娘面对他们握在手中的刀剑丝毫不恐惧，还用一种到邻居家串门般的熟稔语气说："哎呀，夫人，好巧。我们可真是有缘呐！"

为首的那名女子，正是青丘九尾狐的首领白华夫人。她蹙着眉上下打量墨渡，认出了这个小孩："你是方才驿站里的那个小鬼？"

"是呀，夫人。"墨渡语气轻快地应道。

"你偷袭我？"

"这是哪儿的话。"墨渡眨巴着一双迷惑性极强的黑眸，随口瞎扯了一个理由，说得理不直、气很壮，"我只是看这位小哥哥颇为面善，想过来交个朋友嘛！"

但很显然，在场的其他人并不认为她是来"交朋友"的。就连那个被劫持的少年都似是觉得眼下可不是什么"交朋友"的好时机，正着急地冲她使眼色，好像是在叫她快点跑。

然而墨渡没有跑。

"交朋友？"白华夫人简直被这不知从哪儿跑来的小鬼头给气笑了，"什么乱七八糟的！给我拿下她！"

她身边几个原本就捏着兵器蓄势待发的青年男女闻言，毫不犹豫地从马背上一跃而起，气势汹汹地将墨渡包围起来。

墨渡的弓箭方才丢在了林子里，但她的龙王剑还在身上。虽然嘴里在瞎扯，但她早就做好了一场恶战的准备。在对方围上来的瞬间，她自腰间抽出那柄阿爹亲自给她铸造的小版龙王剑，毫不犹豫地提剑跟绑匪打成一团。

小龙的狩猎经验丰富，打架斗殴水平稀松。但自认已经是"游侠"的小孩面对强敌却秉持着"侠义精神"没有逃跑，尤其是她依然牢记自己此番的目的是来救人的。于是她提着小龙王剑一通勇猛反抗，不出一盏茶的工夫，毫无悬念地成功使自己落入敌手。

倘若不是双手被缚动弹不得，旁观某个小姑娘从抵抗到被抓全过程的蔺苏，简直想要扶额叹息。

救人不成反被抓。饶是从小到大干过不少离谱事的墨渡，在被缴械时也禁不住有点脸红。假如这件丢脸丢到蓬莱的事情让她家老祖知道了，怕是要笑她好多年！

"夫人，这个管闲事的小孩要怎么处理？"

其中一个被墨渡用小龙王剑伤到的青年随从，公报私仇般将小姑娘五花大绑起来丢给同伴看守，拿着缴获的剑走向仍坐在黑马上的白华夫人。

白华夫人扫了一眼形貌狼狈的墨渡，轻蔑一笑。她伸手接过随从递来的战利品，用一种阴恻恻的语调说："还能怎么处理？办完正事后，就把这个讨厌的小鬼给我带回去下酒……"

她瞳色偏浅的眸子漫不经心似的扫过手中的剑，但在视线落到小龙王剑上时却是倏地瞳孔紧缩，威胁的话尚未说完就像是被蓦然掐断，没下文了。

那青年随从见她神情有异，不解地唤了声："夫人？"

白华夫人拿着剑的手微微发颤，脸色转瞬间变得极为难看，口中低声呢喃："龙王剑……不对……不可能……这……"

她指尖微颤地抚过在方才的打斗中染上些许血迹的银剑。虽然尺寸小了一圈，但确实是龙王剑没有错，剑上的每一道纹理都和她记忆里的分毫不差。这就是那柄该死的龙王剑，烧成灰她都不会认错！

白华猛地抬起头，犀利的目光直直对上不远处被两个随从扣住，还在试图挣脱的墨渡。

墨渡被她淬了毒似的阴森目光看得吓了一跳，不明其意。

白华深吸一口气，持着那柄剑，从马背上一跃而下，一步一步走到被随从控制住的墨渡身前。她用一种探究的目光打量着眼前的小孩，直到心大的墨渡都被她看得有点发毛时，才缓缓开口用一种肯定的语气说："这是龙王剑，那你就是墨九溟的女儿。"

"你认识我阿爹？"墨渡这回是结结实实地吃了一惊，"那你……你是？"

白华没有立刻回答这个问题，而是手执小龙王剑，虚虚地在她身上比画着，最后停在了女孩白皙的脖子上。尖锐的剑刃带着点凉意，稍稍偏移些许，就带出一道浅浅的血痕。

墨渡于是识时务地住了嘴。她悟了。看来这位夫人不是她阿爹的什么旧友，这恨得咬牙切齿的架势，怕是有旧仇还差不多。

白华见她佯装乖巧地安静下来，嗤笑一声，阴阳怪气地说："谁不认识龙族大名鼎鼎的九溟王啊——当年他可是用这柄剑，将整个九州大陆搅得腥风血雨、不得安宁。"

墨渡面上笑得乖巧，心里却是半个字都不信。这说的是她那个为了劳什子环境平衡，连条文鳐鱼都不让她打来吃的阿爹？开什么玩笑！

白华夫人才不理她心中在想什么，依然用那双瞳色异样的眸子注视着她，好像在通过她看向那位记忆里的龙王："说起来，我们青丘国与他还有笔账，没机会好好算算清楚……"

"青丘？"墨渡眨了眨眼睛，从记忆里翻找出相关信息，"难道夫人是九尾狐一族？"

"不错。"

难怪她会认识她阿爹。青丘九尾狐与龙族一样，都是上古时代的生灵。比现今占据九州大陆的人类，要高不知道多少个辈分。但再古老又如何？墨渡看了看眼前这个脾气恶劣的九尾狐夫人，碍于自己的脖子还被她拿剑抵着，这才没有脱口而出——夫人，醒醒吧！青丘亡国都千年不止了！

自打人类崛起，他们这些自恃古老的生灵种族，都情愿或不情愿地让了路。如今大陆上现存的上古种族屈指可数，且都和青丘九尾狐一族那样，早就没有了国家的概念，顶多只能算是隐居在山林里的零星部落而已。

"白华夫人。"

白华正要再说些什么，却被身后一个低沉的男声唤住。只见一个自始至终不曾摘下兜帽，且先前并未依白华的指使与墨渡交手的高挑身影，不知什么时候下马来到了她的身后。

墨渡先瞥到一双肤色惨白的、如蜘蛛腿一般骨节分明的手，自那厚重的黑斗篷下露出。而后她才凭借着小个子的身高"优势"，在抬眸时看见了那双被兜帽半遮半露的、仿佛蛇类一般墨绿阴冷的眼睛。

"明先生，有何指教？"

白华夫人对他的态度明显谨慎不少，这让墨渡确定了他不是她的随从。他们之间的关系应当是趋于平等的。

"指教谈不上。"明先生慢条斯理地说，语气温和得很，但怎么听都让墨渡觉得不太舒服，"只是见白华夫人耽搁得有些久，来看看有没有在下能帮得上忙的地方。"

"不必。"白华冷淡地拒绝，"这是我们九尾狐一族的事，不劳明先生费心。"

明先生不置可否地颔首。

墨渡后知后觉地从那一声"白华夫人"中联想到了什么，她惊奇地说："白华夫人？您不会就是青丘九尾狐一族的那位首领吧！"

不能怪墨渡惊奇。即使她早已知道青丘灭国千年，又怎么能想到九尾狐一族，竟已沦落到连首领都在荒郊野岭干着拐卖小孩的勾当呢！墨渡看这位夫人的目光，顿时染上了说不出的诡异。

白华被她看得直皱眉："怎么，你知道我？"

"听说过一些传闻。"墨渡腼腆地应道。

为了自己的小命着想，她忍住没有说：我特别爱听乐水姐姐在睡前给我讲你上门单挑我阿爹，却被龙王剑抽断了两条尾巴的那段故事。

至少墨渡现在知道为什么这位夫人看到她的小版龙王剑时，如此咬牙切齿了。

即使某只小龙忍住没有嘴欠，白华也没打算轻易放过这个老仇家的孩子，她目光阴森地拿着剑在墨渡身上比画，似乎是在盘算往哪里戳几个窟窿更加合适："既然你是墨九溟的女儿，那拿你下酒也未免太普通了。看在我和你阿爹的'交情'，怎么也得给你安排个清新脱俗的死法不是？"

墨渡思考片刻，态度保守地提出了自己的意见："我觉得下酒听上去已经非常清新脱俗了，白华夫人。"

"还敢顶嘴！"白华眉毛一挑，就要发怒。

那位"明先生"的目光在她们二人之间游走半晌，忽然出人意料地开口替墨渡解了围："白华夫人，既然这位小友是老龙王的爱女，而我等现在与龙族并无立场冲突，依在下拙见，我们不如在办完正事后将她放了，也算是跟南海龙族结个善缘。"

"我和墨九溟之间可没有善缘可结。"白华断然拒绝。

明先生见她态度坚决，静默了一瞬，没有再劝。他只是垂眸用那双妖异的墨绿眼睛，意味不明地深深看了墨渡一眼，转而又对白华说："眼下还是正事更要紧。夫人将如何处理这位小友，可以待我们办完正事后再议。此地不便久留，既然小龙殿下出现在这里，那位老龙王怕是也在不远的地方。依我之见，我们还是避开官道，尽快赶路为好。"

这话白华倒是听进了。她思忖半晌，收起了原本指着墨渡比画的小龙王剑，挥挥手示意旁边的随从带上墨渡，一行人复又上马赶路了。被墨渡这个半路杀出的小鬼搅和了一番，白华等人明显在掩盖行踪方面变得更谨慎。他们不再走大路，而是选择了坎坷曲折的山林小径，一路策马疾行向北。直到太阳西斜，才在深山中找了座废弃已久的破败古庙安顿下来。

出于某种自保的心理，墨渡并没有告诉他们，她阿爹其实并不知道她在哪里。作为一个送上门的人质，她的心态和脸皮都很坚实，既没有惊慌失措，也没有觉得自己这一通离谱的行径很丢人现眼。当白华夫人吩咐随从将她和那个少年一同捆到庙里的一根柱子上后，她很自然地跟身边这个看似比她大两三岁的小哥哥搭起话来。

"小哥哥，你好哇。"

蔺苏扫了不远处的白华等人一眼，彬彬有礼地向她颔首："你好。"

见他应了话，墨渡瞬间来了聊天的兴致。自来熟的小姑娘在三言两语间将对方的姓名、年龄和家庭背景都套了出来，并礼尚往来地将自己的底细也卖了个七七八八。

初春的傍晚温度骤降，山里的空气随着天边淡去的夕阳，愈发寒冷起来。蔺苏无奈地看着身边这个性情跳脱的小姑娘，即使是向来随遇而安的他，都不得不佩服墨渡在这种境遇下竟还能精神抖擞地跟他话痨。

他再次谨慎地瞄了一眼在古庙另一头生火的白华等人，不着痕迹地凑近跟他捆在一起还在絮絮叨叨说些什么话的墨渡，压低声音："你父母应该就在附近，对吧？"

墨渡顿时止住话头，难得有些羞愧。她也歪过头跟少年凑得更近，用几近气音的声调回答："没有，我阿爹阿娘都在云雾山呢。我是偷跑出来玩的，原本打算去长明城看花灯，听说你们元宵节时的花灯会特别好看……"

从小到大被皇室礼仪教条熏陶，不曾做过半点出格事的姜国九公子，一脸震撼地看着她。大概是很难想象，居然有小孩能顽皮胡闹到这种程度！

好半晌，蔺苏才勉强找回自己的声音："既然是这样，你居然还敢一个人来埋伏他们？我以为你是因为家长在附近才有恃无恐。"

"我埋伏他们，还不是因为你在驿站跟我求救了！"墨渡叫道。

蔺苏心中五味杂陈，一时竟不知道自己是该感动，还是该无奈，最后他说："我只是想让你帮我传个信。"

"什么信？"墨渡茫然，"你不是只给了我一块玉牌吗？"

"那令牌是我们姜国皇室的信物，我父王和大哥现在肯定到处在找我，只要有人把这块令牌交给最近的官府，他们就能推断出我的大概位置……

我怎么可能让你一个小姑娘来救我？"蔺苏仔细解释清楚自己最初的用意，看向墨渡的眼神里是止不住的歉疚。毕竟她会被卷进这件事并陷入险境，完全是因为他的考虑不周。

墨渡听完来龙去脉，总算明白自己因为"没见识"而会错了意，这才闹出"救人不成反被抓"的乌龙事件。她跟蔺苏大眼瞪小眼地沉默了片刻，最后心虚地转移话题："那九尾狐一族到底为什么要抓你呀？"

蔺苏摇头："这我也不知道。事实上，在你们的那段对话之前，我都不知道他们是青丘九尾狐。不过，他们本来要抓的也不是我，而是我大哥。"

"你大哥？他们抓你大哥做什么？"

"他是我们大姜的太子，身份比我重要多了。估计他们是想以储君的性命去要挟我父王，以此和姜国谈判，达到什么目的吧。"蔺苏合理推测。

墨渡似懂非懂地点头，不过她也不是非要搞清楚这当中的弯弯绕绕。她只是在思忖少顷后，很直接地又问出心中的另一个疑惑："所以你是被他们从长明城里掳出来的，那他们为什么要带你往南岭这边来啊？青丘不是应该在长明城的南面吗？"

作为一个立志未来要做游侠的小孩，墨渡对九州地图不可谓不熟。因此她听完蔺苏推测后的第一时间，就琢磨出了些许异样。

蔺苏与她恰好相反。他作为姜国九公子，却因先天不足、常年多病，再加上本身性子也喜静，其实在这次被绑架以前，从未离开过长明城。何况被劫持后，白华一行人为了避开城镇，绕了不少路，早就把他那点本就不多的方向感绕得糊里糊涂。他不仅不知道白华等人到底是何方来路，就连自己正被带往何处，也是摸不着头脑。

听了墨渡的疑问，他不禁愣住，沉思片刻，忽然变了脸色："你是说，我们现在已经在南岭附近了？"

墨渡不明白为什么这个被劫持后看上去一直很沉着的小哥哥，突然间神色紧张起来，她茫然地应道："对啊，难道你不知道吗？我遇到你们的地方，已经离南岭很近了。现在我们正在一路往北，应该早就进入南岭山脉地界。"

"所以我们已经离开姜国国境了吗？"

墨渡回忆了一番，点头："应该是。按他们这个方向，八成是想要翻越南岭吧。南岭一带除了云雾山是我们一家的地盘，其他山峰都没人住。若不是要带你翻过南岭的话，总归不会是打算在这深山老林里杀你灭口？"

最后一句话纯粹是在开玩笑。在墨渡看来，真要找个荒无人烟的地方杀人灭口，在长明城附近就能做到。白华夫人又何必费那么大力气，将蔺苏一路从长明城带到南岭？难不成是南岭风水太好，适合杀人越货？怎么可能嘛！

但蔺苏不知道是终于从她的玩笑中想通了什么，他一直称得上是轻松散漫的神情，逐渐凝重起来。

"不行，我得想办法逃走。"墨渡听见他用在如此近距离下也几不可闻的声音，对她认真说道。

大概是被他郑重其事的神色感染，墨渡收敛了笑意，用差不多的声音反问："为什么？我是说，假如他们是为了拿你和你父王谈判的话，你没必要非得逃跑不是吗？你可以选择等着他们和你父王协商……这难道不是你本来的打算吗？"

蔺苏目光沉了沉，扫了眼距离他们不近的白华夫人，问墨渡："你说，往北越过南岭，是什么地方？"

墨渡不过脑子就能回答这个问题："北燕国啊。往北翻过南岭，就进入北燕地界啦。"

蔺苏知道凭自己这个病秧子，想要逃跑成功的可能性几近为零。他轻声跟墨渡解释自己的想法："他们真要谈判，倒是无所谓。大不了谈崩了，我父王他们会斟酌着利弊，考虑要不要放弃我。可我担心他们从一开始就没打算谈判。这两年南岭以北因为饥荒的缘故，南姜和北燕两国的关系非常紧张。假如我死在北燕境内，又没有人知道此事是青丘的手笔，这笔账就会被算在北燕头上。我担心本来关系就岌岌可危的两国会因此开战。"

墨渡虽然从小长于深山，脑子却也不是不好使的。听完他的解释，顿时惊悚，她讷讷地说："不会那么阴险吧……不是还有'终南山条约'维持人间的和平关系吗？"

蔺苏轻轻叹息："近百年来，'和平条约'对四国的约束越来越弱了。"

墨渡顺着他这思路越琢磨，越觉得这事儿还真有可能如蔺苏所言。要不是她误打误撞地搅和了进来，谁会知道劫持蔺苏的绑匪是青丘一族呢？他们这些古老的生灵种族退出历史舞台已经很久了，是个人都不会往他们身上猜测。

假如真是如此，她更加不能放任蔺苏被白华夫人他们杀死在北燕地界了。

墨渡暗自盘算了一番，想要开口跟身边的少年再说些什么，却忽然住了嘴。她听见有人朝他们这边走了过来。墨渡抬起头，又对上了那双令她印象分外深刻的绿眸。

那位明先生在两个孩子警惕的目光中走近他们。他在墨渡的身前蹲下身来，与她平视："小龙殿下，我为我们的怠慢向你道歉。"

很奇怪。明先生待她分明比那位白华夫人要温和友善不知道多少倍，可墨渡的直觉却让她非常不喜欢眼前这个人。然而她面上半点没露出心中的不适，仍是一派天真地同他嬉笑："好说好说。"

明先生从黑斗篷下向她伸出一只苍白的手，墨渡忍住下意识想要躲闪的本能，坐在原地任他用异常冰冷的指尖，轻轻触碰自己颈间被白华夫人用龙王剑划出的伤口。

疼痛让墨渡禁不住瑟缩。

明先生收回手，自斗篷下摸出一块干净的白色绢布，示好一般小心翼翼地替她将颈间仍在渗血的伤口仔细包扎。也许是碍于白华夫人的态度，他做完这一切后只是向墨渡礼貌地点了点头，就起身返回同伴身边去了。

由于不确定在这样的距离下说话到底是不是真的安全，蔺苏和墨渡对视一眼，各自按下心中的盘算，不再多说。

太阳落山后，空气更寒凉，破败的古庙变得阴森又空旷。用法术点起的火堆摇摇曳曳，隐隐透着不祥的幽绿色的光。两个小孩被结结实实地捆在柱子上，白华夫人大概是很有信心他们逃脱不了，并不怎么多做提防。

夜色渐深，寒潮翻涌。长途跋涉难免有些疲倦，因而在吃过晚饭后，白华只嘱咐两个青年随从轮流守夜，其他人都凑在火堆附近找了个相对舒适的姿势，慢慢睡了过去。负责守夜的青年打着哈欠，不时往火堆里添两根柴。

蔺苏患有先天不足之症，从小就容易生病，他在被劫持出来的那天夜里就因受凉染上了风寒，这几天一直断断续续发着低烧。虽然被紧紧捆在柱子上的这个姿势不甚舒服，他还是抵不住睡意渐渐打起了瞌睡。向来精力充沛的墨渡倒是精神得很，她倚着柱子假寐，偶尔抬眸瞟一眼不远处正在守夜的那个随从。

墨渡的小龙王剑被白华夫人放在身侧，出于某种心理阴影，她似是并不想要将它贴身放着入睡，又不愿将它交给身边的随从。墨渡的目光扫过自己的银剑，在被守夜的青年注意到以前就重新合上双眸。她心里的计划早已成形，只是在等待一个合适的时机。

这个时机来得比她的预期更早。

守夜者似是白日里累到了，强打着精神撑了一个时辰，眼皮忍不住打起架来。他在愈发浓重的倦意中挣扎了好一阵，最后还是不知不觉地垂下脑袋陷入睡梦。而在他睡着以后，原本看上去已经熟睡的墨渡却忽然睁开了眼睛，看向火堆边七倒八歪地睡了一地的六个人。

墨渡看了半晌，确定他们当真是睡熟了，心下不由窃喜。她用胳膊肘轻轻撞了撞身侧迷迷糊糊的少年。蔺苏睡得并不舒服，因此墨渡没花多少工夫就将他唤醒了。少年在她的示意下看向全部入睡的绑匪，明白了她的意思。

这确实是个逃跑的好机会。但蔺苏低头看了眼身上牢牢将他们两个绑在柱子上的绳索，心下犯了难。他实在想不出有什么办法能让他们从这绳索中挣脱出来。他用眼神向墨渡表达了自己的疑惑，可对方看上去似乎没觉得这是一件困难的事情。

为了不吵醒睡着的绑匪们，墨渡没有出声跟他解释什么，只是将目光又远远落到被摆放在白华身侧的、在火光映照下反射着银色流光的小龙王剑。蔺苏顺着她的目光看过去，也看到了那柄属于墨渡的剑。这并没有让他的疑惑减少。一柄锋利的剑刃确实可以解决他们眼下的困境，但俗话说"远水解不了近渴"，他想不出来要怎么用一柄拿不到手的剑，斩断捆着他们的绳索。

持续性发低烧让蔺苏的思维止不住发散，他迷糊地想：这简直是个悖论嘛！拿到了剑就可以解开绳索，但解不开绳索就拿不到剑呀！

墨渡显然不认为这是个悖论。她用目光安抚了困惑的蔺苏，示意对方继续看。于是，蔺苏无奈地再次将目光落到那柄对他俩来说"远在天边"的小龙王剑上，然后他就像是看到了什么不可思议的事情，惊诧地睁大了眼睛，昏沉的困意霎时被惊飞至九霄云外。

只见空气中荡起一阵诡异的波澜，原本安安稳稳摆放在地面上的小龙王剑仿佛被一张无形的大嘴一口吞了下去，立时不见了踪影。这个变故发生得又快又安静，就连距离剑最近的白华夫人也没有被惊醒。

蔺苏呆愣片刻，就见他们近旁的空气又是一阵波澜，那柄被不知道什么东西吞掉的剑就这样又被吐了出来，无声地落到墨渡的身上。而小姑娘看上去镇定得很，半点惊讶的神色都没有，就好像每天都有东西在她眼前被空气吞掉再吐出。

墨渡确实不惊讶，因为阿白是在她的授意下，去将小龙王剑从白华夫人身边给"偷"回来的。她作为阿白的小主人，彼此之间心灵相通，即使不用语言也能交流。至于她为什么平时喜欢跟阿白说话，纯粹是出于一个话痨找不着人唠嗑的憋闷。墨渡轻手轻脚地将龙王剑从腿上一点点挪到自己被捆住的手中握住，然后用一种使蔺苏禁不住担忧她是否会伤到她自己的别扭姿势，反手割断了捆着他们的绳索。

逃跑计划的第一步，成功！

墨渡起身活动一番自己因血脉不通而发麻的四肢，伸手拉住想要招呼她悄悄地往庙外撤退的蔺苏，指了指两人跟前的一团空气。不等少年感到纳闷，阿白就在空气中显了形。作为一个友善的小布包，它跟她的小主人一样自来熟，欢快地跟吃惊的蔺苏摇头晃脑地打招呼。

蔺苏沉默地看着悬在空气中冲他扭来扭去的小布包，觉得今天一天碰到的离谱事，比他人生前十二年加起来还要多。他想，就算明天升起的太阳长着某只小龙的五官冲他做鬼脸，他都不会再感到惊讶了。

皮惯了的墨渡丝毫不觉得自己的行为是在挑战一个乖孩子的承受能力，她掀开阿白头顶的盖子，熟门熟路地从那个看上去没多大的洞口，钻进体积比她小不知道多少圈的布包里，然后探出半个脑袋无声地招呼蔺苏一起躲进来。蔺苏深吸一口气，瞥了一眼暂时没被他们惊动的绑匪们，还是选择跟着墨渡一起钻进那个看上去顶多只能塞几只兔子的小布包。在他们两个都钻进去后，阿白自己将头顶的盖子合上，悄无声息地消失在空气中。

蔺苏只觉得自己一头扎进了一个黑咕隆咚的洞穴里，而且四周十分拥挤，他好像是跌坐在了什么杂物堆中，腿和胳膊不时地磕碰到一些奇奇怪怪的东西。由于不确定现在说话是否足够安全，他忍住了周身被各种硬物碰撞后的疼痛，没有发出丝毫声音。他刚刚在这个没有一丝光亮的地方坐稳，还没来得及跟墨渡接上头，就感觉到这个"洞穴"忽然开始高速移动起来。猝不及防下，蔺苏在这杂物堆里摔得七荤八素，跟坐在一旁的墨渡骨头碰骨头地撞在一起，跌成一团。

墨渡被撞得"哎哟"一下叫出声来。她不是第一次坐"阿白"出行，但确实是第一次带其他人进来。因此，这样的"交通事故"也是她始料未及的。小姑娘在黑暗中摸着被撞疼的脑袋抱怨起来："你过去一点嘛！"

"对不起。"蔺苏急忙道歉，在这"洞穴"的快速移动下勉强稳住身形，"我们这是在……"

"我们在阿白肚子里啦！"墨渡回答，"阿白就是我的小布包，是我老祖送给我的。它会隐形，还会飞，可以直接带我们回云雾山……也就是我家。"

"所以，它之前一直跟在你身边？"蔺苏有点明白墨渡被白华夫人抓住后，为什么如此镇定了。

墨渡肯定了他的推测："当然。难不成你以为我会什么后手都不留，就跑来冒险吗？我老祖说了，行走江湖，打不打得过别人还是其次的，重点在于打不过时要会逃跑。论打架我不如那群狐狸，但论逃跑我可在行了！你放心，他们肯定抓不住我们的。"

良好的涵养让蔺苏咽回了已经滑到唇边的那句："难道会逃跑是一件很值得骄傲的事情吗？"他对墨渡那位素未谋面的"老祖"起了罕见的好奇心，毕竟对于从小受正统教育的姜国公子来说，拿这样的"歪理邪说"荼毒孩子，实在是件不可思议的事情。但仔细一琢磨，好像说的也没错。要是打不过，还跑不过的话，不就像他之前那样只能任人宰割了？

墨渡不知道自己随口几句话，已经有了将一个从行为到思想都称得上是端方如玉的少年给掰歪的苗头。她突然想起什么："啊，虽然在阿白肚子里说话是安全的，但我们最好还是少说，节约点空气。毕竟阿白肚子里的空气有限，待久了会头晕。"

蔺苏回过神来，"嗯"了一声。过了一会儿，他还是忍不住问道："我们在这里面，他们发现不了我们？"

"放心吧，只要我们不出去，就算是我阿爹都未必能发现。"对此墨渡很有自信，她好心安慰蔺苏，"你可以靠着睡一会儿，等天亮了，我们差不多就能到云雾山了。云雾山地界内有我阿爹布下的守护结界，只要进了云雾山，我们就彻底安全啦！到时候就算是九尾狐全族都跑来追杀我们也没用，他们越不过屏障的。"

墨渡说得信誓旦旦，但鉴于见面以来小姑娘的一系列不着调行径，蔺苏对此其实仍是半信半疑。只不过他确实烧得犯困，因此即使心里有点疑虑，还是撑不住逐渐在颠簸中睡了过去。

破败的古庙里，倚着墙入睡的明先生在阿白隐身后，慢慢地睁开了那双阴冷的眸子。他意味不明地看了眼柱子边被割断的绳索，又看向仍然在篝火边沉睡的白华一行人。很古怪的，他并没有声张，反而再次闭上眼睛，就好像压根没有发现柱子边的两个人质不见了踪影一样。

几个时辰后，天蒙蒙亮，第一缕金色的阳光自云端缓缓漾开。沉沉睡了一宿的白华夫人终于发现应该被好好捆在柱子上的两个小孩，竟然在没有惊动他们任何一个人的情况下跑得没影了。连原本缴获的那柄小龙王剑，也诡异地消失不见。暴脾气的九尾狐夫人气得揍了那个负责守夜，但守着守着就睡着了的随从青年一顿。

"还愣着做什么，给我追！"

在其他随从瑟瑟发抖时，明先生却不受影响地劝慰她说："夫人请息怒。"

白华将凌乱的长发往身后一撩，重新披上斗篷。她一边往古庙外走，一边冷冷地说："我不需要息怒。那个男孩身上有我先前打上的标记，他跑不了。"

距离云雾山还有两座山的森林里，墨渡和蔺苏毫无征兆地被阿白从肚子里吐了出来。两个小孩在地上滚了两圈，狼狈地急促呼吸着新鲜空气。

蔺苏手撑着地坐起来，揉了揉发胀的额角："我们到云雾山了吗？"

"还没有……咳咳……"墨渡因先前的窒息感心有余悸，瘫在地上一时不想动弹，"是我估计错误，两个人消耗空气的速度比我预期的要快好多……"

蔺苏拍了拍袍子上滚出的大片污渍，片刻后他彻底放弃，脏成这副模样，看来是没救了。少年抬起又疼又胀的脑袋，环顾四周。他们现在依然身处于渺无人烟的深山老林，参天古树的枝叶格外茂密，晨曦的微光自树叶缝隙间渗透进昏暗的森林里。

"天都亮了，他们应该已经发现我们不见了。"

整晚没睡，就算是向来精力充沛的墨渡，现在也难免显得有些蔫了吧唧："应该是，但他们又不知道我们往哪个方向跑，没那么快追上来的吧。"

理论上是这样没错，可蔺苏的直觉还是让他心下有些不安。他忍着发烧带来的头痛和恶心，勉强站立起来，走向赖在地上不想起的墨渡："你还有力气走吗？我有点不好的预感，也许我们还是应该尽快赶路。"

墨渡其实很想说"让我瘫会儿吧，我现在一点也不想起来赶路"，但轻重缓急她还是分得清的。尤其是在神明的世界里，"预感"或者"直觉"的可靠性比人类想象的要高不少，对此她并不敢小觑。

墨渡叹了口气，慢吞吞地向他伸出自己的手。蔺苏会意，将满脸困倦的小姑娘拉了起来。

"你还能分辨方向吗？"

"没问题。"墨渡拍了拍身上的土，有点嫌弃自己的袍子和斗篷都变得那么脏兮兮，"继续往西，翻两座山应该差不多了。说起来，你是不是有点路痴啊？我发现你方向感真的很差哎！"

蔺苏有些不好意思地轻咳一声："大概因为我从来都没出过长明城吧。"

这个理由并没有说服墨渡，她茫然地看了他一眼："可是，我也没有出过云雾山啊。"

少年和小姑娘默然对视片晌，不约而同地决定将这个有点伤友谊的话题轻轻揭过。是的，经历了这么一番惊心动魄的折腾，蔺苏和墨渡都已不知不觉将对方定义为"朋友"。尤其是从小到大都没有小伙伴的墨渡，她看这个她龙生中认识的第一个年龄相近的小哥哥格外顺眼，尽管对方的方向感成谜。

还好从小在山里乱窜的墨渡，方向感比寻常人都要好。在她的带领下，他们翻山越岭，晌午以前，终于看见了沉在一片似真似幻的烟云之中的云雾山。

"阿苏，你看，那里就是我家啦！"墨渡高兴地指着云雾缭绕的山峰，对身边新认识的小伙伴说。

知晓云雾山就在不远处，蔺苏也是稍稍松了口气。这一路上，墨渡虽然稍微有些疲倦，精神状态倒是一如既往的活泼。但他却一直放松不下来，总觉得会被那些九尾狐追上。

他正想应墨渡的话，遂听闻一阵熟悉到不祥的马蹄声在身后响起。两个小孩瞬间变了脸色。

墨渡只觉不可思议："哎呀，他们怎么会那么快就追上来啦！"

蔺苏来不及说话，直接拉住她的手，两个人拔腿在树林里疯狂地奔跑。假如墨渡先前没有夸大其词，只要跑进云雾山，他们就安全了。

墨渡回过神来，也觉得现在不是计较对方怎么追上他们的时候。她比蔺苏更加了解云雾山地界的具体范围，跑了没几步，就反过来拽着蔺苏，以她认为最近的路线往云雾山的边界飞奔。

但两条腿哪里有马蹄跑得快？即使他们跑得快要断气，夺命似的马蹄声还是距离他们越来越近，而白华夫人的怒吼更是让两个孩子心里一凉。

"给我抓住那两个小崽子！"

　　墨渡觉得自己这辈子都没跑得这么快过。还在发着烧的蔺苏更是完全靠意志力跟上她的速度，他几乎感觉不到自己的腿了。法术造成的爆炸声在他们身后响起，两个小孩谁也没回头看，只闷头往前冲。

　　墨渡比从小被圈养长大的蔺苏的情况稍好，至少她凭自己的本能拽着蔺苏在树林里绕着弯跑，一次次躲过了身后的法术攻击。在他们跑过的地方，一棵又一棵树被炸成焦炭，就像昨日墨渡埋伏在树上却被白华夫人发现时那样。

　　感觉到最近一次爆炸几乎是擦着他们打在树干上的，就算是胆大如墨渡都难免有点惊惶。可她知道自己是那个带路的人，她若是慌了，他们成功逃脱的可能性就更小了。

　　"快到了……再……再坚持一下……"墨渡对蔺苏说道，又或许只是在安慰她自己。

　　蔺苏压下喉间的腥甜，没有接话，但他稍稍紧了紧和她握在一起的手。

　　墨渡不知道身边的少年已经做好了要是他们跑不掉，至少要替她挡下一次袭击的准备。在蔺苏看来，这件事情的责任在他，墨渡完全是因为好心才被卷进来的。而且论年龄他也比墨渡大几岁，怎么都不该让一个小妹妹因他而受伤。

　　真的快要跑不动了。墨渡看着近在眼前的云雾山，深觉自己要是在家门口被人再次抓走，那可就太丢脸了！在又一次爆炸声在耳畔响起时，她被蔺苏带着险险扑向一旁，两个人避过了爆炸，却因此跌撞着滚下山坡。被炸飞的树枝擦着他们的头顶划过，然后，世界突然安静下来。

　　爆炸、马蹄声和九尾狐们的怒吼都消失了。

　　墨渡和蔺苏有惊无险地在摔下山坡的瞬间，字面意义上的，"滚"进了云雾山的守护结界。而追兵们如墨渡所料，被她阿爹布置的屏障挡在了云雾山外。好在这山坡不高，他们摔下去后都没受什么重伤。唯独在关

76

键时刻拿自己做了肉垫的蔺苏，浑身被磕碰得青青紫紫，大概要疼上几天了。

受伤不重，但的确心有余悸。两个小孩并排躺在草地上，一时间都说不出话来。他们望着头顶被纯白色云雾弥漫环绕的森林，耳畔是一片静谧安好的鸟语花香。

少顷，墨渡终于喘匀了气。她抬了抬眼皮，从被炸得混乱的思绪中找回自己作为"东道主"的待客之道，有气无力地对身边的少年说："啊，欢迎来到云雾山。"

蔺苏咳嗽着笑了起来。

叁·归家和远行

尽管墨渡从来是不怎么安分的那类小孩，"乖巧"二字和她毫不沾边，但这次离家出走确实也是她有史以来闯得最大的一次祸，比她从小到大做过的那些大大小小离谱事加起来还要严重好多倍。在她失踪的这一天半里，云雾山庄都快乱成一锅粥了。因此当墨渡带着蔺苏回家时，她前脚刚踏入院子，后脚就被愤怒的青瑜抄着根柳条追得上蹿下跳、吱哇乱叫，似乎也不是太奇怪的事情。

"墨渡！你给我站住！"

"啊啊啊别打别打，阿娘我知错啦！"

"你知错？你不知错！我看都是我们平时太纵着你了，你个孽障隔三差五地上房揭瓦也就罢了，现在竟然还敢给我玩离家出走！你真能耐啊你墨渡！你知不知道我和你阿爹发现你失踪的时候都吓成什么样了？啊！你乐水姐姐眼睛都快哭肿了你知不知道啊？！我今天非得打折了你这个小混蛋的腿不成！"

发烧发得五迷三道的蔺苏站在院子门口，呆愣地看着墨渡被一个相貌瑰丽的青年女子追得满院子乱跑。蔺苏知道自己应当为新结交的小伙伴感到担忧的。然而只要回想起自认识这一天以来墨渡种种不着调的行径，在看到顽皮的女孩被一物降一物地追打教训时，他震惊之余，心头竟升起一种诡异的欣慰感。

孩子确实是皮得无药可救，好在家长还是明事理的。倘若不好好教训一番，以墨渡的胡闹程度，早晚要惹出不可收拾的大祸来。毕竟，她不可能每一次都那么好运气地脱险。

老龙王原本还在云雾山外四处找寻离家出走的小龙的踪迹，忽然感觉到自己留在云雾山的屏障被触碰，立马赶回了家。他方才踏进家门，就看见失踪一天半的宝贝女儿被怒发冲冠的夫人追着满院子跑，嘴里惨叫不迭。可至少是全须全尾地回来了。同样是整晚没合眼的墨九溟感觉到他自女儿失踪后就一直提着的心，总算落了地。

墨渡眼尖地发现了救星，眸光一亮："阿爹！救救救救命啊！阿娘说要打断我的腿……嗷！"

还没喊完，就被青瑜逮住好一顿揍。

青瑜也看见了赶回家的墨九溟，愤怒的她想也不想，径直将自家夫君一同骂了进去："墨九溟我告诉你，你这回要是还敢护着这个不知道天高地厚的小混账，我明天就搬回蓬莱去！你自己带着这个没心没肺的孽障去过吧！"

墨九溟一贯宠女儿没错，但这一次的事情，连他都觉得墨渡是真的该好好被教训一顿了。因此，即使墨渡叫得凄惨可怜，他还是狠下心移开目光。听了青瑜的气话，老龙王只是眼观鼻鼻观心，权当自己这只老龙已经真聋了。为转移注意力，他的目光落到不远处正茫然无措地立在墙边的人类少年身上。墨九溟微微挑眉，心想他向来不允许外人进入云雾山庄，阿渡就算是再胡闹，应该也不至于无缘无故将陌生人类往家里带吧。

无论心里在想什么，老龙王温润儒雅的君子外表，还是很容易让人放下戒心的。至少蔺苏在墨九溟走过来跟他温声搭话时，并没有生起太多的戒备，而是选择将事情的来龙去脉全盘托出。墨九溟听完以后，微微颦蹙眉头，心中有点说不出的复杂。假如当真如这少年所说，他们家胡闹的小龙，这回竟是误打误撞地做了一件好事。

蔺苏抬起头，看着垂眸深思的墨九溟，问出了心中的疑问："先生，九尾狐一族为何要挑起人类之间的矛盾？"

他昨晚就有这样的困惑，但不曾跟墨渡多交流。因为对那时的他们而言，更重要的显然是如何从困境中逃脱出来。

老龙王沉默片刻，温和地对眼前的少年说："孩子，你要知道不是所有古老且辉煌一时的种族，都能很好地接受自己走向衰亡的命运的。"

"您的意思是……"

"青丘九尾狐也曾在这九州大陆叱咤风云一时，即使现今记得那些历史的生灵已经不多了。白华在上古年代即是青丘国的女王，她带着九尾狐一族走向过昌盛，也因此更难接受自己种族的没落。"墨九溟轻轻叹息，"青丘亡国迄今已有一千一百多年，我原以为白华应该能渐渐放下曾经的执念。"

"但现在看来，她并没有放下。"蔺苏轻声说，"先生，我不知道我的猜想对不对。可是，假如九尾狐一族此番当真是试图挑起南姜和北燕的战争的话……她会否是想要借此机会，兴复青丘国呢？"

墨九溟静默半晌，抬手揉了揉眉心："不是没有这样的可能。"

"那我能否先写信给我父王报个平安？"

"好。"墨九溟点头，不动声色地伸手将蔺苏肩头沾上的一片柳叶掸去，同时也去除了这孩子身上被白华夫人烙下的法术标记，"但你还在发烧，最好让乐水姑娘带你去换身衣服、休息一下。我会写封信给你父王说清原委，明日一早，我送你回长明。"

"多谢先生。"蔺苏松了口气，真心实意地道谢。

在乐水想要领路带他去客房歇下时，他脚步微微一顿，迟疑着回过头："也许这样问很冒昧，先生，龙族曾是九州大陆最古老辉煌的生灵种族，您……"

蔺苏迟疑着没有说完自己的疑问，但老龙王却了然一笑："九州龙族若想要逆天改命，五千年前就不会选择归隐南海了。至于我自己……"

墨九溟的目光又落到不远处，正哀嚎着挨打的小龙墨渡的身上，清俊的脸上露出几分无奈："说实在的，养一只从小就热衷于闯祸的小龙，已经很令我精疲力竭了。"

蔺苏的视线也随他一起转移到正惨兮兮地向青瑜求饶的小姑娘身上，忍俊不禁中又含着几分矛盾和担忧。

老龙王看出他想要帮墨渡开脱的心思："别担心，夫人下手有分寸。"

话音未落，院子另一边就传来墨渡拔高的一声惨叫。墨九溟顿时眉心一跳，而后强自镇定地让同样满脸忧心和难过的乐水姑娘带蔺苏去客房休息。

至于墨渡，她后知后觉地意识到这一次"离家出走"，是真的把她阿娘给吓坏了。在挨完有记忆以来最惨的一顿打后，她被冷着脸犹觉不解气的青瑜宣布禁足，不得踏出自己的房门半步。作为帮凶的阿白被青瑜没收，小龙垂头丧气、可怜兮兮地趴在自己的床上，由红着眼眶的乐水姐姐给自己处理伤口。

青瑜声势浩大的一通打，留下的只是看着吓人的红肿和淤青。反倒是墨渡颈间的伤口在这一番折腾后又渗起血来，药物敷上去时疼得她一阵发颤。

墨渡心里还惦记着自己新认识的小伙伴，旁敲侧击地问向来对自己心软的乐水姐姐。乐水姑娘如她的名字那般温柔似水，虽然这次也有点埋怨墨渡招呼不打一声就离家出走的行径，但面对小孩水汪汪的大眼睛，她终究还是妥协了。

得知蔺苏明日一早就要被送回长明城，小姑娘墨黑的眼珠子一转。床边的乐水看出她的心思，重重地合上装着膏药的医用木盒。

"小殿下，你不能再惹夫人生气了。"

墨渡还想说服乐水姐姐放自己去跟蔺苏道个别，但这回乐水似是打定主意不能再被一肚子坏水的小龙的花言巧语动摇立场，收拾完东西迅速离开了房间。墨渡看着被她阖上的房门，深深叹了口气。

青瑜的这顿打也只是让她安分了半个时辰，墨渡最后还是做了个很符合她性情的决定。她艰难地把自己挪下床，嘴里自言自语："我这也是事出有因……阿娘那么温柔善良，肯定不会怪我的吧……"

墨渡翻找出想好要送给新认识的小伙伴的礼物，包成一个小包裹塞在自己外袍的口袋里，走向门口。青瑜这回是当真被她气狠了，所谓的禁足也不只是说说，而是真的在她卧房的门窗上布下了禁制法术。

法术的本质在于沟通调动天地之间的某种肉眼不可见的物质，上古时期多管这物质叫做"混沌因子"或者"混沌之气"。因为在九州的第一位神明帝青降临时，这个世界仍是一片混沌，世间万物皆不存在，唯有这种物质充斥其中。神明似乎生来就拥有与这种因子沟通调用的能力（即世人眼中的神力），他们当初创造世界用的就是此物。而现在的生灵更多称其为"灵气"，具体原因已不可考。

虽说这种能力被赐予了神灵，但生灵也不是绝对不可能掌握"神力"的。只不过需要更多的天赋（也就是说，不是所有的生灵都有那个潜力修习），以及更漫长而艰难的学习过程。九州龙族最开始就是不具备"神力"的种族，但墨渡的阿爹老龙王在这条路上走得很远，以至于时至今日，他同生来就具有神力的神明也没什么区别。

对墨渡来说，她虽然有着一半的神明血统，另一半也源于和神明同等地位的老龙王，可这样的先天优势，仅仅是赐予了她未来能够修习法术的天赋而已。至于具体能在这条路上走到多远，还是得看她自己，在这点上她和其他任何拥有天赋的普通生灵都没有区别。而截止到她八岁为止，墨渡并没有在这方面显现出任何过人之处。就算凭借血液里与生俱来的天赋可以学习一些难度不高的小法术，但十次有九次是完全不成功的，剩下的那一次还基本与她的本意南辕北辙。这也是为什么墨渡更偏爱舞刀弄枪——因为她第一次跟着阿爹学习照明用的法术，就险些烧掉了自己的龙须！

总而言之，现在的她想要突破青瑜留在门上的禁制，几乎是不可能的事情。

墨渡站在门口，苦思冥想地回忆着自己从小到大背过的各种法术理论，终于扒拉出一个可能有用的咒语。她深呼吸，手上挽了一个复杂却不知道正不正确的花招，嘴里念念有词，最后反手指着被紧紧锁着的门大喊一声"开"。

门纹丝不动。

这就有点尴尬了。墨渡悻悻地放下手，觉得自己简直像话本里写的那种装神弄鬼的江湖神棍。她气哼哼地瞪着门，接连又尝试了几种不同的"法术"，没有一个起效。墨渡赌气般一脚踹在门上，然后就因为牵动遍身的伤而疼到噙着眼泪、骂骂咧咧。

小龙蹲在门口生了会儿闷气。虽说心里明白凭自己那点道行，怕是破不开阿娘留在房门上的禁制，但想到新认识的小伙伴明天就要离开了，墨渡到底还是有点不死心。她自言自语地嘟囔说"再试最后一次"，心想若是这一次还不成功，那她再也不要做这种类似江湖神棍跳大神的事情了！

如是想着，小龙重整旗鼓，搜肠刮肚地将自己知道的所有咒语，又是掐诀又是结印地对着房门念了个遍。也不知最后是哪个咒语瞎猫碰上死耗子地破解了禁制，只见浅浅的流光忽然闪过，门锁啪嗒一声打开了。

墨渡怔愣地看着打开的门锁，几乎不敢相信自己的咒语终于如愿起效。她喜出望外地推开门，探头出去在空无一人的走廊上左右张望一番。确定安全，墨渡立时窜了出去，反手轻轻合上房门，一溜烟就跑得没影了。

待小龙熟门熟路地翻墙去了隔壁院子，隐在某根柱子背后的老龙王这才缓缓地走了出来，脸上带着浅笑。

"你把那小混蛋放出来了？"

青瑜冷淡的声音从他身后传来。墨九溟回过头，对上自家夫人暗含怒意的目光。

墨渡不知道她家阿爹在她第一次尝试着用法术开门时，就已经走到了房门附近。老龙王站在长廊里听完了自家活宝似的小龙一连串搞笑的行径，忍俊不禁地摇头。在她最后一次尝试着念那一大堆无效的咒语时，墨九溟无声地走到最近的一根柱子后隐去身形，轻轻冲着紧闭的房门一弹指尖，替她解了门上的禁制。

"让她去和新认识的小朋友道个别吧。"墨九溟温声劝说，"明天开始罚她在房间里抄书，抄到我们启程去昆仑为止。"

青瑜没作声，算是默认了这个惩罚方式。

墨渡不知道自己是在父母网开一面的份上，才成功从房间里逃了出来。她蹑手蹑脚地翻过两面高墙，终于找到点了灯的那间客卧，上前敲敲窗户。客房里一阵窸窸窣窣的动静，窗枢很快被人从里面推开，换了一身干净的月白长袍的蔺苏站在窗边。

蔺苏意外地看着依然生龙活虎的墨渡，正想说些什么，就在对方的手势下噤声。他会意地侧身，放墨渡翻过窗台跳进房间。

墨渡关上窗子，拍了拍衣摆上在翻墙翻窗时蹭上的尘灰，因不小心拍到挨打的伤处而疼得龇牙咧嘴皱起眉头。

"你没事吧？"蔺苏关心地问。

墨渡想到之前在新朋友的面前挨打的窘事，强自镇定地控制住表情，忍着疼说："没……没事。就是被阿娘禁足了。"

"那你……"

"我听说明天一早阿爹就送你回长明，想过来道个别嘛。"墨渡从外袍内袋中摸出那个小包裹递给他，"呐，这是送你的。有了这个，你回家以后也可以给我写信联系啦。"

蔺苏打开包裹，只见里面放着一套精致小巧的香炉和香料。

迎着少年疑惑的目光，墨渡解释说："不知道你听说过没有，神明之间传信都是用三足青鸟的。青鸟可以越过最险峻的群山和海洋，理论上整个九州就没有它们去不了的地方。现在青鸟族群的数量已经大大减少了，大部分时间我们都是用自己饲养的青鸟传信，但也不是说没有野生的青鸟可以使用。"

蔺苏聪颖过人，他垂眸看了眼包裹里的香料，猜测："这种香料可以用来吸引青鸟？"

"对。"墨渡点头，"这种香名叫'烟行千里'，是专门用来召唤青鸟的一种香料。点燃香炉后，可能要耐心多等一段时间。毕竟野外的青鸟确实没有曾经那么多了。青鸟来了以后，最好喂它们吃点东西，再将信放在信筒里绑在它们的腿上——记得要绑在它们不太使用的第三条腿上。你只要告诉它们你想将信送往哪里，比如说'南岭、云雾山庄'，它们很聪明的，完全听得懂你说的地点。"

"好，我知道了。"蔺苏笑着应道，"我会记得给你写信。"

墨渡打了个响指："你保证过了啊！要是敢忘记，我就……就诅咒你变成蛮蛮[1]。"

"为什么是蛮蛮？"蔺苏疑惑。

"因为它们找不到另一个一模一样的同类，就永远飞不起来。大部分的蛮蛮都被天敌给吃掉了。"

蔺苏被她幼稚奇特的思维给逗乐了，他颔首道："好。倘若我忘记给你写信，就让我变成蛮蛮，被天敌吃掉。"

他正要收起包裹，却发现里面还夹着一朵染着黑色纹理的小白花。

---

1 蛮蛮，古代神话传说中的一种生物，出自《山海经·西山经》："崇吾之山有鸟焉，其状如凫，而一翼一目，相得乃飞，名曰蛮蛮，见则天下大水。"这种鸟只有一只眼睛、一只翅膀，必须和另一只同类在一起才能飞行。

"啊，这个是……"

墨渡还没说完，蔺苏已经认出了这朵花的品种："是迷穀花。"

"嗯，是的。"墨渡不好意思地伸手挠了挠头，"我这次出门时意外找到的，传说中只要带着迷穀花，就不会找不到回家的路。你拿着它，一定会平平安安地回到你家人身边的。"

蔺苏认真地看着她，说："谢谢。"

"当然啦。"墨渡补了一句，"我阿爹说它主要的作用其实是……"

"解开一些迷惑人方向感的毒素。"再一次的，同样看了很多书籍的蔺苏，默契地将墨渡的话补全。

两个小孩对视一眼，笑了起来。

在翻窗离开前，墨渡最后对蔺苏说道："再见啦，阿苏，祝你平安到家。"

"再见，阿渡。"

蔺苏目送墨渡的身影一跃翻上高墙，消失在他的视线中。看那动作的娴熟程度，某只小龙很显然已经不是头一回这样做"梁上君子"了。

恰如蔺苏所认为的那样，墨渡确实不是第一次背着家里人做这种偷偷摸摸的事情。她鬼鬼祟祟翻过高墙，想要在不惊动父母的情况下回到自己的院子里。她自以为做得很隐蔽，不承想还未安全着陆，就听见身后传来青瑜清冷的声音。

"看来是我打得还不够狠，这又是上哪儿疯去了？"

"啊！"墨渡正做贼心虚，被青瑜的声音吓得不轻。她脚下倏地一滑，从围墙上栽了下来，结结实实在草堆里摔了个屁股蹲。

墨渡摔得有点蒙，青瑜也是被吓得不轻，一时都顾不上生气，三步并一步地冲上前将小孩拎起上上下下检查了一番。确定墨渡没摔坏哪里，她才复又板起脸。

"你给我回房间里待着去！明天开始抄书，不将《公理简析》和《策论》抄够一百遍就不许出来！"

青瑜是真的被墨渡气坏了。她半点也不想听这个小鬼头撒娇求饶，拎起墨渡就往房间里一扔，重新在门上加了好几道禁制，怒气冲冲地快步离开了这个糟心的院子，全然不顾墨渡在房间里可怜巴巴哀嚎什么。

次日一早，蔺苏被墨九溟完好无损地送回长明城。老龙王借此机会与姜帝和太子蔺琰会谈了一番，并将九尾狐一族可能的意图，向南姜国的两位掌权者客观地做了些分析。姜帝和太子对此非常重视，毕竟早已退出历史舞台的青丘九尾狐此番异动，明显居心叵测。既然姜国已经抱有警惕之心，白华夫人妄图悄悄隐在幕后挑拨南北两国开战，使青丘九尾狐好坐收渔翁之利的盘算，至此彻底告吹。据老龙王带回云雾山的可靠消息，白华夫人已携同族返回青丘山了。

从蔺苏自长明城寄来的书信以及老龙王口中得知这些后续事宜的墨渡，不解地摇头感叹："我真不理解白华夫人是怎么想的，难道说她觉得只要南姜和北燕两国开战，青丘九尾狐就能借此机会东山再起吗？开什么玩笑呀！现在九州大陆完完全全是人类的天下，就凭九尾狐一族所剩无几的势力——他们一共也就剩几百只狐狸了吧？怎么可能去统治那么多的人类呢！阿爹，您当年抽坏的是不是不止白华夫人的尾巴，还有她的脑子？"

"瞎说什么。"墨九溟倚在窗枢边翻着书，无奈地跟她解释，"你阅历还浅，阿渡。要知道不是所有的生灵都能够在自己的种族即将走向衰弱时，还能非常理性地做出决策。古往今来，几乎所有的生灵种族都曾妄想过要一统九州大陆，做那众生之王。青丘九尾狐曾经距离那个位置只差一步之遥，白华至今仍不甘心，也是能够理解的。"

墨渡耸了耸肩："我确实不懂。换成我，我肯定会选择在山里逍遥自在，去做那统治九州的'王'有什么好的。"

墨九溟沉默片刻，抬眸看向她，莞尔一笑："你说得对。假如所有生灵都是你这般的想法，九州历史上就不至于有这么多的战乱和血雨腥风了。"

说到战乱，墨渡的思绪又回到原本的话题上："阿爹，既然九尾狐的阴谋已经无法得逞，那么南姜和北燕就不会再打起来了，对不对？"

"暂时不会。"老龙王道，"至于未来如何，那也是说不准的事情。九州人间局势千变万化，谁也不知道会发生什么……不过对你来说，那显然没有你手头的抄写更重要。你若是再不认真点好好抄书，按现在的速度，怕是两个月都抄不完你阿娘布置的任务。"

墨渡闻言苦着脸低下头，看了看书桌上堆着的书卷和纸张，简直欲哭无泪。

是的，蔺苏被白华夫人绑架一事，算是得到了完美的解决。但离家出走的墨渡，却是被她铁面无私的阿娘青瑜关在房间里，连抄了十多天的书。抄得她头昏眼花，写字的右手每天都酸软无比，抖得拿不起筷子。

她倒是想偷懒，然而她阿爹这回得了阿娘的死命令，每个白日里都自带茶具跑到她的房间，坐在窗边悠然自得地边煮茶边看书，顺带在她试图消极怠工时监督她。墨渡不是没有尝试过用撒娇来软化她阿爹，然而墨九溟像是打定了主意要装聋作哑，只微笑着用一句"假如你不想抄《公理简析》，也可以选择抄《九州简史》"，就将她的诸多盘算都堵了回去。

墨渡打了个寒战，顿时偃旗息鼓，委委屈屈地埋头继续抄《公理简析》。《九州简史》虽然名叫简史，但实际却厚得能砸死龙。要是真把《九州简史》抄上一百遍，她觉得自己大概是抄到死都抄不完。在厚重历史书的威胁下，墨渡总算是安分地待在房间里足不出户地抄了半个月的书，一直抄到他们一家要启程去往昆仑的前一天才被解了禁。

为了给她一个惩罚，老龙王和青瑜打定主意不提前告诉她即将出行的计划。因此墨渡直到时隔多日终于踏出房门，并且故意夸张地和她"阔别已久"的小伙伴阿白泪眼朦胧抱在一起时，才被这个突如其来的"好消息”给砸蒙了。

“我们要去昆仑？”墨渡呆呆地问。

“对，明天一早出发。”墨九溟浅笑着，好心提醒她，“所以，你只有一天时间收拾行李。”

话音未落，墨渡抱着阿白扭头就钻回了房间。

墨九溟在她身后慢条斯理地揶揄道：“你刚才不是还说闷得快要发霉长蘑菇了，必须得出来晒晒太阳吗？”

“我不晒啦！”墨渡在房间里面翻箱倒柜，勉强抽出点心思冲他喊道，“就让我再多长一天蘑菇吧阿爹！我们路上还可以拿来吃的嘛！”

“这孩子……”老龙王哭笑不得地摇头。

翌日清晨，墨渡抱着被塞得鼓鼓的、快要消化不良的阿白，坐上了一辆她从未见过的、会变形的“乾坤车”。这车被施了许多的法术，能上天入地、无马自行。从外观看只是一辆方正寻常的深青色铜质车架，钻进去才会发现这简直是一座移动的双层小楼。

墨渡从车架并不宽敞的正门步入，眼前豁然开朗，如同走进了一间娴静古朴、光线微暗的林间小屋。客厅里摆放着几张舒适的软榻和圈椅，桌案上的香炉已被点燃，空气里弥漫着浅淡安神的清香。青瑜正坐在桌案前沏茶，浓白的蒸汽自杯中腾起，与香炉里散开的袅袅烟云缓缓缠绕。

墨渡抱着阿白凑到青瑜身边，讨好似的唤了声“阿娘”。许多天没给她好脸色看的青瑜斜睨了她一眼，没有搭理也没有赶走她。从小闯祸惯了的墨渡向来会得寸进尺，既然没有被赶走，她就当作自己已经被接纳，亲昵地贴在青瑜身侧坐下，自顾自说起话来。

她昨日已经从老龙王那里得知，他们这次去往昆仑，是受到一位名叫姜文潇的巫师先生的邀请。那位文潇先生是她阿爹阿娘的旧友，现在居住在昆仑山深处一个叫作“世外谷”的地方。而世外谷里有个不为人知的村庄名唤童谣村，里面全是开了灵智变成人形的生灵。最重要的是，童谣村里有好多与她年龄相仿的孩子。到了那里以后，阿爹阿娘和那位巫师先生有正事要处理，但她可以和那些同龄的孩子们一起玩！

这次出行，乐水姐姐被留在云雾山庄看家。据说是因为蒙楚伯伯他们要在南海多住一段时间，陪陪家人。而她阿爹由于之前九尾狐一族的事情，不太放心地想要留下乐水，在他们去往昆仑的这段时间，继续替他密切关注着九州人间的局势。倒是她阿爹的坐骑九婴这些年在云雾山憋坏了，听说他们终于要出门，死活不肯待在望月峰，想要跟去昆仑玩。墨九溟实在劝不住她，只好任由她先他们一步启程，准备到昆仑山再会合。

墨渡在出发前依依不舍地跟乐水道别，并向她保证自己会从昆仑山给她带礼物回来的。乐水姑娘对此很无奈，只一再强调礼物不重要，重要的是她不能再闯祸惹老龙王和青瑜生气了。墨渡被她念叨得连离别的感伤都被冲淡几分，最后胡乱点头答应，逃一般地窜上了车。

墨渡玩法术的能力平平，撒娇的功夫却是过人的。在乾坤车驶出云雾山以前，她已经哄好了生气十多天的阿娘。青瑜架不住小龙的话痨，在墨渡故作乖巧的端茶送水中，不自觉软化了态度。她让墨渡在身边坐下，伸手轻轻揭开小孩颈间的纱布，那道伤口已经结痂了。

墨渡的痊愈能力向来很强，但这次不知道为什么，白华夫人用小龙王剑划出的这道浅浅的伤口，一直到昨天才终于收口。她自知惹父母生气了，这些天伤口疼也只是自己忍着，免得火上浇油。

青瑜替她将纱布重新整理好，硬邦邦地问："知道自己错哪儿了吗？"

"知道了。"墨渡连连点头，"我不该瞒着阿爹阿娘跑下山去的，让你们和乐水姐姐替我担心了。"

青瑜也不是真的再也不打算理自己这胡闹的女儿了，只是希望她能认识到自己的错误。毕竟这一次幸运地没出大事，不代表以后的运气也能那么好。墨渡被她和墨九溟宠得无法无天，但这世界可不是围着一只小龙转的。哪天真出了事，后悔就来不及了。

既然墨渡认错态度诚恳，青瑜也就顺势将这一茬揭过。她语气漫不经心地主动问小姑娘："和你新认识的人类小朋友通过信了？"

提到蔺苏，墨渡高兴地点头："阿苏说他的病已经好了。我昨天写信告诉他我要出门玩，等到了昆仑再跟他联系。阿爹说世外谷不是所有的青鸟都被允许进入的，我让阿苏把信还是寄到云雾山，然后再由乐水姐姐派青鸟捎给我……哎，对啦！我昨天晚上在地图上把昆仑山脉翻了个遍，也没有找到那个'世外谷、童谣村'到底在什么地方。"

墨九溟恰好从一旁通向小楼二层的老旧木楼梯上走下来，怀里抱着一张七弦琴，闻言笑道："倘若那个地方能够在地图上被标记出来，那又怎么能叫'世外'谷呢。"

墨渡懵懂。

青瑜轻抿一口茶，跟她解释："世外谷被一个很古老的守护结界保护起来，有点像我们云雾山的结界，但更加复杂隐蔽。没有文潇先生的邀请，外人是找不到那里的。"

"那童谣村里的村民都不出来的吗？"

"他们在里面日子过得很舒服，为什么要出来参与到九州人间的纷纷扰扰中呢？"青瑜想到什么似的，没好气地白了她一眼，"不是所有人都跟你这个小混蛋一样，天天想着要闯荡江湖，去做游侠的。"

墨渡在青瑜严厉的目光下心头发虚，讨好地冲又有点生气的阿娘"嘿嘿"一笑。她不再多说了，免得触霉头。当墨九溟告诉她属于她的卧室位于二楼的走廊尽头时，墨渡抱着阿白迫不及待地踩着咯吱作响的木楼梯窜上了楼，想要看看自己接下来一段时日将要居住的新房间。

即使墨渡从小对法术兴趣不大（当然主要是因为她并不擅长此道），也不得不惊叹于乾坤车的法术之奇妙，并且理解了车名的由来——内里藏有乾坤。墨渡踏上楼梯来到二楼，完全感觉不出是在一辆狭小的车架内部，只觉得正置身于一栋会移动的小楼里。底楼是客厅、餐厅和厨房、储藏室，二层是两套卧室和一间大书房。走廊尽头的木门上悬着一块牌匾，上面用暗金色的墨水刻着墨渡的名字，一看就是她阿爹的手笔。

墨渡推开木门，卧房的空间不似她在云雾山庄的卧室那般宽敞，但装潢摆设却处处透着温暖。在墨渡看来，她觉得这栋小楼好极了，云雾山庄的整体尺寸太大，有时难免因为空旷而少了点温馨感。被施了法术的、雕刻精美的窗户开在书桌上方，从里往外能清晰看见车外的景象，却不被外面的人觉察。架子床摆在书桌的对面，帷幔被撩起，圆圆的洞中是被整洁铺陈好的软枕和被褥。

楼下隐约传来老龙王的抚琴声，青瑜清澈婉转的嗓音伴着悠长的旋律，轻轻哼唱着一曲古老的歌谣，唱的是蓬莱的夜晚、垂落的月光和漫天的星星。神明向来是偏爱星空的。在那些久远的传说里，所有陨落的神明，都会变成天上的星星。因此，星空是他们的过去、现在和未来，是他们已经逝去的记忆和终将抵达的未来。青瑜唱完了蓬莱的星空，转而又唱起了神明的那些往事：

> 我们已忘记了来时的路
> 只记得那时的世界一片荒芜
> 没有日落也没有日出
> 混沌是现世最初的最初

墨渡侧过头聆听着那悦耳的琴音和歌声，倚在窗边看了一会儿因车架行进而缓缓向后倒退的山林景色，被清晨的暖光照得渐渐有些困了。她昨日为即将远行兴奋了一整天，晚上躺在床上也不曾睡踏实，不时起身翻找出一些想要携带的物什塞进阿白的肚子里。现下倒是终于觉得有些倦了，墨渡在太阳下打了个哈欠，顺从困意转身钻进了父母已经替她铺好的床洞中，准备补个觉。

> 然后那命运它将我们召唤
> 赋予我们神力和使命非凡
> 于是神祇成了我们的名姓
> 被星辰镌刻进大海和山川

原本窝在书桌上的阿白见她连被子都没盖好就合上了眼睛，像个操心的老母亲一样飞过去，嘿咻嘿咻地试图叼起被角，往她身上盖严实些。墨渡迷迷糊糊地咕哝一声，就在启程远行的第一个清晨的阳光下，慢慢睡熟了。

也许是母亲温柔的歌声感染了她的思绪，墨渡觉得自己好像在梦境里看见了一片璀璨而浩瀚的星海。天上的星星缓缓坠落，化作凡间一条看不到来处也望不见尽头的长河。遥远的河畔静静立着一个白衣飘飘、光风霁月的修长身影，墨渡直觉那是一个与她素未谋面的神女，即使惊鸿一瞥下不曾看清眉眼，她仍是没来由地感到亲切。这是墨渡从小到大做过的最清醒的一个梦，可她醒来时却什么都不记得。她依然躺在这座移动的小楼里，忘记了方才短暂梦见的星海、长河和白衣的神女，只是对即将去往的昆仑山和那座位于世外谷里的童谣村充满了期盼。

乾坤车缓缓驶出云雾山，越过南岭的群山峻岭，一路向西行。与此同时，浮山驿站的店小二打着哈欠推开了大门，面朝新一天笼罩大地的阳光。忽然，他像是看到有一团黑影从眼前晃过，但等他终于揉开了蒙眬的睡眼，外面的小路仍是一如平常那般冷冷清清，连个鬼影都不存在。店小二有点困惑地眨了眨眼睛，身后传来掌柜的召唤，他便很自然地将那点异样当作是自己眼花，转头回客栈内准备吃早餐了。

二楼的某间客房却是迎来了一个意外的客人。躺在床榻上的大胡子听闻动静，懒洋洋地睁开眼睛，看向那只自窗棂留出的一道缝隙中钻入房间的黑色蝙蝠。转瞬间，那黑色的蝙蝠就变成了一个披着黑斗篷的高挑男人。假如墨渡和蔺苏在此，就会认出这个男人无疑是先前跟在白华夫人身边的那位"明先生"。而这个大胡子，也许墨渡会有些印象，那恰是她踏入驿站那日时，坐在门口的那个醉得神志不清的醉汉。可他现在看上去半点也没有醉意，眸光清明得很，且对于蝙蝠变成人这件古怪的事情发生在他眼前，没有丝毫的异样。

大胡子坐起身："明先生，什么风把您给吹来了？"

明先生摘下兜帽，露出那张五官深邃的脸："听说云雾山有动静，想来仔细问问情况。"

"我一早汇报过了，是往西边去了呗。"大胡子意思意思起来给他倒了杯茶，"您应该比我更清楚他们要去哪里。"

"是全部去了吗？"

"这就不知道了。那位老龙王警惕心高得很，我的小动物们可不敢跟得太近。"

明先生颔首，不多问了。他在窗边坐下，从斗篷底下摸出一个做工精致的圆盒子，盒子上雕刻着神秘的金色三角花纹，三角上印了一只怪模怪样的着了火一般的鹞鹰。他无声地吹了个口哨，不知从哪儿召唤来了又一只黑色的蝙蝠，那蝙蝠乖巧地将他递去的圆盒子一口吞下（天知道它那小小的身躯是怎么塞下这样一个体积相仿的盒子的）。

"好孩子。"明先生苍白的手指抚摸过蝙蝠的身体，"将这东西送去昆仑，告诉那位嫘女大人，就说……在下给她备了一份大礼。"

蝙蝠蹭了蹭他的指尖，听话地飞走了。

肆·世外谷的童谣村

遥远的昆仑山脉深处，童谣村的村民们在很平常的一个清晨醒来。他们不知道自己即将迎来童谣村建村至今，第一次被老巫师从昆仑外的世界邀请到世外谷做客的客人。他们也不知道一个谋划已久的阴谋正朝他们步步逼近，看不见的阴翳已在九重密林里悄然蔓延，而这个阴谋终将无可避免地影响到他们从来都是无忧无虑的生活。对村民们而言，这只是一个再平常不过的早晨。他们唯一的烦恼是今年的冬天似乎比以往更加漫长，立春后又下了好几场大雪，导致他们进山狩猎的计划一次次推迟。

而在童谣村中的孩子和年轻人看来，烦恼还要再多一个。那就是自去年秋天，童谣村学堂落成以后，他们总会在早晨睡得正香甜时被父母从温暖舒适的床榻上拎起来，扔出家门去学堂上课。

对于住在十二号糖果屋的小猪唐果来说，今天就是这样一个早晨。虽然她一个人住在糖果屋里，没有父母的管教，但仍未能逃过被强行拎去上学的命运。因为不仅从小陪伴她长大的老巫师，常常会在去学堂的路上，亲自到她家捉她去上课，就连糖果屋外的大松树，都自觉负担起了按时唤她起床这个重任。

小猪大名唐果，小名猪猪，性情开朗大方，即便偶尔有点小任性，总体却还是很讨人喜欢的。相比起她的大名，村里的长辈和亲近她的小伙伴，通常都会亲亲热热地唤她的小名。猪猪居住的"糖果屋"是一间造型别致奇特的尖顶小楼，由色泽浅淡的松木和白垩[1]土搭建而成，坐落在英招河以北的山坡下，面朝村子的南方。小楼共两层，底楼是占地面积颇大的宽敞平层，从会客厅、餐厅、厨房到卧室、储藏室、活动室，应有尽有、五脏俱全，是唐果的主要生活区域。东、西两侧的屋面，由一根根圆木铺成两面斜顶，倾斜而出的屋檐几乎要戳进屋外的草地。二层则是个方方正正的尖顶阁楼，空间虽不大，但站在窗口向外远眺，可将童谣村的小桥流水、高山绿林与田间蜿蜒的小道尽数收纳眼底，倒也别有一番风味。

唐果的卧室在底楼西面的斜顶小间，窗外不远处就是多年如一日守在她们门前、看着她长大的大松树。唐果的父母在她有记忆以前，因为一些原因离开了童谣村，临行前将她托付给老巫师和树先生照顾。因此，在唐果的记忆里，即使老巫师常常会端起长辈的架子教育她，树先生说话慢慢吞吞的难免令人感到着急，但他们是这个村子里对她最好的两个人——就像她的家人一样。

惊蛰[2]一早，天蒙蒙亮。前一夜下了场小雪，太阳许是也懒散地睡过了头，被云遮蔽了光，天色不甚明朗。唐果就在这个微凉的清晨，舒舒服服地蜷缩在她温暖的被窝里，做着一口气吃遍了整座昆仑山的美梦。

"咚咚咚……咚咚咚……"

屋面被什么东西有节奏地敲响了。仍旧沉在睡梦中的唐果蹙起眉头，含含糊糊地梦呓着往被子里钻了钻，企图将这讨人厌的声音隔绝在外。

立在糖果屋外的大松树伸长一根树枝去敲那屋面。敲了几回，仍不见屋里传来丝毫的动静，倒是他枝丫上的松针因这个艰难的举止，再次被抖落了不少。树先生心疼地缓缓收回了树枝，过了半晌，他那粗壮的树干上

1　垩（è），可以用作涂饰的有色土。

2　惊蛰，二十四节气中的第三个节气。到了惊蛰时节，气温回暖、雨水增多、春雷轰鸣，将原本蛰伏在地底下过冬的蛰虫都唤醒了，"惊蛰"二字也是由此而来。俗话说，"春雷惊百虫，万物始生长"，指的就是到了惊蛰时节春雷响起，百虫被惊醒，万物也开始了生长，显出一副生机盎然之景。春耕一般就是从此时开始。

慢慢浮现出一张五官齐全的面庞。那面庞虽似人脸，但仍旧带着枝干的木纹，表情也是呆呆木木，看着分外迟钝。又过去好一阵，他才像是运足了气，翕动着嘴唇，气沉丹田地一字一句喊道："起……床……啦——"

语速虽缓慢，音量确实是在充分的酝酿后，堪称惊天动地。正在梦中漫山遍野地抓锦鸡吃的唐果，梦里梦外皆是一颤。方才到嘴的锦鸡就这么扑腾着用翅膀愤愤地甩了她两个巴掌，拍拍屁股飞走了。小孩倏地惊醒，肉嘟嘟的圆脸上带着美梦破碎的迷茫和失落。

不等她分清现实和梦境，窗外的树先生再次运足气，用浑厚的嗓音继续喊道："上——学——啦！"

窝在床上的唐果还没来得及跳起来跟扰她清梦的树先生抗议，对门十三号里的猫大爷已被这惊魂的两嗓子嚎得"砰"一声推开窗户，带着浓重的起床气不顾形象地怒骂道："喊什么喊！喊什么喊！每天早晨都来这么两嗓子，还让不让人睡觉了啊？啊！"

若是没有猫大爷这一通突如其来的发作，唐果八成也是要跟扰她美梦的树先生"算账"的。然而在猫大爷将大松树骂了个狗血淋头之后，护短的小猪莫名就有点不乐意了。她立马从软绵绵的床上跳了起来，推开卧室的窗子，替反应慢吞吞、说话慢吞吞，以至于骂人从来骂不过别人的树先生打抱不平："猫大爷，太阳都晒屁股啦！你还不起床，一会儿学堂的课谁来上啊？"

自打童谣村学堂开课后，村子里少数几个识字的居民都被老巫师拉了壮丁。高深一点的天文、地理、自然和历史课，唯有老巫师和乌鸦先生能教。但基础的识字和算术，则是由十三号的猫先生、十号鸡窝里的阿洗和村头的青牛爷爷负责授课的。青牛爷爷读的书最多，偶尔还能替老巫师和乌鸦先生讲一些自然知识和九州历史。

猫大爷是位个子矮小的青年，身高仅有老巫师的三分之二高，比他们这些小孩子也高不了多少。尽管看上去年龄不大，但因为猫的普遍寿数较长的关系，他在童谣村其实已经住了很长很长的时间了。不知道是天性使然，还是因为读书人特有的清高，猫大爷性情冷淡，不太爱理人，很少和其他村民打交道。他自认以他的见识和阅历，就算比不过来历不凡的老巫师和乌鸦先生，至少也该和树先生是平起平坐的。

唐果年幼的时候，因这位邻居的屋子距离她最近，难免起了小孩子皆有的好奇心。某天猫大爷坐在自家木屋外的藤椅上晒太阳，刚学会走路不久的唐果不怕生地摇摇晃晃凑过去，问："你是谁啊？"

猫大爷性情冷淡，瞟了这身形浑圆的小崽子一眼，并不搭理她。不承想这小孩难缠得很，他不接话，对方不仅没有因讨了个没趣而自觉离开，反倒像是和这个问题杠上了，执拗地一遍遍问他——你是谁啊？

似乎是不得到一个答案，她就不罢休。

猫先生本是想晒着太阳在自家门口小憩一会儿，结果耳畔全是小孩嘀嘀咕咕的声音。午睡不成的猫先生烦不胜烦，忍了又忍，最终怒道："我是你大爷！"

骂完这句话，他大抵也觉得自己跟一个不懂事的小崽子计较，实在是有些掉价。于是气哼哼地收了藤椅，午觉也不睡了，直接把自己关回了屋子里。

唐果却信以为真。她得到了想要的答案，心满意足地回去找树先生给她继续讲故事听了。自那以后，再见到这个貌似再也长不高了的邻居先生，开朗的小孩总会自来熟地喊上一句："猫大爷，早上好啊！"

搞得别扭的猫大爷每回看到她就想绕道走。

猫大爷起床气未消，听唐果替大松树辩解，没好气地翻了个白眼："你的脑子是被英招兽啃了吗？"

唐果刚睡醒，思考比平时慢，一时没理解他的意思。她下意识确认似的晃了晃自己的脑袋，才肯定地回答："我想没有，它应该正完好无损地待在我的脖子上！"

"哈——很好，非常好！那它就应当记得，今天无论是上午还是下午都没有我的课！"猫大爷以为她在抬杠，语气顿时更差劲了，"这真的是够了！平日里天天被你们这些小崽子气到上火也就算了，好不容易休天假，早上睡个觉还被这树没眼色地吵醒……我当初就不该被长老忽悠去学堂给你们讲算术，那么简单的运算法则教了一个冬天都教不会，为此还赔上了我所有的懒觉！"

看来猫大爷怨念确实深重，竟罕见地一口气说了这么多话。

想到算术课，唐果心虚地缩了缩脖子，咕哝了一句："也不是完全没学会嘛。"

猫大爷听见了，冷笑一声："那你告诉我，二乘以二等于多少？"

唐果掰了掰手指，两个二放在一起，那就是……

"二十二？"

猫大爷险些被她气得变回原形，趴在窗口隔着街道冲她大吼："等于四啊！你个猪脑子！"

吼完，他"砰"的一声摔上了自家窗户，估计是被气到短时间内不想再看见对门那只猪了。而扰人清梦的树先生着实是内疚得很，正反应迟钝地对着十三号紧闭的窗子诚恳地道歉。

唐果掰着手指思考了一会儿，遂拍了拍脑袋："哎呀，他那么生气做什么，我确实是猪脑子嘛。"

小猪心比天宽，毫无心理负担地将这个插曲往脑后一扔，优哉游哉地吃早饭去了。为了压压惊，唐果吃过一顿早餐，又给自己加了一顿丰盛的早茶，这才慢悠悠地背着小书包走出家门，对门口的树先生说："树先生，我上学去了喔！"

大松树伸出一根枝丫，朝她摇了摇："好的，猪猪，要好好听课。"

唐果语气轻快地道了声"再见"，一跑一跳地沿着小路往村子的西边走去。不过在去学堂之前，她要先去九号树屋的门口，接到她关系最亲密的小伙伴猴哥。

猴哥今年十二岁，是村子里除唐果以外，唯一一个也没有父母的小孩——他是老巫师从森林里捡回来的孩子。大概是由于这个原因，两个年龄相仿的小孩，从小关系就特别亲近。又或者没有什么特别的原因，他们只是恰好脾性特别投缘而已。

唐果在村子里人缘不错，走在路上碰到谁都能不见外地唠上几句嗑。她和周围的小伙伴们大多关系尚可，但最亲密的玩伴仍旧是同她一起上过果树、一起闯过密林，还曾经一起把老巫师的木屋搅得天翻地覆，以至于被愤怒的老巫师惩罚一起去清扫村庄道路上的积雪的最佳拍档——猴哥长乐。

虽说童谣村里顽皮的孩子着实不算少，但皮到唐果和长乐这般猫嫌狗不待见程度的也是罕见。村里的长辈们提到这对小孩总是脸色一变，毕竟每当这俩名字一块儿出现时，总归是没好事发生。久而久之，俩小孩便荣获"童谣村二霸"的美名，又称"拆天拆地二人组"。

唐果在九号门口跟猴哥会合时，身手矫捷的男孩正在门口的棠梨树上摘棠梨。两个小孩愉快地平分了这一袋新鲜摘下的果子，边吃边往学堂走去。这天早晨本该是老巫师给他们上自然课，但等他们抵达学堂时，才知道老巫师今天临时有事，让青牛爷爷来代课。青牛爷爷留着一把白胡子，身形虽稍有些伛偻，但整个人看着还算硬朗（假如你能忽略他时常目光飘忽且反应较慢的话）。村子里的小朋友都喜欢他，因为他脾气好，对他们很和善，从来不在课堂上说重话，还常常会给他们讲一些闻所未闻的故事听。

青牛爷爷在学生们陆陆续续基本到齐后，才宣布今天的课不在学堂里上，他准备带他们到密林里去辨识一些常用的草药。唐果注意到班级里的学生少了好几个，仗着自己和青牛爷爷关系好，问："我们不等小虎他们了吗？"

青牛爷爷耐心地跟他们解释，由于今天天气好，雪也化得差不多了，村子里的狩猎队准备进山打猎。

童谣村学堂的学生年龄跨度比较大，村子里除去几个只有三四岁的小娃娃不适合来听课，其他小一辈的孩子和年轻人都被塞进来一起上学。最小的学生就是唐果了，她今年十岁，还处于没太多正事要做的年纪。而年长的几个学生已有十八九岁，有些在村公所帮着做事，有的则加入了童谣村的狩猎队。老巫师在建立学堂时一早就放过话，学生如果有其他更重要的事情要做，就可以不来听课，事后找同学借笔记补上错过的知识就行。既然今天狩猎队要进山，那作为狩猎队成员的马兄白骑、小虎阿凌和小狗雪球无疑是要缺课了。

唐果等十四个学生，跟随青牛爷爷沿着英招河畔一路往东，走向村庄尽头的九重密林。他们很巧合地在进入林子后，遇上了正要往森林深处去打猎的狩猎队。领头的是村里年轻一代中，身手最为矫健的小老虎阿凌。

阿凌是三号姆村长家的独女，今年十五岁，论年龄不算大，但她继承了姆村长年轻时的风范，在狩猎方面天赋异禀。加入狩猎队没多久，就凭借着出挑的战绩成为新任队长。

唐果跟姆村长不是特别合得来，但她挺喜欢小虎阿凌的。因为阿凌虽然看着冷冰冰的不怎么好说话，然而每一次唐果央着她在进山时多猎些长尾野鸡，她总是会用行动满足这贪嘴小猪的口腹之欲。唐果看到阿凌，眼睛一亮，脑海里一大堆的食谱呼啸而过，馋得她险些生理性流起口水。

即使狩猎队走的方向与青牛爷爷正好相反，唐果只犹豫了一瞬间，就毅然决然地拉着自己的小伙伴猴哥，往狩猎队的方向追了过去。其他学生正跟着青牛爷爷辨认一株可以用来缓解疲劳的蘋草[1]，没有人注意到他们悄悄离队了。

---

1 蘋（pín）草，《山海经·西山经》中记载的一种草，长在昆仑之丘上："有草焉，名曰蘋草，其状如葵，其味如葱，食之已劳。"

"小虎！"

阿凌回过头，看到唐果带着长乐追了过来。她跟身边的白骑说了句什么话，狩猎队的其余成员皆停下脚步，阿凌转头迎着唐果走了过来。

"猪猪，有什么事？"阿凌皱了皱眉头，"你们不是跟着青牛爷爷在上课吗？"

"我来跟你说几句话，说完我就回去听课。"

阿凌一张表情稀少的脸上，罕见地露出几分无奈："说吧，你又想吃什么了？"

唐果兴奋地报了一连串的菜名："长尾鸡汤、烤雪兔腿、棠梨炖牦牛肉、爆炒羬羊[1]排……"

冷脸的少女被她这一串绕口令似的菜名砸得晕头转向，简直头大如斗，她连忙摆了摆手："好了好了我知道了！"

唐果舔了舔嘴唇，觉得意犹未尽。由于冬季进森林狩猎的危险大、收获小，童谣村每每入冬都会令狩猎队停止进山，只吃秋天腌制好存放在各家地窖里的腊肉。而今年的冬天又格外漫长，开春一个多月了，狩猎队还是第一次出发。唐果盼星星盼月亮，盼了一整个冬天，就盼着狩猎队能打来新鲜的猎物，好好地大吃一顿。

阿凌被她寄予厚望的目光盯得发毛，赶忙应下，遂打发他们两个小孩回去找青牛爷爷："你们再不回去，被发现逃课就不好了。"

唐果有恃无恐："青牛爷爷脾气那么好，不会把我们怎么样的啦。"

长乐也在一旁点头附和："而且青牛爷爷老眼昏花，数不清究竟带出来了多少个学生的。"

但狩猎队还急着进山，所以他们就此分别。阿凌带队往密林深处探

---

1 羬（qián）羊，《山海经·西山经》中记载的一种生物，形似羊却长着马的尾巴，传说它的油脂可以用来滋润干裂的皮肤："有兽焉，其状如羊而马尾，名曰羬羊，其脂可以已腊。"

去，而唐果和长乐沿着方才来时的路往回走。两个小孩倒是不怎么着急，沿途看到些长得茂盛的果子，还一同爬上树去摘了几个。

"猪猪！"

唐果站在一根不高的树枝上，闻声抬起头，接过三两下已窜得看不见的长乐丢给她的沙棠[1]果。沙棠果看着像村子里种的那些棠梨，但尝起来味道却有点像李子。刚开春不久，果实滋味还有点酸，唐果吃了几口就失去兴趣了。

"猴哥！我们回去吧。这果子还没熟透，摘了也不好吃。"

长乐应声跳下树，他身形瘦瘦小小的（当然，比唐果要高出不少），在森林里却显得十分敏捷。他将唐果不吃的果子接过，塞进口袋里，说："我们可以再过一个月来摘，就会很甜了。"

唐果深以为然地点头。

既然初春的果子没什么吸引力，他们回程的脚步加快了不少。但走着走着，唐果却隐约觉得有点不对劲了。他们之前追过来找小虎说话的时候，有走那么远的路吗？

唐果茫然地环顾四周。不知什么时候开始，这九重密林里竟弥漫着浅浅的、少见的白雾。起初，这白雾似乎是很浅淡的、不易觉察的。但随着她和猴哥的步伐继续前行，这雾气逐渐变得浓烈起来，几乎是有点呛人的了。林立的参天大树在雾中影影幢幢，眼前的世界都随之变得扭曲起来。

"猴哥。"唐果迷惑地唤道，"森林里一直那么多雾的吗？"

长乐晃了晃脑袋，他看上去不比唐果更清醒。事实上，他似乎比唐果更加迷惑，因为唐果的方向感向来不算太好，但他在这方面却是分外出挑的。他们两个孩子之所以经常敢在长辈们不允许的情况下，屡屡闯入密林

---

1 沙棠，传说中长在昆仑之丘上的一种树，出自《山海经·西山经》："有木焉，其状如棠，黄华赤实，其味如李而无核，名曰沙棠；可以御水，食之使人不溺。"传说吃了沙棠树上的果子，就不会溺水。

摘果子，就是因为凭长乐的方向感，他们根本不可能迷路。每次都能完好无损地在饱餐一顿后，轻而易举找回童谣村。

然而现在，有什么诡异却不为人知的事情发生了。

"猪猪……"长乐停下脚步，眼前的森林似是沉在一片白雾中，他罕见地有点茫然，"我觉得好像有点不对劲。"

雾里似乎是有许许多多看不清的影子在晃来晃去。那些影子或大或小，有的看上去像凶猛的豺狼和虎豹，而有的却是没什么威胁性的山羊和更软弱的小动物，但它们无一例外地追随着浓雾飘来的方向混沌而去。长乐不明白自己为什么会看到这些影子违背常理地在雾里飘来飘去，就好像老巫师常常用法术哄他们玩的那种皮影戏一样。

唐果同样感到茫然不适，她揉着脑袋说："猴哥，我的头好像有一点疼。"

她说不上来具体什么地方不对劲，但这片以往她很喜欢的森林，变得古怪且令人不适。甚至当她看着那些大树的时候，恍惚间觉得这个地方很陌生。

"我们是不是迷路了？"唐果问。

可这不应该啊！他们跟青牛爷爷分开后，没走多远就追上了狩猎队，跟小虎阿凌说完话后就往回走了。按理说，他们现在应该已经能看见学堂里的其他孩子，但眼前的森林还是一片寂静。雾里那些影影绰绰闪过的影子都没发出丝毫的声音，简直像是撞鬼了！

唐果对猴哥是很信赖的。因此在判断不出方向时，她选择问自己的小伙伴："我们现在该往哪里走啊，猴哥？"

长乐左顾右盼，有点犹豫。

就在他们踟蹰着准备顺应自己的本能，往影子频繁晃过的方向抬脚走去时，一双稚气未褪的小手毫无征兆地从背后伸出，一左一右猛地抓住了他们两个的手臂。

伍·迷雾森林

唐果理所当然地认为忽然捉住她手臂的，无疑是站在她身侧的猴哥。长乐反过来也是这么以为的。因此，当唐果奇怪地问"猴哥，你为什么要抓住我的手啊"，而长乐纳闷地扭过头说"不是你抓着我吗"的时候，事情陡然间变得诡异起来。

唐果和长乐茫然对视一眼，这才迟钝地低头，看向抓住他们的那双陌生的手。于是，下一个瞬间，弥漫着浓雾的林子里，接连传出三声足以将鬼都吓到自闭的惊恐惨叫。

"啊啊啊——"

"啊啊——"

"嗷——"

前两声几乎重叠的惨叫，属于被突然出现的陌生人给惊吓到的唐果和长乐。而后一声，则源自出于好心才会从藏身的大树上跳下，伸手去抓住被这诡异的迷雾搞得团团转的两个同龄孩子，却被他们一惊一乍的惨嚎给吓得险些魂飞魄散的墨渡。

唐果颤抖地指着不知从哪里冒出来的黑衣小姑娘："猴猴猴猴猴哥——有有有有有鬼啊——"

刚喊完一嗓子的墨渡还未平复自己受到的惊吓，就下意识回嘴说："鬼你个大头鬼！"

"大头鬼……那不还是鬼吗?!"唐果原本正瑟瑟发抖，瞪大了一双黑溜溜的小眼睛看着墨渡，但小猪忽然因为思路奇特而偏离了重点，"等等……你的头也不大啊！为什么要叫大头鬼？"

墨渡气得差点仰倒："因为我根本不是鬼啊！"

"可你刚刚说你是大头鬼。"唐果困惑。

"我说的是'你个大头鬼'！"

"我才不是什么大头鬼呢！"唐果不满地反驳，"我明明是糖果屋的猪猪！"

"你不是大头鬼，难道说我就是了吗？"墨渡眉毛挑得老高，"我也不是什么大头鬼！我是只龙！小龙！云雾山庄的小龙！"

墨渡和唐果相互瞪着对方。

而长乐则是茫然地看着自己的小伙伴，跟这个仿佛是从石头里突然蹦出来的陌生小姑娘，莫名其妙拌起嘴来——还吵得如此牛头不对马嘴！

长乐将方才一连串无厘头的对话在脑袋里快速回忆了一遍，思忖片刻，客观地跟唐果说："猪猪，我认为她刚才说的那什么'大头鬼'，只是一种说法而已，不是指真的鬼。"

唐果恍然大悟地"喔"了一声。

在事情变得更加无厘头以前，小猪总算是后知后觉地从"云雾山庄"和"龙"这两个关键词中，模模糊糊抓到些许早已被她忘得一干二净的信息碎片。

"你说你是'云雾山庄的小龙'？是指南岭的那个云雾山吗？那你岂不就是长老所说的那个什么老龙王的……额……"

"没错，我就是他女儿。"墨渡自报家门，"我叫墨渡。"

"啊，那你们是被长老邀请来我们童谣村做客的，是不是？"

唐果终于记起一个月前，她在老巫师那里看到后者给老龙王写信，说是要请他们来童谣村学堂讲课的事情。讲道理，她将那件对她来说微不足道的小事忘掉也是很正常的。毕竟在此期间，她已经吃了数不清的正餐和下午茶（数不清是因为她还是没有学会猫大爷教的那些运算法则），睡了至少三十个懒觉（不算偶尔还要午睡的话），因此而忘掉点什么应该会发生的事情，比如长老邀请老龙王一家来童谣村做客，并不太奇怪吧？

"假如你说的'长老'是一个名叫姜文潇的巫师先生的话，那是这样的没错。"墨渡如是回答。

这乌龙般的会晤总算变得明朗起来。在场的其实都是自己人——在淳朴的童谣村居民们看来，老巫师是他们童谣村的人，那老巫师的好友一家，四舍五入也算是他们自己人啦！刚刚的什么"大头鬼"全是误会。俗话说了，这就叫"大水冲了龙王庙，一家人不认识一家人"！

"所以，你们两个都是童谣村的居民吗？"墨渡好奇地问。她其实基本已经确定了这两个同龄人的身份，毕竟老龙王告诉过她，昆仑山里所有开了灵智的动物，都在文潇先生建立的童谣村里生活。

唐果和长乐点头。

"我是童谣村十二号的小猪唐果，你可以叫我猪猪。他是童谣村九号的猴哥，长乐。"在意识到墨渡不是鬼以后，唐果的态度立刻热情起来，"你是刚到昆仑吗？长老说他邀请你们一家来我们童谣村暂住，你怎么没有和你家里人在一起呀？"

"我们今天一早，天还没亮就到昆仑啦！我路上经过泰器山，本来想给你们打只文鳐鱼当见面礼的，但我阿爹不让我打。他非说那鱼已经快绝种了，不能吃。没办法，我只能在进了昆仑山后，看看有没有合适的猎物打来给你们当礼物。不然空手上门做客，多不好意思啊……"墨渡突然跟想起什么似的强调，"当然啦，我可不是背着我阿爹阿娘偷跑出来的！我这次事先跟他们打过招呼了，他们说昆仑山还算安全，就让我自己来打猎。"

"你会打猎！"唐果一听"猎物"二字，就顾不得其他了，"你好厉害啊！我和猴哥也一直想进密林深处打猎，但我们村子里都不让十三岁以下的孩子参加狩猎队。"

墨渡被她看得有点不好意思："我不熟悉昆仑的地形，今天收获不多。而且你们这里的雾有点怪怪的，我闻着特别头晕犯恶心……"

"不要说你了。"唐果揉了揉脑袋，"我今天也被这雾熏得头疼犯晕。但你放心吧，我们昆仑的雾平时不这样的……对吧，猴哥？"

"嗯……今天是不太对劲。"长乐眼神有些迷茫，只觉得耳朵里一阵不适的嗡鸣，仿佛有好大一群猪猪同时在自己的耳边说话。

墨渡看看唐果又看看长乐，最后一拍脑袋："怪不得！我刚才就是因为在树上看到你们原地转来转去的有点奇怪，这才下来拉住你们的。所以你们也被这个雾影响到了？我还以为是我初来乍到水土不服呢……那你们等等，我带了很多迷穀花。"

"什么花？"唐果茫然地问。

"迷穀花，它一般长在南方的招摇山上，能用来解一些影响方向感的毒。"墨渡一边解释一边从口袋里摸出两朵迷穀花递给唐果和长乐，"我刚刚在森林里转来转去觉得头晕，还渐渐地有点分不太清东南西北，干脆含了一朵在舌头下面，立马就觉得舒服起来了！你们也可以试试看。"

墨渡张嘴抬起舌头，给他们看压在舌头下的一朵白色的花："就像这样，尽量平一点将它压在舌根处。"

唐果和长乐对视一眼。大概是觉得这个比他们还小一点的女孩，不像是什么拐卖小孩的坏人，于是学着墨渡的模样将迷穀花放入口中。

墨渡见他们照做，继续解释："迷穀花放入口中后会自主生出黏性，能够很服帖地黏在舌头下，都不怎么影响说话的。就是要稍微注意一点，不要将它吞……"

她话未说完，就听见清晰可闻的"咕咚"一声。

"……下去。"墨渡呆呆地将刚才被打断的话补全。

唐果睁大了一双圆溜溜的小眼睛看着墨渡，墨渡也目瞪口呆地看着她。

一旁的长乐按墨渡的指导含着迷穀花，迷茫地转动自己的视线，来回看了看她们两个。然后他率先反应过来，慌张地扑到唐果身边，急急忙忙地拍着她的背："猪猪！快……快吐出来！"

唐果被他拍得一个趔趄，差点翻白眼。她捂着脖子咳嗽了好几声，但什么也没吐出来。

猴哥急得团团转："猪猪，你的门腔！把门腔伸出来试试看！"

"门腔是什么东西？"旁观这场闹剧的墨渡没听懂。

唐果咳得眼泪都快咳出来了，还是没把刚才意外吞下的迷穀花给吐出来。她朝想要继续给她拍背的长乐摆了摆手，抹掉眼泪，蔫蔫地对墨渡说："他在说我的舌头。"

"这是你们昆仑的方言吗？"

"长老喜欢这么说。"唐果跟她解释，"他说'门腔'特指猪的舌头。"

长乐在旁边补充："也就是说，整座童谣村只有猪猪有门腔。"

说完，他总觉得有什么不对劲的地方，似乎他的思维也终于被唐果和墨渡给带偏了："可是，现在是应该讨论'门腔'的时候吗？"

唐果回过神来，摸了摸自己被噎得有点难受的喉咙，讪讪地问墨渡："这个什么花，吞下去会有什么问题吗？"

"应该没太大问题。迷穀花吞下去后，解毒效果应该会更好才对。"墨渡说，"就是你今天晚上可能会有点精神过头……我回去再问问阿爹阿娘有没有什么办法化解它。"

长乐在确定唐果误食不明植物后，不会有太严重的后果，遂放下心来。含在嘴里的迷穀花已经开始起效，他觉得原本有些昏昏沉沉的脑袋完全不晕不疼了，目光也逐渐恢复平日里的清明。

长乐看向迷雾里依然在缓缓晃动的那些影子，终于可以确定那些不是他的错觉，他若有所思地问身边的两个女孩："你们看到雾里的那些影子了吗？它们看上去很奇怪。"

"都是些动物嘛。"墨渡的目光比他还锐利一些，迷雾对她的阻挡很有限，"有雪狼有灰熊有兔子还有大角羊……说起来，这是你们昆仑的什么风俗吗？它们为什么要一起往那个方向去？"

墨渡指了指迷雾中所有缓缓移动的影子共同去往的方向。不知道是不是巧合，那个方向恰好是之前长乐和唐果在被墨渡拉住以前，选定的他们认为是回到童谣村的路。但现在长乐的方向感没有受到任何干扰，他很轻易判断出那个方位与世外谷是截然相悖的。

"这是什么入春后的迁徙活动吗？"初来乍到的墨渡，问身边两个土生土长的童谣村居民。

"我从没见过森林里的动物这样迁徙。"唐果斩钉截铁却又有点疑惑地说，"而且雪狼和大角羊可是天敌，它们怎么会一起迁徙呢？"

三个小孩互相对视一眼。

墨渡眯着眼睛，仔细观察了一番迷雾里恍恍惚惚朝着同一个方向前行的动物们："是有点古怪，它们看上去很迷糊，像是在梦游一样。"

长乐望了望森林里弥漫的浓雾："这雾有点奇怪，我和猪猪经常进密林探险，从来没有见过这样影响我们方向感的迷雾。我们现在距离童谣村已经很远了，可刚刚我们明明是想要回村的……那些动物会不会像我和猪猪先前那样，被雾影响了方向感？"

"我觉得不太像，你们两个前面看着比它们清醒多了。"墨渡沉思地摸了摸下颌，"要不是你们绕着这几棵树转了好几圈，我也不会觉得你们有什么不对劲的地方。看上去你们只是被这雾影响了方向感，和我之前有点像。"

"要不……"唐果迟疑地说，"我们跟过去看看。"

长乐和墨渡一起看向她。前者习惯性地点头，后者也没有犹豫太久就答应了。

墨渡心想，她这次可不是溜出来的，她出来打猎前跟父母报备过了。所以，就算她现在跟过去看看情况，应该不算是闯祸吧？前些时日离家出走后挨得那顿打，显然令墨渡心有余悸，但她还是这样说服了自己，和唐果和长乐一起蹑手蹑脚地钻进迷雾中，跟上了那些浑浑噩噩朝着未知的方向前行的动物们。

起初，那些梦游般的动物还只是零零星星几只。但随着他们越走越往童谣村的西北方向（这是长乐判断出的方位），双眼空洞、神智不清的动物们自四面八方而来，逐渐形成令人咋舌的规模。

本来还没意识到问题严重性的墨渡，开始觉得不太妙了。她和新认识的两个同伴藏身在一棵参天古树后，小心翼翼地探头去看外面集结成队，继续向北而行的"动物大军"。以往的天敌，现在却像是根本感觉不到自己的猎物或捕食者，就走在自己的身边。形形色色、物种迥异的动物们，只是目光无神地往一个方向齐整地前行。

被父母按着头学了很多知识，因而相对见多识广的墨渡，压低声音说："它们看上去像是被施了法术，现在正受到施咒者的召唤。"

"不会吧。"唐果诧异，"我们村里只有长老和乌鸦先生会法术，可他们为什么要用法术控制这些动物呢？"

墨渡已经知道他们口中的"长老"，指的是她父母说的那位"文潇先生"，也就是老巫师。

"乌鸦先生又是谁？"她问。

"乌鸦先生名字叫'无涯'，他住在开明崖上，据说法力和长老不相上下，但他平时很少下到村子里来。直到去年学堂开课后，他被长老拉过来给我们上课，现在出现的比原来多一些了。"唐果跟她解释，"猴哥和乌鸦先生关系比较好，之前他告诉我，长老和乌鸦先生是相识很久的老朋友了，但我觉得不像。毕竟长老白胡子一大把，乌鸦先生看着还年轻着呢，他们根本就不像是一辈人嘛！"

"那也未必。"墨渡反驳，"神明和一些古老却具有神性的生灵，是不怎么会老去的。我阿爹阿娘和你们长老应该就是同辈，但他们看上去都还很年轻，别说白胡子了，连白头发都找不到一根。"

她们两个没有在这个问题上纠结很久，因为一旁的长乐打了个噤声的手势，指了指前方愈发浓郁的雾，示意这雾好像就是从那个方向被释放出来的。唐果和墨渡会意地住了嘴。无论那个"施法"的人是谁，很可能就在不远的地方了。他们三个小心翼翼地跟上去，谨慎地同那些被不知名法术吸引的"动物大军"保持了不远不近的距离。

森林里腾起的雾愈来愈浓了。就连常年在云雾山的云雾中行走的墨渡，都逐渐觉得这雾浓稠得有点窒息。出于某种对危险的直觉，他们不敢搞出太大的动静来，只是捂着嘴压低声音轻咳几声。墨渡抬手在眼前挥了挥，徒劳无功地试图驱散这令她不适的雾。

"你们确定这不是你们的长老或者乌鸦先生搞出的动静吗？"墨渡用几不可闻的嗓音轻轻问身边的同伴，"我是说，现在应当正值春猎吧？有没有可能他们是在用法术替你们多猎些猎物，免得你们村里居民太多不够吃？"

"不可能。"唐果想也不想就摇头，"长老和乌鸦先生几乎不参与狩猎的。而且他们也不会用法术帮我们去狩猎，长老说这样会严重干扰整个森林的生态平衡，还说会导致我们过度依赖他们，使得生存能力下降。虽然我不太懂这是什么意思。"

"我阿爹也经常说类似的话。"墨渡深有同感，"但确定不是他们做的，那我们最好还是再小心一点。我的一点点江湖经验，绝大部分招呼不打一声就跑到别人地盘上，还藏头露尾的家伙，都没安好心。"

唐果严肃地点头，有些懊恼："今天我什么家伙都没带在身边。本来是跟青牛爷爷出来上草药课的，谁知道会碰到这样的事情。"

"我也没带我的烧火棍。"长乐暗自决定，以后只要走出家门，不管是去上课还是做什么，都不能忘记带他的武器。

三个人中有两个都空着手。这也让他们打定主意，不管一会儿可能碰上些什么，都要加倍的谨慎。墨渡摸了摸悬在腰间的小龙王剑，很有义气地拍拍胸脯表示："万一碰到坏人，你们两个先跑，我来断后。"

他们继续鬼鬼祟祟地跟在梦游的"动物大军"后，愈发接近迷雾飘散而来的源头处了，隐隐约约听到些许模糊不清的对话声音。

唐果虽然否定了老巫师和乌鸦先生用法术替村民们狩猎的可能性，但她心里仍是抱有一些天真的幻想。她想，眼前这罕见又诡秘的异象，有没有可能是长老或是乌鸦先生正在用法术做一些她不理解的、高深的事情？毕竟老巫师一直神神秘秘的，唐果并不经常能搞懂他究竟在捣鼓什么东西。而乌鸦先生甚至比老巫师更加行踪不定，他平日里具体在开明崖上做些什么（甚至他是不是真的一直在开明崖上），童谣村里除却老巫师就没有人知道。

唐果胡思乱想着，忽然被长乐按住，躲到一棵足以将他们三个人的身影遮得严严实实的构树背后。动物大军的行进步伐停止了，它们似是整整齐齐地排着队在等待什么。白雾已浓郁到了几乎令人难以呼吸的程度，而那模糊的对话声自雾里传出，听上去已经距离他们很近很近。但被刻意压低的嗓音，仍是很难判断到底是陌生还是熟悉。

三个孩子在这诡异的气氛下，禁不住放轻了呼吸。

墨渡大着胆子悄悄从树后探出头看了一眼，但她很快就缩了回来。长乐和唐果不敢说话，只用目光询问似的看着她。墨渡冲他们点了点头，又摇了摇头。她先是伸出两根手指告诉他们她一共只看见了两个人，然后再用口型无声地说了四个字——"我不认识"。

唐果和长乐轻手轻脚地学着她先前的做法，悄悄从树后探出眼睛，循着依稀的对话声望去。只看了一眼，唐果心里抱着的那点微弱的"幻想"就消失得无影无踪。

雾里确实站着两个人没错。

然而，既不是老巫师也不是乌鸦先生。甚至不是她从小到大在童谣村里见过的任何一个熟悉的面孔，而是两个披着厚重黑斗篷的陌生男子。

那些恍恍惚惚的动物乖巧听话地排着队，一个接一个地走过去，在其中一个男子的身前停下脚步。唐果看到往日在森林中独霸一方的雪狼，在那黑斗篷男子的面前竟顺从地垂下头，仿佛在跟自己的狼王俯首称臣。男子枯瘦的指尖轻轻抚过雪狼的前额，就好像完成了一个什么神秘而庄重的仪式。雪狼在原地站了片刻，这才缓缓地朝一旁走开，为身后的一头大角羊腾出位置。

另一个男子手里虔诚地捧着一个小巧的圆盒子，盒中隐约有浅浅的雾气往外弥散，圆盒的盖子上似乎刻着一只怪模怪样的红鸟。唐果只来得及觑见一眼，那人就已将盖子阖上，小心地收进黑袍之中。不知道是不是她的错觉，周围弥漫的浓雾，似是随着那盒子被收起而逐渐变淡了些。

墨渡也注意到周围的迷雾有逐渐晕散开的迹象，她警惕地将长乐和唐果拉回到大树背后藏起，免得他们三个失去了浓雾的遮掩，暴露在那两个黑斗篷巫师的眼中。

"巫师"，是九州大陆对所有会用法术的生灵的泛称。"巫"在九州古语里，指的是"能沟通天地的生灵"。但绝大部分时候，如龙族和九尾狐那样古老的生灵种族，更喜欢以自己本身的物种自称，而不是被界定为"巫师"。人类倒是习惯将会法术的同类称作"巫师"——除却人间的四大国教是例外。国教信徒自认走的修习之路有别于寻常生灵，他们更喜欢被称呼为"仙长"，因为"仙"在九州古语里是"次神"的意思。也就是说，国教信徒们认为他们虽然现在还没有达到神明的高度，但未来总有一天会的，那是他们修习法术的最高目标。

墨渡在心底里将这两个黑斗篷定义为"巫师"，倒不是她判断出了对方的来历，纯粹是因为看到对方使用了法术。小龙对过去一千年里兴起的人类国教了解不多，因此她的措辞习惯更加古老，她并没有意识到这样的定义放在现今已不足够准确。但无论如何，在看到对方会法术后，三个小孩不约而同更加小心地藏起自己的身影，生怕被那两个身份不明也不知是敌是友的黑斗篷发现。他们不敢说话，只是用眼神互相交流。在失去语言的情况下，没交流出个所以然。

那两个黑斗篷并不知道有三个小孩正在距离他们很近的地方偷听偷看，因此毫无忌讳地说起话来。墨渡三人停止了目光交流，竖起耳朵仔细去听他们的对话。

"这些就够用了吗？"一个声音问。

"够用了，这是最后一批。"另一个低沉些的声音回答，"神女大人说，她希望尽快开始下一个阶段的计划。"

"我认为我们不该太过着急。"前一个声音听上去似乎有些迟疑，"明思最近一次来信说，云雾山那位老龙王正往昆仑而来。假如这消息属实，我们应该更加谨慎才是。"

树后的墨渡在听到"云雾山"三个字时，禁不住微微睁大了眼睛。唐果和长乐扭头看向她，也是惊诧不已。墨渡回过神来，冲他们摇摇头，示意继续听下去。她其实心里比身边两个同伴更加忐忑，因为这段对话听上去，他们一家似乎在离开云雾山时，就被什么人盯上了！可这些人到底是谁，又为什么要这样做呢？那个人话里提到的"神女大人"又是谁？听起来她应该是他们当中的主事者。

"不要质疑神女大人的决策，阿全。"那个低沉的声音说道，"大人比你更懂得忍耐和权衡利弊。"

这个巫师再一次提到了那个"神女大人"，但他似乎是带了点不知道从何而来的口音，一度将"神"这个字读的像是"甚"。墨渡屏住呼吸仔细聆听，希望能从只言片语里，找出有关这些人具体来历的蛛丝马迹。

被唤作"阿全"的那个声音忙道："我没有质疑大人的意思，长阳先生。"

"那就好好管住你的嘴吧，年轻人。"长阳先生说，"好了，我们该离开了，'甚'女大人正在召唤我们。"

"那这些雾……"

"它们会在应该散去的时候彻底散去。"长阳先生语气淡漠，"不用操心，'蜃'女大人会解决这一切的，这迷雾里可是属于她的天下。我们最好在她将雾彻底散开以前回去，省得被人发现踪迹。"

"您说得对。"阿全应道。

大树后，墨渡捂着嘴，险些发出声音。唐果和长乐疑惑地看向她，他们虽然也听到了和她一样的对话，但显然不太明白她为什么表现得如此惊诧。墨渡暂时没法跟他们解释她之所以如此惊讶的原因。方才那个"长阳先生"的话，让她蓦地灵光一现——他们也许压根不是在说什么"神女大人"，而是"蜃女大人"！

可她很快又对自己的这个想法产生了深深的怀疑。是的，九州大陆上从古至今最有名的一个擅长操纵迷雾的神女，的确是那个上古时期追随海神左右的"蜃女"。有名到"海市蜃楼"的传说，在神明世界里几乎成了所有孩子都耳熟能详的睡前故事，程度大抵可以比拟人类世界的家长吓唬孩子说，"你要是再不听话，好好地给我去睡觉，就会有专门吃孩子的大灰狼下山来把你叼走啦"。

但这怎么可能呢？那个"蜃女"应该早在上古战争中，在"沧溟道"战败后，就被"联盟军"给消灭了呀！墨渡转念一想，兴许是她在听到"迷雾"后先入为主地误解了。这很可能是个巧合，其实他们说的不是她知道的那个"蜃女"，而是别的什么名字发音很相似的人，只是那个人恰好也擅于操纵"迷雾"……可真的有这么巧的事情吗？

墨渡的思绪千回百转。那两个黑斗篷巫师听上去似乎是准备离开了，她有点犹豫要不要继续跟踪——还是算了吧。对方听起来不是省油的灯，万一被发现了，他们三个小孩可未必能全身而退。况且，墨渡觉得她应该早点回去找到阿爹阿娘，把这里听到的对话告诉他们。老龙王和青瑜见多识广，应该能判断出此"蜃女"是不是彼"蜃女"的。墨渡脑子里想的东西太多，并没有注意到自己在不自觉间稍稍挪动了脚步，且不慎踩在了一根枯枝上。

清脆的"咔嚓"一声响。

大树两头的人都因这突然的动静顿住身形。

原本还探头探脑，想要看看那两个黑斗篷离开了没有的唐果和长乐，动作一滞，扭过头瞪大眼睛看向墨渡。墨渡也惊悚地低头看向自己脚下的树枝，简直不敢相信自己竟犯了这么低级的错误！三个小孩吓得一动不敢动，静如鹌鹑般立在原地，连呼吸都静止了，心里疯狂地祈祷这动静没有被那两个黑斗篷觉察。

这自然是不可能的。在如此安静的环境中，方才那一声脆响实在是过于清晰了。大树后原本准备离开的两个巫师闻声停下了脚步，转过身，目光警觉地看向发出声音的地方。

静默半晌，三个小孩听到一阵不妙的窸窣声，那两个黑斗篷似是朝他们藏身的这棵大树慢慢地踱步走了过来。眼见祈祷无望，年纪最大的长乐当机立断，一手一个抓住身边两个同伴，拔腿就要开溜。而对"逃跑"这事已是一回生二回熟的墨渡灵机一动，反手拽住他们两个，朝困惑又惊惶的唐果和长乐使了个眼色。

披着黑斗篷的两个巫师在听到动静后，顿时浑身紧绷，下意识自腰间抽出比寻常的长剑更长一截的枯藤般的法杖。他们如同两头警醒的、将要完成一次完美捕猎的黑狼，步履谨慎地一步一步靠近那棵发出声音的大树。假如这树后真的有人在偷窥，那么为了他们筹谋已久的计划，无论是谁都决不能放过。必须将偷窥者除掉，以绝后患。

抱着这样的心理，他们做好了一场恶斗的准备，慢慢地绕过大树，猛地举起手中紧握的法杖。两根尖端隐隐散发着幽绿微光的木头法杖，一齐指向大树的背后，然后缓缓放下。

没有人。一个也没有。

阿全率先收起了法杖："也许是什么小动物。"

长阳先生环顾四周，没有发现异样的踪迹。法杖尖端的微光渐渐熄灭，他朝身边的年轻巫师点了点头，说："走吧，不要让螶女大人等得太久。"

不远处，白雾愈发稀薄的林子里，看上去像是吃撑了的、肚子鼓鼓胀胀的阿白，突然在空气中显了形。可怜的小布包不甚舒服地扭动着，然后它张开嘴（也就是头顶的布盖头），无声地打了个饱嗝，从里面接连吐出三团在方才逃跑过程中被颠得七荤八素的小孩。

唐果在草地上圆润地打了个滚，嘴里"哎哟哎哟"地连声叫着，觉得自己被摔得两顿早餐都要吐出来了："我滴个乖乖！这里面也太挤了吧。我都快被挤成猪肉饼了。"

长乐也是头昏眼花，摇摇晃晃地从地上爬了起来，好半天才分清上下左右东西南北。

就连经常坐阿白出行的墨渡都显得有点狼狈，她揉了揉刚才在混乱中不知道被谁狠狠戳了一下的肋骨，闻言有点抱歉："哎呀，对不起。其实平时没有那么挤的，主要是这次出门前我往里面塞了太多东西了。"

"我感觉出来了。"唐果怏怏地应道，毕竟她现在浑身都疼，就是被那个阿白肚子里的不知道什么东西给磕的，"也许你下次应该考虑少放几个硬盒子，多放点软的东西，比如衣服什么的。"

"你说得有道理。"墨渡深以为然地点头。

"这里距离童谣村应该不太远了。"长乐左右望了望周围的林子，"要不我们先回村吧。"

"你们认识路的话，就先回去吧。我要去找我阿爹阿娘，他们应该还在原地等我呢。"墨渡站起来，拍了拍一身的草，"我们晚点在童谣村见。"

"我们也可以和你一起。"唐果提议，"我和猴哥已经翘掉了青牛爷爷的草药课，无所谓是不是在森林里再多混一会儿了。"

"那也行。"对于能跟新认识的两个小伙伴多相处一会儿，墨渡显得很高兴，"我应该是从那里过来的，路上还打了两只雪兔呢！都放在阿白肚子里了。你们喜欢吃雪兔吗？"

"喜欢！我特别爱吃烤兔腿！"说到吃的，唐果又来劲了，将方才一番历险余下的些许惊魂未定都抛至脑后。在她的影响下，原本还暗自在琢磨那两个黑斗篷巫师是谁的墨渡和长乐，也暂且放下心中的诸般疑惑。

三个小孩一路在白雾散去的森林里蹦蹦跳跳，热火朝天地讨论起雪兔的十八种烹饪方式。当唐果从烤兔腿说到蜜汁兔肉又说到红烧兔头时，本来还不怎么饿的墨渡硬生生给她说馋了，恨不得再去猎几只雪兔来，到了童谣村后好大吃一顿。

墨渡遗憾地表示："可惜我们耽搁太久了，我再不回去的话，阿爹阿娘会着急的。到时候我就不好跟他们交代了……"

"确实。"青瑜冷冷的声音，毫无征兆地在她身后突然响起，"我们是在等着你好好交代一下，为什么说好的打一只兔子就回来，结果却去了整整一个上午还不见踪影。就是生兔子都花不了这么长时间吧，嗯？"

墨渡整个人登时僵住，一点一点地回过头。

只见如同一对神仙眷侣般光风霁月的老龙王和青瑜并肩而立，不知什么时候出现在他们身后不远处。而一个瘦瘦高高的黑袍老人，正捋着白胡子站在老龙王身侧，手执一根长长的（比墨渡还要高出一大截的）枯木拐杖。在墨渡看过去时，素不相识的老人还眯起一双锐利的眼睛，冲她慈祥一笑。

"阿爹、阿娘……"

"长老！"

相比起心虚的墨渡，唐果和长乐在看见老巫师时表现得要兴高采烈多了。在童谣村的所有居民们心中，老巫师无疑是整个世外谷中最可靠的存在。两个小孩霎时忘记之前在讨论的有关吃的话题，想起先前的历险，颠颠地跑过去一左一右拽着老巫师的袍子，将他们在森林里的一系列诡异遭遇（从导致他们迷路的迷雾到陌生的两个黑斗篷巫师）一股脑倒豆子似的从头到尾说了一遍。

说到这个，墨渡一时也顾不上心虚。她跟着凑到老龙王和青瑜身边，在唐果和长乐的叙事基础上，又补充了更多有关他们听到的对话的细节。他们说得越多，三个长辈脸上原本还算轻松的神情，逐渐变得凝重起来。

青瑜暂时忘记想要冲贪玩的墨渡兴师问罪的念头，而是语气严肃地问她："你们注意到他们身上有什么特殊的标识没有？"

三个孩子话音一顿，面面相觑。

这个好像还真没有注意。虽说带兜帽的斗篷几乎是九州游侠在外行走时的标配，可对于常年生活在童谣村不问世事的唐果和长乐来说，他们从未见到过这般神秘打扮的人，因此对那两个巫师的注意力基本停留在了厚重的黑斗篷上，其他细节确实不曾多留意。至于墨渡，她倒是知道放眼九州，"黑斗篷"不是什么稀奇的打扮，然而因为浓雾等种种因素加在一起，她也没观察到什么有用的信息。

墨渡努力回忆了半天，还是沮丧地摇头："没有。就是全黑的斗篷，而且裹得挺严实的，我连里头穿的什么袍子都没看清呢。"

老龙王三人皆是垂眸深思。老巫师下意识摸着自己长长的白胡子，唐果知道那是他思考时的习惯性动作。于是，就连原本抓着老巫师袍子叽叽喳喳的唐果和长乐，都从他们的神情中觉察出几分事情的严重性。两个小孩相互对视一眼，渐渐安静下来。

墨渡的目光在父母身上打了个转，还是选择打断正在沉思的墨九溟："阿爹，问题很严重吗？那个'蜃女大人'不会真的是传说中那个'蜃女'吧？"

问题自然比墨渡预计的还要严重。她并不知道父母今天早晨进了昆仑后，之所以会答应放她自己独自携阿白进这片森林打猎，恰是因为昆仑山脉作为上古时期最后遗留下的三大神域之一，即使昆仑众神已经陨落很多年了，但出于某种敬畏之心，九州仍是鲜有开了灵智的生灵会擅闯昆仑。尤其这片九重密林距离老巫师坐镇的世外谷很近，按理说安全程度不亚于云雾山，甚至该是更胜一筹的。怎么可能有陌生巫师在森林里搞一些不知名的大型法术，而不被他们觉察呢？

墨九溟抬眸看了墨渡一眼，半晌，叹了口气。他没有跟年纪尚小的女儿解释这背后的弯弯绕绕，只是用一种复杂的、一言难尽的表情，诡异地凝视着墨渡，缓缓开口道："怎么你走到哪里，哪里就会出事啊？"

上次这小龙离家出走，刚出门就撞上九尾狐一族绑架南姜国的九公子，妄图栽赃嫁祸挑起南北两个人类国度之间的战争。这次在昆仑打猎，前前后后也就离开他和青瑜两个时辰，结果却跟童谣村的俩小孩，一起撞破陌生黑巫师在这片本该是非常安全的森林里，搞一些听上去就很邪恶诡异的巫术，明显居心不良且疑似在筹谋更大的阴谋，还牵扯到了早已成为历史的那个"蜃女"……要不是这小孩是自家的，老龙王很确定她身上没有混入什么古怪的血统，他简直怀疑墨渡是被上古传说中的衰神附体了！

墨渡听了她阿爹这句意味深长的疑问，一时竟无言以对——小龙不知道，小龙也纳闷着呢！她虽然是贪玩了点，但也不是故意找事的。她怎么知道自己怎么就那么"好运"地每一次都撞上意外事故，而且听上去还都挺严峻。

被老龙王这么一问，墨渡委屈得哼哼唧唧："我也想知道为什么来着……话说回来，您自己怎么不多想想呀！那俩巫师的同伙好像是从云雾山就盯上咱们了，会不会又是您的什么'老仇家'干的？"

就好像那个拿着龙王剑在她身上比比画画，一副恨得咬牙切齿模样的白华夫人。

老龙王不和莫名闹起脾气的小龙计较。他转头跟青瑜商量几句，然后借走了墨渡的阿白，由阿白给他和老巫师带路，两个人准备现在就去先前黑巫师出没的地方仔细探查一番。而墨渡、唐果和长乐则是被青瑜带上了乾坤车，径直往童谣村行去。

由于老巫师没有随行，为了不惊扰童谣村的村民们，青瑜在进入世外谷的守护结界范围后，并没有继续往前踏入村庄，而是控制着乾坤车在森林里那栋属于老巫师的小木屋附近停了下来。青瑜走下车环视周围，觉得这片临水的林间空地很适合作为他们一家在世外谷的落脚处。于是在她的指使下，乾坤车很听话地收起了四个轮子，神奇地从一辆车架原地扩大变形成一栋自带院子的两层小楼。小楼就坐落在英招河畔，潺潺的流水声自敞开的窗户传入屋里，和复古客厅中袅袅腾起的烟云交织相融。

唐果和长乐在登上乾坤车后，立时就对这个看上去只是辆车，里面却仿佛一栋五脏俱全的移动房屋的神奇车辆，产生了浓厚的探索之心。而在眼睁睁看着乾坤车从车架变形成一栋比老巫师的木屋还要漂亮雅致的小楼时，两个小孩更觉奇妙而不可思议。

"龙龙！"唐果这样叫墨渡，因为她觉得墨渡的名字有点拗口，"你们家的车好厉害呀，它竟然还能变成房子！"

"啊，是啊。"墨渡怏怏地随口应道，"它还能变成船呢。至少我阿爹是这么说的，我还没有亲眼见过。"

她兴致不高的原因，自然是因为即使这次"闯祸"不是她的本意，但她还是被缓过神来的青瑜罚抄了。青瑜的原话是"你完全可以在发现迷雾不对劲的时候，就折返回来告诉我和你阿爹"。因此那之后的一系列惊险事件，说到底还是墨渡管不住自己的好奇心导致的。

看在她这次不似上回那般是故意去找的事，青瑜只罚她抄十遍《公理大全》，从明天开始在自己的房间里禁足，什么时候抄完什么时候解禁。虽说这次的惩罚比上次轻多了，可墨渡先前抄书抄出了心理阴影，从听到这个惩罚开始，就下意识感到自己的手又开始酸疼打颤。这使得她在两个新结交的朋友面前，都有点打不起精神。

唐果和长乐闯祸后从来没被罚抄过，对此他们很同情地看着沮丧地耷拉着脑袋的墨渡。中午留在"乾坤小楼"（唐果如是称呼墨渡的新家，鉴于它是由"乾坤车"变过来的）吃饭时，唐果出于对新伙伴的安慰，忍痛割爱地将自己最喜欢的烤兔腿匀了一根给墨渡。话说回来，墨渡的阿娘手艺可真好啊！唐果觉得这个烤兔腿比她自己做的要好吃多了，比童谣村小饭馆绵羊夫人的手艺也不遑多让！

老巫师和老龙王一直到傍晚才带着阿白回来。唐果和长乐在乾坤小楼里上蹿下跳地跟他们新交到的好朋友混了一整个下午，又在老巫师归来后顺势再蹭了一顿晚饭，这才吃饱喝足地踩着娴静美好的月色，被挥着手杖的老巫师赶回家去睡觉。

而对墨渡来说，这一整天实在是过于跌宕起伏了。她直到洗漱完毕躺倒在舒适的床榻上时，脑海里仍是被各种混乱的思绪充斥，清醒得没有半点困意。

她想到白天在森林里听到的那段对话，禁不住又去琢磨那个"蜃女大人"到底是怎么回事，那两个黑巫师的同伙是不是真的一直在监视他们一家，他们对那些被召唤的动物做了什么，又到底在筹划什么更大的阴谋……她阿爹和阿娘似乎打定主意不跟她多谈这件事，他们一致认为她的年纪还太小，不足以参与进去。

然后，墨渡又想到自己今天新交到的两个很有意思的朋友——小猪唐果和猴哥长乐，原本有点沉重的心情止不住上扬。她决定明天给蔺苏写封信，告诉他自己到昆仑了，以及她认识了两个好玩的新朋友，有机会一定要介绍他们互相认识一下。

墨渡想了一大堆杂七杂八的琐碎事情，睡意终于在不自觉间逐渐翻涌而上，她枕着软枕缓缓阖上双眸。在沉入梦乡前，她最后一个模模糊糊闪过的念头好像是——她是不是忘记了什么事情呀？

不待迷糊的小龙顺着这个突如其来的疑问，去仔细回忆自己到底有没有真的忘了什么重要的事情，她就因为浓重的困意彻底沉入睡梦之中。

……应该没有忘记什么吧。

陆·海市蜃楼的传说

墨渡的确忘记了一件事。这日早些时候，她新认识的小伙伴唐果在森林里误将迷縠花吞下肚，当时墨渡想着等回到父母身边，就问问他们有没有化解副作用的方式。只可惜后来在森林里经历了一连串惊险的事情，导致他们把这个小插曲忘得一干二净，连唐果本人也不例外。

在墨渡聆听着森林里英招河水汩汩流淌而过的声音渐渐睡熟时，回到糖果屋的唐果却发现自己虽然累了一整天，可仍是精神振奋至极，在床上躺了许久都培养不出丝毫睡意。从来都是倒头就睡，没有体验过"失眠"感受的唐果，对此颇感新鲜。她觉得现在让她绕着童谣村跑上十圈，都不在话下！当然，她并不会浪费力气这么做，她只是觉得醒着也是醒着，不如起来再加顿夜宵，她的地窖里还囤了不少各种各样的小零食呢！

叼着一根甜甜的冰糖嘉果[1]串，唐果幸福地眯起眼睛，说不出的高兴让她甚至想唱歌。小猪随心所欲，很少压抑自己的欲望，因此她是这么想的也是这么做的。于是，夜半三更，黑云遮蔽了高悬的明月，整座童谣村都在这片宁静的夜色下安然沉睡，糖果屋里却倏地传出一阵高歌声，划破静默的夜空。

"太阳醒时打哈欠，我的早餐在哪里……冰糖冻梨嘉果串，五香羊排

---

1 嘉果，指美味的果实。此处的嘉果特指不周山上长的一种果子，取自《山海经·西山经》："爰有嘉果，其实如桃，其叶如枣，黄华而赤柎，食之不劳。"

烤锦鸡……肚皮咕咕叫不停，今天到底吃什么啊——"

唐果中气十足的一嗓子，险些嚎醒了半个村。也许"半个村"稍微夸张了一点，但至少她家门口的树先生和对门的猫大爷深受其害。正在娴静美好的夜色中熟睡的大松树，被这飞来横祸般的一声高歌吓得从梦中惊醒，差点把自己从安家了几十年的土地中连根拔起。

十三号里的猫大爷所受的惊吓甚至有过之而无不及。猫大爷常年患有入眠障碍，每天晚上都要躺在床上闭着眼睛，默数好几千只英招兽才能勉强入睡。今夜猫大爷一如往常，在过完了平平淡淡的、不用给学堂那些简直如凶兽转世般吵闹磨人的小崽子们上课的一天后，躺在自己的猫窝里安静地阖上双眸数数。

一只英招兽、两只英招兽……猫大爷在数到第五千七百二十只英招兽的时候，终于模模糊糊有了些睡意，就要顺着这点困倦幸福地沉入梦乡。一个没有倒霉孩子的、鸟语花香的美好世界，正在前方微笑着朝他招手，隐约还能看见记忆里那美丽的猫姑娘正腼腆地冲他笑着，似乎是在邀请他一起去扑蝴蝶……

就在这时，窗外突然传来唐果惊天动地的一声高歌，眼前鸟语花香的梦境世界瞬间破碎，猫姑娘脸上露出几分惊慌，转头跳进烟云里消失了……很好，那五千七百二十只英招兽都白数了！美梦泡汤的猫大爷睁开眼睛，暴躁地从床上跳起，这才听清那个始作俑者不是别人，还是隔壁十二号里的那只猪！

"小猪崽子！我跟你拼了！"

墨渡不知道自己的一时疏忽，造成了童谣村十二号和十三号之间发生的惨剧。她在世外谷的第一个夜晚睡得很踏实。隔天早晨拉开帷幔、推开窗子，看着渗透进森林里的浅金色阳光和小楼西畔的涓涓流水，墨渡心情好极了。唯一的美中不足，大抵就是她暂时还无法踏出小楼，去探索这个陌生、新奇的地方，因为她还得抄书。但这被禁足的一天，也不是完全没有值得期待的事情，因为昨天认识的两个小伙伴答应今天会再来看望她。这使得墨渡埋头在书案前抄书时，难免有些心不在焉，总是抄个几笔就抬头望一眼窗外，期待看到唐果和长乐的身影。

一直到傍晚时分，她才等来了自己的小伙伴。那时墨渡正没精打采地坐在书桌前支颐着打瞌睡——没办法，抄书这种需要平心静气的事情，实在是不适合她这个天性好动的小龙，犯困是在所难免。可就在她消极怠工时，眼前忽然一暗，窗户被什么东西轻轻敲响。墨渡睁开眼睛抬起头，就看见长乐的脸出现在窗外。

等一下，这里可是二楼！

反应过来的墨渡登时跳起来去打开窗户，放悬在半空中的男孩进屋。身手敏捷的猴哥在轻轻落地后，又回过身去将跟在他后边的唐果也拉了进来。小猪身形稍稍有些圆润，在上房上树这类行动上明显比不过猴哥，但在长乐和墨渡的帮助下，她还是哼哧哼哧地翻过了窗台，并且没有搞出太大的动静。

"哎哟，你的房间要是在一楼就好啦！"唐果说。

天色有点暗了，墨渡点亮书桌上的油灯，这才看清唐果脸上那两个大大的黑眼圈。

墨渡被她吓了一跳："你这是怎么了？"

"别提了。"唐果揉了揉眼睛，禁不住打了个哈欠，"昨天晚上我睡不着觉，在糖果屋里唱歌，把隔壁的猫大爷吵醒了，他追着我好一顿折腾……"

墨渡听了她这话，立时就记起了昨晚忘记的那件事："哎呀，是迷榖花！我忘记了！你昨天吞了迷榖花，要是找不到办法化解副作用的话，晚上就会精神过头睡不着觉！"

唐果恍然大悟："怪不得！我说我怎么昨天大晚上的睡不着，一直等到今天早上太阳都出来了，反而又开始犯困了，结果就因为睡过头错过了阿洗的课……你说他也是的，我不就是难得逃了次课嘛！又不是什么大事。他非得把阵仗搞得老大，还跑去村公所那里告状，拖着姆老虎打上门来把我从床上拎起去学堂。"

"姆老虎？"墨渡不知道这是谁。

长乐在旁边解释："她说的是我们的姆村长，但你最好不要当着她的面叫她姆老虎，她会很生气的。"

"我以为你们的村长就是文潇先生。"

"不是啦！"唐果说道，"村长只负责管村民之间那些鸡毛蒜皮的小事，我们长老可是管大事的人！"

墨渡肃然起敬："那，你们村有什么大事吗？"

唐果认真地回忆了一番："据我所知是没有的。真要算起来的话，童谣村学堂和你们一家来做客，应该勉强算是大事。"

墨渡一时无话可说。

唐果却不知道自己拆了老巫师的台。她说到这里，又想起本来就想要告诉墨渡的一件事情："啊，还有就是今天长老特意来学堂宣布，说从现在开始童谣村戒严了。所有村民包括狩猎队在内，都不可以走出村子范围。"

"那你们现在不算是出村吗？"

"不是，这里还是童谣村。"长乐跟她这个初来乍到的客人解释，"这片森林一直到英招河畔立着的两块像老虎一样奇形怪状的大石头，都算在童谣村地界内。昨天我们经过了那两个石雕，可能你没注意。"

墨渡确实没注意，因为昨天乾坤车驶入世外谷时，她正为将要再一次被禁足和罚抄而垂头丧气："我阿娘说过世外谷有一个很复杂的守护结界，比我们云雾山还要古老，能保护童谣村的村民们不被发现。你说的那两块大石头，是不是结界的分界线？"

"也许是吧。"唐果耸了耸肩,"我只知道长老对村子施过法术,森林里所有猛兽都无法越过那两块石头。一直以来,只要我们小孩子不走出童谣村地界,随便在哪里玩都是很安全的。但其实九重密林里也没有太危险,至少不往深处去的话是这样。世外谷附近这一带很少有过于凶猛的野兽出没,我和猴哥五岁时就经常进密林去采果子了。"

墨渡若有所思:"那你们长老突然宣布童谣村戒严,让你们所有人都暂时不要走出童谣村结界……他说了原因吗?"

"这就是令我和猴哥有点困惑的地方。我们来的路上,还在说要问问你对这事的看法呢。"唐果先将自己舒舒服服地坐进了软椅中,接过墨渡递给她和长乐的一袋果子,这才边吃边说道,"长老的说法是,童谣村周围布下的法阵年久失修、需要重建,他邀请你父母来昆仑也是为了这事。在你阿爹帮他修补好法阵以前,为了村民们的安全,我们最好暂时不要踏出童谣村。可他原来分明告诉我,邀请你们一家来童谣村,是为了请你阿爹阿娘给学堂上课。"

唐果有些困惑,不太确定老巫师的两个说法哪个才是正确的。

"这也不冲突啊。"墨渡琢磨着,"来以前我阿爹阿娘确实说过,他们需要帮文潇先生做一些重要的事情,到时候可能会顾不上我,让我自己找村子里的小朋友玩。所以有关'法阵'需要重修的事情,应该是真的。如果单单只是需要在学堂讲学,他们不至于没时间管我。"

唐果和长乐对视一眼,说出了他们共同的猜测:"好吧,就算这个重修'法阵'的事情是真的……我和猴哥其实是在想,长老不让我们出村,会不会和昨天在森林里碰到的那两个黑斗篷巫师有关。"

这就有点难以判断了。墨渡用指尖摩挲着下颔,沉吟。

长乐在一旁说道:"长老不肯和我还有猪猪多说昨天的事情,我们想着也许你知道的比我们要多。"

"我昨晚问过阿爹阿娘,他们也是神神秘秘的。"墨渡叹气。

"那你知道昨天那两个黑斗篷说的什么'神女大人',指的是谁吗?"唐果好奇地问道,"你昨天听到这个名字后表现得很惊讶,像是知道些什么。"

"不是'神女大人',是'蜃女大人',海市蜃楼的那个'蜃'……我估计到你们早晚会想起问这个问题。"墨渡从自己的座椅中站起来,往书桌边走去。不一会儿,她就抱着一摞厚重的大部头古书回来,往唐果和长乐坐的长椅上一扔。

那些书的名字分别是《九州简史·上古篇》《九大神族古国·沧溟国》《神王列传》《创世纪九州大战·一场旷世战争》《战争别史》《神明轶事》……看得唐果眼花缭乱。

"不知道你们听说过海市蜃楼的传说没有。"墨渡问。

唐果没听过。长乐倒是知道一点,他说:"我在乌鸦先生那里听过这个说法,海市蜃楼指的是一种发生在沙漠或者海面上的自然现象,就是那里明明没有东西,可是人们却看到一座虚幻的城镇浮在海上。很多人类都以为那就是早已隐世的蓬莱神域。"

"你说的对也不对。"墨渡这才意识到童谣村和外界(乃至于其他早已隐居的古老种族)的脱节,"海市蜃楼在神明的世界里,最早指的是两个古老的神明。九大神王之一的海神重溟,以及最早追随他左右的一个神女,她的名字叫作'蜃女'。相传九大神王和第一批古老的神明,自降生那日起获得的神力,皆具有一定的偏向性。比如天神帝青掌管天象、火神祖融掌管火种、海神重溟掌管海洋……至于蜃女,传说中她的神力是操纵'雾'。"

"雾?"

"对,而且不是普通的雾。只要她想,所有陷在她创造的迷雾中的神灵和生灵都会受到影响,可能是看到幻象,也可能是失去方向感。海市蜃楼最早的说法就是源于海神重溟统领的沧溟国。沧溟国位于大陆南面的沧溟海域，任何不被允许进入沧溟神域的外客，都会在驶入该海域后陷在蜃女的迷雾中。他们会看到好多好多楼台的景象出现在四面八方，但那些都只是幻影，没有一个是真的。总而言之，雾里就是蜃女的天下，甚至有传说她自己就能变成雾，跟雾化为一体。"

"这个能力听上去很厉害。"唐果惊叹之余，也理解了为什么墨渡会从昨天的迷雾联想到幕后主使是这个"蜃女"，毕竟这个能力听上去和他们昨天在森林里遭遇的迷雾太像了。

"确实。"墨渡点头，"在九州大战期间，这个能力给神族联盟军添了很大麻烦。因此很多历史记载，都将蜃女列为海神手下'沧溟道'中的头号大将。"

这段故事唐果还是知道一些的："长老说沧溟道最后被神族联盟军打败了，海神也被封印在了沧溟海底。那这个蜃女后来怎么样了？"

"这就是问题所在。"墨渡开始翻她方才抱过来的那堆书，"据我所知，海神战败后，沧溟道的余孽要么战死沙场，要么被一起封印。没有一个例外。史书上特意说过这段，联盟军试图劝降，但沧溟道的追随者无一不是疯狂至极，他们不接受谈判。最后这场战争又拖了半年，联盟军才彻底将剩余的沧溟道余党剿灭。我今天去图书室拿阿娘罚我抄的书时，顺便将相关的史书全部找出顺了回来，想要看看有关蜃女的那部分，因为我对她的结局印象有点模糊。但我白天将这些书全部翻了一遍，发现了古怪的地方。"

唐果瞪着那堆厚重的书："你一个白天就将这些书全部翻了一遍！"

"因为原来都读过，翻起来速度会快一点啦。"

唐果还是觉得不可思议。好在长乐仍然牢牢记得这段对话的重点，他将话题拉回到原先的轨迹上，问墨渡："你发现什么古怪的地方了？"

"蜃女的结局。"墨渡说，"不是我的印象模糊了，而是她的结局确实被记载得模棱两可。我在六本史书里找到了三种不同的说法，比较主流的说法是她死在战场上，死于晏舟神尊的剑下。但《神王列传》和《战争别史》里带到这一段的时候，又说她和海神一起被封印了，至今仍被镇在无妄海底。"

唐果想了想："可对我们来说，其实没有区别不是吗？我是说，假如蜃女和海神一起被封印了，她就算还活着，也不可能跑到昆仑来作乱啊。"

"当然不可能！海神的封印这五千多年以来都是龙族在镇守。假如封印有什么问题，我阿爹不可能不知道。"墨渡对此更加肯定，"退一万步讲，如果封印真的出了什么问题，就不是放走一个蜃女了，海神肯定也能挣脱出来，那天下早就大乱了！"

"你说得对。"长乐点头，"那第三个说法呢？你目前只说了两个。"

"第三个说法出自《神明轶事》。"墨渡话语微顿，看上去似乎有点为难。

唐果好奇地问："怎么了？"

"我只是不确定这种说法可不可靠。"墨渡抓了抓头发，"先跟你们说好了啊，《神明轶事》不是什么正史，里面记载的内容真真假假，很难判断虚实。它的说法前半段和主流一样，记载的是蜃女在海神被封印以后依然不罢休，率领沧溟道余党和联盟军死战，她在战场上和晏舟神尊正面交战，最后死于晏舟神尊的剑下。区别在于，书的作者认为蜃女没有真的被消灭，'你怎么可能消灭一个随时随地都能化作无形之雾的神女呢'，这是书里的原话。"

"说的也不是没有道理。"唐果嚼着果肉应道。

"总之，这个作者认为蜃女没有死在晏舟神尊剑下，至少没有死透。她只是迫于沧溟道大势已去，不得不就此潜伏起来，等待合适的时机营救被封印的海神重溟。"墨渡总结道。

长乐沉思半晌，忽然问："他有什么依据吗？"

"大部分野史作者都不太讲究依据。"墨渡耸肩，"不过这位先生倒是提到过一点，传说中蜃女死去的那次战场上弥漫着大雾，可以说是非常适合蜃女作战的主场了。他认为那天的大雾是蜃女的障眼法，导致其他神明都因此被骗过，以为她已经死在战场上了。"

虽然这野史上的说法听上去非常阴谋论，但昨日在森林里亲身经历了一场迷惑人的迷雾，又听到黑斗篷对话中提到的"蜃女"的三个小孩，你看看我、我看看你，不太能下定论。

最后，唐果咽下了含在嘴里的果肉，说："假如这个作者说的是真的，那我们昨天在森林里听到的那个'神女大人'，搞不好还真是你说的这个'蜃女'。可是，如果真是她的话，她为什么要藏在我们昆仑呢？她难道不应该去南海，想办法解救被封印的海神吗？"

"谁知道呢。"墨渡从她手中顺走了一个果子，咬了一口，"我认为即使蜃女当年没有死在战场上，至少也是受了重伤了，不然不可能一直等到现在还不动手设法救海神。都五千多年了哎！我不信这世上有谁那么能忍，就算是神明也不可能。"

长乐天马行空地推测："也许她重伤未愈，昆仑有她想要的东西呢？"

唐果看了看墨渡，又看了看长乐，忍不住咽了咽口水："你们不要吓唬我，所有的人间话本里都说，重伤的邪魔外道会靠吃小孩来补元气……她不会是瞄准了我们童谣村吧？所以长老今天才宣布要我们不要出村。"

唐果越说越觉得这个可能性很大，于是真的把自己给吓到了，连墨渡塞给她的果子都变得不怎么香甜了。

墨渡搜肠刮肚地想要找些说辞，来安抚看上去有些不安的唐果，但她说出口的却是："其实小孩不比成年生灵更滋补，但开了灵智的生灵的确比没开灵智的效果更好，因为我们身上的灵气更加浓郁。可九州从上古时期起就有个不成文的公约，开了灵智的生灵之间不能将对方视为食谱上的猎物互相猎杀——神明也不可以猎杀开灵智的生灵。一旦这么做了，会成为九州公敌的。"

唐果并不觉得这令人感到安慰："可是沧溟道早就是邪魔外道，是九州公敌了！你觉得蜃女会在意这个公约吗？"

墨渡一时语塞，最后她说："其实我们还是不能确定那个'神女大人'就是蜃女啊！这段野史可信度有几分还是待定的，搞不好蜃女早就如正史记载的那样，死在战争中了。文潇先生让所有村民不要走出童谣村地界，至少说明无论昨天那两个黑斗篷是谁，我们在村子里还是很安全的。"

既然老龙王和老巫师都不愿意告诉他们更多内情，那么在信息有限的情况下，再想不过是庸人自扰。所以即使唐果和长乐因某种可能性感到了前所未有的疑虑，他们最终还是认可了墨渡的说法——无论发生什么，只要不离开童谣村，就肯定不会有事。而有老巫师和老龙王他们几个厉害的长辈在，不管什么事情，总归能够解决好的。

唐果从"蜃女可能想要吃掉他们"的恐怖想象中跳脱出来，后知后觉地感到另类的遗憾。小猪摸着自己的肚皮叹气："只可惜不能出村的话，就摘不到沙棠果，也没法去河里捉鱼了。"

"村子里不是有河吗？"墨渡不解。

"但没有沙棠树啊！"唐果理所当然地说，"没有沙棠果，英招河对我和猴哥来说太深了，我们会被淹死的。"

沙棠果的味道好是一点，更重要的是吃了它，短时间内可以获得在水下呼吸的能力。

墨渡恍然："所以你们不会凫水[1]！"

"难道你会吗？"

"我会一点，等我解禁了，我可以帮你们捉鱼。"

"那太好啦！"说到吃的，唐果很容易就高兴起来，"到时候你也可以教教我和猴哥，要是我们能学会凫水，以后捉鱼就不用沙棠果啦！"

---

1 凫（fú）水，指游泳。

墨渡三言两语间和唐果、长乐约好解禁后，就跟他们一起去英招河里捉鱼吃。直到唐果和长乐蹭过一顿晚饭离开后，她看向自己书桌上堆着的书和纸笔，又苦了一张脸。今天一直因为种种原因心不在焉，导致抄书进展太慢，按这个速度，她还不知道要在房间里关几天呢！

为了早点解禁和新认识的两个小伙伴玩耍，墨渡这天晚上发愤图强地挑灯夜战，抄书抄到很晚，倒在床上时感觉自己的手都快抬不起来了。而就在她跟一旁的阿白抱怨阿娘一生气就罚她抄书这个"坏习惯"时，脑海里却忽然灵光一闪，想到了什么。

"等等！"墨渡突然从床上坐起，吓了靠在她枕头边上的小布包一跳，"我怎么把老祖忘记了！"

阿白纳闷地飘起来，在她眼前晃了晃，像是在表达自己的疑问。墨渡一把捉住它，搂进怀里："阿白你说，如果我去问老祖有关鳌女的事情，他应该会告诉我的吧？"

南嘉老祖向来不像墨九溟和青瑜那样，在教孩子时有诸般顾忌。他跟墨渡谈天说地时，总是抱着一种"事无不可对人言"的态度。很多老龙王未必会跟墨渡仔细讲的一些战争细节、阴谋阳谋，南嘉都甚少避讳。

墨渡决定了，明天她就写封信送往蓬莱，也许很多疑惑就能被解答了。不对，应该是写两封信，另一封寄到长明城给蔺苏。她之前说好到昆仑后就给他写信，作为一个有信誉的小龙，这可不能食言。况且她也想要跟远在长明城的朋友，分享一下这段时间跌宕起伏的经历。

第二日午后的时光，墨渡基本都花在了写信上。给南嘉老祖的那封信写得有些长，因为他们平日里往来信件并不频繁。墨渡花了好几页纸写自己上一次跟老祖通信后发生的事情——包括她离家出走去人间的那段经历，然后才说到自己在进入昆仑山后的遭遇，其间又费了些笔墨写写自己新交到的两个小朋友猪猪和猴哥。在信件的最后，她将自己对黑斗篷巫师、迷雾和"鳌女"的困惑全盘托出，希望南嘉老祖能指点她一二。写完这些"正事"，墨渡摸着下巴总觉得少了些什么，于是她又落笔添了一句。

"顺便一提，阿渡非常非常地想念老祖，真希望您也能来昆仑一起玩。"

看着最后这句直白的想念，墨渡满意地点了点头。蓬莱神族和老龙王都是性情内敛的典范，无论是当面还是通过信件，极少直接地表达自己的情感。墨渡曾经瞄到过几眼青瑜写给南嘉的信，一句想念牵挂的话总要拆得稀碎，不着痕迹地隐藏在字里行间。说星星、说月亮，说南岭的云与雾、说蓬莱的山与海，就是不说"我想你"。墨渡和她身边这些亲人长辈都不一样，她年少热忱，是很乐于直白地表达自己的喜欢和想念的。

以一句想念的话语作为信件的结束，墨渡这才将这些信纸整理好放在一旁，开始写今天的第二封信。给蔺苏的这封信写得要短不少，倒不是因为她和蔺苏没有那么多话要说，而是自打认识的这段时日以来，墨渡隔三差五就要跟新认识的小伙伴去封信唠唠嗑。基本没什么重要的事情，但许是蔺苏听进了那个"你忘记给我写信就让你变成蛮蛮"的诅咒，少年回信回得也很勤快。距离他们上次通信到现在不过几天光景，因此墨渡只是将自己在昆仑山的这段经历叙述了一遍。

这两封信一直到墨渡解禁的那日清晨，才得以寄出。因为他们家的青鸟阿青在抵达昆仑的当日，就替老龙王往云雾山送信去了，直到墨渡抄完书得以离开小楼的那天早晨，才携着乐水姑娘的信归来。

墨渡找到阿青时，历经长途跋涉的青鸟正窝在前院的小亭子里打瞌睡。对于墨渡塞过来的两份新任务，睡眼蒙眬的阿青，愤愤地在她的手指上啄了一口。

云雾山与世隔绝，古老的神明和龙都不热衷于交流，因而平日里阿青的任务并不频繁，只偶尔需要替老龙王和青瑜往南海或是蓬莱送封信。这样悠闲的日子一直持续到墨渡认识蔺苏以后，才在骤然间被打破。话痨的小龙好不容易交到个朋友，近段时日三天两头求着阿青替她往长明城送信，青鸟闲散的生活自此一去不复返。

墨渡"哎哟"一声，手指被青鸟咬破了皮，她委屈地说："也不是让你立刻去送嘛！那么生气做什么……"

青鸟不耐烦地伸出第三只爪子，让墨渡将信塞进信筒里，遂暴躁地挥着青色的羽翼将她赶走了。那模样像是在说：你的信我会送的，现在别打扰我补觉！真是看见你就来气！

墨渡见好就收，恰好青瑜在屋子里唤她吃早饭，于是她跟闭上眼睛重新趴回原地睡觉的青鸟道了声谢，就溜走了。

解禁的第一日不是休沐[1]，墨渡前一天就已约好，要和唐果、长乐一起去童谣村学堂上课。墨九溟和青瑜答应老巫师在有空时去学堂讲几节课，但这几日三个大人明显正忙碌于别的事情。唐果和长乐昨天来小楼蹭晚饭时，提议今天中午学堂下课期间，他们可以带墨渡去绵羊夫人的小饭馆搓一顿。老龙王和青瑜对此没有意见，只是在用早餐时忽然告诉墨渡，既然她今天不回家吃午饭，那他们两个正好随老巫师去森林深处一趟。

"阿爹，你们这几天和文潇先生在忙什么呢？"墨渡叼着肉包子，若有所思地歪头。

老龙王老神在在："你的小朋友不是跟你说过了，阿爹和阿娘在帮文潇先生修补世外谷的结界。"

墨渡故作随意地问："所以，跟那个什么蜃女没有关系？"

墨九溟抬眸意味深长地看了她一眼："想诈一诈阿爹？"

"没有的事。"墨渡无辜地眨了眨眼睛。

墨九溟莞尔："对身边的事情上心些也是好事，说明阿渡长大了。"

"但你还是不愿意告诉我，那天森林里到底是怎么回事。"墨渡噘起嘴。

1　休沐，休息沐浴，指休假。相当于现在的周末。在《汉书·霍光传》《汉律》等古籍中均有记载。

墨九溟沉默片刻，说："你现在只需要知道九重密林并不安全，所以最好不要想着溜出世外谷的结界。"

"你指的是不要越过英招河畔那两块奇怪的石头吗？"

"那两个小朋友跟你说的？"墨九溟纠正她说，"那是陆吾[1]的石雕，不止英招河畔有，世外谷四周零星遍布陆吾的石像，假如你看到了，那就说明你就要离开结界范围了。"

墨渡对法术不像唐果他们一无所知："那些石雕是结界的阵眼？"

墨九溟颔首："不错。"

"行吧。"墨渡知道父母是打定主意，不让她掺和进那些神神秘秘的事情，只得没精打采地道，"我保证不会离开世外谷的。"

"阿渡乖，今天去学堂和小朋友们好好玩。"墨九溟伸手摸了摸她的小脑袋，说到这里话音一顿，又有点忧虑地嘱咐，"尽量别把童谣村拆了，到时候阿爹和阿娘不好跟文潇先生交代。"

"嘿！"墨渡不满地抗议，"我在你们心里就这么爱闯祸吗？"

老龙王但笑不语，可笑容背后的意思却很明显，那即是某只小龙过往的履历，让她的这句话没有半点说服力。墨渡被他这一眼看得恼羞成怒，从圈椅上跳下跑去找青瑜告状了。结果青瑜对此的看法与墨九溟如出一辙，并附和说——你要是敢拆了童谣村，就在房间里罚抄罚到回云雾山吧！

被父母郑重其事地警告了两遍，墨渡只得收敛了几分想要跟着唐果和长乐将童谣村好好探索一番的兴奋。但她天生忘性大，等到院子外传来唐果和长乐的声音时，就又恢复高涨的心情了。

唐果在院子门口探头探脑地叫"龙龙"。长乐更直接，已习惯性攀上

---

1 陆吾，中国神话传说中昆仑山的一个神明，出自《山海经·西山经》："西南四百里，曰昆仑之丘，是实惟帝之下都，神陆吾司之。其神状虎身而九尾，人面而虎爪；是神也，司天之九部及帝之囿时。"记载中，陆吾的模样如老虎却长着九条尾巴，面部如人脸。

距离最近的大树，一览众山小[1]地往里看。

青瑜见跳脱的墨渡高兴地应了声就抱着阿白往屋外窜，无奈地跟身边的墨九溟抱怨："这孩子，总算是找到臭味相投的玩伴了。"

几日相处下来，唐果和长乐不亚于墨渡的顽皮性情，早已在老龙王夫妇面前暴露了个干净。

墨九溟对此很淡然，只说："随她去吧，开心就好。"

话语刚落，墨渡又嗖地一下窜了回来，兴奋地告诉父母："猪猪说她今晚在家门口举办篝火晚会，算是为我接风，阿爹阿娘也一起来吧？"

唐果和长乐跟在她后面探出脑袋，而在两个小孩的身后，老巫师持着白胡子、拄着手杖缓缓步入院子。三个长辈隔空交换了一下眼神，似是无声地在什么事情上达成一致。

"你们小朋友好好玩吧。"青瑜摸了摸墨渡的头，"阿爹和阿娘晚上可能要晚点才回来，赶不上吃晚餐了。"

墨渡有点遗憾，但她也不是非要黏着家长不放的那类孩子，跟老龙王和青瑜道过别，就愉快地随两个小伙伴一同踏上了去童谣村学堂上课的路。

这是墨渡第一次真正进入童谣村。她的视线在走出森林的那一刻豁然开朗，见到了世外谷湛蓝清澈的天空。晴空之下，山谷间绿莹莹的大片草地、点缀其中的高矮房屋和流淌的英招河水，在这个闲适惬意的清晨，不慌不忙地缓缓自梦中醒来。而墨渡第一眼看到的，其实是山谷另一头那座正对着九重密林的、高耸入云的山崖。高高的山崖上，雪白的瀑布飞流直下，湍急的水流汇入蜿蜒穿过整座村庄的长河。

唐果顺着她的目光远远望去："那就是开明崖啦！乌鸦先生就住在崖

1　"一览众山小"，出自唐代诗人杜甫的《望岳》："会当凌绝顶，一览众山小。"此处借指长乐挑了个视野宽阔的高处，能将周围的状况看得一清二楚。

顶，但我们都没有上去过。老巫师警告过所有村民一律不许攀爬开明崖的崖壁，因为太陡峭了，很容易出危险。听说原来有小孩试图爬过，结果没爬多高就摔了下来，不仅搞断了腿，还险些被卷进英招河里的暗流。"

墨渡随唐果和长乐沿着田间的小径继续往前走，很快就看见道路的两旁坐落着两栋屋子。道路左手边的房屋，由一块块被削得齐整的石头堆砌而成，足有两层楼高。门窗都是圆形的，木质的门板被涂成了严肃的深青色，恰如它不苟言笑的主人。门洞上嵌了块雕刻着"十三号"的门牌，木牌下悬挂着一串铜铃，随着微风轻轻飘摇却没有发出声音。因为这风铃上被施了法术，只有当客人到来时它才会响起。唐果跟墨渡说，这里住的就是她的邻居猫大爷。

而在十三号对面，就是挂着"十二号"门牌的糖果屋了。糖果屋是栋双层小木屋，装潢温馨柔软、色彩鲜艳明快，很贴近小猪唐果热情欢乐的性格，与对面的邻居形成了鲜明的差异。木屋门外立着一棵枝叶茂盛的大松树，大树伸展着枝丫，像是在守护背后的糖果屋。

唐果很自豪地给墨渡介绍，这里就是她的糖果屋啦！

墨渡发自内心地夸赞："猪猪，你的家看上去好棒！"

听了她的惊叹，唐果圆圆的小脸露出更大的笑容，看上去小猪很高兴自己的家能得到新朋友的认可。她走到大松树边，将半睡半醒的树先生唤醒，迫不及待地给他介绍墨渡："树先生，你瞧，这是我和猴哥的新朋友，龙龙！"

墨渡好奇地走过去，于是，见多识广的她头一回看见一棵大树的树干上，竟缓缓浮现出一张带着木纹的脸庞。对此，墨渡下意识的反应，是一声染了惊诧的感慨："哇，好厉害！"

树先生反应很慢，他迟钝地将目光对准了墨渡，说："啊，谢谢。你就是猪猪说的那个龙龙？长老说的那位老龙王的爱女？"

"是我，树先生。"墨渡自我介绍，"我叫墨渡，当然，像猪猪那样叫我龙龙也可以。"

她对唐果给她起的新昵称接受良好，甚至觉得那听上去有趣极了，很有这座"童谣村"的异域风情。用阿爹的话说起来，她这就叫"入乡随俗"吧。

"你好，龙龙。"树先生语速缓慢却友善地跟她打招呼，"欢迎来到童谣村，希望你在这里过得愉快。"

"谢谢。"墨渡语气轻快，"我一定会的。"

唐果在旁边插嘴道："龙龙，我们今天晚上就在树先生这里举办篝火晚会，小虎前几日进森林狩猎，帮我打了好多新鲜的猎物，我们可以吃烧烤！我还邀请了村子里的其他朋友一起，他们都很愿意来呢！"

墨渡更加期待晚上的篝火晚会了。

由于他们三个还要赶去学堂上课，因此同树先生道别后，墨渡跟着唐果和长乐沿小路继续往村子的西面走去。童谣村被英招河划分成村南、村北两片区域，他们现在正走在英招河的北边。据唐果说，童谣村学堂也建在村北，就坐落于英招河畔，只要走过一座小桥，对面即是"村公所"，那里是村长和其他村公所成员办公的地方。

猴哥的家是九号，也在村北。经过那栋巧妙地建在一棵大树上的树屋时，墨渡忍不住停下脚步多看了几眼。树屋有三个主要的房间，被托在大树最粗壮的几根树枝上，看起来简直像是被施了法术一样。也有可能是真的施了法术，因为长乐说这树屋是老巫师帮他打造的。

走过树屋，前方是两条岔路。往北延伸的那一条将会通往村北其他几户居民的家，他们走了与英招河平行的道路，童谣村学堂很快就出现在眼前。学堂是一座傍水而建的院子，放眼整座童谣村都可以说是最显眼的一栋建筑，因为它的楼阁比村子里所有居民的家都要高。主楼的高台边还立着一座高高的瞭望塔，在飘浮着云彩的苍穹之下，显得神秘安静又庄重肃穆。哪怕是河对岸的村公所，也不能与之媲美。

也许是因为村子里住着不同的开了灵智的生灵种族的关系，童谣村的建筑风格并不像外界的任何一座村镇那般统一。每一座屋子在墨渡看来都是特别又新奇的。而这座由老巫师打造的学堂，看上去意外地像沉在一片烟雨朦胧中的南姜庭院。墨渡没有想到自己会在九州大陆最西面的山脉里，见到这样一座颇具南方风格的小院。

他们在学堂门口碰上了小虎阿凌、马兄白骑和小狗雪球，这三名狩猎队中的年轻成员私底下关系也很要好。而墨渡在童谣村度过的第一天，就令她深切地意识到小猪唐果的好人缘。他们在路上碰到的村民，几乎每一个都会跟唐果亲热地打招呼。

跟唐果打过招呼以后，三个少男少女好奇地看向墨渡这个生面孔。他们都猜到了这个小妹妹是谁，因为老巫师已经跟他们说过老龙王一家来做客的事情。墨九溟近几日还抽空来学堂讲过一次课，只是那时墨渡还被禁足在自己的房间里。

"你就是九溟先生的女儿吗？"小狗雪球这样问道。雪球虽然名字里带"球"字，但他的人形看上去是个很清秀高挑、活力无限的少年。

"是我。"墨渡大大方方地跟他们自我介绍。

在互相交换过名字以后，雪球又转向唐果，问："猪猪，你知不知道长老究竟为什么不允许我们出村啊？就连狩猎队去申请进山狩猎，也被拒绝了。难道真的是因为村子附近的那什么法阵需要重修吗？"

唐果和身边的两个小伙伴对视一眼，心虚地反问："你为什么觉得我会知道？"

"你和长老关系不是最好了吗？"

"那他也不会跟我说那些正事呀！"

"好吧，你说得有道理。"雪球沮丧地耷拉着脑袋，"只是如果有机会的话，猪猪，你能不能替我们问一问长老，狩猎队到底还要再过多久才能进山打猎啊？一整个冬天没有新鲜的肉吃，我味觉都快失灵啦！"

对此唐果深有同感。于是她点头答应，说自己会去问问的。

墨渡的注意力却被雪球身边的阿凌吸引，她听唐果提起过，小虎阿凌是童谣村最好的猎手。从小在云雾山长大的墨渡，平日唯一的爱好也就只有在山里打猎，因而她对这个年龄比她大几岁的"狩猎能手"还是很好奇的。假如不是童谣村现在戒严了，她很乐意加入这里的狩猎队，和阿凌他们一起进山。可小老虎现在看上去有些心不在焉，连雪球和唐果的对话都没在听。

虽然还谈不上认识，墨渡仍是忍不住关心地问了句："阿凌，你什么地方不舒服吗？"

"啊？"阿凌恍惚地看了她一眼，好像没听见她具体问了什么。

马兄白骑在一旁解释："自从长老宣布禁令开始，阿凌就情绪不好。我觉得这没什么好奇怪的，我们狩猎队整个冬天都盼着开春后能进山一展身手。况且老虎本来就是绝对的肉食动物，再吃草吃下去，阿凌都快从老虎变成猫了。"

"别说小虎了，我也馋肉啊！"唐果同情地看向阿凌，"小虎你不要不开心，今天晚上我请你吃烧烤！你那天送我的猎物我都存着没吃呢，就想留到今天晚上大家一起大吃一顿。"

说到今天的篝火晚会，所有人都高兴起来。他们一边热火朝天地讨论晚上要吃什么，一边走进学堂。童谣村学堂一共十七个学生，加上墨渡就是十八个，而且她代替了唐果成为这里年纪最小的学生。跟学生数量相比，学堂建得非常宽敞，有七间用处各异的教室、一个漂亮的院子，还有个用于观察天象的高台。

早上给他们上课的还是青牛爷爷。据说这节历史课本来应该是老巫师来讲的，但他最近几天忙得不见踪影，已经好几次托青牛爷爷替他代课了。青牛爷爷脾气温吞，即使下面的学生没有在好好听课，他也只是一遍一遍不厌其烦地唤他们回神，而没有直接发脾气。

墨渡是导致其余学生在上午的课堂上难以集中注意力的罪魁祸首。童谣村常年封闭,从未接待过外来人,因此小朋友们都对她这个"插班生"很感兴趣。仗着青牛爷爷脾气好,班里的同学不时溜到唐果和长乐这边说说话,并借机认识一下他们的新同学。于是一节课下来,墨渡认识了和青牛爷爷一样好脾气的小青牛执安、据说学习很好且乐于助人的兔姐桃桃、绵羊夫人家的一对兄妹苏木[1]和半夏[2]、老鼠一家四个兄弟姐妹、小蛇青竹、小鸡阿音等等小伙伴,而且他们都对她很友善,并接受了唐果的邀请,答应来参加今晚的篝火晚会。

下午的自然课上,墨渡见到了那个唐果提到过很多次的乌鸦先生。乌鸦先生眉目清朗,看似与墨渡的父母一般大。他着一身深色长袍,没系发带,随意披散的墨发几乎与衣裳融为一体。墨渡第一次见乌鸦先生,就意识到为什么唐果总说他神神秘秘、来无影去无踪的。当时他们三个吃饱了午饭,正在学堂的院子里辨认花圃中的一株白花的品种,谁也没看见乌鸦先生是怎么出现的,就好像他伴随着微微抚过的一阵清风,忽然间就拎着一个青铜制的小酒壶落在了院子里。

乌鸦先生行事作风似乎不如老巫师那般端方,也没什么长辈的架子,见人总带三分笑,温润的模样看着很是和气。他没在意三个小孩为什么到了快上课的时间还不进教室,只是好脾气地告诉他们那株纯白的花名叫"记忆花",最早只生长在忘川附近,这一株是老巫师特意移植过来方便教学的。记忆花的花香如果被恰当使用,可以唤醒生灵因各种原因而遗忘的记忆。墨渡听了觉得很新奇,因为她先前从未在《九州草木集》中读到过相关的文献。

墨渡很快就发现,即使乌鸦先生看似脾气温和,仿佛生来就没跟人动

---

1 苏木,一种中草药的名字。
2 半夏,一种中草药的名字。

过火，可童谣村这些孩子们（包括唐果和长乐在内），在他面前都下意识收敛了几分任性和胡闹。早晨课堂上的那种吵闹，在乌鸦先生步入教室的那一刻，瞬间消失了个干净。墨渡事后好奇地问过唐果，但小猪也说不出个所以然，因为乌鸦先生确实不曾对他们动过怒，在课堂上还没有老巫师来得严厉。最终，唐果只能归咎于开明崖对小动物而言太高不可攀了，连带着他们对住在崖巅的乌鸦先生，都不知不觉间带了点说不清道不明的敬畏之心。

这堂自然课大家听得都很认真，墨渡不得不承认乌鸦先生确实是很会讲课的。他绘声绘色地给他们讲了九州大陆各地的一些有意思的山脉和动植物，令从未离开过世外谷的小动物们听得如痴如醉。立志未来要做游侠走遍九州大陆的小龙同样爱听他讲这些各地奇闻，里面有些知识是她已经学到过的，有些对她来说也很陌生，但无一不被乌鸦先生讲得引人入胜。以至于到了下课的时候，所有孩子都意犹未尽。

墨渡踩着夕阳的余晖走出教室，已经开始期待乌鸦先生的下一堂自然课。可是唐果遗憾地告诉她，最近乌鸦先生和老巫师都在忙一些神神秘秘的事情，更多时候会是由青牛爷爷来代课。这让墨渡稍稍失落了一瞬，但她没有失落太久，因为学堂放学意味着，他们这就要去糖果屋前准备举办篝火晚会了！

早晨的课堂上，学堂里的所有学生都曾答应唐果，今晚会到十二号门口参加篝火晚会，为他们的新伙伴接风。但由于白天发生了些许波折，导致最后依言而至的包括墨渡、唐果和长乐在内，一共只有十二个小伙伴。

这事要从学堂午休时，唐果和长乐带墨渡去绵羊夫人的小饭馆吃午餐说起。

在墨渡禁足的这几日里，唐果和长乐在乾坤小楼用过好几次饭，对青瑜绝佳的手艺赞不绝口。两个小孩也不是白吃白喝，童谣村的居民互相之间虽然并不会将所有的账一笔笔算清楚，心中却也不是没数的。例如小虎阿凌每次都会打很多猎物送给唐果，而唐果对此的回馈，就是将自己做的各式各样的点心零食和腌制食品，都送给阿凌一份。

唐果和长乐为了回馈这段时间蹭的饭，一早就想好要带墨渡到绵羊小饭馆好好撮一顿。绵羊一家三世同堂，也住在村北。那是两栋并排而立的小楼，一栋的门上挂着"八号"的门牌，是他们真正居住的家，另一栋上挂着"绵羊小饭馆"的牌匾，这就是村子里唯一一家饭馆了。童谣村人口不多，小饭馆却意外地热闹。唐果告诉墨渡这是因为惊蛰过后正值第一轮春耕，很多人家需要下地干农活，没时间开火做饭。

墨渡听后仍是有些疑惑，她指了指堵在饭馆大门口的那三个人，问唐果："这也是没时间做饭，才跑来小饭馆吃饭的村民吗？"

唐果顺着她的目光看去，只见村公所的姆村长带着她的两个助手——五号的狐狸夫人婕婕和十一号小狗家的父亲阿越，不知道第多少次堵在小饭馆的门口，跟绵羊夫人展开激烈的争吵。好像又是在说小饭馆的整洁程度，如何影响了童谣村的整体村容，在唐果看来简直是没事找事！

小猪性情仗义，最看不过村公所的某些人总爱借着职位横行霸道。见绵羊夫人有理说不出、气得快哭了，唐果毫不犹豫地跳了出来，指着姆村长和她的狐朋狗友骂道："姆老虎！又是你！你怎么又来欺负绵羊夫人了！"

长乐紧跟在唐果身后，似乎对这剑拔弩张的局面见怪不怪，只是用行动表示了他对小伙伴的支持——也就是不知道从什么地方掏出了一根烧火棍。自打之前在森林里吃过没带武器的亏，猴哥现在决定只要踏出家门，就得把他的烧火棍带在身边，有备无患。

为首的姆村长是个中等身高的青年女子，曾经是狩猎队的扛把子，因此当年竞选村长时以非常高的人气胜出，得到该任命。只不过村长实在不是什么好职位，自上任以来姆老虎在村民间的风评一年差过一年，能与之媲美的估计只有十号鸡窝里那位刻薄成性的阿洗。后者目前在童谣村学堂当教书先生，以戏弄、惩罚学生为乐，从就任起便完美地替姆村长分担掉半数民怨。

姆村长正在说她早已准备好的"小饭馆为什么不合格的二十八个理由"，被打断时颇为不满，转过头定睛一看，简直气坏了。原来那个胆敢跟她唱反调的家伙，又是十二号的那只小猪："你应该叫我姆村长！就算长老不知为什么喜欢护着你，你也该学会尊重我！"

墨渡其实还不太清楚这两方积累已久的恩怨，但她当然下意识站到了自己的小伙伴那边。三对三，六个人就这样在绵羊小饭馆的门口对峙。最后，大抵是碍于不好在墨渡这个"客人"的面前丢童谣村的脸，姆村长只是愤愤地撂下一句"唐果你等着，我要去告诉长老，让他好好管教你"，就带着两个跟班离开了。

唐果心比天宽，半点不觉得这样的威胁有什么好害怕的。在姆村长走后，她招呼墨渡和长乐一起进小饭馆吃饭，扭头就对向来待她温柔的绵羊夫人甜甜一笑——对热衷于美食的小猪来说，手艺好的绵羊夫人，绝对在她最喜欢的村民榜单上名列前茅。也许是看在他们帮了忙的份上，绵羊夫人给他们的所有菜、肉和炒饭，分量都要比其他客人更加充足，吃得三个小孩险些走不动路回学堂听下午的课。

由于唐果对这小小的插曲表现得很无所谓，墨渡也就没意识到得罪姆村长会有什么后果。直到夜幕降临，他们三个在糖果屋门口的草地上搭起篝火准备烧烤，却被最早赶来帮忙的兔姐桃桃、小青牛执安和小羊妹妹半夏告知，一号的老鼠一家和五号的狐狸兄妹都不会来了。

"为什么呀？"唐果很茫然，"他们早上不是答应了吗？"

兔姐桃桃今年十三岁，比唐果他们虚长几岁，家里有三个才两岁出头的小妹妹。作为大姐姐的桃桃，习惯性对身边的这些小伙伴很照顾。闻言，正在生火的桃桃恨铁不成钢地瞪了唐果一眼："你不知道？你中午是不是又在小饭馆门口得罪村长了？狐狸和老鼠两家的父母都在村公所做事，哪里敢顶着姆村长的怒火跑来你这儿聚会！"

唐果懂了。敢情是她中午惹的祸，才导致好多小伙伴不愿意过来给墨渡接风。

墨渡倒是没太在意，见唐果有些自责地垂下脑袋，赶忙安慰她："不来就不来嘛！又不是大事。而且少来一些人，我们剩下的人不是就可以吃更多烤肉啦？"

她这么一说，唐果觉得也对："龙龙说得对！他们不来也好，省得到时候还闹得不开心。"

小羊妹妹半夏不知什么时候凑到她们两个当中。半夏今年十二岁，不像她母亲绵羊夫人那般生了双看上去总是很困倦的眯缝眼，半夏的眼睛很大，只是她似乎总是在走神，目光飘忽得仿佛在打瞌睡。

"猪猪，我哥哥苏木今天晚上要留在家里帮忙打扫卫生，来不了了。他让我跟你打声招呼，说他很抱歉。"小羊的声音很空灵，即使在对话的时候，她的思绪也像是浮在另一个世界。

唐果直爽地应道："没有关系，就是可惜他吃不到烧烤了。晚点你可以带点回去给他尝尝，我的手艺虽然比不上绵羊夫人，但烧烤的水平还是不错的。"

半夏说了声"谢谢"，飘忽的目光又转向墨渡："欢迎你来到童谣村，今夜的摇光星特别明亮，你在这里一定会过得很开心的。"

墨渡还没来得及回答，她就像幽灵一般晃到桃桃身边帮忙生火去了。

唐果跟墨渡解释说："小羊从小就有一点神神叨叨，喜欢说说星星什么的。但她人很好，从来不跟别人计较，你说什么她都不会生气。"

"我觉得她挺有意思的。"墨渡笑道，"我老祖也喜欢看星星，神明似乎都爱这么做，也许这说明小羊很有做神明的天赋。"

唐果知道老巫师也能从星象中看出很多她们看不见的东西，她好奇地问墨渡："难道你也会看星星吗？"

"告诉你个秘密。"墨渡很无所谓地摊了摊手，"虽然阿爹和阿娘都试图教过我，但我在这方面实在是一窍不通，并且觉得这种行为非常像江湖神棍。"

唐果被她这说法逗乐了，放声大笑起来。

令他们感到意外的是，小虎阿凌还是准时和她的两个伙伴一起赴约了。墨渡在看见她时有些诧异。阿凌却是一副理所应当的模样，被问起也只说了句"我答应过猪猪了，怎么可以食言呢"，看起来没将母亲和唐果的那点小矛盾放在心里。这也让墨渡对她的好感更多了几分，第一批肉串烤熟时，就塞了好几串给她。

阿凌看了看手里多出的肉串，有点惊讶地看向墨渡。

墨渡笑道："猪猪说你很会打猎，等有机会了很想找你讨教讨教。"

"我们村子不让十三岁以下的孩子参与狩猎。"阿凌说，"不过你的情况不一样，你想进山打猎的话，等解禁了我可以试试去跟长老申请。"

正叼着烤肉串享受美食的唐果和长乐听了，立时凑了过来，表示墨渡能加入狩猎队的话，也不能落下他们两个。阿凌似乎很不擅长面对小孩子殷切的目光，最后她将手里多出的肉串又分给了唐果和长乐，才算是把这事应付过去。

另一个让他们感到意外的来访者，是跟着小蛇青竹和小鸡阿音一起过来的小老鼠星星。他和唐果差不多大，是老鼠家年龄最小的一个孩子，听说性格非常怯懦，因而经常被欺负（比如学堂的阿洗先生就很热衷于给他找麻烦）。不过墨渡对小老鼠印象不坏，因为他看上去不擅于社交，却还是跟在小蛇和小鸡后面来同她小声地说了一句欢迎的话。墨渡也没有用别的方式来表达自己的感谢，她只是将自己刚烤好的肉串多分了点给他们。

这一夜，十二个小伙伴一起坐在摇曳的篝火旁，边吃边聊，玩到很晚才散场。在墨渡的记忆里，她此前从未度过如此热闹的夜晚。如她父母那般古老的种族，向来是喜静的。墨渡当然是很喜欢、很喜欢自己的家，喜欢云雾山庄的一切和陪伴在她身边的家人。但她毕竟年纪尚小，偶尔还是会为没有年龄相当的伙伴而感到孤独。童谣村在她看来简直太美妙了，这里有那么多活力四射的小伙伴，连空气中都透着轻松惬意的气息。这里的居民好像对外面的世界发生什么都不太关心，只将注意力放在身边的这些人和事上，没有太复杂的烦恼。

墨渡开始明白为什么这里叫作"世外谷"了。老龙王先前说，假如这个地方能够在地图上被找到，又怎么能被称为"世外"呢？她现在理解了这话的意思。因为只有这样一个在地图上不曾被标记出的地方，才会有这般仿佛从整个历史长河中跳脱出来的简单纯粹。

而墨渡这一晚留下的最深刻的记忆，是世外谷那漫天繁星的夜空，浩瀚璀璨又闲适宁静。星空下，吃到打饱嗝的唐果躺在大树下的草地上，轻轻哼着一首对墨渡而言很陌生的童谣。其他的伙伴却对此很熟悉，他们围在篝火边，不知不觉就跟着小猪一起哼唱起来。

> 漫漫的　漫漫的
> 是雾里的长街
> 暖暖的　暖暖的
> 是故园的明月
> 长路的尽头　是归来客
> 晚风拂过　无尽的思念
> 他们说
> 黑鸦的梦里　藏着晴天
> 我的眼里　是你的笑颜

散场时夜已深，墨渡已然很困了。她跟唐果道过晚安，和阿白一起往森林里慢慢走去。古怪的是她到家时，老龙王和青瑜却还未归来，也不知道是忙什么去了。墨渡刚推开院子的门，就在猝不及防下被一只青鸟扑倒在地上。她叫了一声"阿青别闹",揉了揉困倦的眼睛,好半天才看清身上这只青鸟不是他们家的阿青。它看上去明显年纪更大一些,皮毛的色泽更暗,一双眼睛也不是很有神采,简直让人怀疑它是不是老眼昏花。

"你是从哪儿来的呀?"墨渡咕哝了一声。

阿白着急地在她身边打转,试图把这只粗鲁的青鸟推开。青鸟退后一步放开了墨渡。而墨渡也终于揉开睡眼,让视线重新变得清晰。她随即发现自己正跟这只陌生的青鸟大眼瞪小眼,因为青鸟也在用一种困惑的、不甚清明的目光打量着她。

墨渡问:"你有什么事吗?"

青鸟看了她好一会儿,才慢慢吞吞地将一封信扔到她身上,跌跌撞撞地跑去一边的凉亭里睡大觉去了。看起来是在历经长途跋涉后困得不行,半点也不想再耽搁补眠。

墨渡有点纳闷。阿青今天才带着她寄给南嘉老祖和蔺苏的信离开昆仑,现在那两封信应该都还没送到才是,谁会给她写信呢?她从信筒里抽出信件,打开才发现这是蒙楚伯伯从南海寄给她阿爹的信。

信纸上是蒙楚伯伯一贯豪放不羁的字迹,他似乎是赶着要将这封信寄出,只潦草地写了几句话:

> 吾王,
> 南海封印一切如常,没有丝毫被破坏的痕迹。随信附上您要的名单抄录。
> 蒙楚敬上

墨渡抽出叠在一起的那份"名单抄录",只看了一眼,她的睡意就散去不少,头脑瞬间清醒。这份名单记录的,是被封印在南海的"沧溟道"追随者。

柒·阿洗先生的头发

翌日天色晴朗。上午是一堂草药课，青牛爷爷带他们在学堂边上的药园子里，种植那种吃了就可以缓解疲倦的草药——蕡草。学生被分成三人一组，墨渡、唐果和长乐毫不犹豫地选择凑在一起。

唐果嘿咻嘿咻地在地上铲了个坑，然后用铲子撑着地休息片刻："所以，我们现在至少可以确定，蜃女和海神一起被封印的那个故事版本不属实。以及，南海的封印还好好的，没有放出什么不该放出的东西。"

"是啊。"墨渡按青牛爷爷的指导将种子埋到土里去，"真好，我们排除掉了九州千千万万个潜在嫌疑犯中的那么一小撮。"

"也是一点点进展嘛！"唐果很乐观。

昨晚墨渡只来得及粗略扫完那份长长的名单，确定蜃女的名字不在上面，就被回家的父母捉了个正着。老龙王将信和名单从她手里拿了回去，禁不住扶额叹气，表示蒙楚这些年办事越来越不牢靠了。

长乐有点疑惑："你阿爹为什么会需要那份名单，他不可能不知道蜃女不在封印底下吧？"

"那不是普通的名单。"墨渡解释，"那份名单不仅显示被封印者的名字，还会显示其状态、位置，便于监控。一旦封印出了什么问题，比如放走了不该放走的罪犯，它也能显示在逃者的动向——至少在其间的法术联系被打破以前是这样。"

唐果听完的感想却是："假如那份名单真的很重要，你那个蒙楚伯伯怎么可以派一只老眼昏花的青鸟送呢！它竟然连你阿爹和你都分不清楚。"

"好像是因为我最近闯祸闯多了，我阿爹往我身上添了不少保护性质的法术，再加上我本身就是他的直系血脉，种种因素干扰了青鸟的判断……当然啦！"墨渡叹了口气，"我觉得你说得对。他真的应该换一只年富力强的青鸟来送信，毕竟南海到昆仑比到云雾山还远。"

长乐歪头思忖半晌："所以，我们现在还是对那天森林里的两个巫师一无所知。"

唐果补充："或者说，长老他们肯定知道些什么，只是不愿意告诉我们。"

对此，三个小孩很无奈。长辈们显然一致认为，他们的好奇心放在这件事上很不合时宜，因而口风很紧，不肯透露半点相关信息。

墨渡只能安慰他们，同时也是自我安慰："也许阿爹他们已经有头绪了，很快就能解决这件事情。"

唐果和长乐也愿意这样相信。馋嘴的小猪满怀期待："希望再过些日子，我们就能去森林里摘沙棠果吃了。成熟的沙棠果制成的酱汁，特别适合做果子鱼。"

自打老巫师一声令下，现在童谣村的村民们都很听话地不离开世外谷。对于墨渡来说，这个禁令对她的影响不是很大，因为整座世外谷对她而言都是很新鲜的。童谣村学堂的上课节奏是一天两节课，上午一节、下午一节，每节课一个半时辰。每五日课，休沐两日。偶尔会在老巫师认为合适的日子里，晚间再加一节课，教他们夜观星象。也不讲太深奥的东西，只希望这些小孩子至少能学会通过天象判断明日的天气——可即使是这样，大部分学生也学得云里雾里，至今连北斗七星中的天枢和天璇都分不清。

墨渡这些日子已经习惯在每个需要去学堂上课的早晨，按时起床到糖果屋门口去叫醒睡懒觉的唐果，然后她们再一起去九号树屋和长乐会合。

而不用上课的时候，他们三个总是凑在一起玩，没多久墨渡就跟着两个熟悉地形的小伙伴，玩遍了村庄的大部分角落。

虽然没有沙棠果，但他们还是吃上了美味的烤鱼。熟悉水性的墨渡某次午休时大展身手，跳进英招河里徒手捉了好多鱼，足够整个学堂的学生当午饭吃。十多个小孩子干脆就地在学堂的院子里生火烧烤，由学生中手艺最好的唐果和绵羊兄妹负责掌勺，还炖了一锅色香味俱全的浓白鱼汤。要不是被下午来上课的阿洗看到后挨了好一顿刻薄的臭骂——他骂完还嫌不够，将这事小题大做地以"在学堂里不干正事"为由告到了村公所的姆村长面前，导致所有学生一起挨罚，负责村庄的新一轮大扫除工作——那次午休大概还能在学生们的记忆里显得更美好一些。

在童谣村的这段日子，墨渡过得很愉快。真要说有什么美中不足的缺憾，就是那个在学堂里负责教"基础文字课"的阿洗先生了。阿洗住在童谣村十号的鸡窝，有一个同胞哥哥名叫阿欢。据说当年兄弟俩的父亲老来得子，欢喜得不得了，给两个孩子分别起名为"阿欢"和"阿喜"，以此表达自己的喜爱。

兄弟两个长大后，阿欢为人忠厚老实，很早就娶妻生子，有了一个比唐果大一岁的女儿阿音。村子里的小孩们都挺喜欢这个"阿欢伯伯"的，就连刚到这里不久的墨渡也不例外。前几天唐果家的鸡毛掸子坏了，墨渡陪唐果一起去十号求助，阿欢伯伯二话不说就找了存放的鸡毛，帮唐果做了一根崭新的鸡毛掸子。

至于阿洗，他和他的哥哥阿欢完全不相像。说话尖酸刻薄不提，还总是自命不凡。除去在村公所的姆村长一行人面前，能够用正常的语调好好地说几句话，其他时候他都高高地昂着下巴，一双眼睛恨不得长到头顶去，从不拿正眼看人。阿洗的"自命不凡"倒也不是无缘无故，因为和他的"文盲哥哥"相比，阿洗读过一些书、认识一些字，他觉得自己和身边这些文盲（包括他那个蠢笨的哥哥）是不可同日而语的。他嫌弃父亲给自己取的名字"阿喜"土气，为了彰显自己是只有文化的鸡，自说自话地将名字改为"阿洗"。

由于性情傲慢，阿洗在村里人缘很糟糕，至今仍是单身汉一个。童谣村学堂开课后，老巫师因为教书先生不够用，把童谣村所有识字的村民都拉了壮丁，让他们来教学生识字，讲一些基础的字词成语。识字的阿洗即是其中之一。得了这么个任务，阿洗似乎更加觉得自己身份不同，和村子里那些没文化的动物不一样，他现在可是"教书先生"了！他反反复复强调，要小孩和其他的村民们都称呼他"阿洗先生"。

"先生"这个尊称，以往只有学识不凡的老巫师、乌鸦先生，以及建村以来辈分最长、贡献最大的树先生和猫先生有资格被如此称呼。连青牛爷爷读了很多的书、知道很多的历史故事，也自认才疏学浅、贡献有限，尚且不足以被村民们称为"先生"。

学生们都不怎么喜欢这个"阿洗先生"，因为他上课时总是显得居高临下，讲课讲得也不太清楚。而假如有学生拿着不懂的地方去问，他更是不屑于回答，只会用一种"你怎么那么笨啊"的眼神扫过他们，再阴阳怪气地说几句似是而非的话。在"阿洗先生"的对比之下，连平日里不爱搭理人，但上课的时候总是劳心劳力，用尽一切方法试图教会他们运算法则的猫大爷，都显得可爱了起来。

墨渡在去学堂上课以前，就被唐果和长乐告知里面有位"阿洗先生"很不讨人喜欢。当时她还在禁足中，某天傍晚唐果和长乐来看望她时，小猪一副气鼓鼓的模样。她询问之后，才知道他们是在学堂里，被一个叫"阿洗"的教书先生无故刁难了。

"他昨天布置功课时，分明说好文章要写成'三段'，我们就按他的说法这样写了。结果今天交作业的时候他说我们全部不合格，因为他的要求是把文章写成'四段'而不是'三段'！"唐果一看就气得不轻，"那只鸡就是故意的！所有学生都听见了他昨天的要求是'三段'，但他就是不承认，非说他是先生，他说的就是对的，我们是故意不好好写作业！然后借这个无中生有的理由，罚我们所有人作业翻倍重写，所有反驳他的学生，都被罚在太阳底下站了两个多时辰！真是气死我了！"

毫无疑问，唐果和长乐都是被罚的学生。

墨渡当时听完前因后果，觉得这家伙确实很蛮不讲理。她虽然没有亲身经历这糟心事，却还是跟两个小伙伴同仇敌忾。

将手里的零食递给唐果和长乐以后，墨渡安慰他们说："别生气了，要是那个什么阿洗再欺负人，我们就一起给他点颜色看看！"

唐果接过零食，疑惑地问："给他点颜色看看，是什么意思？"

长乐看上去也对这个俗语有些疑惑，看来这又是云雾山和昆仑的文化差异。墨渡想了想，跟他们解释说："就是让他知道我们不是好欺负的意思。"

唐果和长乐恍然大悟："好！那要是阿洗再乱来，我们就一起给他点颜色看看！"

从唐果和长乐这边听说过阿洗的劣迹，墨渡因而做好了充足的心理准备。但直到她第一次上阿洗的课时，才发现这只仗势欺人、行事恶劣的鸡，比她此前能想象到的讨厌程度还要再翻好多倍。阿洗不仅在第一次上课时就迟到了（后来她才知道这是"阿洗先生"的常态），还在课堂上明目张胆地挑拨她和唐果、长乐的关系。

那是一个阳光正好的午后，由于早上听乌鸦先生讲了一节很精彩的自然课，学生们的好心情一直维持到了下午。只不过下午这节讲字词成语的文字课，就没有那么美妙了。因为今天负责讲课的不是青牛爷爷，而是"阿洗先生"。

午时过后，小动物们回家吃过饭，按时背着小书包成群结伴地回到了教室。而那位"阿洗先生"却是迟到了足足一刻钟，才不紧不慢地走进教室、走上讲台。他无论身高、相貌抑或是气质皆不出挑，既没有老巫师的稳重肃穆，也没有乌鸦先生身上那种特别的令小动物们自觉保持安静的气场。要说阿洗身上有什么特别的地方，大抵也只有他那头如稻草般发黄的短发。

据知情人士透露，阿洗可宝贝他那显眼的黄头发了。每天起床时，总要拿着木梳对着铜镜，将头发整理来整理去，直至保持在一个他自认非常英俊潇洒的造型。他一天至少梳三次头，早中晚各一次。若有重要活动，例如来学堂上课什么的，那再多加个一两次也是常事。

尽管那头色泽特别的黄发是阿洗的宝贝，但学堂里的学生对它的态度却大多是不喜的。原因无他，主要在于那头发仿佛是有什么灵性，每回阿洗借着"先生"的身份刁难小孩子们时，那头稻草般的黄发竟也跟着主人一同耀武扬威起来，在阿洗的头上摇摇摆摆的很是嘚瑟，看着就令人生厌。碍于身份缘故，学生们不敢明着反抗阿洗的欺压，却是因此更加迁怒于他那头嚣张的黄发——看他们被欺负得敢怒不敢言，那头发就如此感到欢欣鼓舞吗？真的是岂有此理！

只可惜他们再生气也没办法，还是要看着那讨人厌的头发跟着它讨人厌的主人一起趾高气扬地走上讲台。

阿洗站在讲台上，底下的学生安安静静地看着他。见状，他皱了皱眉头，将右手握拳举到唇边，捏着嗓子轻咳了好几声。

新来的"插班生"墨渡不明所以，但她身边的小孩子们却像是得了什么暗示，不情不愿地稀稀拉拉唤道："下午好，阿洗先生。"

由于他们这一声"先生"喊得过于七零八落不齐整，阿洗蹙起的眉目不仅没舒展开来，面色反倒显得更为不悦。

"咳咳咳……"

他站在讲台上咳得惊天动地，下面的小动物们你看我、我看你，面面相觑半晌，只得将先前那句午安又干巴巴地重复了一遍。墨渡也跟着唤了一声，但她转头用眼神询问身边的唐果，像是在问：这家伙什么毛病？

唐果回给她一个无奈的眼神。

他们反复将这句问候语说了三遍，阿洗才勉强接受，开始上课。而这仅仅只是个开始。事实证明，听说一个人"很讨厌"与直接去感受一番的程度相比，是远远不如的。在阿洗以"两个字的间距不够分开"为由，骂哭了瑟瑟发抖的小鼠星星，又用"不尊重老师"的理由，将指正了他对一个词语的错误解释的兔姐桃桃赶出教室到太阳底下罚站后，墨渡对这个拿着鸡毛当令箭的"阿洗先生"的忍耐度已经快到极限了。她还从未见过这般讨人嫌的家伙！

因此，当阿洗不可一世地顶着他那头在惩罚了好几个学生后愈发气焰嚣张的黄毛，晃荡到墨渡眼前，并阴阳怪气地说唐果和长乐的坏话，妄图挑拨他们三个的友谊时，墨渡的脾气不出所料地被点燃了。

也许是因为墨渡是客居于此的缘故，阿洗一开始似乎并没有将她列为刁难对象，但他向来是看唐果和长乐这两个小孩非常不顺眼的。阿洗看了看墨渡写得无可挑剔的作业，用一种令人非常不适的尖细嗓音缓缓说道："哎呀，这是我们童谣村的客人是吧。我从长老那里听说了很多你们一家的事情，他似乎认为你们很值得尊敬。但我可不这么认为……"

墨渡抬头看他。

阿洗抬着下巴，目光不屑地扫过她身边的唐果和长乐："啧，至少你交朋友的眼光可真是令人遗憾。"

墨渡觉得这家伙莫名其妙："我交什么朋友和你没有关系吧。"

连她阿爹阿娘都对她交的朋友没有意见！唐果和长乐上门玩时，青瑜还会给他们三个准备各种零食点心，再留两个孩子一起吃晚饭。

"俗话说得好，近朱者赤近墨者黑，和这种小瘪三混在一起，你以后又能有什么大出息呢？"阿洗边说边用一种做作的姿态摇着头。

其实墨渡无所谓以后有没有"大出息"，这样的词汇从来就没有在她的字典上出现过。从小到大，无论是老龙王、青瑜，还是她的南嘉老祖，甚至是蒙楚伯伯他们，她的所有家人都不曾往她的身上强加任何期望。他们好像只希望她快快乐乐、平平安安的，当然，若是能少闯点祸就更好了。除此之外，别无他求。

墨渡并没有被这句贬低的话刺激到，但她受不了这个莫名其妙的家伙挑拨她和两个小伙伴的关系，还说她的小伙伴是……是什么小瘪三？听着就不像什么好话！倘若不是她不想给父母添麻烦，按墨渡的性格，早就跳起来冲阿洗那张讨人厌的脸一拳揍上去了！

墨渡深呼吸，按住了同样气愤到小脸通红的唐果，抬起头注视着阿洗冷冷地说："事实上，我认为这间教室里只有一个自以为是的、没出息的'小瘪三'。身为教书先生却德不配位，不仅连斗转星移的斗字上有几个点都记不明白，还借着点权力就以欺压无法反抗他的学生为乐。"

教室里一片寂静，静得好像一根针落地的声音，都能被听得清清楚楚。被阿洗欺压已久，却碍于他和村公所沆瀣一气而无法反抗的学生们，一时间大气也不敢喘，用一种看勇士的目光瞪着墨渡。

阿洗自打在学堂做了先生以后，就再也没有被这样忤逆过。他鼻子都气歪了，一头黄毛如火焰般竖了起来："你！你这个没教养的……"

"咚"的一声响，阿洗的话被唐果掀翻的桌子打断。小猪刚才就已经出奇地愤怒了，因为阿洗居然挑拨他们和墨渡的关系！现在见阿洗居然还想要再骂墨渡，唐果跳起来指着阿洗的鼻子破口大骂，手指几乎要戳到阿洗的鼻尖："不许你再骂龙龙！"

阿洗简直勃然大怒，他瞪着唐果指着他鼻子的那只小胖手，险些将自己瞪成斗鸡眼："不像话！太不像话！你们还有当我是'先生'吗，啊？你、你还有你，全部给我滚出教室到太阳底下罚站去！放学后你们三个给我留下，不许回家，我要好好罚你们！真是反了！"

"三个"中的最后一个指的自然是长乐。猴哥虽然没有"出言不逊"，但他用行动表示了对两个小伙伴的支持。在唐果跳起来的那一刻，他就默默地从书包里抽出了自己的烧火棍，对着阿洗的脑袋左看右看，似乎是在琢磨朝哪里下手。

墨渡三人没能沉住气地逞了一时之快，后果是他们在太阳底下一直站到下课也不被允许回家。阿洗在其他学生都离开后，顶着他那一头嚣张的黄毛晃荡出教室，似乎是终于想到了新的惩罚方式。这个课后惩罚是要求墨渡三人在三块半人高的大砥石[1]上用小刀片刻字，刻"阿洗先生说的永远正确"，直到刻满整块石头的每一丝缝隙才算完。由于砥石的材质非常坚硬，这项工作比墨渡预想的还要艰难，因为阿洗说只要有一个字刻得不清晰，他就换一块新的石头让他们重新来过。

这次留堂一直持续到天空变得乌漆墨黑，晚饭时间都过去好久好久，墨渡也没能将这块四方的石头刻完一面。唐果和长乐的进度甚至比她还慢不少。雪上加霜的是他们错过了晚饭（对唐果来说，她还少吃一顿下午茶）早已是饥肠辘辘，而阿洗却特意去小饭馆打包了一顿美食，在他们面前大快朵颐。墨渡听见她身边的唐果已经气得磨牙了。

快到子夜时分，阿洗大概是终于享受够了对他们的这种折磨，抑或是他自己有点打瞌睡，想要回去睡觉了，这才终于"大发慈悲"地放他们离开。但他留下了那三块石头，要求他们明天课后还得留下，直到哪天按他的要求刻完，才能结束惩罚。墨渡三人打着哈欠走出学堂，被藏在拐角处探头探脑的兔姐、小青牛和小羊半夏叫住，拉到了一边。

桃桃担忧地看着他们，好像快被阿洗这次的行径给气哭了："他竟然连晚饭都不给你们吃！真的太过分了！我们下午下课后就去森林里找长老，想要让他来主持公道，但是长老不在家，九溟先生和青瑜夫人也不在……"

"我阿爹他们这几天确实经常到很晚才回家。"墨渡说。

---

1 砥（dǐ）石，指磨刀石。

半夏将手里的几包东西递给他们，用她那很特别的声音轻柔地说："你们一定很饿了，这是我让我阿娘帮你们准备的晚餐。"

桃桃伤心地抹了抹眼泪："对，你们快点先吃东西吧。就是肉串可能已经凉了，我们在这里等了好长时间，他才终于放你们出来。"

饿到现在，三个小孩也顾不上肉是不是凉的了，道了声谢就接过，大口吃了起来。由于花了好几个时辰在砥石上刻字，他们感到手酸疼得不像话，拿肉串的时候都是发抖的。

唐果说："兔姐，真是谢谢你们送东西给我们吃，我觉得再不吃点东西，我都没力气走回家了。"

由于时间已经很晚，他们没有说太久的话，墨渡就让兔姐他们赶紧回家休息，毕竟明天还要早起上课。而她和唐果、长乐则是啃着已经凉透了的肉串，一起往村子的东边走去。唐果吃完一包肉串，墨渡见她似乎还是饿得难受，又将自己的那一份分了一半给她。将墨渡分享的那点肉串也囫囵吃下，小猪才算是勉强缓过来，她摸着肚皮抬起头，眯着眼睛望向今夜明亮的星空。

半晌，墨渡听见唐果对她和长乐说："龙龙，猴哥，我们要给他点颜色看看。"

墨渡和长乐跟她一起仰望漫天繁星的夜空，一脸严肃地点了点头——这梁子算是结下了！此仇要是报不了，他们以后就把名字倒过来写！

由于被留堂，墨渡这天晚上到家比平时迟。她走进家门，才发现这些时日一直早出晚归的父母已经到家了。青瑜大抵已回房间休息，只剩下老龙王还坐在客厅里。听到她的动静，墨九溟抬起头，正想问她上哪儿疯去了，就一眼看出墨渡情绪不高。

"这是怎么了？"墨九溟挑了挑眉，"和小伙伴闹别扭了？"

"没有。"墨渡摇头，走过去在父亲面前坐下，转移话题问，"阿爹，你和阿娘这几天怎么都那么晚才回家呀？"

"世外谷的结界很古老也很复杂，在检查完毕并制定出修补方案以前，事情会稍微多一点。再过几日就能轻松点了。"墨九溟温柔地摸了摸她的小脑袋，"阿渡这是想阿爹阿娘了吗？"

"是有一点。"墨渡笑了起来，凑上前抱了抱墨九溟，"既然这样，阿爹要早点休息。"

老龙王轻轻刮了一下小龙的小鼻子："嗯。阿渡也要早点睡，你现在是长身体的时候，晚上不要玩到太晚，知道吗？"

墨渡连连点头："知道的，我这就去睡啦！阿爹记得替我跟阿娘道晚安喔！"

她没有告诉父母自己在学堂碰到的糟心事，半个字也没有提起。因为在墨渡看来，这应当属于"她自己就能解决"的事情范畴内。之后的几天，她和唐果、长乐依然被阿洗留堂到很晚，三块大石头上的字也越来越密集。有时候墨渡会趁阿洗不注意，将她自己的石头和进度最慢的唐果调换一下，给刻字刻得头昏眼花的小猪减轻点负担。这样的惩罚持续了五天，他们才将三块砥石的每一面都刻满了字迹，让鸡蛋里挑骨头的阿洗也找不出错来，只能暂时放过他们。

虽然一早就想好要给阿洗一个教训，但墨渡他们没有很快就想到合适的主意。因为他们必须找到一种既能给阿洗点颜色看看，事后又能将自己的嫌疑摘得干干净净，不被再次惩罚的恶作剧方式。而这个契机伴随着世外谷的又一场大雪来临。

昆仑的气候比南岭更寒冷，今岁又恰逢气温变幻异常。以至于惊蛰过去半月有余，世外谷的温度仍然没有丝毫回升的迹象。可即使是这样，当老巫师在一节晚间的天象课上摸着胡子，预测三日后的深夜里会有一场大雪时，墨渡还是觉得有点过头了。

她当时正盘坐在蒲团上，帮打着哈欠的唐果修改那张画得面目全非的北斗七星图。闻言，墨渡抬头看向一旁凭栏而立的老巫师，目光震惊又怀疑："您确定吗？都已经过了春分[1]了，怎么还会有大雪呢！"

老巫师和她父母之间那些神神秘秘的活动，似乎暂且告一段落。这几日老龙王和青瑜都不曾早出晚归，连白日里的时间更多都花在了书房里（她们家或者是老巫师家的），估计是到了制定修补结界方案的阶段。至于老巫师，他也终于抽出时间，来给学堂的学生们上课了。

老巫师眯着眼睛，手不自觉地缓缓捋着自己的白胡子。他看上去并没有为墨渡的怀疑感到生气，只是仰望着夜空，似乎在忧虑别的什么事情："你说得对啊，小龙殿下，说得很对。这个时节的昆仑本是不该有暴雪的。事实上，今年冬天已经比我预期的要寒冷多了，也漫长多了……星辉黯淡、法则紊乱、四季不明，人类可真是把这世界搞得一团糟啊……不是好兆头，不是好兆头。"

墨渡没太听懂他在说什么，转头看向唐果和长乐，像是在无声地问——你们长老一直这样神神叨叨的吗？

唐果打着哈欠，对她耸了耸肩，然后问老巫师："长老，您能说些我们听得懂的话吗？"

老巫师没跟他们多说，只道："好啦！今天的课差不多就到这里吧。你们都回家去，课后要好好记住我教的这些星象。尤其是你，猪猪，我希望下节课能看到你自己把北斗七星图画出来。"

学生们早就哈欠连天，老巫师一声"下课"，大家立马收拾好纸笔课本，争先恐后地鱼贯走下学堂顶部的观星台。墨渡三人缀在队伍后方，下到阶梯的中段时，墨渡忽然脚步一顿，脑海里灵光一现。

困得不行的唐果纳闷地问："怎么了，龙龙？"

---

1 春分，是二十四节气中的第四个节气。春分中"分"字的意思取自"一分为二"，因为在这一天白天黑夜被平分为二，各有十二个小时。春分的另一个含义，是将春天平分，因为春分这天正好处于春季三个月的正中间，在古时也被称为"仲春之月"。春分过后，气候温和、雨水充沛、阳光正好，是一年中非常舒适的一段时日。

墨渡没有立刻跟她解释自己的想法，只是转过头问走在他们身后的老巫师："文潇先生！您确定三日后的晚上，会有一场大雪吗？"

"当然。"老巫师想也不想就点头，"这点看天象的本事我还是有的。尽管现在预测遥远的未来愈发困难，几日内的天气，我这个老家伙还不至于看错……"

"您可真厉害！"墨渡莫名兴奋起来，"谢谢啦，祝您晚安！"

她拉着唐果和长乐加快脚步走下高台，走出学堂。跟人群拉开距离之后，墨渡压低声音，对身边因她的举动而有些奇怪的两个小伙伴说："我想到点子了！"

唐果的哈欠打到一半，眨了眨水润迷蒙的睡眼，茫然地"啊"了一声。墨渡跟他们解释自己的想法，起初唐果还有点困倦，但听完这个"绝妙的点子"后，小猪一扫疲倦兴奋起来。

"你们觉得怎么样？"墨渡问他们。

唐果和长乐对视一眼，异口同声道："棒极了！"

在墨渡、唐果和长乐的期盼下，三日后的傍晚大雪如期而至，落了整整一夜。翌日清晨雪停了，整座童谣村白雪皑皑，房屋和道路上的积雪颇深，学堂宣布停课一天。

姆村长领导的村公所挨家挨户通知所有的村民，在雪停后要及时出门上房扫雪，同时清扫村里主要的几条道路。前者是因为童谣村有不少屋子，都是由木头搭建而成的，承重能力未必有多强，若是不趁着雪停时，赶紧将屋顶上的积雪清扫干净，万一大雪接连下个几天，那房子八成就要被压塌了。而后者，则是为了通行方便，以及姆村长所说的"村庄整洁问题"。

墨渡一家自然是没这个困扰。老龙王随手捏了个法诀，就将小楼屋檐上的积雪清理了大半。墨渡从杂物间里翻找出扫帚，跟父母打了声招呼就出门了，说是要去帮唐果和长乐这两个小伙伴扫雪。

她到得很及时，恰好赶上唐果打着没睡饱的哈欠，提着扫帚爬上糖果屋的屋顶嘿咻嘿咻。墨渡二话不说，赶紧上去先帮忙，免得小猪半睡半醒搞出危险。她俩将屋顶扫了一半，兔姐桃桃也提着扫帚、踏着积雪，从村子的西面赶过来帮忙。兔姐家住山洞，没有被积雪压塌的困扰，但她担心唐果和长乐这两个独居的小孩，是以一大早就起床匆匆忙忙赶了过来。

"猪猪、龙龙，早啊！"

"早啊，兔姐。"唐果将雪从屋檐上扫下去，"你来的时候看到猴哥了吗？"

"你放心吧。我来的路上碰到执安了，他在帮长乐扫雪呢。"

墨渡由衷地感叹："兔姐，你和小青牛可真好。"

在小青牛和兔姐的帮忙下，糖果屋和树屋这边很快完工。三个小姑娘还顺手替树先生清理了一番枝丫上的积雪，以防他的树枝不慎被大雪压断，并因此得到了大松树的真心夸赞。接下来就只需要清理村中的几条主要街道了。唐果从家里找出一大堆零食，塞给来帮忙的小伙伴，然后表示街道不着急，他们自己慢慢扫就行。何况青牛家和兔姐家附近也有街道要清理，他们还是回去帮忙的好。

墨渡接到唐果的目光，会意地挥了挥手里的扫帚，让兔姐和小青牛放心，她会帮猪猪和猴哥的。而待桃桃和执安归家去，三个小孩只是象征性地在路上扫了几下雪，便在对视一眼后扔了扫帚，按原定计划，鬼鬼祟祟地踩着独木桥过了结冰的英招河，摸到了村庄的南面。

晌午，艳阳高照。童谣村的几条主要道路上，积雪已然清理得七七八八。

墨渡躲在路边的大树后，咬着梨问身边的唐果和长乐："确定他从村公所回来的时候，会走这条路吗？"

阿洗也算是村公所的成员。根据可靠消息，雪停之后，他也被叫去村公所开会了。说是开会，其实也就是走个形式。童谣村这么丁点大的地方，并没有多少事情需要管理人员决策商量。

长乐晃了晃手里的烧火棍，信心十足："确定！村公所回鸡窝就这条路上的雪清扫得差不多了，他不至于去走其他积雪深的小路。"

墨渡和唐果看着被他舞得虎虎生风的烧火棍，禁不住咽了咽口水。

唐果不太确定地问："我们的计划里有烧火棍这个环节吗？"

作为计划制定者的墨渡，默默地咽下了嘴里的梨："好像是没有的。"

"以防万一嘛。"长乐兴致勃勃，从包里抽出一个平时经常被他拿来装果子的麻袋，"如果他没走这条路，或者有别的什么意外的话，我认为我们可以启动备选方案。"

墨渡看着长乐左手的麻袋和右手的烧火棍，一时无言以对。唐果倒是很快接受，她三两下啃完了自己的那只梨，拍拍手道："那我要麻袋！"

长乐把麻袋给她："那我就抄着烧火棍。"

说完，他们两个一起看向墨渡。墨渡默默地从背后掏出一把大剪刀，这是她阿娘用来修院子里那些花花草草时用的，今天早晨被她偷偷顺了出来。就在这时，道路另一头隐约传来不成曲的小调声。三个小孩对视一眼，利落地各自拿着凶器在大树背后藏匿好身影，望向道路尽头的拐角处。片刻后，阿洗那头显眼的黄毛率先映入眼帘。

墨渡和两个小伙伴在大树背后交换了一下眼神，彼此都从对方的目光中看出了"大仇即将得报"的紧张、兴奋和激动。墨渡捏着手里的大剪刀，心中已经在琢磨一会儿要从哪里开刀。而在她走神的那个瞬间，只听闻路上传来"哐当"一下巨响，正在哼歌的阿洗"哎哟"了一声，那跑调跑得没边的小曲顿时没了声。

树后埋伏的三个小鬼先是一愣，再是一喜，大胆地伸长脖子，从大树后探出头。只见原本覆着一层薄薄的积雪的路面上，豁然出现了一个大坑。

"他晕了吗？"唐果眯着眼睛远远观察了半晌，问。

墨渡正想要去探探情况，却被长乐制止住了。自认比两个妹妹年长的猴哥握着烧火棍，谨慎地从大树后率先走出去，一步、一步慢慢靠近那个大坑。只见平日里耀武扬威的"阿洗先生"，在一脚踏空跌进他们事先挖好的陷阱后，摔得那叫一个七荤八素、晕头转向。

生性胆大心细的猴哥板着脸，小心翼翼地用手中的烧火棍，戳了戳阿洗只露出半截在坑外的脑袋。判断了片刻，确定他是真的晕过去了，男孩的脸上终于露出一个灿烂的笑容。他转身向两个小伙伴招手："晕了晕了！"

墨渡和唐果立时喜出望外地跑了过去。

满意地看了眼摔昏过去的阿洗，墨渡兴致勃勃地挥舞了一下手里的大剪子："我们谁来剪？"

唐果丢了麻袋，从口袋里摸出一把小一点的剪子："你来，我补刀，猴哥给我们把风。"

长乐捏着烧火棍严肃地点头，然后目光警惕地仔细观察着坑里的阿洗。万一中途这家伙醒过来，为了不暴露他们三个的身份，他得及时从背后补上一闷棍！

墨渡不再客气地举起剪子，对那头她早就看不顺眼的、助纣为虐的头发，毫不留情地咔嚓咔嚓。唐果用一把小剪刀蹲在她身边帮忙。

"好了吗？"长乐时刻警惕四周环境和坑里昏过去的阿洗，免得他们干坏事被抓现行。

"差不多了……你看看这样行不？"

歪头打量了阿洗的新造型一番，长乐毫不吝啬地向她们竖起大拇指："可以！我们还是赶紧走吧，他要是醒过来就麻烦了。"

墨渡深以为然。她收起剪刀，一把抓过方才唐果丢在一边的麻袋，以免留下什么暴露他们身份的罪证，而后就跟着唐果和长乐一头扎进路边的草堆里，并不恋战地功成身退了。

他们一起飞奔穿过稀稀拉拉的林子，踩着独木桥过了英招河，回到村子的北边，这才松了口气。放下手里的东西，墨渡欢欣鼓舞地和唐果、长乐击掌"耶"了一声，庆祝他们的恶作剧如愿以偿地大功告成。

唐果的脸上露出一个大大的笑容："这下我看他还怎么嚣张！"

享受着恶作剧带来的愉悦感，三个小伙伴勾肩搭背地哼着歌往糖果屋走去，路上不忘畅想一番明日阿洗出现在村子里时，将会引起什么轰动。墨渡从未像今天这样期盼明天的到来。她和长乐在糖果屋美美地享用了一顿下午茶，在唐果准备午睡时才各自打道回府。她没有想到的是，比起恶作剧引起的轰动，她回到小楼时反倒先等来了南嘉老祖的回信。

蓬莱位于九州大陆东面的归虚海上，由于路途遥远，每次寄信一来一回总要耽搁不少时间。上次墨渡同时给蔺苏和老祖寄信，蔺苏的回信她没过多久就收到了，老祖的信却一直等到现在才被阿青带回来。想到自己在上一封信的最后询问老祖有关蜃女的事情，墨渡赶紧带着信回房间，迫不及待地拆开看了起来。南嘉清瘦潇洒的笔迹映入她眼帘：

　　小阿渡，

　　见字如面。

　　很高兴听说你新交了三个好朋友，希望你在童谣村的这些日子玩得尽兴。你离家出走一事，阿瑜已经写信跟我提起过了。不得不说这是很大胆的行为，幸好阿白能在你的冒险旅途中帮上忙。下回若你有如此冒险的想法，请务必捎上在下，要知道老祖很乐意为你这个小游侠保驾护航。

　　有关蜃女的事，由于并未亲眼所见你遇到的迷雾，我无法通过语言描述下定论。但她被封印于南海的记载版本乃无稽之谈，我很确定她死于晏舟神尊剑下。至于其他的流言，只能说在被确凿地证实真伪以前，万事皆有可能。假如蜃女当真在那场战事中死里逃生，而昆仑近期的异象与她有干系的话，那我想以她的行事作风，是不介意多吃几个小孩做补品的。蜃女的危险程度远高于你在人间碰到的九尾狐夫人，所以请你和你的小朋友们最近都谨慎一些。既然九溟王和文潇先生说不要离开世外谷，希望你能选择照做。

如无意外，今夏老祖将到昆仑与你们会合。若是想要什么吃的、玩的，随时写信告知，到时老祖给你带过去。

南嘉

墨渡抚平信纸，小心地压在书桌的一沓书下面。

好吧，她想，既然老祖都不希望她掺和，那看来这件事情比她预想的还要棘手。而且老祖也不是什么都没有告诉她，其实这封信已经提到了很重要的一点，那即是老祖（应该包括她阿爹和文潇先生）都没有真正找出那日在森林里放迷雾的罪魁祸首。墨渡不是完全没有分寸的孩子，既然判断出此事的严重性，她已经决定明天跟猪猪和猴哥提一句，最近他们还是小心不要跑出村子为好。

反正童谣村里也很好玩。

之后的几日，童谣村可谓是鸡飞狗跳。原因无他，主要是前几日的大雪过后，虽说因扫雪及时没有任何一处房屋被积雪压塌，但那日的雪仍旧导致某位村民遭了殃。

没错，那位不幸的村民就是"阿洗先生"。据流言说，那日大雪停歇后，阿洗应姆村长的召唤去村公所开了半日的"会议"，喝茶讨论屋顶扫雪和道路清理一事。重点基本在于喝茶，毕竟雪是靠村民们扫的，不需要村公所的成员亲自动手。待过了晌午，村民们将主要道路清扫得七七八八，阿洗便放下茶盏，优哉游哉地晃荡着回了家。

从村公所到十号鸡窝之间的路线并不复杂，其他小径上的积雪还未处理，阿洗毫不犹豫地走了被打扫得最为干净的那条大路。不承想这本该万无一失的选择，途中却是出了点令所有人都意想不到的岔子。那大路上不知被哪个缺德的挖了个大坑，坑上还精心铺陈了树叶和薄薄的积雪，任谁一眼看去，也觉不出端倪。那坑说来也是巧了，就挖在距离十号鸡窝不太远的地方，是那日从村公所回十号的必经之路。阿洗先生因此倒了大霉，回家路上一脚踩中陷阱，摔进坑里跌了个七荤八素。

这事原本说大也不大。毕竟那坑虽然让阿洗摔晕了一阵，但到底挖得算不上深，里头还铺了不少枯叶和雪，阿洗跌进去，倒是半点伤也没受。这个"意外"之所以成了童谣村近几日的头条大事，是因为阿洗在醒来后凄惨的一声嚎叫。其惨烈程度，嚎得村庄南部所有的人家都以为出了什么惊天动地的大事，赶忙扔了手头的活计循声跑来看。

这么一瞧，那可就不得了了，各位客官你们猜怎么着？

童谣村八号，绵羊家的小饭馆里。临时跑来帮工的小狗雪球手持醒木，扮演着说书先生的角色，眉飞色舞地讲述着前些日子发生的事情。讲到精彩之处，还像模像样地卖了个关子。

童谣村那么丁点大的地方，常年太太平平没几件新鲜事。这回村子里发生了如此怪事，自然是没过去半日就传得家喻户晓啦！饭馆里坐着的村民们都知道后来发生了什么，却还是很乐意再多听上一遍，于是给面子地捧场问："然后怎么着了？"

年方十四岁的小狗雪球，因机敏的反应力和出挑的嗅觉，已是狩猎队的正式队员。然而没有人规定一个狩猎好手不能有旁的爱好，雪球的爱好便是给人说书讲故事。难得在绵羊家的小饭馆里有机会给他扮演一次说书先生的角色，他说得可起劲了。听在场的村民捧场地追问，他立刻抑扬顿挫地将故事说了下去。

最先赶到现场的，是距离最近的公鸡阿欢。虽说阿欢是阿洗的亲哥哥，但由于当时阿洗恰好是背对着他的，因此在看到坑里露出的半个脑袋时，阿欢未能立刻认出那是自家弟弟。他心中反倒是纳闷得很，暗忖这坑里那个圆圆的东西究竟是个什么玩意儿，怎么看着怪模怪样的？半边长着枯黄的稻草，半边却跟鸡蛋一般光滑发亮。

随后赶到的是住在附近的白马夫妇，以及十一号里的雪球一家三口。雪球一家和阿欢一样，也没认出那正在坑里嚎叫的是个什么东西。正对着阿洗的白马夫妇倒是认出来了，心中的震惊却是更甚。

在场的——以及正在路上即将赶到的村民们，只听见白马夫妇一阵惊呼："哎哟！我的神明啊……阿洗！你的头发怎么变成这样了？！"

不过片刻，流言就随着夫妇俩的惊呼声传开了。

原来坑里的那个怪模怪样的东西不是别的，是"阿洗先生"的脑袋！那脑袋上如今只剩下右半边还长着黄黄的头发，另半边却不知被哪个缺德的捣蛋鬼剃得干干净净，在太阳底下简直亮到反光！

平日里阿洗总是顶着他那头色泽特别的宝贝黄发，神气活现地招摇过市。而现在，那头发只剩下了半边，跟它的主人一样神气不起来了，瑟瑟发抖地耷拉着。也无怪乎连阿洗的亲哥哥阿欢，第一眼都没认出来。

"造孽啊，阿洗！"老实的阿欢在发现坑里的竟是自家弟弟时，简直惊呆了，"你这岂不是变成阴阳头[1]了吗？"

嘴里正咬牙切齿地叫嚣着，要让给他挖坑还敢动他宝贝头发的始作俑者好看的阿洗，听了哥哥这话，呆愣少顷，"哇"的一声哭了出来。

不出半日的工夫，这件怪事就从村南传到了村北。一时间，童谣村家家户户都在热火朝天地讨论阿洗的新发型。所谓流言，基本都是越传越走样，越传越离谱。村庄南部的老鼠一家听到的版本还是很接近事实的，说

1　洪荒纪的文化尚处于"身体发肤受之父母"的阶段，无论男女皆是非必要不剃头。"阴阳头"乃是九州人间用来惩罚一些罪犯的做法。

是谁在大路上挖了个坑，阿洗跌进去摔晕了，再醒来时他那宝贝的头发已经被剃成了阴阳头。待这个故事传过英招河抵达村北，已经变成了阿洗先生管不住自己那张刻薄的坏嘴，不知怎么得罪了河神，致使河里的英招神兽怒而显灵，一口啃掉了他的半边头发……

到了隔天早晨，村子里已经传了至少七十二种截然不同又曲折离奇的有关"阿洗先生的宝贝黄毛究竟是如何被剃成了阴阳头"的流言版本。至于恶作剧的始作俑者，墨渡、唐果和长乐正在扫昨日没清完的积雪。三个小孩对视一眼，挥挥扫帚，深藏身与名。

又过去几日，清晨。恰逢休沐，学堂没课，唐果四仰八叉地横在软榻上呼呼大睡。梦里的小猪正以她的原形状态，大发神威地追着一只肥硕的锦鸡。就在她即将把猎物扑倒制服时，忽闻一阵尖利的怒骂声远远传来。不知怎么的，那耳熟的声音隐约还有点像讨人厌的"阿洗先生"。唐果被这突变惊得"猪"失前蹄，一个趔趄扑了空，尖叫的锦鸡趁机从她穷追猛打的蹄子下溜走了。

唐果从梦中惊醒，遂听见窗外传来阿洗怒火中烧的尖叫声——原来那竟不是她的梦！

"十一号的蠢狗！有本事你就给我站住！你要是再不管好你家嘴碎的狗崽子，由着他在外面胡说八道，我就让姆村长把你们一家都赶出村去！"

唐果茫然地从被窝里爬出来，就听见小狗雪球家的父亲阿越声音忽远忽近，在阿洗话音落地时，紧跟着喊道："阿洗，你这只鸡又是发的什么疯！我家雪球不过是正常在饭馆里说书，他又不是第一次去那里工作！"

阿洗似乎更生气了，尖叫道："说书？你觉得那是正常的说书？！真是气死我了，你们都给我等着！回头我就让姆村长把那小破饭馆给封了，让他们关门大吉！"

直觉嗅到有热闹看了，唐果立时从床上跳起来，趴到窗口探头往外看，想知道具体发生了什么事情。

原来是前两日雪球在绵羊小饭馆里说书的事情被阿洗知道了，后者气得今日一大早就追着正要去田里干活的阿越不放，发誓要将他拽去村公所，让姆村长给他们家一个教训！

阿越也是狩猎队的一员，旁的不说，逃跑能力那可是一流的。被阿洗这么一追，他下意识丢了锄具，扭头就跑。于是两人这么一路你追我赶地从村南闹到了村北，场面那叫一个鸡飞狗跳，搅得整个童谣村大清早就鸡犬不宁。

唐果还没看上几眼热闹，对门十三号里毫无征兆地飞出偌大一个"暗器"，"砰"的一声结结实实砸在了道路中央，恰好阻挡在正上演追赶戏码的一狗一鸡之间。她定睛一看，那听着"结实"的东西，竟是一块长方形的木枕。

童谣村里家家户户的习惯喜好都略有不同。唐果喜欢用羽毛制成的软枕，觉得睡着非常舒适。但也有人更喜欢木头或石头做的硬枕头，例如十三号的猫大爷。

唐果正纳闷时，猫大爷已出现在窗口，而比他的身影更先抵达的是他的怒吼："有完没完啊！这大清早的还让不让人睡觉了啊？吵什么吵，闹什么闹！不知道这是在'扰民'吗？搅和了别人的懒觉你们赔得起吗，啊？"

猫大爷辛辛苦苦给村子里的小崽子们讲了五天的算数课，讲得心力交瘁、精疲力竭，也没能将那些小崽子们"朽木不可雕"的脑子给讲开窍。他好不容易才挨到休沐日，终于能在这不必去学堂讲学的早晨，睡上一个舒舒服服的懒觉。不承想一早迷迷糊糊间，就听闻外头不知为了什么闹腾得厉害。不爱管闲事的猫大爷本不想搭理，皱着眉头翻个身便准备继续睡回笼觉。然而那吵闹声不仅没有停歇，竟还越来越近，仿佛逐渐闹到他家门口，将他美妙的回笼觉彻底给搅和了。暴躁的猫大爷顿时怒了，反手就将枕头扔了出去。

众所周知，童谣村里有不成文的五大禁忌，上到资深的青牛爷爷、下至一群无法无天的小崽子们，都知道要自觉遵守这些禁忌。这五大禁忌分别是：不要擅闯老巫师的木屋、不要试图攀爬开明崖的崖壁、不要管村长大人叫姆老虎、不要碰阿洗先生的宝贝黄毛，以及不要招惹起床气的猫大爷。

起床气状态下的猫大爷功力全开，以一敌二地将阿越和阿洗骂了个狗血淋头，直到一鸡一狗皆是哑口无言，他这才像是勉强消了气，"砰"地合上窗户，回屋继续睡觉去了。

被猫大爷横插一杠，阿洗和阿越的"仇怨"暂且不了了之。好心情的唐果吃完早饭，去九号叫上了猴哥。他们一起跑到乾坤小楼，把早晨的闹剧分享给正在院子里练剑的墨渡听。三个小孩并没有预料到，当天下午阿洗就将"头发"的事情闹到了老巫师处。那时，他们三个和老龙王、青瑜，都在老巫师的木屋客厅里喝下午茶。

阿洗气势汹汹地跟姆村长一起敲开了木屋的门，说："长老，这事你必须替我做主！"

"喔，阿洗，我的孩子。"老巫师对村民们一贯态度慈祥和气，"你不要着急，有话慢慢说。"

自打被哪个浑蛋暗算得剃了个阴阳头，阿洗出门时再不似以往那般昂首挺胸地炫耀自己的一头黄毛，而是戴上了一顶灰色的毛线帽子。可即便他将自己的新发型遮得严严实实的，这件怪事在村子里也已然家喻户晓。一群长期被他欺负刁难的学生，对那头跟着他一同耀武扬威的黄毛看不顺眼已久，经此一事仿佛终于出了口恶气，虽不敢当着他的面幸灾乐祸，背地里却给被剃了半边黄毛的阿洗起了个外号，叫作"剃毛鸡"。

这让阿洗怎么忍得了！在缠着姆村长替他追查元凶未果后，他果断拉着姆村长将这件事情捅到了老巫师这里，誓要给自己那可怜的头发讨回个公道！

老巫师听完了事件的来龙去脉，摸着胡子沉吟半晌，遂跟愤怒的阿洗打起太极。表示事情过去这么些时日，想要找到当日给他挖坑的元凶，着实不易。若阿洗和姆村长能将那个捣蛋鬼捉出来，他一定替他们好好地惩罚那个胆敢剃他头发的坏家伙。

"可是，长老！"阿洗气呼呼地指了指自己的脑袋，"您看我的头发！难不成我就只能继续顶着这样的发型，被村子里的人嘲笑是'剃毛鸡'吗？"

老巫师语气温和地安慰他："阿洗啊，我倒是觉得你的新帽子看上去很不错。难得换换造型，村子里怎么会有人嘲笑你呢？若你当真如此在意头发的事情，不如将另一半也先剃掉，待过些时日，它们就会一起重新长出来啦！我保证新生的头发一定和原本的没什么两样。"

阿洗在学生们面前不可一世，面对老巫师却多了不少顾忌，最后也只能不情不愿地应下了这个提议。阿洗离开后，端坐在圈椅里品茶的老龙王不动声色地瞥了眼凑在一起捂嘴偷笑的三个小孩。

墨渡感受到他的目光，赶紧板起脸做严肃状，假装这件事情和她一根鸡毛的关系都没有。老龙王意味深长地看了她一会儿，才移开了视线。墨渡心里惴惴不安，不确定他这是猜到了还是没猜到。很快她就不用纠结了，因为回家后老龙王做的第一件事，就是往墨渡怀里塞了一本诗集《九招》[1]。

"这回不禁你足了，自己找时间抄十遍，过几天我来检查。"老龙王说。

做贼心虚的墨渡不敢讨价还价，连一句"为什么罚我"都没问出口，

---

1 《九招》，传说中被一个名叫夏后启从天上带回人间的乐曲，出自《山海经·大荒西经》："开上三嫔于天，得《九辩》与《九歌》以下，开焉得始歌《九招》。"此故事中的《九招》，指九州神明世界里流传甚广的一本诗集。

抱着诗集就乖乖地回房间去了。她还记得之前青瑜警告过她，再闯祸就禁足到他们离开昆仑。相比之下，抄十遍《九招》其实不是太重的惩罚。不过，为什么这次要她抄神族的诗集啊？

墨渡哪里知道，背后的原因在于她这段时间，听多了唐果哼的各种小猪自己编的童谣小调，早就不知不觉被带偏了，经常在家里也忍不住哼上几句。老龙王前阵子忙碌于检查昆仑结界，好不容易暂且告一段落，能抽出时间回家多陪陪宝贝女儿。进门时听见小龙在哼着旋律陌生的小曲，墨九溟还颇感意外，毕竟墨渡在音律上半点也没继承他和青瑜的天赋，向来是完全不开窍的。他抱着好奇的心思走近了一点，就听见一句"我的肚皮咕咕叫，今天到底吃什么"……

老龙王："……"

果然是近朱者未必赤，近墨者一定黑。童谣村这地方的审美，真是太可怕了。

见墨渡接过诗集后就听话地上楼抄写去了，墨九溟思考片刻，还是找出两本《九招》的副本，再次敲开了隔壁木屋的门。

老巫师疑惑地看着刚离开不久，又折返回来的老龙王。在墨九溟婉转地向他表达了对童谣村诗文教育的些许担忧后，老巫师不住黑了脸，很有一种自家孩子在别人家丢了脸，还带坏了别人家的孩子，导致家长找上门告状的糟心。觉得丢脸丢到蓬莱的老巫师收下了诗集，次日一早就将其塞给了唐果和长乐，并在两个小孩晴天霹雳的脸色中宣布，他们必须每人将诗集抄写十遍，作为恶作剧的惩罚。

"我们怎么恶作剧啦！"唐果抗议。

老巫师深深地看了她一眼："你真要我说出来？"

唐果和长乐想到"剃毛鸡"还在村子里虎视眈眈，叫嚣着要将剃他宝贝头发的罪魁祸首拔毛扒皮一锅炖了，两个捣蛋鬼瞬间认怂，面面相觑，最后垂头丧气地开始了平生头一回抄书的惩罚。为了抱团取暖，他们带着书和纸笔敲开了墨渡的窗，三个人一起窝在墨渡的房间里抄了好几天的诗集。

等他们终于抄完十遍《九招》，清明 [1] 已经过去。积雪彻底消融，世外谷的气温在上一次大雪后渐渐回暖。昆仑的春天总算是姗姗来迟。

---

1 清明，二十四节气中的第五个节气，因节令期间"气清景明、万物皆显"而得名，是反映自然界物候变化的一个节气。每逢清明时节，大自然处处生机勃勃，不仅适宜耕种，也是扫墓祭祖与郊游踏青的好时节。

『下卷』

壹 · 开明崖

谷雨[1]过后，昆仑的降雨量陡增，世外谷陆陆续续迎来好几场暴雨。

距离童谣村戒严已经过去一个半月了，"所有村民一律不许离村"的禁令仍未被老巫师宣布解除。在年长的村民看来倒也还好。他们过惯了与世隔绝的日子，该禁令不过是让他们将自己的活动范围再稍稍缩小些许。对于尚且年幼的孩童和恰好处于活力无限的年纪的少年来说，这就有些难熬了。毕竟以往入春后，他们是很爱进入九重密林里玩耍的。前阵子全村老小皆忙碌于春耕时尚且不觉得，现下春耕暂时告一段落，孩子们突然发觉自己除却到学堂上课以外，竟是无事可做，久而久之难免感到生活无聊。乌鸦牌就是在这样一段时日里，仿佛于一夜之间风靡全村。

"乌鸦牌"的起源要追溯到前些日子，负责在童谣村学堂给小孩子们上算术课的猫大爷，在历经大半年的折磨后，终是怒而罢工，彻底撂挑子不干了。乌鸦先生不得不临危受命，被赶鸭子上架，临时接手了学堂的算术课。只一节课的工夫，好脾气的乌鸦先生就深刻地意识到，自己的前任能给这样一群小动物上大半年的算术课，是一件多么值得敬佩的事情。为

---

1 谷雨，二十四节气中的第六个节气，也是春季的最后一个节气。谷雨取"雨生百谷"之意，跟二十四节气中的雨水、小满、小雪等节气一样，是反映降水现象的节气。到了谷雨时节，春雨绵绵，降水明显增加，田中作物被雨水滋润，谷类作物因而苗壮成长。

了不步猫大爷的后尘，乌鸦先生思考良久，决定换一种对学生和他而言都更加不伤身伤神的上课方式。"乌鸦牌"就这样横空出世。

其实"乌鸦牌"是学生起的名字，乌鸦先生最早管这东西叫"叶子戏[1]"，因为那是一套由六十四张纸牌组成的游戏，每张纸牌的大小与叶子相仿。纸牌上印有八种数字，分别是大写的"壹"到"捌"，牌的底色分阴阳两种，花色则有四种，对应春夏秋冬四个季节。加起来共六十四张牌。

纸牌的材质也很特殊，比古早的竹简软，比现今普遍使用的纸张硬，第一次拿到牌的学生们都觉得很新奇。倒是出生在神明家庭里的墨渡，一眼就认出了这类特殊纸张，通常是用来绘制符文的（那也是神明和巫师施展神力的一种手段，在特殊的纸上用特定墨水书写不同的符文，可以借此施展不同的法术）。果不其然，某一次老巫师路过课堂时见到学生用这种纸牌玩游戏，顿时瞪大眼睛，直呼暴珍天物——这样材质的纸张，都可以用来绘制最高级的那类古符文了！

乌鸦先生听了他的指责，只是温和一笑，语气友善地提议："那要不由您来负责给他们上算术课？"

学生们一齐抬头看向老巫师，后者面对十好几双亮晶晶的眼睛，被看得脸色有点发绿。只要说到"算术"，老巫师就不禁回想起先前他试图教唐果运算法则，但小孩就是认定了二乘以二相当于两个"二"摆在一起，所以等于"二十二"而不是"四"。他苦口婆心地跟小猪讲了半天，愁得胡子都快掉了，还是没能讲明白。想到这里，老巫师调整了一番被掩盖在白胡子后的表情，违背良心地夸奖了几句乌鸦先生的教学方式，就拄着拐杖快步离开了这个是非之地。

1　叶子戏，一种古老的中国纸牌博戏，最早出现于汉代，在中国有着很长的历史。马令的《南唐书》及其他古籍中均有记载。

对此，乌鸦先生深深叹息，只能继续给这群小孩子上算术课。他在课堂上带着学生玩了好几种不同玩法的"叶子戏"，试图借此让这些对数字毫无概念的小鬼们，熟悉各种数字和运算法则。事实证明，大部分学生有没有把运算法则学明白还是个问题，但确实所有的学生都爱上了玩纸牌。小孩子们一致认为"叶子戏"的叫法还不太直观，于是私底下都管这种纸牌叫"乌鸦牌"，因为那是乌鸦先生搞出来的纸牌。

又是一个休沐日，大雨倾盆。这一场暴雨从前一天学堂放学时分，一直落到这日的午后，仍是半点没有停歇的迹象。顶着大雨无处可去，一群小伙伴便聚集在糖果屋的客厅里，边吃零食边玩"乌鸦牌"。

兔姐桃桃作为少数将算术学得很好的学生，非得拉着同样算术不错的墨渡陪她玩"二十四点"。这是一个真正考验运算能力的游戏。从一套牌里随机抽取四张，阳牌的数字按它本身算，阴牌在本身数字的基础上再加上八，然后用各种运算法则将这四个数字重组后算成"二十四"。算出来的人拍桌，谁先拍桌算谁赢。

墨渡打着哈欠抽出四张牌，目光不时瞥向一旁正分成三组在玩"打小鬼"的唐果等人（唐果、长乐、小青牛和小羊半夏一组，小虎阿凌、马兄白骑和小狗雪球一组，小蛇青竹、小鸡阿音和小鼠星星一组）。唐果他们玩的游戏和算数一根鸡毛的关系都没有，但在墨渡看来那明显更好玩一点，要不是桃桃拉着她，她也想去玩"打小鬼"。

墨渡看了唐果那边一眼，就又将眼神转回刚抽出的四张牌上，四张都是阳牌，三张"伍"和一张"柒"。她想也没想就拍了桌，说："一百二十除以五等于二十四。"

正在思考的桃桃愣住，垂眸看着牌想了半天，还是不解："怎么就一百二十除以五了？"

墨渡眨了眨眼睛："一百二十除以五等于二十四，难道不对吗？"

"我知道一百二十除以五等于二十四！"桃桃辩解，觉得墨渡小瞧了她的算术能力，"我是说哪里来的一百二十除以五啊？"

墨渡又打了个哈欠，指着那四张牌："三个五和一个七，不就是一百二十除以五吗？"

桃桃被她这理所当然的语气唬住了，又低头算了半天——但还是不对！

"你告诉我最后一个五在哪里？"对算术非常认真的桃桃怒了，觉得墨渡这是在敷衍她。

"这里不是有那么多五吗？"墨渡茫然。

"是有三个，但还是不够啊！不然你来算给我看！"

在兔姐的不依不饶下，墨渡被迫坐直自己慵懒无骨的身体，拿着那四张牌准备一步一步算给她看："呐，七加五等于十二。"

"嗯哼。"桃桃表示没错。

"五加五等于十。十二乘以十，不就是一百二十了嘛，然后……哎？"原本有点打瞌睡的墨渡突然卡壳，意识到不对劲了。

墨渡看着手里的四张牌眨了眨眼睛，桃桃坐在对面撑着腰一副意料之中的模样："然后呢？还有一个五去哪里了？"

小龙的脸皮比云雾山常年不散的浓雾还厚上几分。面对兔姐的质问，她面色淡定得八风不动，只是用一种高深莫测的语气说："我心中还有个五，这是一种修行的最高境界。我老祖说过，只要心中有'道'，无论行走在何处、身处什么样的环境，都不会影响自己的本心。所以我心中有个五，即使牌上没有，一百二十还是可以除以五等于二十四。"

用一堆似是而非的鬼话将桃桃暂且忽悠住，墨渡在桃桃反应过来发飙以前，赶紧扔了手里的牌，一溜烟窜到了唐果的身后，躲过一阵狂风暴雨。小猪"打小鬼"打得正欢，压根没去听墨渡和桃桃在做什么，反正她是对"二十四点"那种伤脑筋的算术游戏毫无兴趣的。

"龙龙你过来啦？"唐果抽空往墨渡怀里塞了包蜜饯，"你先吃，等我们玩好这轮再带你一起啊！"

墨渡连连点头，叼着蜜饯盘腿坐在她身侧，旁观小猪握着一手好牌"大杀四方"。这一局结束时，大家将点心也吃得差不多了。唐果在两轮游戏的间隙，跑去地窖找更多的零食来招待这些小伙伴。墨渡盘坐得腿有点麻，干脆起来活动活动，跟她一起去了地窖。

找零食时，唐果突发奇想地问墨渡："龙龙，你那个南姜的人类朋友，最近怎么样了？还有给你写信吗？"

唐果与蔺苏的渊源，要从先前墨渡给唐果和长乐讲九州游侠的各种传记说起。故事精彩程度如何暂且不提，贪吃的小猪着实是被传记里提到的各地美食给馋得流口水，做梦都惦记着姜地的那些甜点和小吃。墨渡在给蔺苏写信时就这么提了一句，说她的朋友唐果对长明城的点心很感兴趣，以后有机会，他们一定要去长明大吃一顿。

说者无心，不承想蔺苏看过信后，回信时托阿青给墨渡带了一大盒长明城的各色小食。青鸟确实是能够送包裹的，但带着这么一盒零食翻山越岭回到世外谷后，阿青直接跟它认为的罪魁祸首——也就是墨渡——闹了脾气，连续好多天拒绝墨渡再次靠近。以墨渡被愤怒的青鸟啄得在自家院子里抱头鼠窜为代价，小猪倒是惊喜地吃到了她心心念念的姜地小食，自此单方面将素未谋面的蔺苏引为好友，并声称"龙龙的好朋友就是我的好朋友"。

墨渡接过唐果怀里堆得快掉下来的零食袋："阿苏前几日有写信给我，但我觉得他好像心情不太好。"

"咦，他为什么心情不好啊？"

"好像是因为人间最近的一则流言。"

"什么流言？"唐果疑惑地问。

"阿苏说今年春耕前夕，北燕国各地有人见到肥遗和崦嵫鸟现世，搞得现在到处都是人心惶惶。"

"为什么呀？"唐果还是没理解，"肥遗[1]和崦嵫鸟[2]是什么东西？"

墨渡解释说："肥遗是一种一首两身的飞蛇；崦嵫鸟是一种长得像猫头鹰的鸟，但它有着人的脸、长尾猿的身子和狗一样的尾巴，最早是被一个游侠在北燕的崦嵫山[3]中发现的，因此命名为'崦嵫鸟'。这两种生物在人类世界都是不祥的，因为传说它们在哪里出现，哪个国家就会有很大的旱灾发生。"

虽然唐果在世外谷里从未经历过灾难，但旱灾意味着什么，她还是理解的——那代表着很多人会没东西吃。

"真的是这样吗？"唐果忧心忡忡地问，"那……北燕国今年岂不是会种不出粮食？"

墨渡少年老成地叹了口气："我听说北燕去年就经历了一场规模不小的旱灾。今年春耕前就有这样的流言传出，无论真假都很让人不安。"

唐果想了想："南姜会受到影响吗？我是说，传说中只有肥遗和崦嵫鸟出现的国家会发生大旱，对吧？"

"应该是吧。"墨渡耸肩，"但我阿爹说过，人类四国的命运之间联系很紧密。无论哪里发生灾难，整个人间都势必会受到影响，因而变得动荡不安。"

唐果听了，心情有点沉重。她们没有在这个话题上停留太久，因为以她们的能力什么忙也帮不上。当唐果得知墨渡已经将这事情告诉过老龙王，而老龙王也将这事跟老巫师提起过后，她决定相信长老他们会想到办法，处理这些对她而言太过复杂的事情。

屋外的暴雨到了傍晚依然没有要停止的迹象，其余小伙伴在晚餐前夕

1　肥遗，古代神话中的一种生物，出自《山海经·北山经》："有蛇一首两身，名曰肥遗，见则其国大旱。"

2　崦（yān）嵫（zī）鸟，取自"崦嵫之山"上的一种传说中的鸟，出处是《山海经·西山经》："有鸟焉，其状如鸮而人面，蜼身犬尾，其名自号也，见则其邑大旱。"由于记载中并未给该生物命名，此处便以地名来称呼。

3　崦嵫山，《山海经·西山经》中记载的一座山，大致位于现今的甘肃一带。

各自回家去了，只有长乐和墨渡留在了糖果屋。自打墨渡和唐果、长乐组成了童谣村新一代"拆天拆地三人组"，大部分时候他们的午饭和晚饭都是凑在一起吃的，只有地点经常在乾坤小楼、糖果屋和树屋之间轮换。

在其他小伙伴离开后，唐果搬出一口大锅放在厅里，三个小孩围坐在一起吃火锅。墨渡一边涮肉，一边跟唐果和长乐提起："今天早上我阿爹告诉我说，明天他和阿娘还有你们长老要进森林，大概要等到晚饭时候才能回来。"

"所以他们三个明天都不在村里？"唐果瞬间明白了墨渡的意思，"那乌鸦先生呢？"

"这就不知道了。"墨渡将涮好的肉分给唐果和长乐，"但我觉得如果我们真的想去开明崖上看看，明天是个不错的机会，因为学堂也正好不上课。"

是的。继"剃毛鸡"的宝贝头发之后，三个捣蛋鬼一起将整座童谣村玩了个遍，又禁不住把目光放到了所有村民都不被允许攀爬的那座"开明崖"上。

该念头的起因与老龙王的坐骑九婴有关。墨渡从小就对她父亲的坐骑念念不忘，但在云雾山时，她被父母严令禁止再次踏入九婴居住的望月峰。这次他们一家来童谣村做客，在云雾山待久了感到无趣的九婴也跟来了昆仑，只不过童谣村的结界将所有可能对村民造成威胁的猛兽排斥在外，作为猛兽中级别最高的上古凶兽的九婴自然也是无法进入结界的。

九婴进不来村里，墨渡又因为那个"禁令"不能出去，这让本以为一起来到昆仑后总能找机会和九婴玩的小龙憋屈极了。在父亲那里套了半天话，墨渡总算是得知九婴来到昆仑后，一直住在开明崖上的结界外——因为老龙王不仅需要看住自家闯祸精一样的小龙别把童谣村拆了，同时也要操心坏脾气坐骑离自己太远的话，会否把整座昆仑山搅得天翻地覆。而当墨渡知晓九婴住的地方其实距离自己并不远时，她的心思又活络起来，最近一直在盘算要怎么上去那座高耸入云的开明山崖。

至于从小在童谣村长大的唐果和长乐，他们对乌鸦先生居住的开明崖一直是非常好奇的。只不过对两个小孩来说，攀爬山崖的难度确实高过了他们力所能及的范围。可是当墨渡提出了一个绝对安全的登顶方式（也就是阿白）后，唐果和长乐几乎没有犹豫就接受了这个新计划。

"你确定要上去开明崖吗？"唐果问墨渡，"我和猴哥当然是很好奇上面是什么样子的，但是你阿爹都说了那个什么九婴住在童谣村的结界外。即使上去了开明崖，我们最好也不要越过结界范围吧。"

"当然，我们不出结界，我就是想在结界边缘看一眼嘛。"墨渡憧憬道。

既然这样，唐果没有异议了，点头答应："那行。明天我在糖果屋等你，待长老他们离村后你来找我，我们再一起去找猴哥。希望乌鸦先生明天也和长老他们一起去修补那什么结界吧，不然被发现了就不好玩了。"

"有阿白在，我们小心一点，应该没那么容易被发现的。"墨渡很有信心地说。

在她的身侧，小布包适时地显出形来，朝吃火锅吃得热火朝天的三个捣蛋鬼晃了晃脑袋，仿佛在说一切都包在它身上啦！

这场暴雨落到深夜终于停歇。次日一早云开见日，是近些时日难得晴朗的好天气。墨渡是被青瑜的敲门声唤醒的，她阿娘在房门上轻轻敲了两下以后推开房门，步履很轻地走到她的床边，对睡眼蒙眬的她小声说："阿渡，阿爹和阿娘先出门了，你的早餐我放在餐厅的桌上了。"

尚未睡饱的墨渡揉了揉眼睛，问："现在几时了？你们怎么出去的那么早？"

青瑜没有回答她的第二个问题，只是俯身在她额头上轻轻留下一吻，然后将她探出的手又塞回被窝里："时辰还早，你再睡会儿吧。"

既然她这么说，墨渡顺从自己的困意又陷入梦乡。再醒来时窗外艳阳高照，小楼里只剩下她一只龙了。墨渡吃完青瑜给她准备的早餐后走出家门，又跑到隔壁老巫师的木屋窗子边探头探脑地往里观察半天，没听到任何动静，于是放心地依计划准备去糖果屋里叫猪猪起床。

许是因为今天打算做点不符合规矩的事情，当墨渡在走出林子前忽然听到有人走动的动静时，她的第一反应是将自己藏在了一棵大树后，刚藏好就看见小老虎阿凌独自走进森林。墨渡愣了愣，心想：小虎那么早进林子做什么呀？现在他们又不被允许出村。

她随即后知后觉反应过来，自己好像没必要心虚地躲藏。然而小老虎行动速度很快，在墨渡想要出去打招呼时，她的身影已经消失在了林立的橿树和高高的灌木丛间。墨渡心中还惦记着去开明崖探险的事情，没太将这次偶遇放在心上。虽说不能离村，但世外谷范围内的林子里也有些果实和葱韭，她只当阿凌是进林子里采些吃食。

墨渡早晨睡了个回笼觉，来到糖果屋时，时辰已不早了。唐果刚吃完早饭不久，正准备在等她的这段时间里再添一顿早茶。既然她已经到了，唐果干脆将准备好的点心，一股脑塞进自己平时上学用的小背包里。那架势不像是要出去探险，更像是去哪里郊游。

"你觉得开明崖上，会有地方给我们野餐吗？"唐果这样问墨渡，在得到后者理所当然的肯定回答后，小猪心满意足地背上包，准备到开明崖上继续进行自己还没来得及吃的早茶。

两个人一同出发去树屋和长乐会合。

开明山崖位于童谣村的最西面，墨渡三人从村庄最东边一路走过去，途经英招河北边的半个村庄。他们跟正要渡河去村子南面找小鼠和小鸡玩的小蛇青竹道过早安，又帮一大早就到处找自家小妹妹的桃桃，将躲进草丛里玩躲猫猫的三只小兔子（团团、胖胖和甜甜）挨个捉出来。路过清静斋附近时，恰逢青牛爷爷一家下地耕种，于是墨渡、唐果和长乐撩起袖子用犁耙帮着翻了半亩地，这才跟青牛爷爷和小青牛道过再见，继续沿着英招河往前，抵达开明崖的瀑布下。

高耸的山崖直入云霄，垂落的银色瀑布仿佛自天上来。如此近距离的观察下，墨渡倒是理解了老巫师为什么不允许村民们擅自攀爬开明崖。即使撇开高度问题，这山崖对寻常生灵来说也太过陡峭了。除非是能飞的种族，不然墨渡想不到如何在不借助法术的情况下抵达崖巅。好在他们一早就没打算徒手攀岩，确定周围没有旁人后，阿白就在空中显了形，打开盖头示意他们钻进去。

唐果对上一回乘坐阿白逃命，却险些被挤成猪肉饼一事仍心有余悸。在钻进去前，她跟墨渡再次确认："你这次铺了一些软的东西对吧？"

"放心。"墨渡拍拍胸脯保证，"我昨晚就将很多用不着的东西都留在房间里了，又铺了好多层衣服和备用被褥，这次肯定不会磕着。"

唐果选择再相信她一次，跟着长乐一头扎进了那个熟悉的"小山洞"，片刻后她就感到自己仿佛落在了一张很有弹性的软榻里。看来墨渡说的"铺了好多层"的那个"多"字，是真的半点没夸张。墨渡钻进来时，唐果正舒舒服服地躺在被褥中。小猪遗憾地摸了摸自己的肚皮，感慨道："我的肚皮要是有阿白那么大就好了。我可以吃好多好多好吃的，把九州各地的美食都吃个遍也不在话下。"

墨渡听了唐果这个远大且不可能实现的理想，一时不知怎么接话，最后只能安慰她说："猪猪，你的肚皮想要长到阿白这般大是不可能了，但九州各地的美食努力一把，未来我们还是有可能吃得到的。"

事实上，即使对阿白来说，肚皮里同时装进三个好动的捣蛋鬼，也不是件容易的差事。好在小布包的飞行能力不亚于能够远渡归虚海、往来于蓬莱的信使青鸟，没过太久它就成功抵达开明崖顶，在河畔找了片空地，将墨渡、唐果和长乐挨个从自己鼓鼓的肚皮里吐了出来。

开明崖上的景色与世外谷底大不相同。许是因为山峰过高的缘故，这里的植被有别于童谣村东面的九重密林，基本见不到大树，全是一些低低的灌木，大片的岩石光秃秃的，显得有些荒凉。所谓站得高、看得远，站在开明崖上往四周望去，能看到昆仑山脉一重复一重的山峰。连绵不绝的层峦叠嶂，陷在一片缥缈的云海中，若隐若现。这是在与世隔绝的童谣村里看不到的浩瀚风景。

"这可真是……"墨渡走到山崖边缘俯瞰这世间，一时竟震撼得找不到合适的言语，来形容自己看到的这一切。

她可算是深刻地感受到了，昆仑作为曾经的上古九大神域之一，与人间其他山脉的不同之处。就连南岭与之相比都略显逊色。眼前这壮观的景象仿若是真真正正处于九霄云上，尘世间的一切都被尽数纳入眼中，又好似没有什么能真正被留住。在这样广阔无垠的大千世界面前，个体的存在似乎是过于渺小而微不足道的。

唐果和长乐是第一次站在这么高的山峰上往下看。相比起墨渡，他们的感受就更简单纯粹了。唐果只站在山崖边沿往下瞄了一眼，立时抓紧了身侧属于墨渡的手臂："龙……龙龙……我有点眼晕……"

墨渡回过神来，满眼关切："你不会是恐高了吧？"

"不可能！我爬树从来不恐高的！"唐果不太确定地反驳，但她依然没有松开紧紧拽着墨渡的手。

长乐倒是没有什么异常，在山崖上左顾右盼，看什么都觉得新鲜，好像对这个他头一回抵达的高度适应极了："你们看，那里是不是'禁地'？"

唐果拒绝从这个高度往下看。墨渡倒是顺着他手指的方向望了过去，那似乎是坐落在九重密林南部的一片古建筑群。破败的九重高塔，被周围参差不齐的楼阁拥簇在中央，在翻涌的云海间影影绰绰。

墨渡有点困惑："什么'禁地'？还有，那里怎么看上去有那么多建筑，这一带不是只有你们童谣村吗？"

恐高的唐果已经背过身，兀自走得离山崖边缘远了很多，听了她的疑问随口接话："'禁地'是森林南方的一片区域，长老一直不许我们往那边去，平时狩猎队也会绕着那里走。"

不能怪墨渡孤陋寡闻，毕竟自她抵达昆仑的那日起，童谣村就颁布了禁令。她这段时间压根没走出过世外谷，不要说跟世外谷有段距离的那片"禁地"了。墨渡听后眯着眼睛，努力去观察那片古建筑群："看上去像是古昆仑神族的建筑风格，和童谣村完全不一样。"

唐果现在不想讨论山崖下的景色，她指着正在河畔戏水的一只看上去像雄鸡却生着人面的怪鸟，试图转移长乐和墨渡的注意力："龙龙、猴哥，快看！那是什么东西，我怎么从来没见过？"

墨渡应了一声，注意力果然被她吸引了过去："这是……这应该是凫徯[1]。真奇怪，我从来不知道昆仑也有凫徯，我以为它们会出现在更北边。"

"所以这个凫徯，到底是什么玩意儿？"自打认识墨渡，唐果就习惯性将她当一本移动的"九州通"，有什么不懂的东西直接问，"它到底是鸟还是鸡？"

没想到是长乐接了话："我想应该是鸟，你看，它飞走了。"

墨渡和唐果扭过头，只见那怪鸟许是因他们三个如此不礼貌的指指点点，颇感被冒犯，愤怒地冲他们叫嚷了一声，拍拍翅膀向远方飞去，很快就不见了踪影。墨渡耸肩，补充说明："凫徯是鸟，我有点记不清书上说每次这种鸟出现的时候，会发生什么事情了……但它们叫起来的声音就像在喊自己的名字。"

"……这我听出来了。"被怪鸟一嗓子叫得半晌才缓过神来的唐果，讷讷地应道。

被"凫徯"打了个岔，他们的注意力从山崖底下的风景完全转移到了

---

1 凫（fú）徯（xī），神话传说中的一种鸟，出自《山海经·西山经》："有鸟焉，其状如雄鸡而人面，名曰凫徯，其鸣自叫也。"

山崖上，尤其是坐落在英招河上游的那栋小楼。那栋小楼可以说是开明崖上最显眼的建筑了，因为它是一栋建在树上的树屋。那是他们在山崖上目前能看到的最高的一棵大树，造型很是稀奇古怪，连墨渡也没认出那是什么品种。

"那应该就是乌鸦先生的家了吧？"唐果推测。

虽然他们对神秘的乌鸦先生居住的地方很感兴趣，但为了不被可能待在家里的乌鸦先生发现，最终还是决定绕道走。树屋坐落在小河北岸，他们商量了几句，踩着并不宽敞的河面上那几块凸起的大石头，轻盈地跳到了南岸。这座山峰比墨渡预期的面积要广阔，他们沿着小河往西行，攀爬过大片高低不平的岩石，在这片略显荒芜的山上行进了许久，也没抵达山崖的另一端。

唐果第一个吃不消，他们于是找了个阴凉些的地方席地坐下歇息。小猪纳闷地擦了擦爬山时热出的汗："我们不会已经走出童谣村结界范围了吧？"

"不会。"墨渡对此很肯定，"我一直观察着周围，没有看到陆吾的石雕。"

"什么石雕？"唐果疑惑地看向她。

"陆吾。"墨渡重复了一遍那个名称，"那是昆仑女王身边的一个神明，也是上古时期九州最早一批成神的生灵。传说他的原形像一头长了九条尾巴的老虎，自成神后一直负责守护昆仑神域。他曾在战争期间留守昆仑，并率城防军抵御了无数次'沧溟道'对昆仑神域发起的进攻，使得战后昆仑成为仅存的三脉没有受到严重损毁的神明古国。由于在战争期间对守护昆仑做出的贡献，陆吾一度被认为是昆仑最重要的两个守护神之一。"

唐果听了她对陆吾原形的描述后，茅塞顿开："你说的是森林里英招河边上的那两个怪模怪样的石雕！"

"对。"墨渡点头，"我阿爹说陆吾的石雕是童谣村结界的阵眼，只要

193

我们不越过那些石雕，就不算踏出童谣村的保护范围。"

长乐环顾周围一片又一片的岩石："你确定我们不会错过那石雕？毕竟这里的石头真是太多了。"

墨渡原本对此是很确定的，但被他这么一问心中又有点动摇。毕竟他们已经走出很远的距离了，童谣村结界真的有那么大吗？尤其是开明崖上除了乌鸦先生，根本没有其他村民，用不着那么大范围的守护结界吧？

"要不……"墨渡有点迟疑，四处望了望，征求两个小伙伴的意见，"我们往回走吧？"

她确实想隔着结界边缘看一眼九婴，但她没想过把唐果和长乐带出童谣村结界的保护范围。尤其是他们上次在森林里遇到的两个黑斗篷巫师，及其背后可能存在的、有关那个"蜃女"的阴谋和麻烦，至今仍未被调查清楚。

"不如我们就在这里吃早茶吧。"唐果倒是心大，既然已经坐下了，她干脆从自己的小背包里取出准备好的早茶餐点，"吃完以后我们往回走，还可以顺道去乌鸦先生的家看一眼。他应该不会在家吧？也许他和长老他们一起进密林里办正事了呢。"

墨渡正想点头说"好"，就听见身后传来一个熟悉的温润声音。

"哎呀，真是不巧，在下今日恰好赋闲在家。"乌鸦先生的声音如是说道，"不过若三个不请自来的小朋友对寒舍当真如此好奇，我也不是不可以邀请你们到家中小坐……"

"哇啊——"

做贼心虚的三个小孩，在听到身后神出鬼没般突然飘来的嗓音时，吓得接连响起一串此起彼伏的惊呼声。尤其是唐果，她被惊得险些手一抖，将早茶准备的餐点都甩出去了。

墨渡猛地扭过头，只见乌鸦先生一如既往披着深色衣袍、拎着小酒壶，正立在他们身后浅笑着看他们三个惊魂不定的模样。

"乌鸦先生！"唐果叫道，"你差点把我吓死！"

乌鸦先生莞尔，伸手在他们三个的脑门上挨个弹了一个脑瓜崩："我还以为你们胆子大得很，连开明崖都敢擅自闯上来。"

做坏事被抓了现行，即使脸皮厚如墨渡也是心虚不已，但作为始作俑者她还是硬着头皮说："乌鸦先生，是我怂恿他们上来的。"

"早上好啊，小龙殿下。"乌鸦先生好脾气地冲她微微一笑，"我也知道没有你的话，他们两个也上不来。"

墨渡更加心虚了，但乌鸦先生并没有说责备她的话，只是将他们三个带回了自己的树屋。墨渡三人辛辛苦苦往西走出挺长的路，回来时却像是被一片乌云卷起，眼前一花就又回到了他们上来时的山崖附近。古怪的大树依然静静立在河畔，墨渡和唐果、长乐你看看我我看看你，还是跟在乌鸦先生身后，踩着悬空的木头阶梯，走进那栋被托在半空中的小木屋里。

他们如愿看到了乌鸦先生的家是什么模样。这间小木屋比墨渡想象的要冷清，她不自觉将这里跟长乐的树屋和老巫师的木屋比较，眼前并不宽敞的客厅显得分外没有人气。透过八角窗枢往外看，唯有河水川流不息地自悬崖边沿落下去，衬得崖上渺无人烟的景象更显荒凉。

即使现在温度已经回升不少，在踏进木屋的那一刻，墨渡还是感到了一种难以言喻的阴冷。乌鸦先生瞥了眼在他身后缩头缩脑的三个捣蛋鬼，抬手轻轻敲了敲客厅里的火炉，炉子里瞬间燃起橙红的火焰，驱散了空气里弥漫的寒凉。

"随便坐吧。"乌鸦先生随意地指了指火炉边摆着的一张躺椅和几个圈椅，"想喝点什么？"

唐果是最不见外的那个，她在一个圈椅中坐下后，好奇地问："有什么？"

乌鸦先生淡笑："对你们三个小孩来说，只有茶、茶或者茶。"

唐果噎住，半天说不出话来。

既然没有选择，不足半炷香的工夫，墨渡、长乐和唐果乖乖地坐在三张圈椅里，各自端着一杯乌鸦先生塞过来的热茶，看乌鸦先生提着小酒壶靠进一旁的躺椅中。乌鸦先生似乎并不在意他们擅闯开明崖的原因，甚至没有好奇他们究竟是怎么上来的，只是漫不经心地扫了眼略显拘谨的三个闯祸精："你们看上去满腹疑问，有什么想不通的事情？"

被他这么一问，三个小孩瞬间像是打开了话匣子。

"我们刚刚是不小心闯出童谣村的结界范围了吗？"墨渡代表两个小伙伴问道，她有点怀疑就是这样才惊动了乌鸦先生。

"那倒没有。"乌鸦先生摇头轻笑，"你们这才走了多远的路呀，距离离开结界还早着呢。"

墨渡跟唐果、长乐对视一眼，又问出了她心中的第二个疑问："那，童谣村的结界到底有多大呀？开明崖上又没有村民活动，为什么要将结界设得那么大，不觉得很浪费吗？"

乌鸦先生挑眉："谁告诉你这个结界是特意为童谣村建立的了？"

"难道不是吗？"唐果惊奇地问。他们一直是这么认为的。

乌鸦先生想了想，许是觉得这个问题算不上秘密，于是缓缓说道："世外谷的结界是在古昆仑神域的结界基础上搭建的，猪猪和长乐可能没听说过，但小龙殿下应该知道上古九大神域创建之初，就在各自国度的'灵脉'上，建好了一套完整的、属于自己的守护结界吧？"

唐果和长乐简直听蒙圈了："'灵脉'又是什么东西？"

墨渡倒是对看向她的乌鸦先生点了点头，然后跟身边的两个小伙伴解释说："我记得前段时间猪猪问过我，有关文潇先生和我阿爹阿娘到底是怎么使用'法术'的。当时我告诉猪猪，所有的'法术'其实靠的都是跟天地间弥漫的'灵气'进行沟通。但九州各地的'灵气'浓度是不一样的，有些地方'灵气'特别充足，其他地方则不然，而神明们更适合生存在灵气浓郁的地方。上古时期的九州神明在创世任务告一段落后，便开始精心挑选适合自己的栖息地，这些栖息地就是后来的'九大神域'。大陆上的每个神域，都选择建立在灵气最为浓郁的山脉之上，而这些山脉之所以灵气浓度高，是因为它们的下面埋着一条充斥着灵气的'灵脉'，可以为神明们建在山脉上的'守护结界'源源不断提供灵气，支撑结界的正常运转。每个神明古国的守护结界都不一样，出于安全考量，结界的具体结构向来是各国不外传的秘密。但我在书上读到过一点，昆仑神域四面八方皆有着很严密的守卫，传说每一面都有九口井和九扇门，每扇门都有一只开明神兽镇守。"

"开明神兽也是神吗？"唐果在旁边插嘴问道。

"开明神兽是上古神兽，传说他们是长着九个脑袋的大老虎，级别比九婴都要厉害。但是他们不能化作人形，所以算不上是真正的神。"墨渡说，"开明神兽战斗力很惊人，史书上记载说当年神陆吾手下有一支开明神兽组成的军队，也正是这支军队在战争期间守护昆仑不被沧溟道入侵。战争结束后，只有蓬莱、北冥和昆仑三个神域的灵脉和守护结界幸存下来，没有受到太大毁坏。这也是为什么其他神域的神明最后都选择并入蓬莱，因为失去守护结界的神域已经不适合神明生存了。"

唐果思忖半晌，得出了一个令墨渡和乌鸦先生都有点无言以对的结论："所以，开明神兽是你先前说的那个神陆吾的亲戚？"

一个是长着九个脑袋的老虎，一个是长着九条尾巴的老虎，四舍五入不就是近亲了？唐果觉得自己的思路完全没毛病！

墨渡："……你非要这么想也不是不可以。"

一旁的长乐舒舒服服地喝了口热茶，又吃了半袋唐果给他准备的早茶甜点，这才慢半拍地问出自己的疑惑："那开明山崖之所以叫'开明'，是因为这里也是开明神兽守护的一扇门吗？"

这个墨渡就不知道了。

乌鸦先生开口说："那倒不是，这座山崖之所以被如此命名，是因为古昆仑的最后一只开明神兽陨落在这里。"

"陨落？"唐果茫然。

乌鸦先生"嗯"了一声，浅啜一口小酒壶里的佳酿，反问她："你从小到大听长老说过不少上古时期的故事吧？难道就没有想过你住在昆仑那么长时间，为什么从来没有见过传说中的昆仑神明和上古神兽？"

唐果还真没有想过。好像在所有童谣村村民的惯性思维里，世外谷是一个和外界完全割裂开来的世界。无论是现在的九州人间还是上古的那些神明，似乎跟他们都没有太大的关系。

被父母按着读了很多历史的墨渡，倒是知道些许内情："因为昆仑众神大约五百年前就陨落了，很多古老的神兽应当也是如此。"

唐果还是不太理解："'陨落了'是什么意思？他们去了哪里？"

"我阿娘说，神明陨落以后会去往永恒之地。对我们来说，他们就是变成天上的星星了。"其实墨渡对此也是一知半解，因而当唐果进一步询问那个"永恒之地"在哪里时，她说不出个所以然。他们于是一起好奇地转过头，看向应该知道答案的乌鸦先生。

乌鸦先生被三双求知欲旺盛的眸子盯得头皮发麻，只得稍稍坐正身子，跟他们上起课来："传说'永恒之地'在忘川的彼岸……你们知道忘川是什么地方吧？"

然而连墨渡都没怎么听说过这个地名，更不要提唐果和长乐了。面对三个小孩困惑的目光，乌鸦先生险些觉得这堂莫名其妙加出来的小课堂要就此夭折，但他最终还是耐着性子给他们讲解："'忘川'是一条特殊的河。九州所有的生灵和神灵死去之后，魂魄都会去往忘川。生灵的魂魄渡过忘川，会被洗去这辈子的全部记忆，然后进入轮回重新投胎去往下一世。神灵的魂魄和生灵不同，我们通常将神灵的魂魄称为'元神'。神灵陨落后，元神也会来到忘川，但不会被河水洗去记忆，他们会被命运指引着渡过忘川抵达彼岸，那里就是'永恒之地'。传说永恒之地四季常春、草木常青，所有完成现世（也就是我们所在的这个世界）旅途的神明都会在那里找到久违的宁静，伤痛会被治愈、哀思也被抚平，这是命运赐给它最忠实的信徒的赠礼。神明们抵达永恒之地后，唯一与现世的联系，就是我们头顶的这片苍穹。他们能通过星空看到我们。对我们来说，他们就像是变成了星星一样。"

唐果听他说了半天，只有一个在她看来很重要的疑问："那个'永恒之地'，有什么好吃的东西吗？"

乌鸦先生默然。

这是唐果听墨渡讲各地游侠传记后落下的习惯，每次墨渡讲到一个新的地名，她总是要问一问那个地方有些什么特色美食。

"我想应该没有太多好吃的。"乌鸦先生只能这样回答，"毕竟神明都不怎么重口腹之欲。比起吃食，他们更喜欢吟诗作乐。"

唐果听了，对"永恒之地"的兴趣顿时去了大半。她咬着一块本来想要当早茶的果肉饼，口齿含糊地嘟囔："我是不懂这些神明的，吃是多么重要的事情。"

乌鸦先生看着两个腮帮子都吃得鼓鼓的唐果，心想——那些神估计也是不懂你的。为了不被贪吃的小猪气到英年早逝，他将目光转向唐果身边的墨渡身上。墨渡其实也很热衷于美食，不然不会和唐果如此志趣相投，但她现在正若有所思，脑子里考虑的事情显然与美食八竿子打不到一块去。

见乌鸦先生望过来，墨渡忽然出言问道："所有的神明陨落后，都会去永恒之地吗？包括作恶多端的沧溟道？"

"那倒不是。"乌鸦先生没想到她思维如此跳跃，但还是回答了这个问题，"做过恶的神明是没有'神格'的，也就是说，他们违背了在现世应当担起的使命。没有神格的神明不被永恒之地接纳，是无法渡过忘川的。"

"那么他们的元神会去哪里？"墨渡又想到了据说死在晏舟神尊剑下的

那个"蜃女"，迫不及待地想要知道答案。

乌鸦先生应当是觉察出什么，抬眸深深地看了她一眼："没有哪里。神明的元神虽然可以脱离肉体存在，但假如他们的身体已经陨落，相当于在现世已经没有了正当的身份。如果元神无法去往永恒之地，很快就会消亡。"

"没有例外吗？"墨渡皱眉，"我是说，这些神明有没有可能找到了某种方法，使得自己的元神得以留存世间，比如附身在其他生灵或神灵身上，这样不就拥有了身体？"

"小龙殿下，一个神明是不会被另一个神明附身的。"乌鸦先生摇了摇头，觉得她的这种说法是异想天开，"至于生灵……我前面提到过神灵的元神和生灵的魂魄有别，一个神灵将自己的元神附在生灵身上，只会加速那具身体的衰亡，支撑不了多久的。"

"没有其他办法了吗？"墨渡有点不死心。一旁的唐果和长乐看了看她，又看了看乌鸦先生，终于意识到墨渡在琢磨什么。

"至少据我所知是这样。"

见乌鸦先生并不拒绝自己过界的疑问，墨渡忍不住向他吐露这段时间以来，一直没能放下的困惑："那么，假如不是那个'蜃女'，九州还有什么人可以在昆仑作乱，却不被我阿爹和阿娘发现呢？"

虽然老巫师和老龙王他们都不跟小孩子多透露相关事宜，可墨渡还是能从他们的反应中推断出，上次那两个黑斗篷的踪迹仍未被寻到。这是很不正常的，文潇先生能力如何暂且不提，但墨渡很确定寻常生灵是无法在老龙王和青瑜的眼皮子底下作妖，却不被觉察任何蛛丝马迹。

"我们不知道不代表不存在。"乌鸦先生好像确实不在意眼前三个小孩子在关心一些他们不该关心的事情，只是懒洋洋地靠在躺椅中晃荡着自己的小酒壶，"毕竟，万事皆有可能。"

唐果终于吃完了自己的水果饼，她拍掉手上的碎屑，抢在墨渡前面反问："既然万事都有可能，那龙龙刚才说的可能性为什么不存在呢？我是说，也许那个'蜃女'真的就找到了什么办法，让自己的元神一直存活到现在，然后在我们昆仑搞些什么不可告人的阴谋。"

长乐没有说话，但却附和般重重地点了点头，表达自己对两个小伙伴的支持。乌鸦先生见他们三个小鬼同仇敌忾、不依不饶地盯着自己想要问出个所以然，不禁失笑："我没说她的想法一定不对啊，我说的是'据我所知'这不可能……好啦！你们三个开明崖也逛过了，故事也听得差不多了，现在是打算用你们上来时的那些小手段自己回村里，还是我来送你们一程？"

原本还因"蜃女"的事情有点心事重重的三个小鬼，这才回想起他们现在的处境——擅闯开明崖，却被乌鸦先生发现了。

记起上回被老巫师罚抄《九招》的经历，唐果心中惴惴："那个，乌鸦先生，你不会把我们上开明崖的事情告诉长老的吧？"

乌鸦先生意味深长地打量她一番，忽然不明意味地长叹："哎，猪猪，你这样害怕长老，会让我觉得自己在你们面前很没有威信。看来改天还是要向文潇讨教讨教，他到底是怎么搞定你们这些闯祸精的。"

唐果："……"

一直到被一阵乌云卷着送回至开明崖底下的瀑布边上时，小猪才后知后觉地意识到，自己方才似乎是搬石头砸了自己的脚。而墨渡在脑海里将他们从乌鸦先生那边听来的一大堆纷杂信息整理清晰后，才记起一个很重要的问题——她费尽心思跑上开明崖折腾了这么一通，干坏事被乌鸦先生捉了个现行，付出了即将要抄书抄断手的代价……还是没有看到她心心念念多少年的九婴！

墨渡简直怀疑自己和阿爹的这只凶兽坐骑犯冲！

长乐看了看两个垂头丧气的小伙伴。他伸手拍了拍唐果的小脑袋，又转头对墨渡友好地提议："可能你应该放下对那个九婴的执念。我小时候听长老说过这么一句话——人生在世不要执念太深，否则十之七八九都没好事发生。"

墨渡怀抱着阿白深深叹息，抬头仰望晴朗了半日后，忽而又翻滚起乌云的天空。另一场大雨似是在密布的黑云间酝酿着，就仿佛她现下有苦难言的沮丧心情。

沮丧归沮丧，他们还是加快脚步，赶在这场倾盆大雨迎头浇下前，回到了糖果屋。进门的时候，墨渡突然从一大堆快扭成麻花的纷杂思绪中，想起了什么。

"哎呀——我想起来了！"

唐果正趴在窗口心有余悸地看着再晚一步，就要把他们全部浇成落汤鸡的大雨，闻言茫然："你说什么？"

"凫徯！"墨渡说，"《九州地方志》里好像是这么说的，每次凫徯出现，都会发生倒霉的事！"

唐果深呼吸："……龙龙，你能不能答应我一件事。"

"什么？"

唐果不忍直视地捂住了脸："以后这么关键的信息，你能不能早一点想起来啊！"

假如墨渡早点记起来，他们在开明崖上的行动一定会更加小心，也许就不会被乌鸦先生抓个现行，现在就不会面临很可能即将被再次罚抄不知道多少遍诗集的倒霉境地！自从上次被老巫师罚抄了十遍《九招》，唐果现在可谓是闻"诗"色变。那诗集里满篇的什么什么"兮"，已经快成为小猪的噩梦了，好长一段时间里她只要看到小溪，就下意识想绕道走！

墨渡被唐果哀怨的小眼神盯得有点尴尬，摸摸鼻子道："这也不是我能控制的嘛！"

贰·生辰礼物

出乎墨渡意料的是，那天乌鸦先生并没有将他们三个私自擅闯开明山崖一事，告诉她父母和老巫师。墨渡和唐果、长乐惴惴不安了好些日子，才后知后觉地意识到他们似乎是逃过一劫，不用抄书了。在一次历史课后，他们小心翼翼凑到乌鸦先生边上询问此事。对此，乌鸦先生只轻描淡写地笑道："就将这事当作我们四个之间的小秘密吧。只要你们以后能在课堂上稍微让我省心点。"

唐果对此感动极了。小猪表达感谢的方式，就是在每一次乌鸦先生的课上，给他带一份自制的零食或甜点，搞得对吃食似乎兴趣不高的乌鸦先生哭笑不得，拒绝了几次，也没能令唐果放弃这种表达好感的方法。

墨渡和长乐倒是私底下跟唐果说："我觉得吧，乌鸦先生好像只爱喝酒，他对吃应该没什么兴趣。"

唐果不这么认为。在小猪看来，这世界上怎么会有人（或者别的生灵、神灵）能够拒绝美食呢！乌鸦先生越是表现得对美食兴致寡淡，在某些事情上一旦认定后就会分外执念的小猪，反倒是更加坚定了自己的想法。她习惯于每次上乌鸦先生的课，都变着法带不同种类的零食小点，发誓要琢磨出乌鸦先生的口味。

墨渡对于唐果的决心不太理解，她在写唐果的那一份算术作业时，客观地指出："猪猪，我觉得你要是能把运算法则学好，乌鸦先生一定会很高兴的。"

唐果假装自己没听见"运算法则"四个字。在她看来，算术是她再怎么努力也搞不懂的东西了，比九州历史和自然知识难不知道多少倍。至少历史课和自然课的作业她可以独立完成，而算术若是没有墨渡帮忙的话，她基本上什么也算不出来！

这个春天似乎比往年更加短暂。当唐果终于在坚持不懈的尝试和仔细留心的观察下，发现乌鸦先生最喜欢的零食是"炒松仁"，整体的口味偏清甜的时候，夏季已经悄然而至。

洪荒纪五零三九年的夏天，对墨渡来说是很重要的一个年份中，最重要的一个季节。因为这个夏天的到来，意味着她即将要满九周岁了。而九岁在九州大陆众多古老的种族（包括神族和龙族）眼里，是很特别的一个年纪。在这些年代久远的文明看来，"九"是比"十"更重要的数字（而现今的人类惯常以"十"为整数单位）。满九岁通常意味着一个孩童逐渐开始走向少年时期，而两个九岁相加（也就是十八岁）则代表从少年走向成年。

墨渡九岁生辰的前一天下午，老龙王在学堂的院子里给学生们上"武术基础课"。自从他们一家三口来了童谣村，学堂最受欢迎的课，就从能够听到很多新奇故事的自然课和历史课，变成了老龙王负责的"武术基础"。而原先教授这门课的老巫师惨遭学生们的嫌弃，因为在见过老龙王潇洒利落的身手之后，小动物们无一不被这原本只能在话本中瞥见一二的"江湖高手"给折服，纷纷吵着要跟随老龙王修习武功，甚至希望学堂每周能再多加一节武术课。

芒种[1]过后，基础课暂且告一段落，这节武术课是老龙王第一次让学

---

1 芒种，二十四节气中的第九个节气，亦是夏季的第三个节气。芒种在农耕上有着重要的含义，取自"有芒之谷类作物可种，过此即失效"，意思是到了这个节气适合种植有芒的谷类作物（如稻、小麦等），若是过了芒种之后再去种植，作物的存活率会越来越低，因此民间也有"芒种不种，再种无用"的说法。综上所述，芒种是一个耕种忙碌的节气，因而有时也被百姓称为"忙种"。

生们自己带上趁手的武器。老龙王的教学理念一直偏向"因材施教[1]",虽然他自己最喜欢用剑,但他并不强迫所有学生都跟他一样选择剑道。当然啦!在他跟小孩子们说"带上你认为比较顺手的武器"时,并没有想到会在课堂上看见如此五花八门的"武器"。长乐不离身的烧火棍他已然很眼熟了,可当他看向跟长乐对练的唐果手中的那柄武器时,自认经历过大风大浪的老龙王也禁不住沉默了片刻。

"唐果,这是什么?"老龙王温声问道。

唐果"啊"了一声,分神的瞬间,手中的武器跟长乐的烧火棍勾住了。她扯了一下竟没扯回来,只能更加用力地咬牙往后一拽。不承想这一下用力过猛,直接向后仰倒摔了个屁股蹲。

老龙王眉心一跳。

唐果倒是没把这一跤当回事,站起来拍拍身上的灰就又活蹦乱跳了。她想起方才老龙王的疑问,挥了挥手里的武器,骄傲地介绍:"这是我的钉耙啊!用来种地的那个。"

老龙王心想:我知道那是用来种地的,我只是想知道那东西为什么会出现在我的课堂上。

唐果却觉得自己的选择是合情合理的,因为这事要从她早晨出门时说起。她睡醒以后一如往常美美地用了一顿早饭,临出门时才记起下午的"武术课"要自己带趁手的武器。于是,小猪认认真真在家里转了一圈,翻找出几样她认为比较合适自己的"武器"。然后她严肃地在一口大锅、一根擀面杖和一把钉耙中思考了半天,最终选择了看上去最威风的钉耙。这才满意地背着书包、拎着武器,出门上课去。

老龙王年少时就精通十八般武艺,打遍九州也罕有敌手,却从未想过

---

1 因材施教,出自《论语》,是一种教育理念。指的是根据每个学生的实际情况,来制定不同的教育方式。

自己有朝一日会被一把钉耙难住，堪称晚节不保。好在一旁将烧火棍舞得虎虎生风的长乐看上去倒是孺子可教，没经过任何指点竟已有自成一派的迹象，显然是天赋异禀。墨九溟只是稍稍纠正了几个他出棍收棍时的别扭之处，长乐立马就欣喜地感到自己的手臂轻松了不少。即使是向来不动声色的猴哥，也难免用崇拜的眼神望向老龙王。

墨九溟也觉得这样高悟性的学生教起来很舒心，对他说："我见你这棍法很有灵性，倒是不必再尝试其他武器了，将一样学精也是好事。这样吧，下节课我带几本棍法典籍给你，你有兴趣课后可以自己研究研究，作为参考。"

长乐眼睛一亮，难得情绪外露地高兴点头。一旁的唐果见状有点羡慕，杵着自己的钉耙，用期盼的目光看着只是指点了猴哥两句，就让猴哥的棍法看起来更加流畅利索的老龙王。她凑上前去急切地问："那我呢，那我呢？"

墨九溟话音一顿，低下头，沉思地看着她手中的钉耙。老龙王刚想开口说些什么，就听见旁边正在对练的那一组传来一声刺耳的尖锐物刮擦声，紧跟着便是自家闺女忙不迭的道歉。

"哎哟，对不起小羊！我没把你的锅底划坏吧？"

他们一齐循声扭头。原来是墨渡的小龙王剑，在跟她对练的小羊半夏手中的……大锅锅底上划了一道刮痕——嗯，一口大锅。显而易见，唐果的钉耙还不算是这堂课上最特立独行的"武器"，充其量只能算其中之一。

小羊半夏依然是一副没睡醒的模样，迟钝地费力提起自己的锅瞟了一眼（也不知道她到底看清没有），用那朦朦胧胧的声音回答墨渡："啊……没事，它很好，而且现在看上去更有岁月的沧桑感了。"

闻言，墨渡凑上前仔细看了看，发现划痕确实不深，惊奇道："哎，你这口锅神了！"

小羊茫然地看她："你说什么，哪里有'锅神'？"

"我说你的锅很神啊！"墨渡断言，"你这口锅肯定不一般！寻常的锅被我的剑这么划一下，底肯定就漏了！"

"这确实是我们家的锅当中，我拿着最顺手的一个。"小羊半夏依然用那种江湖神棍般的语气，恍恍惚惚地对她说，"不知道为什么，我第一次拿起它炒菜时就觉得自己和它特别有缘分，可能是锅的'灵'在召唤我吧。"

小羊经常说一些奇怪的话，很多连博览群书的墨渡都没听懂——比如现在，墨渡疑惑地向她求教："锅的什么在召唤你？"

"锅的'灵'。"小羊煞有介事地说，"生灵有魂魄，神灵有元神，我觉得所有的物品也是有'灵'的，只是我们看不见而已。但假如你细心去感受，还是会听到它们的召唤。"

墨渡还没接话，一旁挂着钉耙的唐果倒是深以为然地点头："我觉得小羊说得有道理，我每天都不受控制地受到食物的召唤。"

墨渡："额……为什么我觉得那很可能只是因为你肚子饿了。"

撇开小羊总说一些"深奥"的话，墨渡还是挺喜欢这个小伙伴的。在童谣村这几个月以来，她关系最好的当然是唐果和长乐。但除此之外，兔姐桃桃、小羊半夏、小青牛执安以及总是一同出没的狩猎队"三侠客"，她都玩得挺好的。事实上，她和学堂里这些小伙伴的关系，基本都不算太坏。因此，当青瑜问起她明日在乾坤小楼的生辰宴会，准备请哪些小伙伴前来时，墨渡毫不犹豫地回答说"所有的"。在老龙王宣布"下课"后，墨渡在学堂的院子里奔走了一圈，正式邀请小伙伴们参加明日的宴会。

童谣村与世隔绝，许多习俗被老巫师带得更偏向那些古老的文明。因此在得知墨渡明日要过"九岁生辰"时，所有的学生都真诚地预祝她"明天九岁快乐"，尽管这样的祝福，他们明日宴会上十有八九还会说更多遍。小羊半夏的祝福语依然是其中最出挑的，她用那朦胧的目光望了半晌被落霞染得橙红的天空，这才认真地低头对墨渡说："天上这些星辰的'灵'告诉我，你九岁生辰一整天都会过得很愉快的。"

听了她的话，墨渡不禁抬头望了望还未黯去的天幕，半颗星星的踪迹也没在上面找到。小龙默然片刻，还是用愉快的语调回答："谢谢你啊，小羊，我也觉得明天我会过得很愉快！那么，我们明天再见吧！"

墨渡怀疑小羊半夏天生带有某种特殊天赋。因为即使她从困顿的目光、迷蒙的声音到那些没头没脑的"预言"，似乎没有哪一点是让人感到信服可靠的。然而小羊几次对她做出自"星辰"里看来的预言，竟都瞎猫碰上死耗子般地应验了——就比如她九岁生辰，的确是一整日都很愉快。这难免令墨渡心中产生"到底是不是巧合"的狐疑。

话说回来，墨渡的九岁生辰过得非常顺心。她再小一点的时候，曾经畅想过自己会怎么度过这重要的一天（毕竟也算是大生辰），但此前她能想到的也不过就是在云雾山庄里和所有的家人一起庆祝。跟那时的期盼相比，虽然有点遗憾她的很多家人这次都不在身边，可她也收获了整座童谣村的祝福（除了与她有点过节的阿洗，可墨渡怀疑毒舌的阿洗的词典里，本来就不存在"祝福"二字，无论是谁的生辰抑或是什么重大节日）。

生辰这天一大早，墨渡从梦中醒来，就听到阿青在用翅膀拍打她的窗户。她揉着睡眼起床去开了窗，青鸟飞进来，将南嘉老祖、乐水姑娘和蔺苏送给她的三包礼物都丢在了床上。也许是知道今天是墨渡的"重要日子"，坏脾气的阿青难得没有因为带着一堆东西长途跋涉，而不满地用自己坚硬的喙去啄墨渡的手。墨渡从书桌抽屉里找出零食喂给它，阿青吃完后，拿翅膀轻轻扫过墨渡的小脑袋，算是打过招呼（也许这就是它说"生辰快乐"的方式），便飞回自己的小亭子里补眠去了。

于是，墨渡这个早晨就从拆生辰礼物开始。乐水送的是一套亲手做的长袍，墨渡衣柜里许多衣裳，都是心灵手巧的乐水姑娘缝制的。这次的长袍是月白色的，花纹是银线勾勒而成的鸾鸟[1]，搭配了一套很精巧的头饰。墨渡换上新袍子，对着铜镜将头饰在自己脑袋上比了比，完全不会梳，最后还是用头绳随手扎了个马尾了事。

蔺苏送了一盒点心和一本画集（里面画的全是长明城的各种风土人情），每幅画的背后都配有一段有意思的小故事。看落款和字迹，画和故事应该都是蔺苏自己描绘记录的。不是很贵重的礼物，但非常的用心。墨渡翻了两页，觉得有趣极了。她合起画册，想着哪天跟唐果和长乐一同分享。

南嘉老祖寄来的礼物，放在一个尺寸不大的朴素木盒之中。盒子里铺着细软的绸缎，绸缎上盛放着两大一小，共三只银色的龙纹手镯。墨渡拿起其中的一只仔细打量，直觉这不是普通的手镯，拆开老祖的信一读果真如此。这是一套"同心环"，佩戴者可通过手环互相感应对方的位置，一定条件下还能传递些许信息。

墨渡知道这也是她老祖的发明之一。因为她小时候就看到过青瑜和南嘉的腕上戴了一对相似的凤纹手镯，于是好奇地去问她阿娘，得知那是在很久以前的战争期间，老祖为了确保当时尚且年少的青瑜的安危而发明的神器。墨渡读完老祖的信，这才明白自己怎么会突然收到这样的生辰礼物——都是她前几个月离家出走作的那些幺蛾子，让她阿爹阿娘觉得有必要时刻紧盯她的行踪，以免一个没看住又闯出什么祸事来。

墨渡愤愤地将老祖的信扔到一边，觉得他帮着阿娘却不帮她。小龙兀自生了会儿闷气，最后还是舍不得地将信捡了回来，如以往那般压在书桌的那沓书的底下，才揣着盛放同心环的木盒准备下楼吃早餐。

为了接待童谣村的村民们一同参加墨渡的生辰宴，老龙王对小楼的客

---

1 鸾鸟，古代神话传说中的一种神鸟，身上的花纹五彩斑斓，有着天下安宁的象征寓意。出自《山海经·西山经》："西南三百里，曰女床之山……有鸟焉，其状如翟而五采文，名曰鸾鸟，见则天下安宁。"

厅施了点法术，墨渡下楼时险些以为自己一觉睡回云雾山庄了。原本温馨娴静的小客厅，已扩成了一座足以容纳所有童谣村村民还绰绰有余的大殿。在她醒来前，父母早将大殿张灯结彩出过节的气氛。法术带起的缭绕烟云，仿佛令人瞬间踏入了神明们隐居的飘渺高山上。

墨渡还没来得及惊诧，就被迎头栽过来的一团东西，不由分说地撞倒在地。她揉了揉被撞得生疼的肋骨，定睛一看，顿时来气了——原来又是蒙楚伯伯那只老眼昏花的信使！

老青鸟这回倒是没认错龙，它是来送蒙楚他们给墨渡准备的生辰礼物的。看在礼物的份上，墨渡只好捏着鼻子吃了这个亏。她没拆蒙楚伯伯他们送来的礼物，而是先带着同心环去找了老龙王和青瑜"兴师问罪"。

"老祖坏，帮阿娘不帮我！"墨渡将木盒往餐桌上一放，委屈地说道。

青瑜对于她的"目光谴责"表现得淡定自若，轻抿口茶后放下瓷杯："那是当然，他是我的师尊。"

"可他也是我的老祖！"墨渡强调。

青瑜见她一副气鼓鼓的模样，暗自好笑，故意挑衅地说道："但他先是我的师尊，再是你的老祖。"

"可老祖明明说过他很喜欢我的！"

"啊，那可真是让你失望了。毕竟他喜欢我比喜欢你要多喜欢了五千多年呢。"青瑜四平八稳地浅笑着说。

"可……这……那是因为……"

墨渡最终还是说不过她阿娘，在这场幼稚的口舌之争中不甘不愿地败下阵来。就在她耷拉着脑袋自己跟自己生闷气时，不承想一个疏忽大意，手腕竟被青瑜趁机套上了那只小的"同心环"。刚套上时那手环还显得有些松，但很快就如同有什么法术在起效，慢慢变得十分服帖了，不动用一些特殊手段估计是取不下来的。墨渡动动手腕，影响倒是不大，跟没戴也无甚区别……不，还是有区别的。接下来无论她跑去哪儿玩，只要老龙王和青瑜想知道，他们都能知道！

老龙王在旁边摇头失笑。他伸手将闷闷不乐的墨渡抱起来举高高，然后把她放到餐桌边的椅子里："九岁生辰快乐，阿渡。吃完早餐，就去迎接你的小朋友们吧。"

撇开"同心环"这个小插曲，总的来说，这日的生辰宴算是宾主尽欢。宴会上小孩子们玩得兴起，纷纷捉住老巫师的袍子央求他变戏法。即使知道老龙王、青瑜和乌鸦先生都会法术，可在小孩子们看来，最好说话的还是他们的长老啦！老巫师被袍子上挂着的那一串小崽子缠得寸步难行，只得无奈地变出一群扑棱着翅膀的花蝴蝶，将他们引到边上去玩。

唐果原本也是很喜欢看老巫师变戏法的，然而这天她却顾不上去扑那些法术变出的蝴蝶玩，因为宴席上摆了好多好多的美食，看得她眼花缭乱，压根吃不过来。小猪觉得自己仅仅是将每样食物都品尝了一点，就已经吃到肚圆了。

墨渡热衷于给贪吃的小伙伴推荐各种不同的美食。尽管她自己的胃口很小，但每次看唐果吃东西时那享受至极的模样，不知不觉间就会跟着一起吃多，到散场时也是撑得不想动弹。青瑜嗔怪地将在厅里的软榻上迷迷糊糊地翻来覆去，似乎是想直接在这里睡觉的小龙说教了一顿，给她调制了点消食的汤药喂下，再温柔地将困得睁不开眼睛的墨渡送回卧室。

青瑜给墨渡盖上被褥，如往常那般在小孩的额前落下轻轻一吻，起身正要熄灭油灯，就看到趴在窗口探头探脑的唐果和长乐。青瑜哑然失笑。她和墨九溟自然是知晓墨渡的两个小朋友经常爬窗来找她玩，也就三个小鬼自以为做得还算隐蔽。既然墨渡已经睡着了，青瑜走到窗边将他们先放了进来，再跟两个小孩比了个噤声的手势。唐果和长乐会意，看了看已经睡熟的墨渡，蹑手蹑脚地跟在青瑜身后离开卧室，走下楼梯。

"今天吃得有点多吧？"青瑜温柔地冲两个小孩笑道，"还撑不撑？"

"撑！"唐果摸了摸自己的肚皮，忍不住又打了个饱嗝。

长乐倒还好。他对吃的兴趣不如唐果那么高，很少将自己吃到太撑。

青瑜给唐果也调了点消食的药。这类汤药在他们家，向来只有贪嘴的小龙会需要用到。由于墨渡从小就怕苦得很，为了哄她喝药，青瑜习惯性将汤药的味道调制得清甜可口。唐果喝下后，舌尖还残留了些许甘甜，比老巫师平时熬的那些苦了吧唧的药好喝多了。

唐果咂巴了一下嘴，就听见青瑜问他们："你们折返回来找阿渡，是有什么事情吗？"

唐果这才想起她和长乐扒墨渡窗户的原因："啊，我和猴哥是来跟龙龙说，明天我俩在糖果屋等她过来玩。"

青瑜温柔一笑，伸手轻轻摸了摸唐果的小脑袋："好，明天她醒了我会转告她的。你们也快点回家休息吧。小孩子要早点睡，不然以后长不高了喔。"

唐果被她笑得晕晕乎乎的，连自己应了什么话都不记得，再反应过来时已经和猴哥走在回家的路上了。

长乐奇怪地问她："怎么了，猪猪？"

唐果抬头看了看天上挂着的那轮明月，沉默良久，才回答："没有……没有什么事，猴哥。"

墨渡觉察出唐果心情低落，已经是第二天的事情了。她在生辰宴上疯玩了一整天，晚上那一觉睡得特别沉，第二日早晨醒来时只觉得神清气爽。吃早餐的时候，青瑜告诉她昨晚在她睡着后，唐果和长乐又来找过她的事情。得知两个小伙伴今天邀她去糖果屋玩，墨渡吃完早饭就带着蔺苏寄给她的那本画册出了门。

在她敲开糖果屋的门时，长乐已经比她先一步到了。让墨渡感到意外的是，以往她在这个时间点过来，十次有九次会碰上唐果正在享用她早餐后那一顿加出来的"早茶"，可今天的餐桌上却是空空如也。然而她也没有多想，只当猪猪是早饭吃得太撑了。

"早上好啊，猪猪。"

"早上好，龙龙。"唐果看上去似乎没太休息好，这也是很少见的，毕竟小猪睡眠质量一向很高。

墨渡跟唐果和长乐分享了蔺苏寄来的那本画册。可是一贯喜欢听各地故事和美食的唐果今日连连打哈欠，他们最后便没有看太久画册，而是改玩乌鸦牌了。墨渡真正意识到唐果不对劲，是当他们一起吃午餐的时候，向来能一个胃顶俩用的小猪，竟然没把餐桌上的东西都扫荡完，就神情郁郁地放下筷子，说她已经吃饱了。墨渡和长乐皱着眉头交换了眼神，觉得无论发生了什么，这事情都有点严重。而在这样的情况持续了几天之后，他们一致认为必须要做些什么了。

在墨渡看来，唐果心情不好已经是可以确定的事情。问题在于无论是她还是长乐，都没有找到导致唐果心情不佳的原因所在。小猪在他们面前总是强打起精神，好像什么也没发生一样，还是该吃吃、该玩玩——只不过她吃的比平时少，玩的时候也总是走神。

唐果一直是他们三个捣蛋鬼中，真正给大家带来欢笑的那个开心果。她这几日总是一副心事重重的模样，令墨渡和长乐都不约而同感到非常担心。墨渡思来想去，认为还是要先找到唐果心情低落的原因，才能对症下药解决问题。于是某天早晨她起了个早（早到唐果肯定还没起床的那种时辰），跑去九号树屋找长乐商量对策。

"有没有可能是剃毛鸡又惹猪猪生气了？"墨渡捧着长乐递过来的果汁，推测。

基本每天都跟唐果黏在一块的猴哥，肯定地摇头："不可能，他最近没来找过我们麻烦。"

"那村长呢？"

长乐回想半晌，还是摇头。墨渡有点苦恼地叹气，她实在是想不出来还可能发生什么不顺心的事情，让向来心大到凡事不往心里去的小猪，低落那么长时间还没缓过来。

长乐思索一阵后，倒是提供了点可靠的线索："我觉得猪猪，是你生辰宴那天晚上，我们走在回家的路上时，就有点情绪不高了。但当时我以为她是玩累了。"

"我的生辰宴？"墨渡闻言有点茫然。她顺着这个思路苦思冥想地回忆半天，还是没想出个所以然。在她的记忆里，那天他们三个玩得很开心啊！

"对，那天我和猪猪走到半路，突然想起没有跟你说好第二天是在糖果屋见，就又折回去找你了。"长乐说，"但我们回去时你已经睡着了，你阿娘在给你盖被子。她让我们别出声，带我们下楼到客厅里去说话……啊，对了，那天猪猪吃撑了，你阿娘还给她调了杯消食的药。"

青瑜是擅长医药一道的，对此墨渡很有信心："我阿娘的药肯定没问题！"

长乐也没觉得是青瑜那杯药的问题，但他再去回忆其他的，是真的想不出还有什么事情了。倒是墨渡撑着脑袋思考了许久，倏地灵光一现："猴哥，猪猪什么时候生辰？"

"猪猪生辰在年初，已经过去了。"

"当时是怎么过的呀？"

"在糖果屋过的。"长乐回答，"猪猪在村子里人缘很好，她十岁生辰那日村子里基本上所有人都来庆祝了，和你那天的规模差不多吧……当然啦，我们没有那么大的场地，是在糖果屋里和糖果屋外都摆了桌，长老当时还变了很多新奇的法术，大家都玩得挺开心。"

墨渡摩挲着下巴若有所思，在长乐喝完一杯果汁的时候，她又问："猴哥，你有没有想过你的父母？"

长乐迷惑地看了她一眼："你知道的呀！我和猪猪都没有父母，我们是长老带大的。"

"我知道。"墨渡点头，"我是说，村子里其他小孩子也都是在父母身边长大的，只有你和猪猪不是……你们会不会想你们的阿爹阿娘呀？"

长乐正想摇头说他从来没有想过这个问题，但很快他就反应过来墨渡的意思："你的意思是……猪猪想她父母了？"

"我只是换位思考了一下。"墨渡耸肩，"如果我从来没有见过我阿爹和阿娘……我应该还是会很想知道他们是什么样子的。"

长乐想了想，客观地回答："我倒是没有想过，因为我是长老从森林里捡回来的。但我听长老和树先生提到过，猪猪的父母原来就住在童谣村，好像是因为什么事情才离开了……我也不清楚猪猪会不会想她父母，她原来都没有跟我提起过。要我说，有父母陪在身边和现在的区别不大呀！童谣村就是我们的家，长老、树先生、青牛爷爷、乌鸦先生……都像是家人一样，从小就对我和猪猪很好。"

话虽如此，长乐也没有坚决否认这种可能性。可他们两个你一言我一语地又揣测了许久，直到窗外的太阳渐渐沿着天幕攀高，已经临近唐果平时起床的时辰了，除此之外仍是一无所获。

"我还是觉得这是最可能的理由了。"墨渡总结道，"要不，我们今天就去问问猪猪？"

长乐几乎没有犹豫地点头同意了这个提议。他甚至比墨渡更想要知道唐果到底为什么心情不好，更希望小猪变回原来的那个开朗而无忧无虑的开心果。墨渡将杯中仅剩的一点果汁一饮而尽，跟在长乐身后踩着悬梯跳下了树屋，踏着朝阳走向了安静立在村子最东边的糖果屋。

走到大松树附近时，墨渡没看到唐果，先看到隔壁十三号的猫大爷正在拔院子里的杂草。也许是从未见过她和猴哥走在一起，却不见那个最闹腾的小猪的踪影，猫大爷抬头多看了两眼这反常的组合。长乐心里揣着事没留意，径直走到糖果屋紧闭的大门前敲了门。缀在后头的墨渡倒是笑着跟猫大爷道了声早安。性情清高的猫大爷矜持地向她颔首，算作回应。

当唐果顶着一双无法忽视的黑眼圈给他们开了门，没精打采地道了句"早上好"，甚至没有注意到自己的两个小伙伴今天是一起从树屋方向走过来的时候，墨渡和长乐再次对视一眼，下定决心——这事情不能再拖了，他们今天必须搞明白猪猪到底为什么不开心！

所以，在唐果努力打起精神从地窖里翻出零食来招待他们时，墨渡选择直接问："猪猪，你这几天不开心，是不是……因为你的父母呀？"

唐果手里的果子饼掉在了地上。

"猪猪！"长乐连忙起身帮她捡起果子饼。原本他对于墨渡的推测只是半信半疑，但一看小猪这个反应，他就意识到这是真的。唐果这几天不开心，症结就在父母的问题上。

既然已经被最亲近的两个小伙伴戳破了心思，闷闷不乐好几日的唐果抹了抹有些湿润的眼睛，还是和他们坦白了："我就是……有点想他们。"

墨渡和长乐安静地听着。

"长老说我父母在我出生后不久就离开童谣村了。"唐果低落地坐在客厅里的软榻上，跟他们倾诉自己这几日积压在心中的苦闷，"其实我在童谣村很开心的，他们还给我留下了糖果屋，让长老和树先生照顾我……但我就是突然很想他们，我从来没有见过他们是什么样子，会不会像龙龙的阿爹阿娘那样温柔……"

墨渡没来由地有点愧疚。原来确实是因为那日看到老龙王和青瑜陪她过生辰，勾起了唐果从小没有父母陪伴在身边的伤心事。

长乐无措地坐在唐果的身边，小心翼翼地拍了拍她的肩，想要安慰却欲言又止——他的确没想到唐果会那么在意父母的事情。许是因为以己度人的缘故，他自己从未有过这样的思念，就下意识觉得唐果也不会为此感到困扰。可是，唐果的情况和他不一样，唐果的父母原来就是这里的村民，连糖果屋都是她父母留给她的小家。一旦她开始想念，整座村子里都仿佛留存着多年前那对夫妇留下的痕迹，勾起前所未有的感伤和怅惘。

糖果屋里一时间气氛沉闷。这是很令人不习惯的，因为自从唐果在这里住下的那天开始，糖果屋从来都是充斥着吵闹和欢笑。

墨渡看了看难得连果子饼都不吃了的小猪，又看了看明显很着急却又不知道说些什么才能安慰到小伙伴的猴哥，她灵机一动地拍了下手："猪猪，既然你想父母了，我们为什么不去问问文潇先生或者树先生有关他们的事情呢？你父母曾经也是童谣村的村民，他们既然将你托付给文潇先生和树先生，一定是因为他们原来关系就很好。"

唐果迟钝地抬头看向她，似乎反应了一会儿才听懂她的这个提议，原本茫然失落的小眼睛里忽然亮起了光。小猪从软榻上激动地跳了起来："你说得对！我怎么没想到呢，长老和树先生一定知道我父母的事情，我这就去问树先生！"

说着，她如一阵风般往屋外跑去。墨渡和长乐没想到她一下子冲得那么快，愣了愣也赶紧拔腿跟了上去。他们跑出糖果屋的时候，唐果已经抱着树干将打瞌睡的大松树给叫醒了。

"树先生，你知道我父母的事情，对不对？"唐果坐在大树下，如是问道。

大松树反应慢，好一会儿才慢吞吞地说道："啊，你是说老唐夫妇的事情吗？他们都是好人呐，很好的人。再早个十多年，童谣村里谁不认识唐包和善善呢。"

墨渡和长乐走上前去，一左一右地在唐果身边盘腿坐下，一起听大松树用那缓慢的、仿佛在讲睡前故事的语调，跟他们讲了唐果父母的故事。

在很多很多年前，那时昆仑还没有那么多开了灵智的动物，童谣村才刚刚建立，一共只住了几户人家。唐包和善善就是在这个时候，被老巫师从九重密林带进世外谷的。他们都是刚刚开灵智的动物，起初还不太会用自己的人形身体，砍柴时把握不住力度，钻木取火总是不慎烧伤了手，搭房子塌了好几次……但他们学得很快，逐渐就掌握了老巫师教他们的各种生存技能，还非常乐于助人地去帮助新来的村民搭建他们的新家。

唐包从最开始连砍柴都砍不利索，搭房子总是搭到一半就塌方，到后来成了村子里远近闻名的工匠。村子里许多人家的房子，都是唐包帮忙一起搭建的。而善善是村里有名的美食大师，在夫妇俩离开童谣村前，村中唯一一家小饭馆其实是善善开的，绵羊夫人的手艺有不少都是当时在小饭馆帮工，跟唐果的母亲善善学来的。由于他们乐于助人的性格，唐包和善善在村子里的人缘很好，许多后来的村民们都是在夫妇俩的帮助下，逐渐适应了自己的人形和童谣村的新生活。那是一段忙碌却快乐的日子。童谣村在最早一批村民和老巫师、乌鸦先生的努力下，逐渐形成了现在井井有条的模样。

后来，童谣村建设好了，十多户人家在这里安居乐业。在建设过程中对村民们帮助甚多的唐包和善善夫妇俩，也受到了不亚于树先生和猫先生的尊敬，居民们都管十二号的夫妇叫"唐先生"和"善善夫人"。世外谷里的生活毫无岁月留下的痕迹，他们就这样在这里幸福地过了一年又一年，都不记得具体过去了多久，然后某一天，小猪唐果出生了。

唐包夫妇高兴坏了。为了迎接小宝贝的降临，他们将屋子里里外外翻修了一遍，还特意请老巫师来帮忙，想要给小猪唐果一个最好的小家。糖果屋就是这样建成的，在后来的很多年里，这都是童谣村最好的一栋建筑。唐果就是在她父母的期盼之下，来到了这个世界上。

在唐果刚出生的那一年里，一切都很美好。日子宁静又幸福，村里和糖果屋里的生活皆是欣欣向荣。小猪唐果虽然还不会走路，但已经能爬得很好了，因此十二号里经常传出唐包夫妇俩手忙脚乱的惊呼声——那基本都是因为小猪爬到了不该去的地方。唐包夫妇自从做了父母以后，对这个软乎乎的小宝贝可谓是千娇百宠，恨不得把最好的东西都找来给她。他们觉得这样的三口之家真是再好不过了，觉得一家子能这样长长久久的，在童谣村的糖果屋里过很多很多年，看着小猪慢慢长大。

本来，那样的生活应该是理所应当的。所有的童谣村村民们都在老巫师的庇护下，过着无忧无虑、岁月静好的日子。唐果一家当然也不例外。他们不去操心太复杂的事情，也从不挂念外面的世界是什么样子的、又发生了什么事情。直到唐果一岁生辰的前夕，善善忽然得了一种怪病。

那真是一种奇怪的病啊，连老巫师对此都束手无策。他们只能看着原本充满活力的善善一天一天虚弱下去。唐包跟善善的感情无比深厚，为此痛苦不已。他每天都在努力用各种方法，小心照顾病榻上的妻子，希望她能逐渐好起来。可是奇迹并没有发生，善善身上的病气仍是一天重过一天。唐包找到在他们心目中无所不能的老巫师，希望他能想想办法，救救善善。老巫师确实无法医治这种怪病，但在唐先生的恳求下，他摸着胡子指出了一条可能行得通的路——那就是离开昆仑，去人间找他曾经认识的一个比他更擅长医术的巫师，也许那个巫师能找到办法挽救善善正在流逝的生命力。

唐包听了左右为难。他既忧心愈发虚弱的善善，又舍不下年纪尚幼的唐果。唐果还这么小，自然是不可能随他们长途跋涉离开昆仑的。尤其是童谣村居民从未去过外面的世界，完全不知道走出昆仑，离开了长老的庇护后会碰上什么事情。而童谣村建立时又定过规矩，为了世外谷的安全，没有法术的村民们（因为他们的记忆在其他巫师面前是完全敞开的）倘若有一天想要离开世外谷到外面的世界去闯荡，就必须喝下一种可以洗去他们记忆的池水，忘掉童谣村的事情。也就是说，一旦唐包带着善善离开了村庄，而唐果留在了这里，他们一家以后就再也不能相见了。他们夫妇俩会彻底忘掉自己还有个心爱的女儿。

唐包为此痛苦不已，但最终还是善善的生命，在这两难的挣扎中逐渐占了上风。于是，他万般不舍地将唐果托付给了关系最好的长老和树先生。然后在某一个早晨，夫妇俩收拾好行囊，喝下了那种抹去部分记忆的池水，一起离开了世外谷，去人间找寻长老所说的那个巫师。这一去就是十年，他们再也没有回来。

其实，这是所有村民都可以预料到的，因为洗去记忆后的唐包和善善不会再记得世外谷和童谣村。曾经受过他们恩惠的居民，只能在心中乐观地期盼善善的那种怪病已经治好了，那对总是给身边人带来快乐的夫妇俩，现在正悠然快活地生活在九州的某个角落，一如他们曾经在童谣村的日子一样幸福。

树先生讲到这里，渐渐沉默了。墨渡轻叹口气，担忧地看向身边的唐果。小猪听到一半时眼睛就变得水汪汪了，她吸吸鼻子，转头在小伙伴看不见的地方抹掉自己的眼泪。

"所以，他们不记得我了……"

墨渡不知道怎么安慰她。她努力去想象唐果现在的感受，却发现这根本是无法体会的事情。她压根无法去假设，哪天阿爹和阿娘不认识她了，会是怎样的一种难过。

唐果抹掉眼泪，冲两个担心的小伙伴勉强笑了笑："没事。至少我知道他们确实是不得已才离开我的……我前两天在想他们到底去了哪里，为什么都不回来看我，难道他们都不会想我的吗？可现在我知道啦！他们只是，不记得了，不是因为不爱我。"

树先生沉默良久，慢慢地伸出一根树枝轻轻搭在小猪的肩上，声音柔软："猪猪，唐包和善善他们当然是爱你的。"

"树先生。"唐果抬头望向大树，"你为什么不早点告诉我，我父母的事情呢？"

"猪猪。"树先生温柔地说，"唐包和善善走以前将你托付给长老和我。他特意跟我们嘱咐过，假如你在童谣村里过得很开心，并没有太执念于他们的事情，那我们就不要主动跟你提起。他和善善都希望你过得快乐，既然他们无法陪伴你长大，倘若你太过挂念，不过是徒增感伤……但是，如果有一天你问起了，他们托我告诉你一件事情。"

"什么事情？"唐果还是很难过。

"他们让我告诉你，他们留给你的所有东西都在糖果屋里。"

"这我知道啊。"唐果茫然不解，"长老提起过，糖果屋是我阿爹阿娘留给我的。"

树先生静默片刻，重复道："猪猪，他们的意思是，所有想要留给你的东西都在糖果屋里了——假如有天你想要知道的话。"

唐果先是困惑，而后缓慢地眨了眨眼睛，从树先生的语气里琢磨出什么不同寻常的意思："所有想要留给我的东西？"

全程安静倾听的墨渡率先反应过来，她试探地出声询问："树先生，您的意思是猪猪的阿爹阿娘，给她留了一些东西，就藏在糖果屋里？只是如果猪猪没有问起的话，就让你不要告诉她了，以免勾起伤心事？"

树先生转而用另一根树枝冲墨渡晃了晃："是啊，是这个意思。龙龙，你是个好孩子，很高兴猪猪有你这个好朋友……啊，当然啦，还有一直陪着猪猪的小猴。"

"树先生！"唐果迟钝地回过味来，"你是说，我父母在糖果屋里，藏了一些留给我的东西？"

"是的，猪猪。"树先生笑了起来，"善善说，这是他们留给你的一些惊喜，希望你会喜欢……就由你自己慢慢去发现吧。"

唐果先前急急忙忙地冲出糖果屋来质问树先生，现在却是晕晕乎乎地跟着两个小伙伴又回到了熟悉的糖果屋里。她听完父母的往事，脑子一时有些乱，现在只剩下一个念头愈发地清晰——她阿爹阿娘给她准备了惊喜，就藏在糖果屋里！她要找到它们！

墨渡和长乐用行动表达了对唐果的支持和安慰，他们跟着到处翻找的唐果一齐仔细地搜索这个他们已经很熟悉的双层小屋。也许是因为血脉至亲之间的某种心有灵犀，即使唐果从未真正见过自己的父母，但向来不擅长找东西的她（每次大扫除她总会找到许多被落在犄角旮旯里的陈年旧物）竟是第一个发现糖果屋里的暗格的。

那是一个隐藏在客厅软榻底下的暗格，小猪是在翻找时意外将软塌撞翻，才发现木地板有点翘起。她再仔细一看，才发现那块地板竟是中空的，是块活门板，掀开后找到一个木盒子，上面还放了一封信。信纸已经有些陈旧发黄，但上面的字迹仍是清晰可见。

"祝我们的小宝唐果一周岁生辰快乐。"

唐果拿着信愣住，指尖不舍地摩挲着信纸，心头有些发酸。她打开木盒子，只见里面放着一套木雕，雕刻的是他们一家三口——那时的她还只是个小娃娃，被父母抱在怀里。唐果于是第一次看到自己父母的模样，他们比她想象得还要好看、还要温柔。木雕惟妙惟肖地勾勒出一家人的神韵，她能清晰地看到温柔美丽的母亲和高大慈爱的父亲，他们用一种充满爱意的目光看着怀里的那个小宝宝。那就是她，一岁时候的小猪唐果。

小猪用目光一遍遍描摹那两个她从未见过的家人，终于开心地笑了出来。真好，她终于知道父母是什么样子的了。之前几天她睡不着觉时曾幻想过很多，但没有比这样的他们更好的想象了。唐果小心翼翼地将木雕放回盒子里，再将信也放了进去，轻轻盖好盖子，像是捧着世上最珍贵的宝物。

找到了第一个暗格，之后的搜寻过程就容易了。他们不再是大海捞针，而是用指关节敲击每一块木板和墙壁，找寻松动的那些活门板。三个小伙伴在糖果屋里忙活了一整天，终于找到了唐果父母留给她的全部惊喜。一共十八个木盒和信，从小猪一周岁一直到她十八岁成年，所有的"生辰礼物"都在这里了。

墨渡和长乐陪在唐果身边，看她动作小心地拆了十份礼物。这是小猪有记忆以来，所有她自己度过的、却没有父母陪伴在身边的那些生辰。而现在，这些迟来的礼物和失落在过去的爱和念想，都在一次次的找寻过程中，重新回到了她的身边。就好像他们从未离开过一样。

在看完十岁生辰的礼物后，唐果将盒子收起，再抬起头时目光是真的不再悲伤了。她将十八个盒子都好好地收藏起来，对两个小伙伴说："剩下的这些，我以后生辰再拆。"

墨渡和长乐帮她一起将这些木盒抱进卧室，放到床底下藏好——那是唐果觉得最安全的地方。做完这一切后，唐果挨个紧紧地抱了抱墨渡和长乐，露出她一如既往明快而不染阴霾的笑容。

她说："龙龙，猴哥，谢谢你们！"

叁·小虎阿凌的秘密

　　墨渡的生辰在夏至前夕，生辰宴会过后，童谣村的天气一日比一日炎热起来。今岁的气候着实古怪而难以捉摸，去年昆仑的冬日格外漫长而寒冷，如今到了夏季，竟又是前所未有的酷暑。童谣村的村民们对此十分纳罕，莫要说村里小一辈的孩童们被热得直呼受不了，就连年长如青牛爷爷，也说记忆里从未遇到过如此炎热的夏天。在这样的时日里，学堂里的学生们想要专心学习，确实不是件容易的事情。

　　尚未至小暑[1]，唐果等一众童谣村土生土长的小动物，已经被这天气热得失去了一贯的活力。即便是想要在课堂上调皮捣蛋，都有点闹腾不起来，一个个蔫了吧唧地趴在课桌前，课也听不进、作业也写不动。

　　起初，来自云雾山的小龙墨渡比他们要好受些，毕竟南岭一带的气候不似昆仑这般严寒，她自认世外谷入夏后的这点温度，还放不倒见识过"大风大浪"的她。只是愈发临近小暑，这气温攀升得有点不合常理地迅速。很快，就连墨渡都有些扛不住了。她在又一节青牛爷爷的历史课上热到大汗淋漓，甚至想学身边的唐果那样不顾形象地吐舌头散发点热气了。

　　青牛爷爷这段时间在代替行踪不定的老巫师给学生们讲《九州简史》。

---

1 小暑，二十四节气中的第十一个节气，夏季的第五个节气。所谓"暑"，就是炎热的意思，"小暑"即是小热，尚未到一年中最炎热的时节。小暑开始进入伏天，俗话说的"热在三伏"，其中提到的三伏天通常出现在小暑与处暑之间，是一年中气温最高且潮湿、闷热的一段时日。然而对于农作物而言，雨热同期是有利于作物生长的。

老巫师将自己的藏书贡献出来后，就拄着拐杖继续忙活世外谷结界修补一事了——看上去，此事的工作量比他原先预计的还要庞大。青牛爷爷拿到全套的《九州简史·上古篇》后，任劳任怨地给小孩子们从头将九州历史仔细叙述，看这架势是打算一点点地从神明创世一直讲到九州大战落幕为止。嗯，今天终于讲到帝青和玄青两位神王分道扬镳了。

墨渡一边记着笔记，一边实在是热到不行，偷偷摸摸地想尝试一下昨天从家里藏书中看来的一个降温咒文。神明将所有用来沟通天地灵气的"语言"都统称为"灵文"，但灵文也分为四种，分别是绘在纸上的符文、刻在器皿上的铭文、用手指掐动的诀文以及用声音念出的咒文，这四种灵文互相之间可搭配使用。墨渡这些日子为了学习如何用法术降温，将原来不乐意学习的《法术基础原理》和《入门法术》都仔仔细细钻研了一遍。她觉得自己的脑子已经将这些法术都学会了，只不过尝试起来还是事故频出。比如现在，她方才念动了一个降温用的咒文，却导致眼前的书桌瞬间着了火。

"嗷！"

原本在打瞌睡的唐果和长乐都吓清醒了，纷纷拿起手边的东西试图将那火苗扑灭。幸好火势并不大，很快被他们控制住。隔壁桌的小虎阿凌在发现着火的时候，立刻招呼雪球和白骑跟她到院子里的小池塘去挑水。一盆水浇下去，桌上的火彻底熄灭，只剩下墨渡、唐果和长乐灰头土脸地站在课桌前面面相觑。

唐果茫然地问墨渡："龙龙，你为什么突然要放火啊？都已经那么热了，难不成你饿了，想吃烤乳猪！"

"说什么呢，猪猪，我再饿也不至于想把你给烤了吃。"墨渡抹了把脸上脏兮兮的灰和水，郁闷地说，"我是想降降温，没想到咒语出了点小差错，就……额……你懂的。"

青牛爷爷不会法术，捋着胡子迟钝地抬头看向眼前的烂摊子，茫然不知所措。好在乌鸦先生恰好路过学堂，听闻动静进来收拾了残局，把烧焦的课桌和书先恢复原样，再给狼狈的三个小孩清理了一下仪容。末了，乌鸦先生伸出手弹了墨渡一个脑瓜崩："小龙殿下，下次可别这样胡闹了。若是你再烧了学堂，我和文潇先生就要找九溟王和青瑜夫人赔钱了。"

墨渡颇感冤枉，她可不是故意烧学堂的！但毕竟刚刚闯了祸心虚得很，小龙只得委委屈屈地应了声"知道了"。

午休时分，其他小动物吃过饭回家休息，准备睡个午觉再回学堂上算术课。墨渡一把火烧掉了自己和唐果、长乐好不容易完成的算术作业，只得在吃过饭后提前回教室补下午要上交的功课。唐果做不来算术，在教室里热得不行，熬了半天还是觉得熬不住，跟墨渡和长乐说："龙龙，猴哥，这里实在是太热了，我出去透透气。"

墨渡要补做两人份的算术作业，抽不出空来回话，只点了点头。长乐倒是想跟唐果一起出去玩，但他想了想还是厚道地没有将自己的作业也扔给墨渡做，所以只能遗憾地留在了教室里。

唐果跟两个小伙伴打个招呼就离开了学堂。她本来是想回糖果屋待会儿的，但转念一想正值晌午时分，糖果屋里估计也很热，于是小猪暗自琢磨应该找个什么阴凉点的地方睡个午觉。就在她犹豫的时候，目光落到不远处的英招河上，忽地一亮——一条小船正静静浮在河面上。

那应该是村公所的巡逻船。其实唐果不懂就村里这么大点儿地，为什么村公所巡逻还需要靠船。反正该船大部分时候是被村民们借走，用作打鱼的。唐果左右张望，见附近没有人，估计是晌午太热，不管是村公所的工作人员还是其他村民都在家中避暑呢。

既然四下无人，唐果觉得自己在小船上睡个午觉，应该不会有什么问题。这样想着，唐果放心地走到英招河边，以和她稍显圆润的身形所不符的灵活爬上了船，在摇摇曳曳的小船里躺下。果然，小河上的温度似是比地面上清凉不少，原本热到有些烦躁的唐果瞬间觉得舒服了，感觉可以在这里好好睡个午觉。唐果打了个哈欠，眯着眼睛看到学堂天文台边上那座高高立着的瞭望塔的飞檐和塔尖，在正午的阳光下熠熠生辉。她只看了两眼，很快就在惬意中缓缓合上眼帘，沉入香甜的梦乡。

熟睡的唐果并没有注意到，她方才爬上船的时候，不小心碰松了将船系在岸边木桩上的那根绳索。在她睡着后，那绳索慢慢地松开，失去束缚的小船就这样顺着河流往下游缓缓漂去。

唐果这一个午觉睡得很舒服，没有被热醒，也没有被任何动静吵到，而是踏踏实实睡了个饱后才悠悠醒转。她打了个哈欠，伸了个懒腰，只觉得前所未有的舒服。但很快，小猪后知后觉地感到不对劲了。她在船上坐起身，看着距离她已非常遥远的学堂瞭望塔，懵然地眨了眨眼睛，迷惑地拿手指了指上游的瞭望塔，又指了指自己，睡迷糊的脑袋慢慢清醒过来。她记得她睡着前，瞭望塔还在她的下游，现在瞭望塔怎么跑到上游去了，还距离她越来越远、越来越远……唐果再转头一看，小眼睛顿时瞪得老大——不得了了！原来小船已经顺着英招河而下，就要进入九重密林里了！

不通水性的小猪有点慌了。然而小船漂在英招河中央，她找出船桨在水面上划拉了半天，还是不知道要怎么让船靠岸停下来，就这样被小船带着一路漂进了森林里。

"哎呀……"唐果慌张地摆弄着船桨，下意识叫唤两个小伙伴的名字求救，"猴哥！龙龙！"

可惜两个小伙伴都不在身边，就连老巫师和老龙王夫妇今天也不在村子里。当小船漂过了乾坤小楼和老巫师的木屋后，唐果终于放弃求救，而是努力在船上保持住平衡，想方设法用船桨去够岸边。她已经看见英招河边的陆吾石雕了，三只大老虎在河畔静静屹立，那代表着倘若再无法将船停下，她就要漂出童谣村结界了！

……等等，三只，大老虎？唐果茫然地腾出一手挠了挠头，心想，怎么可能有三只石雕呢，不是一直都是两只的吗？她纳闷地想着，回头仔细一看，登时感到惊悚。原来，在那两只陆吾石雕的旁边，还有一只活的大老虎正在河边徘徊着。它似乎是无法越过童谣村的结界，却又因为什么不愿离开太远，只是在陆吾石雕的背后来回游荡，目光透过那看不见的结界望向童谣村里，跟正在试图将船只靠岸的小猪唐果对上视线。

对视片刻，小猪差点吓得惨叫出声，只觉得自己是被猛兽盯上的猎物，那老虎怕不是想等她送餐上门？待她一离开结界的保护范围，就把她给捉了吃下肚！唐果越想越害怕，吓得赶忙奋力划动船桨，想要让小船在越过陆吾石雕前停下。

眼见小船愈发靠近两座陆吾石雕，唐果不禁悲从中来，欲哭无泪地想着：我这是造的什么孽啊！我不就是睡了一个午觉吗？怎么睁眼就要变成大老虎的盘中餐了呀！龙龙、猴哥！你们谁来救救我呀！

好在唐果从小到大运气都是不错的，虽然墨渡和长乐都远在学堂里，对她的困境一无所知，但她拿船桨一通毫无章法地胡乱操作，居然真的成功让小船在离开陆吾石雕前，险险搁浅在岸边了。

唐果看着距离她几步远的那只对她虎视眈眈的大老虎，一时手软腿也软，大气都不敢喘一声。好半天，她才确定自己不会跟着失控的小船漂出结界了，这才放下船桨手脚并用地爬上了岸，头也不回地拔腿就往村子里跑去。在她逃命似的飞奔中，大老虎一直安静地站在结界外，看着她往结界边缘的反方向越跑越远，直到小孩的身影消失在林立的大树间。

唐果这个午觉不仅差点把自己给睡到了童谣村结界外，同时还睡过了下午的算术课。等她一路跑回村子里时，学堂已经放学了，一群学生和村民正聚集在桥对面的村公所附近，不知是在看什么热闹。唐果凑过去挤进人群里听了半天，才后知后觉意识到大家正在声讨一个"偷船的小贼"。

就连好脾气的青牛爷爷都瞪着他那双迷糊的眼睛，捋着胡子说："不像话，太不像话了。"

一旁的白马夫妇更是不满："谁家要用船打鱼，到村公所登记一下就是了。现在好了，船不知道被弄去哪里了，不说村公所巡逻怎么办，之后其他人家要打鱼的话用什么呀！"

"就是说啊！"十一号的白狗夫人附和，"现在都不让出村打猎了，再没法打鱼的话，孩子们没荤的吃都快要造反了！"

"真是哪个缺德的小偷干这种事……"

"太过分了！"

唐果心虚地听着周围的村民们你一言我一语地声讨那个"偷船的小偷"，她努力装作没事人的模样，为了摆脱嫌疑，还跟着身边被激起民愤的人群一起上蹿下跳地骂了几句："就是就是！太过分了，这是谁干的呀！偷什么不好，居然偷船！"

跳起来骂了几句，她终于眼尖地找到了站在人群中间的墨渡和长乐，唐果赶紧挤过去将两个小伙伴拉了出来。

墨渡惊讶地看着失踪了一下午，现在又不知从哪里钻出来的唐果："猪猪！你去哪儿了？我和猴哥都快急死了，还好今天下午乌鸦先生临时有事，算术课是青牛爷爷代上的。"

唐果这才知道自己睡过了算术课："青牛爷爷没发现我翘课吧？"

墨渡摆了摆手："没有没有，你放心吧。他倒是对照着名单点了次名字，我帮你应了，他没发现。"

唐果拍拍胸脯，松了口气："那就好。"

长乐在一旁问："猪猪，你下午去哪里了？我和龙龙猜你是不是回家睡午觉，睡过头了，忘记来学堂上课。"

说到这个，再听见不远处的人群还在声讨"偷船的小偷"，唐果心虚不已："哎呀，这真是一言难尽。"

两个小伙伴早就熟悉了她所有微妙的表情，见状立刻明白过来，墨渡压低声音问："猪猪，你是不是闯祸了？"

　　唐果望天，一脸悲愤："我发誓，这次真不是我故意的！我还差点被一只大老虎吃了呢！"

　　她将自己一觉醒来发现自己快漂到童谣村结界外的惨事，跟两个小伙伴简单概括了一番。

　　"现在怎么办呀？"唐果苦着脸问。

　　墨渡摸着下颌想了想："我们得想办法把船拖回来。"

　　"我知道要拖回来，不然以后都没鱼吃了。"唐果叹气，"但这样，我岂不是不打自招了吗？"

　　"不一定。"墨渡笑道，"让猴哥去跟青牛爷爷说，就说我们三个对村子里已经很熟悉了，自告奋勇去帮大家把船找回来。"

　　"这样行吗？"唐果有点迟疑。

　　"要是跟村长他们说，可能还有点问题。"长乐附和了墨渡的观点，"但村公所的人到现在午睡还没醒呢，我们跟青牛爷爷说，他不会怀疑我们的。"

　　于是三个小伙伴意见达成一致，长乐去跟青牛爷爷打了声招呼，得到了慈祥的老爷爷对他们"一番好心"的夸奖。然后他们装模作样地沿着英招河开始"找船"，完完全全一副"热心好村民"的模样。直到远离人群视线后，三个小孩对视一眼，加快脚步往森林里跑去，直奔世外谷边缘的陆吾石雕。

　　跑过乾坤小楼时，墨渡忽然听闻附近有动静。毕竟不是在做什么光明正大的事情，从小就闯了不少祸事因而警惕心颇高的小龙，下意识将两个小伙伴拉到草丛里藏了起来。做这件事时她还隐约觉得有点熟悉，尚未想明白这熟悉感从何而来，就看见小虎阿凌的身影从眼前晃过，往陆吾石雕的方向快步跑去。于是她一下子记起来了，前些日子他们闯开明崖那天早晨，她就是这样藏在树后撞见阿凌神神秘秘地独自进森林，不知道是做什么去了。

在墨渡困惑的时候，只听闻身边的唐果轻轻"咦"了一声。她转过头对上小猪的视线，在里面看到了同样的迷惑不解。直到阿凌的身影消失在丛林间，墨渡才出声问道："阿凌这是……出村了吗？"

沿着那个方向走去，只有离开世外谷结界这一条路了。

"不知道啊。"唐果挠了挠头，"她出村做什么呀？长老说过的，现在还是不能离开村子，森林里不安全。"

长乐说："这个方向和我们找船是一致的，要不，我们追上去看看。"

墨渡和唐果表示同意，但他们耽搁了一阵，再追上去时已经找不见阿凌的身影了。三个小孩一路追到陆吾石雕旁，看见了搁浅的小船。没看到小老虎阿凌，也没看到唐果说的那只想吃了她的大老虎。

"算了，也许阿凌往别的方向去了呢。"墨渡如是说，但这话连她自己心中也不信。

唐果和长乐跟阿凌关系更要好，当然是不愿意相信阿凌违反长老的禁令，在这个敏感时期跑出村子的。他们接受了墨渡的这个说法，三人合力将小船逆流而上地划回村子里，物归原主地将船还给了村公所。

得知船只在英招河下游找到了，其他仍然聚在村公所附近探讨此事的村民都很高兴。最后他们一致认为这船是没拴好，才会顺着河流漂走的。于是，"偷船的那个小贼"就这样躲过一劫，还跟墨渡和长乐一起得到了村民们的褒奖。

这个午睡造成的乌龙事件，就这样过去了。

之后的几天里，墨渡、唐果和长乐谁也没有提起那日撞见小虎阿凌偷跑出村子的事情，然而他们在课堂上都自觉或不自觉地多看了认真学习的小老虎几眼。只见阿凌虽然在每节课上记笔记，但她似乎有些精神不佳，眼底的乌青分外浓重，看上去像是很长时间都没有休息好了。

又逢休沐日，学堂不上课。墨渡上午闲着没事，又热得不行，干脆跳进英招河里捉鱼。长乐和唐果坐在河边戏水，一边给她呐喊助威，一边将她扔上岸的鱼挨个收拾到木桶里，畅想着中午要吃些什么大餐。墨渡捉了好几桶鱼，午饭靠唐果大显身手做了顿全鱼盛宴，在大松树底下摆了长桌叫兔姐他们一起来吃。

忙活得出了一身汗的唐果擦了擦汗，将最后一锅鱼汤从厨房端到糖果屋外，放在长桌上。她抬头一看，小伙伴们基本到齐了，一直在帮她打下手的墨渡和长乐不必说，兔姐、小青牛和小羊，小蛇、小鸡和小鼠星星，还有马兄、小狗……嗯？数到这里，唐果一顿，又往回数了一遍。还是不对，加上她自己也只有十一个人。按理说他们平时经常聚在一起玩的这些小伙伴，应该至少会有十二个才对啊！

小猪怀疑是自己的算术能力又下降了，连二十以内的数数都数不清楚。就在这时，墨渡却凑到她耳边轻声问道："猪猪，你有没有叫阿凌一起来啊。"

唐果闻言恍然大悟，终于知道哪里不对劲了。马兄白骑、小狗雪球都在，偏偏少了一贯和他们形影不离的小虎阿凌。

"马兄、小狗，小虎呢？"唐果没想太多，直接问已经开吃的白骑和雪球。

说到这个，白骑和雪球其实比她还纳闷。

雪球回答："我不知道啊！要我说，阿凌最近一段时间总是怪怪的，简直神出鬼没，我和白骑经常找不见她……"

白骑也很纳闷，但他听了这话，却是及时用手肘撞了雪球一下，险些撞掉了小狗筷子上夹着的鱼肉。雪球扭头正要不满地质问，却在他带着某种暗示的眼神下噤了声，像是突然意识到自己说错话，于是赶忙埋头吃鱼，不多说了。

"哎呀，吃吧吃吧。"白骑打圆场说道，"阿凌今天肯定是有事耽搁了，我们吃我们的，她不会饿到自己的。"

墨渡、唐果和长乐狐疑地隔空交换了一下眼神。

怀揣着心事，墨渡一碗汤喝下肚，也没尝出什么滋味来。散席后，墨渡和长乐帮着唐果一起收拾和清洗餐具，在只有他们三个人的厨房里时，墨渡压低声音问："猪猪、猴哥，你们说，阿凌会不会是碰上什么麻烦事了？"

唐果和小老虎关系最好，对此有些担忧又有些迟疑："应该不会有大事吧？小虎很厉害的。"

长乐先是下意识附和唐果点了下头，但很快又犹豫地说："可是，小虎最近精神状态不好，我们前几天又撞见过她离开过童谣村结界……"

墨渡补充："去开明崖那天早晨，我其实也撞见过她独自进林子，但当时我没多想。"

唐果看了看长乐，又看了看墨渡，一时非常为难："小虎不会无缘无故违反长老的禁令的……"

"我们知道。"墨渡先是坚定地表示了对小老虎品行的认可，而后却踟蹰地问，"我只是有点担心，她的异常会不会和上次我们在森林里碰到的迷雾有关系。我记得猪猪说过，全村戒严前的那一天，阿凌带狩猎队进过山……她会不会那时就受到了迷雾的迷惑，才会在长老颁布禁令后，还私自离村。"

唐果找不到说辞来反驳这个可能性，然而她从感情上对小老虎是很信任的，并不愿意相信她可能做出了影响到童谣村安全的事情——无论是有意还是无意的。

长乐看了看耷拉着脑袋的小猪。虽然他的观点倾向于墨渡，可最终为了照顾到唐果的情绪，还是没有发表任何意见。这个话题就这样被刻意掩盖过去，但他们心中的疑虑都不曾因此而减少。

墨渡当天晚上回家后，旁敲侧击地问老龙王："世外谷的结界修得怎么样啦？"

"差不多吧。估计再有一个月，到七月中下旬就可以完工了。"老龙王误解了她的意思，"怎么，待不住想出去玩了？"

"没有的事，我可没偷跑出去过。"墨渡故作乖巧。

墨九溟深深看了她一眼："没有就好。"

墨渡磨磨蹭蹭半天，还是按捺不住心里的那点疑虑，又凑过去问："阿爹，现在出村会发生什么呀？"

"碰到坏人，把你叼走吃了。"墨九溟吓唬她。

"您和文潇先生还是没找到上次在森林里搞事情的两个巫师吗？"

墨九溟不是很愿意跟小姑娘聊这个话题，但也怕自己不将问题说得严重点，胆大包天的小龙会违背禁令跑出村去，只能稍微透露了些内情："没有，所以你最好不要想着离开世外谷。能让我和文潇先生都摸不着痕迹的人，一是手段必定不凡，不是你那点小聪明可以应付来的。二是所图甚大，才会这样藏头露尾，不敢正面交锋。"

"那……童谣村会有危险吗？"墨渡有点担心。

"你们不出村就没事，童谣村的结界基本已经修好了，可以说世外谷现在是昆仑山脉里最安全的地方。只要你们这些小鬼别偷偷溜出去胡闹，待在村里不会有任何危险。"

"基本修好了？"墨渡抓住父亲语言中的些许漏洞，"那您、阿娘和文潇先生最近在忙什么呢？每天都不见踪影。"

老龙王叹了口气，觉得小孩大了真是越来越难糊弄了："世外谷这边的结界已经好了，但昆仑的还没有。行啦，你学堂的作业写完了没？快去写吧。无涯先生已经来跟我告过状了，说是你在学堂胡闹，险些烧了教室，还烧了当天的作业。"

"他怎么能这样呢！"墨渡瘪了瘪嘴，"我又不是故意烧了课桌的！还有，您这是在转移话题。"

"对，我在转移话题。"墨九溟老神在在地点燃了厅里的香炉，"这代表你不能再继续问下去了，还是早点写作业去吧。"

墨渡不太满意这个答案，抱着阿白窝在软榻上哼哼唧唧了半天，才不情不愿爬起来准备上楼。离开客厅前，她最后问了父亲一句："您的意思是说，无论那两个巫师背后是什么人，世外谷的结界都很安全，不会被他们突破？"

"假如你非要知道的话，是这样没错。"老龙王颔首，"结界现在唯一的薄弱点在内部，从外部是不可能突破的。所以，你和你的小伙伴不要悄悄离村玩，九重密林现在没有那么安全。"

墨渡本来倒是放心了，结果听完父亲的后一句嘱咐，原本松懈的心情复又提了起来。她表面上乖乖地应了句，说自己不会离开村子的，然后心事重重地走上了楼梯。

回到房间后，她跟身边的阿白自言自语："你说，我是不是应该告诉阿爹他们，小虎已经出过村子了。这会不会是一个隐患？"

对阿白来说，这个问题超出了它的思考范围，因而小布包只是茫然地晃了下，将自己在空气中隐形了。

墨渡考虑了一个晚上，还是没有将阿凌的异常举动告知父母，但她在第二个白天将父亲的话提取出核心意思，告诉了唐果和长乐。这明显让本就有些犹豫的小伙伴们，疑虑更深了。他们商量了一番，最终仍是决定暂时瞒下这件事情——毕竟，万一阿凌只是有点淘气呢？或者她离开村子有什么必须完成的事情要做，那也未必就当真会和黑巫师扯上联系。

不告诉长辈们是一回事，私底下墨渡三人却是拿定主意，要偷偷调查此事。假如阿凌的异常真的与森林中隐藏的黑巫师有关，他们便立刻将这事告诉老龙王他们。倘若阿凌只是有必要的私事要处理，他们作为好朋友，还是替她隐瞒为好。

墨渡怎么也没想到，阿凌的异常行踪不仅惊动了他们三个，其他几个关系要好的小伙伴其实同样发现了不对劲。某个休沐日的下午，蹲守在乾坤小楼的墨渡三人一看见阿凌的身影自林间晃过，立时扔下手头正在玩的乌鸦牌冲出小楼，鬼鬼祟祟地钻进林子里跟踪上去。

小老虎作为童谣村年轻一代中的佼佼者，警惕心是很强的。为了不被发现，他们三个没敢跟得太近，而是小心地将身形藏进灌木丛里，猫着腰前行。结果走在最前面的墨渡一脚踩在了什么东西上，险些摔倒叫出声音，好在她还记得自己正在干些见不得人的事情，于是勉强将一声惊呼卡在了嗓子眼里。

"嗷——"

墨渡听着这一声划破森林的惊叫，整只龙都懵了，下意识跟目瞪口呆看着她的唐果和长乐辩解："不是我喊的！"

长乐："我们听出来了。"

唐果："这听上去是个男孩声音。"

长乐："还隐约有点耳熟。"

唐果补充："怎么那么像小狗。"

墨渡还来不及回答，就听见脚下幽幽传来一句："你们能把脚先从我的背上移开，再来讨论这个问题吗？"

墨渡循声低下头，就看到原来自己一脚踩在了……小狗雪球的背上。少年原本正埋伏在草丛里，做好了充分的伪装，让自己不露声色地隐入一片翠绿之中，不承想被墨渡这么飞来一脚，直接被踩得趴在地上吃了一嘴的土。

"哎呀，对不起对不起！"墨渡赶忙朝一边跳开，连声道歉。

雪球从地上爬起来，拍拍身上的土和草，整只狗看上去已经从雪球变成了泥球："你们这是在做什么呢？走路不看脚下容易出事故的知道不？"

墨渡不好意思地抓了抓头发："主要是没想到就我这身高，视线以下的范围竟然还能再藏个人。"

"你不懂，我这叫潜伏高手。"雪球不满地瞥了她一眼，抬手将头发上沾的杂草抓下来。

　　唐果好奇地问："小狗，你趴在这里做什么呢？难道是躺在这里休息，结果睡着了？"

　　雪球下意识地反驳："你才睡着了！我这不是……这不是……哎呀，你不懂啦！"

　　隐藏在旁边灌木丛里的马兄白骑，忍无可忍地站了起来，将几个小孩子吓了一跳，他说："你们能不能轻点儿声！雪球，咱们还有正事要办，再闹下去正事办不成了！"

　　雪球反应过来，拍了拍自己的脑袋："马兄说得对，你瞧我这脑袋……"

　　"你们的正事已经办不成了。"一个熟悉的声音从几个人身后传来。

　　墨渡一回头，惊悚地发现背后的灌木丛里，钻出了一脸嫌弃的小蛇青竹。在他身后，小鸡阿音和小鼠星星也跟了出来。胆小的星星面对他们惊诧的目光，下意识将自己往青竹背后塞了塞，只探出个脑袋跟他们打了个招呼。

　　"你们怎么都在这里？"唐果惊讶极了。

　　"这还不叫'都'呢！兔姐他们藏在对面的灌木丛里。"小蛇青竹耸了耸肩，高声叫道，"兔姐！别藏了，人都已经跑没影了。"

　　墨渡顺着小蛇的目光看去，兔姐、小青牛和小羊半夏的身影应声从大树背后探出头来。她一时有点反应不过来，只是讷讷地说："大家……兴致都挺好，这是来森林里玩捉迷藏？"

　　小蛇青竹性情早熟，虽然只有十二岁，但说话总有种大哥哥的味道。他看了墨渡一眼，说："别装了，什么玩捉迷藏，我们都是因为同一个原因跑到这里的，不是吗？"

　　兔姐桃桃脾气好，跟他们仔细解释了来龙去脉。墨渡这才明白，原来不是只有她和猪猪、猴哥发觉了小虎的异常举止。他们十二个小伙伴平时经常在一起玩，但最近小虎几次聚餐都因各种原因缺了席，课堂上也是精神不佳，自然而然地引起了身边这些朋友的担心。

更重要的一点——也是真正引起小蛇三人怀疑的——是小虎近来几次私底下找他要一些帮助伤口愈合的创伤药。那种药物整座童谣村里撇开老巫师等人，只有开小医馆的蛇夫人会配制。

"我家里是有些存货，偷偷拿出来一些，也不会被母亲发现。"小蛇青竹如是说道，"但小虎要得太频繁了，再这样下去，被母亲觉察出异常是迟早的事情。"

唐果急切地问："你们没有跟家里人说小虎这事吧？"

"当然没有。"青竹撇了撇嘴，"不然就不是我们几个在这里了。我发现不对劲以后只跟阿音和星星提起过，我们三个想要先观察一下，看看她到底在做什么，是不是碰上麻烦了。"

小蛇三人组今天是从村子里开始跟踪小虎阿凌的，结果半道碰上了同样对小虎行踪产生怀疑的兔姐三人组，于是就一起悄悄地跟进林子了。

"我们看见你们三个从小楼里跑出来了。"兔姐对墨渡三人说，"小狗和马兄我不知道，他们估计在这里藏了不短的时间了。要不是龙龙踩到小狗，我还真没发现这里藏着两个人。"

既然已经将话说开了，且发现彼此有着相同的目的，墨渡和两个小伙伴对视了一眼，也没欲盖弥彰地否认这次跟踪行为。但被这么一搅和，他们要跟踪的小老虎早就不见踪影，现在再去追也是不可能追上了。墨渡干脆邀请在场的这些小伙伴都到最近的乾坤小楼去坐坐，也好再仔细交换一下彼此手中的消息。

于是，午饭还没消化干净，十一个小动物又聚在乾坤小楼的院子里吃冻梨。夏天的午后吃冻梨特别凉爽，即使刚吃完午饭不久，小伙伴们还是平均每人消灭了两碗冻梨，险些吃光了墨渡的存货。

冻梨吃得太愉快，以至于正事倒是没有太多进展。但十一个小伙伴终于统一完战线，决定私下合力搞明白小虎阿凌为什么屡次违背长老的禁令跑出村去，倘若这事真的牵扯甚大，他们再告知长老也不迟。三言两语敲定了方案，主要就是由跟小虎关系最好的马兄和小狗盯住她的行踪，负责通风报信，其他人见机行事。唯一让其余小伙伴有些担忧的，是墨渡他们提到的那种古怪的迷雾。

假如他们真的在跟踪途中离开世外谷的结界保护，碰到危险怎么办呢？

唐果听兔姐这么问时，突然就回想起几个月前她精神到睡不着觉的那一晚，下意识接话说："这个龙龙有办法！龙龙，你还有那个……那个……上次在森林里用的迷糊花没？"

长乐纠正她说："那个好像叫迷雾花。"

旁边正在吃冻梨的墨渡叹了口气："是迷縠花啦。"

"对，迷縠花。"唐果应道，"那个还有吗？我记得你说那个含在嘴里，可以抵御迷雾。"

墨渡点头："有的，我突然很庆幸当时我撸秃了半棵树。我觉得我的存货应该够我们几个在迷雾里走一遭的，如果真的不幸碰上的话。"

那么最大的问题就这样迎刃而解了。现在只等下一次小虎阿凌再出村，他们几个要想办法及时跟上去，到时候应该就能搞明白她离开世外谷后去了哪里，又为什么要偷偷摸摸离开。

马兄白骑和小狗雪球分配到了这个计划中最重要的任务，兢兢业业地盯了好多天的梢，终于在下一轮休沐日的午后，蹲到了小虎再次避开所有村民偷偷摸摸往森林里溜去。马兄沉着冷静地吩咐小狗去通知其他小伙伴（并且不要惊扰其他村民），自己则借着大树和草丛隐藏好身形，不远不近地跟在了小虎的身后。

墨渡、唐果和长乐得到这个消息时正在吃午饭，听气喘吁吁的小狗说阿凌已经进了林子，三人立马扔了碗筷就跟着跑了出去。来通知他们以前，小狗已经从村南一路跑到了村北，身后带了一串急匆匆赶来的小伙伴。这次他们有了计划，不至于像上次那样各走各的，结果彼此之间搞出碰撞乌龙，把跟踪对象给跟丢了。

踏入林子，原本还互相交流几句的小伙伴们全部默契地安静下来，他们猫着腰在灌木丛中排着队前行，很快就跟盯着小虎的马兄白骑会合了。白骑见他们跟来了，也不说话，只是打了个手势示意小虎行进的方向，继续板着一张颇显严肃的脸放轻动作小心地跟踪过去。

阿凌确实非常谨慎，走一段路就会来回观察一番四周和身后，像是在确定没有"尾巴"跟着。因此，墨渡他们不敢跟得太近，总是要等她走出一段路后才敢活动，生怕在灌木丛中搞出的动静会让阿凌注意到。

这样猫着腰小心翼翼地前行，还不能弄出太大的动静，没走多久墨渡就开始感到腰酸背痛了。她回头看了眼跟在身后的唐果，从小猪苦哈哈的脸色上看，对方也没好到哪里去。墨渡向她无声地吐了吐舌头做了个鬼脸，还是决定再坚持坚持，今天一定要想办法搞明白阿凌离开世外谷后，是做什么去了。

她摸了摸手边隐形中的阿白，心中有了点底气，觉得有阿白在，就算碰上坏人，带小伙伴们脱身应该也是没问题的。于是，墨渡继续猫着腰，跟上了走在她前面的马兄和小狗。

他们就这样走走停停，一路跟到了陆吾石雕的附近。阿凌在英招河边忽然停下脚步，已经摸索出些许经验的墨渡等人赶紧在灌木丛后停下脚步压低身形，大气也不敢喘一声。

河边的少女最后一次回过头，环顾一番四周，没有发现异样。于是，小老虎转过头目光看向前方，迈开步伐自陆吾石雕的边上径直走了过去，离开了世外谷的结界。

躲在灌木丛后的十一个小伙伴，互相之间无声交换了眼神，确定了彼此的决心后，领头的马兄率先跟了上去。其他人一个接着一个紧随其后，集体违背了长老的禁令，越过无形的结界，走出了世外谷的保护范围。

这片森林对童谣村长大的孩子们其实并不陌生，但因为禁令，他们已经几个月不曾踏入这里了，难免觉得有些新鲜地东张西望了几眼。离开世外谷后，森林里的草木更加茂盛，灌木丛不知为什么窜得更高了，很容易就能将他们的身影隐去。墨渡这种小个子甚至可以勉强站直身体，舒展了一下猫着腰走了那么远的路后，稍稍有些僵硬的四肢。

警惕的马兄用眼神示意她还是弯下腰为好。他们都没有说话，因为林子里现在很静，除了蝉鸣声连绵不绝。以小虎常年在林中打猎的警惕心，他们现在出声很大可能会被觉察。

墨渡低估了在九重密林里跟踪阿凌的难度。先前在世外谷，那片林子并不大，树木也不算茂密，很容易就能远远盯住阿凌的身影。现在离开了结界，虽然他们更容易在广袤的密林里找到藏身之地，可与之相对的是，想要将阿凌牢牢留在视线范围内的难度也大大增加。当为首的马兄白骑带着一群小动物在森林里七扭八拐地走了一段路，抬头却发现前一息分明还站在不远处的阿凌，突然间就彻底不见了踪影，顿时傻眼——他们费了那么大的劲，竟然还是把小老虎跟丢了！

墨渡他们也发现了这个严重的问题，但他们还是不敢说话，只是用口型和气音互相不解地询问——阿凌呢？跑去哪里啦！

负责盯人的白骑比谁都困惑，他迟疑着给小伙伴打了个手势，示意他们都待在原地不要动，自己往前去探探情况。就在他准备动身时，却被人从身后拍了一下肩。马兄想当然地以为拍他的人是跟在他身侧的小狗，于是没有理会，只是往身后打了个手势让小伙伴别闹。不承想小狗这回如此不识相，在这么严肃的时刻还继续锲而不舍逗他玩，竟然又拍了一下他的肩。

马兄本也不是脾气多好的少年，顿时怒了，回头低声训斥小狗："胡闹什么，雪球！都说了别拍我了，我要去前面探探情况！"

话音刚落，他的身边传来了雪球迷惑的声音："白骑哥，我没有拍你啊。"

已经发现不对劲，正疯狂地试图跟这对好兄弟打手势的墨渡闻言捂脸，觉得这个剧情桥段隐约有那么一丁点熟悉。

马兄还没搞明白状况，正想再训斥小狗几句开玩笑也要看场合，就听见身后传来了属于小老虎的少女嗓音："马兄，小狗没撒谎，是我拍的你。"

马兄："……"

白骑僵硬地回过头，就对上了阿凌近在咫尺的那双眼睛。小老虎看了看他，又看了看另外十个陆续扭过头，满脸惊悚神情的小伙伴，挑了挑眉："呀，真巧。排得那么整齐，是出来散步吗？"

面对看上去神情温和的少女，雪球禁不住咽了咽口水："这，我们……"

"我们这是……"白骑同样语无伦次。

墨渡努力想要编个理由圆场："我们在玩游戏呢！"

"什么游戏？"阿凌用明显不信任的目光看着他们。

"我们在玩……"唐果反应快，在阿凌的目光扫过来时，立马脱口而出，"老鹰捉小鸡！"

同样被阿凌目光扫到的长乐，原本正要开口辩解，话未出口就被唐果的话给堵了回去，只能违心地点点头附和道："对，就是老鹰捉小鸡。"

在他们紧张的注视下，阿凌也没再多问什么，尽管她看上去对于墨渡三人组这一唱一和的连篇鬼话，半个字也没有相信。她只是扭头看向领头的马兄白骑，用有些疲倦的语气说道："那么，母鸡先生，既然都已经跟到这里了，就带着你的……十只小鸡一起过来歇歇脚吧。"

母鸡先生："……我选择做老鹰，可以吗？"

然而不管是老鹰、母鸡还是小鸡，一群小伙伴最终还是乖乖地跟在了阿凌的身后，往世外谷以南的方向走去，在一座距离童谣村结界其实不算太远的山洞前，停下了脚步。

"这里是……"唐果的疑问被一声冲天的虎啸打断。在一群小动物惊恐的目光中，一只身形雄壮的大老虎从山洞里冲了出来。

"啊——"

当大老虎不知因为什么，愤怒地朝他们扑过来时，小孩子们的尖叫瞬间惊飞了森林里藏在梢头的群鸟。墨渡已经下意识摸上了自己的龙王剑，长乐常年不离手的烧火棍也举过了脑袋，就在这千钧一发之际，小虎阿凌的一声惊呼，打断了双方的攻势。

"阿爹！"

阿凌张开双臂挡在了小伙伴们的面前，大老虎在她这一声呼唤下，猛地停下向前俯冲的脚步，停在了她的身前。阿凌在小伙伴们大气都不敢喘一下的紧张气氛中，用张开的手臂轻轻抱住了大老虎的脑袋，那头在这片森林中足以称王称霸的猛兽动作稍稍一滞，而后将自己的大脑袋在少女瘦小的怀里温柔地蹭了蹭。本该是锐利的目光，竟显得有些说不出的柔软。

墨渡放下手里的剑，有点恍惚地看着眼前的这一幕。

约莫一炷香的工夫后，十二个小伙伴围坐在篝火边吃烧烤，那只将所有小孩都吓得不轻的大老虎，正安静地趴在小虎阿凌的身边半眯着虎目打瞌睡。

许多小伙伴都是在得了小狗雪球的传信后，扔下吃了一半的午餐匆匆跑出来的。现下，他们吃着这顿迟来的午饭，听小虎阿凌缓缓地跟他们叙述了自己一家的过去。

小虎说，在很多很多年前，那时童谣村已经初见雏形，但阿凌一家三口却只是九重密林里很普通、很普通的老虎家族。老虎夫妇都是未开灵智的普通生灵，诞下的小老虎也同样平常无奇，但凭借凶猛的体格和极佳的捕猎技巧，他们一家在森林里仍旧过得非常滋润。小老虎刚出生不久，还不具备足够在森林里行走的生存能力，然而她有一对很爱她的父母，即使九重密林里危机四伏，她仍旧被两头大老虎保护得很好。

小老虎在出生后的几个月，度过了一段很幸福无忧的日子，直到变故来临。某一天早晨，她如往常那般在被父母用稻草铺垫得十分舒适的山洞里醒来，发现自己靠在父亲的身上，却不见总是会睡在她另一侧的母亲了。

后来，阿凌才知道母亲其实在失踪那天的很长一段时间以前，就已经开了灵智，能够化作人形了。或许是在刚刚生下她的那几天里，甚至可能更早，但她不知出于什么心境，并未在老虎先生和小老虎面前显露过自己的人类形态。也许是踟蹰，也许是不舍，这都不得而知了。她以老虎形态又陪伴了丈夫和女儿好几个月，才终于在那日清晨做出抉择。她离开了，离开了那片和丈夫一起栖息守护多年的领地，离开了还在蹒跚学步、奶声奶气的女儿，以全新的人类形态穿过九重密林，去往昆仑唯一一个开了灵智的生灵栖息地——世外谷的童谣村。

此后的三年里，阿凌都不曾见到她。

老虎先生找了她很久、很久。他许是不明白相伴多年的妻子，是自己选择离开了的。他在捕猎和照顾小老虎之余，一遍一遍徘徊在领地附近，似是在找寻妻子留下的踪迹，又像是在等待不曾打一声招呼就出门远行的家人，终有一天会归来。在那段时日里，小老虎听父亲话地乖乖睡在带有父母气息的山洞里时，总是会听见外头的林子里忽近忽远地回荡着父亲的呼唤和呜咽声。

他在呼唤自己的伴侣。

小老虎嗅着草堆里属于父母的味道，其中一个正随着日子的流逝，而慢慢变得浅淡。她从草堆里爬起来，跌跌撞撞走到山洞口，安静地趴在洞口等待父亲归家。

随着日子一天天过去，老虎先生外出找寻的时候渐渐变少了，他在捕猎之余，更多地陪伴在逐渐长大的小老虎身边。看着小老虎学会走路、学会奔跑，在他的照看下学会在林间捕猎。他独自将小老虎带大的日子很辛苦，但当小老虎第一次成功捕猎到兔子，自己却忍着嘴馋一口不吃，而是颠颠地跑回来将猎物放到他的面前，用纯粹又希冀的目光仰视着他，像是无声地用行为传达着心里对父亲的爱和依恋时，老虎先生觉得这样的辛苦是很幸福的。

他们父女俩白天在林间意气风发地穿梭，晚上回到属于他们的小山洞里互相依偎着，在浅淡的月光下安眠。这样的日子又过去了许久，直到某天早晨阿凌从梦中醒来，发现父亲正困惑又着急地围着她打转。她只觉得身体非常古怪，抬起自己应当已经很有力的爪子时，却惊惶地看见了一双软软的、属于人类女孩的手。

那时的他们都不明白发生了什么。阿凌心中害怕，觉得自己变成怪物了，担心父亲会不要她。但她的担忧并没有发生，老虎先生在她身上闻到熟悉的味道，即使她形象大变，他也很确定她就是自己的小老虎。只不过她乍然间变成了人类的身体，连走路都要从头学起，更不要说在林间随父亲一起打猎了。年幼的阿凌为此很是沮丧，老虎先生倒是没觉得重新负担起小老虎的吃喝是什么辛苦的事情，他更多的是担心，觉得自己的小老虎可能是生什么怪病了。他每天都小心翼翼照顾小老虎，晚上也常常担心得不敢合眼，生怕阿凌出什么意外。

在父亲的陪伴下，阿凌鼓起勇气，重新摸索着如何使用自己的新身体。她觉得自己似乎变聪明了，没过去太久就重新学会走路，开始锲而不舍地探索如何再次掌握在林间的捕猎技巧，也好减轻老虎先生的负担。老巫师就是在阿凌第一次用人类身体抓捕到一只兔子的那天，找到了她。

从老巫师那里，阿凌得知自己原来不是变成了怪物，而是开了灵智。甚至，她的母亲也是因为开了灵智、化作人形以后，才决定离开森林，去往童谣村定居的。在老巫师提出将她带到母亲身边生活时，阿凌没有任何犹豫，而是径直抱住了在旁边安静听他们交谈，似乎隐约明白了什么的老虎先生的脖子。

她还不会说话，只是坚决地摇了摇头，就背过身不去看老巫师了。

老巫师没有强迫她，摸着胡子深深叹了口气，离开了。之后的一段时间，阿凌假装什么事也没有发生，跟老虎先生一起在他们一家的领地里继续生活，继续兀自摸索新的身体，甚至想要努力变回老虎的形态。但那时她开灵智的时间太短了，还无法很好地掌握如何在原形和人形之中自由变换的诀窍。

虽然她假装无事发生，但她还是感觉得到，老虎先生在这段时日里倏地沉寂下来。她如往常那样去抱老虎先生的脖子，用脸颊蹭着他的毛发撒娇，父亲总是因为什么犹豫很久，才会慢慢地回应她。又过去了几个月，阿凌在一个很平常的早晨从梦中醒来，山洞里空空如也，她身边堆着好多好多新鲜的猎物，却不见老虎先生的身影了。

她走出山洞，老巫师正坐在洞口，仰头望着自茂密的枝叶缝隙渗入森林的朝阳。阿凌沉默地走过去，静静地立了片刻，在老人的身边坐下。

过去良久，老巫师才出声对她说："孩子，他希望你去到你真正的同类（也就是开了灵智的生灵）身边生活。"

老虎先生不告而别，甚至舍下了这片他栖息已久的领地，往九重密林的更深处去了。阿凌回到山洞里躺了半日，才爬起来收拾了父亲给她留下的东西，跟老巫师来到了世外谷，在同为人形的母亲身边长大。

她好多好多年没有见到老虎先生，即使做梦时总会觉得有一个庞大却安全的身影蜷缩在她的身侧，早晨睁开眼睛后，才后知后觉那不过是她再也回不去的梦境罢了。阿凌十三岁的时候，加入了童谣村狩猎队，重新回到她曾经生活的林子，四处寻觅，仍是不曾找寻到父亲留下的丝毫踪迹。直到今年开春，墨渡一家来到昆仑的那天，她在狩猎时看到一个熟悉的身影在附近徘徊。

即使过去那么多年，她仍然凭某种直觉认出那是她的父亲。阿凌脱离狩猎队伍追了过去，老虎先生却躲开了，没有见她。可是自童谣村戒严后的那段时间，阿凌每每在结界附近的森林里采摘果子时，总会看到那个熟悉的身影在陆吾石雕背后一晃而过，恍惚是她的错觉。

可阿凌就是认定，那个身影是老虎先生。几次顺着模糊晃过的影子追去，却找了个空后，小老虎不信邪，下定决心蹲守在森林里好多天，终于在老虎先生又一次徘徊在陆吾石雕附近时找到了他。

父女重逢后阿凌才知道，当年老虎先生不告而别，是怕她不肯离开他身边，不肯去那个更适合她生存的童谣村。这些年老虎先生一直在密林的更深处生活，直到去年秋天捕猎时受了伤，再加上年纪确实也大了，他自觉以现在的身体状态在森林里生存不了太久。老虎先生思想简单，也没什么太不舍的东西，唯一的牵挂就是他的小老虎。

所以他在开春后，回到了他们过去生活的那片林子，在附近徘徊等待着，希冀能找到阿凌出没的踪迹。而阿凌前些时日带狩猎队出来狩猎，习惯性地往那片林子里走过，就这样重新遇见了老虎先生。老虎先生也不想打扰小老虎现在的生活，只是远远跟着他们来到了世外谷附近，每天都在陆吾石雕附近徘徊一阵，虽然进不去结界，但他知道自己的小老虎在里面生活得很好。

小虎讲完这个故事后，围在篝火边的小伙伴们都沉默了很久，说不出话来。心思敏感的兔姐桃桃已经背过身，在偷偷抹眼泪了。

小蛇青竹默然良久，轻声问："所以，你前些时日来问我要创伤药，是给你阿爹用的。"

阿凌点头："谢谢你，青竹。你阿娘的药很管用，我给阿爹用了以后伤口愈合得快多了。"

青竹性情有点别扭，但他还是说："没事，你要是需要，我还能再想办法从家里偷点出来。"

　　唐果从这个让人伤感的故事中缓过神来后，关切地问："阿凌，那你阿爹现在就住在这个山洞里吗？"

　　"嗯，这是他自己找的，离我们村子很近，若是不绕路的话，没多久就能走到。他之前受的伤在前爪上，很影响在森林里捕猎，我比较担心，所以尽量每天都来看看他，顺便带点猎物过来。"阿凌轻轻摸了摸打瞌睡的老虎先生的脑袋，老虎先生睁开一只眼睛看了她一眼，宠溺地将脑袋往她掌下送了送，才继续闭目养神，"山洞有点潮湿，对伤口愈合不利，我这几天在想办法帮他重新整理一下，希望他能住得舒服一点。"

　　墨渡看着这一幕，安静了很长时间，才说："假如你不介意的话，我们可以帮你一起整理山洞。"

　　唐果附和："就是就是！你不用一个人做这些的，小虎，我们都想帮你。"

　　"而且你可以放心。"青竹在旁边补充，"既然你不想让其他人知道，我们会帮你保守这个秘密的。"

　　其他小伙伴听了，连连点头，又是自告奋勇地想要帮忙，又是保证绝对不会把这件事情说出去——以他们未来的所有烧烤发誓！

　　阿凌看了看这些小伙伴，又转头望向一直安静地坐在她身边的白骑和雪球。这两个与她最亲密的小伙伴没有多说什么，却用行动表示了支持。他们一点点靠近老虎先生，在老虎先生逐渐对他们放松警惕，默认了他们的靠近后，白骑和雪球开始帮大老虎梳理有些凌乱的毛发。

　　阿凌仰起头，吸了吸鼻子，将眼眶的湿润憋了回去。半晌，她低头看向身边的这些伙伴们，说："谢谢你们。"

　　墨渡他们说要帮阿凌的忙，并不是说说而已。他们十二个小伙伴有了共同的秘密，之后几天在村子里碰上时，总是用旁人听不懂的话打着哑谜，彼此之间的默契似乎更深了。在墨渡他们的轮番帮助下，老虎先生居住的山洞被热心的小伙伴们，用从家中偷渡出世外谷的各种被褥软枕和其他小玩意儿，装点得温馨又舒适。

在山洞翻新成可以长期居住的小家的那天下午，十二个小伙伴又聚到了山洞前吃烧烤。这是墨渡的提议，说是什么人类世界有个习惯，搬新家必须要庆祝一番，算作"乔迁之喜[1]"。童谣村没有这个概念，但小伙伴们很乐意为各种理由，聚在一起吃烧烤，于是欣然接受。

一段时间的相处，老虎先生已经接受了他们这些"阿凌的小伙伴"。也许是出于爱屋及乌的心态，偶尔墨渡他们大起胆子去摸老虎先生的毛毛，大老虎也只是瞄他们一眼，并不拒绝。在他们吃烧烤的时候，大老虎一如既往地趴在阿凌身侧打瞌睡，雪球坐在大老虎的另一边，用木梳给老虎先生整理毛发。

吃得开心了，小伙伴们天南海北地聊起天来。

在唐果他们的起哄下，看过最多书的墨渡随口给他们讲了几个人间的游侠故事。都是斩妖除魔、路见不平拔刀相助的那类话本故事，听得小伙伴们热血沸腾，恨不得也钻进这些故事里去大显身手一番。

忽然，在墨渡讲完一个有关江湖上最神秘的游侠组织"燕北七侠"行侠仗义的故事之后，正在帮老虎先生理毛的小狗雪球突发奇想地提议："欸，我们十二个人天天混在一起，为什么不能也组成一个游侠组织或者江湖门派呢？"

其他小动物们愣了愣，唐果率先反应过来，兴奋地坐直身体："对啊！我们十二个人，也可以组成一个小门派啊！"

剩下的小伙伴们渐渐反应过来，也觉得这个主意不错，于是七嘴八舌地开始出主意。

"那我们的门派名字要叫什么呢？话本里所有的门派都有名字呀！"小

---

1 乔迁之喜，出自《诗经·小雅·伐木》："伐木丁丁，鸟鸣嘤嘤，出自幽谷，迁于乔木。"原句指鸟儿离开深谷，迁到高大的树木上去。后用来祝贺别人迁居或者升官。

鸡阿音问。

兔姐提议："龙龙刚刚说到'燕北七侠'，我觉得我们十二个人，可以叫'童谣十二侠'。"

"这听上去模仿的味道太重了。"白骑并不赞同，"没有我们自己的风格。"

正在吃烤鱼的小羊看了看头顶的森林，用她那恍惚的嗓音说："那不如，就叫'生肖'吧。天上的星星告诉我，这个名字很合适我们。"

其他小伙伴静默了一瞬。且不说这话到底靠不靠谱，好几个同伴下意识跟她一起抬头看了看头顶，但只看见大树茂密的枝叶将天空牢牢遮蔽，不禁沉默了。

"生肖？"唐果眼神茫然地问，好像不太清楚这是什么东西。

墨渡跟她解释说："小羊是说'生肖塔'的那个'生肖'吧？就是学堂天文台边上的那座观星用的瞭望塔，文潇先生课上提到过一次，那个塔楼正式的名字叫作'生肖塔'。"

兔姐点了点头："我觉得'生肖'听着不错。"

阿音也说："听上去感觉很神秘。"

其他人也觉得这个名字不错，唐果喃喃地念了几遍以后，觉得可以接受："那，我们的门派就叫'生肖派'了吗？"

墨渡在旁边插了句嘴："我觉得不如叫'十二生肖'，听上去特别一点，而且我们正好十二个人。"

她随口提的这个小小修动，大家都觉得挺不错，一致认为"十二生肖"听上去比"生肖派"要有气势。

唐果拍了下大腿，一锤定音："好，那就是'十二生肖'啦！从今天开始，我们就是一个门派的师兄弟啦！"

对此，墨渡举起自己手里的饭后甜点——一碗冻梨，一脸严肃地说："那，为了'十二生肖'的成立，我先干为敬！"

唐果他们觉得她这个做法很有趣，也学她的模样举起自己那份没吃完的冻梨。十二只碗碰撞在一起，森林里回荡着由十二个参差不齐的稚嫩声音组成的那一句话。

"先干为敬！"

肆·七月半

　　时间一晃就来到了七月[1]，这也是墨渡来到童谣村的第六个月。所有的小动物都在盼着入秋，这样气温也好下来些。然而立秋[2]过后，天气并未转凉，仍是闷热得叫人受不了。墨渡每天都想方设法缠着老龙王和青瑜给她画降温用的符咒，老龙王嫌麻烦，干脆从自己堆积成山的收藏里翻找出一个刻着降温铭文、会不断往外冒凉气的香炉，将这"凉炉"往吵吵闹闹的小龙怀里一塞，终于得了耳根清净。

　　凭借这"凉炉"，墨渡最近在童谣村一众小孩子的心目中，地位陡然上升了一个台阶。每每在学堂上课时，其他小动物们都争抢着想要离她近一点——当然，本质上是为了离那个能使人凉快不少的"凉炉"近一些。小龙从小就大方得很，她也不独占这么好的降温神器，而是规定好在每节课上大家挨个传，每个人抱一会儿，再递给下一个学生。这样大家都能凉快些，无论坐的离她远还是近。而到了休沐日，小伙伴们最喜欢去的地方就成了十二号糖果屋，因为墨渡十有八九会抱着"凉炉"去找小猪唐果玩耍。

　　解决了难以忍受的温度问题，墨渡近些时日却多了个新的烦心事。那

1　此处指农历七月。
2　立秋，二十四节气中秋季的第一个节气。立秋是秋天的开始，"秋"本就有着禾谷成熟的意思。过了立秋，自然世界中的万物逐渐从繁茂生长的阶段走向成熟丰收，因而立秋也代表着收获的季节即将到来，在农耕时代有着重要的意义。

就是她已经十天没有收到远在南姜的小伙伴——蔺苏的信件了。她这几日早晨每天起床的第一件事情，就是往窗外看看有没有青鸟的踪影。

这件事情要从十日前说起。墨渡按惯例往长明城寄出一封没什么重要信息的信，只是用来跟蔺苏分享最近一段时间，她生活中发生的各种有意思的小事情。阿青前一晚刚刚带着她的信飞走，隔天早晨小龙就收到了一只陌生的青鸟从长明城带来的属于蔺苏的信件。这封信比以往写得要简短，大概比她新写的那封要早好些时日寄出——由于世外谷的隐蔽性，蔺苏每一次寄来的信，都必须要先经过云雾山庄的乐水姑娘之手辗转一番。

墨渡拆开信件一看，蔺苏的笔迹显得有些潦草，似乎是在仓促间写就的。她将这封不长的信读完，才知道蔺苏是为了告诉她之后一段时间里，他可能会收不到她的信件，因为他要随他的父王和兄长离开长明城，到南姜各地巡视。由于归期未定，而他在路上没有固定落脚点，怕是收不到墨渡寄来的信件（因为青鸟需要知道明确地址才能送信），所以特意在临行前写信告知墨渡，免得她的青鸟找不到他人，白跑一趟。蔺苏在信件最后补充说明，虽然他收不到她的信，但在路上看到什么好玩的东西，一定会及时写信与她分享的。

墨渡读完信，明白了，原来蔺苏是出门游玩去了。她倒也没太失落，毕竟她一直觉得自己这个小伙伴实在是太安静了，长那么大唯一一次离开长明城，竟然是因为被九尾狐夫人绑架，这未免也太离谱了些！对于蔺苏的游玩计划，作为朋友她非常支持，只不过暗自嘟囔了一句，这信要是早一天送到就好了。毕竟看这情况，阿青怕是要白跑一趟。墨渡望着湛蓝的天空忧伤地想，她家那只坏脾气的青鸟回头估计会气到想啄死她。

果不出她所料，几日后阿青带着她寄出的那封信无功而返。青鸟回到世外谷的第一件事情，就是把那封倒霉的信往正在吃早饭的墨渡身上一扔，然后追着被啄到嗷嗷叫的小龙在童谣村里从北到南跑了一圈，为童谣村这个平凡的早晨，提供了一道新鲜有趣的风景线。

起初，墨渡是一点也不担心蔺苏的。毕竟对方性情稳重，又不像她自己这样经常性顽皮闯祸，令身边人止不住心惊胆战。然而距离蔺苏的最后一封信又过去了整整十天，她还是没有收到少年说好要在路上给她写的那些"游记"，墨渡开始感到纳闷了。蔺苏向来都是个说话算话的人，从没有放过她鸽子。等了十天都没等到应该会收到的信，即使是心大如墨渡，也难免有些担忧对方是不是碰到了什么麻烦。但出行中的蔺苏行踪不定，墨渡无法写信去询问，只能按捺住心中的疑惑。

于是，从第十一天早晨开始，墨渡总会先探头到窗外瞄两眼，看看有没有青鸟给她寄来信件，再失望地去洗漱吃早餐。

三日后的一个上午，学堂没有课。墨渡前一天晚上在糖果屋和唐果、长乐打了半宿的乌鸦牌，回家后累得倒头就睡，险些一觉睡到吃午饭。被面色不善的青瑜从床上薅起来吃早餐时，墨渡整只龙还有点五迷三道的，坐在餐桌前仍是迷迷糊糊地止不住打哈欠。就在她睡眼蒙眬，差点一调羹粥喂进自己鼻子里时，阿青的鸣叫声远远传来，不出片刻，青鸟径直从客厅敞开的窗户中飞了进来。

墨渡看到青鸟，眼睛就是一亮，困意顿时少了大半。然而这回她只是空欢喜一场，因为阿青一飞进屋子，就冲着正在看书的老龙王去了，并不是来给她送信的。墨渡沮丧地坐回餐桌前，迁怒一般用哀怨的目光盯着她的阿爹。老龙王对于小孩这莫名其妙的怨气表现得很是淡定，他神情轻松地拆开信，一目十行地读了起来。

不过一瞬间，墨渡就看到自家阿爹原本轻松的脸色，逐渐变得凝重。读完信后，老龙王猛地站了起来，没有顾上跟餐桌前困惑地看着他的墨渡说些什么，快步走到院子里去找正在侍弄花草的青瑜了。

好奇心浓重的墨渡丢下自己吃了一半的早餐，趴到窗口探头出去，想听听父母在说什么。她方才探出脑袋，就听见父亲对母亲说："北燕王的三公子在边境被暗杀，北燕向南姜开战了。"

墨渡很快就得知，那封信是身在云雾山庄的乐水姑娘加急寄给墨九溟的。他们此次出行前，老龙王曾嘱咐过留在南岭的乐水姑娘，要替他多关注一下近期人间局势的变动。乐水姑娘兢兢业业，对老龙王托付给她的这个任务很是上心，过去五个月里无时无刻不在用各种方式，留心人间四国的变动。因此，北燕的大军一动，身在云雾山庄的乐水姑娘，甚至比南姜国安插在北燕的密探更先一步得到消息，急急忙忙就写信寄来了昆仑。

"所以，这次还是白华夫人搞的事情吗？"墨渡问老龙王。

"十有八九是如此。"墨九溟说，"你乐水姐姐查到的确切消息，白华夫人最近不在青丘，先前为了迷惑外人找了替身代替她在青丘一带活动。如果没有意外，北燕三公子的事情，必定是她动的手。"

墨渡撑着脑袋看老龙王和青瑜整理行囊。墨九溟准备离开昆仑几天，去人间劝架，青瑜担心他势单力薄应付不了这鱼龙混杂的乱局，决定一起跟去——但显而易见的，他们不打算带上她。

"阿爹，你们去北燕国澄清误会，他们就会收兵吗？"

老龙王沉默片刻，才说："未必。北燕已经连续两年大旱，即使没有三公子的事情，燕王也早有对南姜动兵的念头。现在他不过是师出有名了而已。北燕的情况不似南姜，先前我能轻易与姜帝说清原委，一是九公子虽受了一番波折却并无大碍，二是南姜国向来富庶，兵戈于他们没有好处。"

他仔细跟小龙分析这次的局势。墨九溟并不介意墨渡毫无野心，只想胸无大志地过闲云野鹤的生活，但在如今这乱世之中，没有野心是一回事，没有心眼是另一回事。他也想借此机会教导一下墨渡，凡事不能只看表面。

"也就是说，白华夫人这一招棋，不好解啊。"墨渡若有所思，听了父亲的这番分析，她更加担心自己那么多日都杳无音讯的小伙伴蔺苏了，"阿爹，你这次去人间，能帮我留意一下阿苏的情况吗？他已经十多日没给我寄信了。"

这只是顺便的事情，老龙王没有犹豫就点头答应，并安慰略显担忧的墨渡说："阿渡不用太担心。你乐水姐姐的信里提到姜帝此次出巡带了军队，九公子若是跟在父亲和兄长身边，肯定是无大碍的。现在比较危险的其实是南姜的边防，若是姜帝得到消息和回援不足够及时，北燕军得了先机必然会打驻军一个措手不及。"

"那……阿爹有把握平息这次战乱的，是吗？"墨渡仰头看着高大的父亲，目光中是她自己也没有意识到的信任。

墨九溟收拾好行囊，冲她笑了笑，走过去将小姑娘一把抱了起来，在额前落下一吻。为了逗墨渡开心，他故意夸张地说："那是当然，你阿爹无所不能。"

墨渡笑了起来："好！那阿爹和阿娘要保护好自己，阿渡会在童谣村乖乖等你们回来的。"

"一言为定。"老龙王点头应下，并补充道，"尽量别拆了学堂，文潇先生和无涯先生会来找阿爹算账的。"

墨渡做了个鬼脸："他们冤枉我，我才没有要拆学堂呢！"

由于事态紧急，老龙王和青瑜当天下午就动身离开昆仑，往人间赶去。墨渡则被夫妇俩托付给老巫师照看。由于独自住在乾坤小楼略显冷清，墨渡当晚干脆收拾了被褥，跑去村子里敲开了糖果屋的大门。

唐果非常欢迎小伙伴来自己家住。她对此热情十分高涨，甚至超过了墨渡本人。小猪的卧室只有一张床，而她又觉得墨渡难得来她家留宿，并不想和小伙伴分房间睡，这样晚上她们就不能在睡前聊天玩耍了。于是，唐果拉着墨渡去找了老巫师，拖着在她心目中万能的长老来糖果屋，希望长老能帮她用法术在卧室里再变出一张小床来。

老巫师面对古灵精怪的唐果，向来是没办法的，再加上两个好友离开昆仑前，确实请他帮忙照顾墨渡一二，因此，当唐果来小木屋找他时，老巫师干脆顺水推舟，由着唐果和墨渡一边一个将他从森林里拖到糖果屋。他站在卧室的门口用木头拐杖敲了敲地，施法将唐果的单人小木床变成了双层的上下床。

唐果看着双层的架子床简直惊呆了，但反应过来后却觉得老巫师的这个主意，比在卧室里多加一张床要好，因为不占地方。

老巫师自觉完成任务，在走前捋须跟她说："等龙龙搬回家了，我再过来帮你把床变回去。这几天猪猪要多照顾照顾龙龙喔！"

唐果对长老堪称用完就扔，一门心思都扑在了新的双层床上，闻言只是摆摆手："知道的、知道的，长老你就放心吧。我是姐姐嘛，我会照顾好龙龙的。"

唐果这话也没错，因为墨渡确实是他们这些小伙伴中，年龄最小的一个。她比唐果还要小一岁半呢！然而，墨渡看着摇摇晃晃扒拉在双层架子床第二层的小猪，深觉唐果分明才是需要被照看的那个，尽管她年龄比她大。

当然啦，话说回来，唐果愿意在老龙王和青瑜不在的这几日收留她，墨渡打心眼里感到高兴。毕竟小龙其实很怕寂寞，在父母离开昆仑后，她一个人待在乾坤小楼实在觉得没劲。能在糖果屋和她最喜欢的小伙伴唐果一起玩，那是再好不过啦！

而在白日里，只要学堂没有课，长乐也基本将时间都消磨在了糖果屋。他们聚在一起吃吃喝喝、玩玩乌鸦牌，在唐果和长乐感兴趣的时候，墨渡还能将原来看过的那一大堆游侠故事复述给他们听，常常将其他小伙伴也吸引过来。这样热热闹闹的日子转瞬就过去了三天，并没有让墨渡在离开父母之后太过情绪低落。

老龙王和青瑜离开的第四天，恰逢七月半[1]。

---

1 七月半为中国传统节日，乃民间俗称。在道教中被称为"中元节"，在佛教中称称为"盂兰盆节"。

七月半亦被称为"中元节"。在九州，这可是一个不亚于除夕的特别日子。人间习惯将这一日定为"祭祖日"，用以祭祀先祖和神明，祈祷在即将到来的秋收季能够大丰收。而在神明的世界里，七月半主要是用来放河灯，缅怀早已陨落的那些同族的。因为相传这日是一年之中，九州法则和灵气最不稳定的一天。这也代表了这将会是现世和永恒之地之间的屏障最薄弱的时候。神明们在入夜后往身边的任意一条河中放花灯，那灯都有可能随着河流汇入忘川，再越过屏障抵达永恒之地。

童谣村也是有这个习俗的，且分外不拘小节的，将人间的"祭祖"和神明世界的"河灯"混淆在一块儿过，说到底也只是图个热闹。村里的小孩子们干脆管七月半叫"花灯节"，因为他们搞不明白祭祖的复杂流程和意义，只盼着在这日亲手制作花灯，入夜后全村老小一起将点了烛火的一盏盏花灯放入英招河里，把流淌的小河点缀得如头顶的星空那般美丽。

墨渡过去在云雾山庄时，每年到了七月半的夜里，也会和家里人一起放花灯。她很小就跟着阿娘学过如何用纸制作花灯，但是她扎得不好看，最后还是会缠着云雾山庄里脾气最好，也最心灵手巧的乐水姐姐，帮她扎一个漂亮的花灯出来。只可惜今年乐水姐姐不在身边，连她阿爹和阿娘都因为人间陡起的战事，在节日前夕匆匆离开了昆仑。

好在她身边还有很多贴心的小伙伴。七月半这日一大早，"十二生肖"的所有小伙伴都带着制作花灯的原材料跑到糖果屋，围坐在一起扎晚上放河灯时要用到的花灯。墨渡所有原理都学过，但是上手制作花灯时却是从第一步就开始跑偏，扎出来的纸灯歪歪扭扭的，若是真往这样的纸灯里点蜡烛，这花灯怕是还没被放入英招河就要被火烧个干净。

墨渡看着自己手里这个丑丑的纸灯，不禁挠了挠头，罕见地感到窘迫。其他小伙伴见状倒是一点笑话她的意思都没有，手巧的唐果和桃桃都自告奋勇帮她制作花灯，最后唐果用纸扎出一个完美的花灯架子，细心的桃桃在纸灯上用青䒤¹制成的墨水勾勒出一幅漂亮的青山绿水图。墨渡欣喜地拿着这一盏小伙伴精心给她制作的花灯，午餐时投桃报李地将自己那份肉丸全部给了猪猪，胡萝卜全部给了兔姐。

吃过午饭，晚上要用的花灯也制作得差不多了。闲着没事，大家伙便开始商量，要不趁下午村里其他人都在忙活祭祖仪式的时候，他们一起偷偷溜出村一趟，带几盏花灯去看望老虎先生——毕竟今天也是过节嘛！

这个主意得到了所有人的一致认可。于是，白骑和雪球帮小虎阿凌挑了几盏漂亮的花灯，唐果又招呼墨渡和长乐陪她去地窖里翻找出一堆零食，决定既然要出村一次，干脆去山洞那边再添一顿烧烤。

起初，为了老虎先生的事情违背长老定下的禁令走出童谣村结界，小孩子们心中还会有些忐忑。然而这种事情一回生二回熟，再加上山洞距离村子确实不太远，去的次数多了，就连他们当中胆子最小的老鼠星星，现在都对离村一事驾轻就熟，并不觉得有什么好害怕的。

老巫师近些时日经常不在村子里，这日的白天也不例外。而其他村民都在忙活"祭祖"的事宜。因此，当墨渡等人来了一场说走就走的"山洞半日游"时，童谣村里竟然谁也没发现十二个小孩子一齐失踪了。从小到大闯祸闯出充分经验的墨渡对此胸有成竹，在山洞外享用起烧烤时还抽空安慰其他小伙伴说，他们只要在入夜前回村子，就一定不会被忙碌的大人们发觉。

捏着一串烤鱼大快朵颐的唐果，深以为然地点头。

事实也的确如墨渡所料。直到暮色渐起，祭祖仪式全部完毕，村子里的大人们也没发现自家孩子不见了。随着夕阳落山，天幕渐渐黯去，家家户户开始准备晚餐。待晚饭基本上了桌，还不见出门去朋友家玩耍的皮小子归来，有些家长这才开始感到不对劲。

---

1 青䒤，一种青色颜料。

青牛夫人往敞开的家门外频频望去，纳闷地嘟囔说，小青牛平日里乖得很，怎么今天到这个点还不回来吃晚饭。她的丈夫宽慰她，表示可能是今天过节太开心，和好朋友玩得忘记了时间。

青牛爷爷拄着拐杖起身："我去村里看看，估计不是在兔子家，就是去猪猪家玩了。"

"父亲，还是我去吧。"

青牛爷爷制止了儿子："不必如此兴师动众，小孩子贪玩是常事，许是下午在朋友家吃多了零嘴不觉得饿，这才忘记了晚饭时间。我正好现在也吃不下饭，就当出去溜溜弯，活动活动腿脚。"

青牛爷爷虽年迈，但在儿子和儿媳心目中还是很被尊敬的。既然他这么说了，夫妇俩也没阻拦，只道了句等他和小青牛回来再开饭。青牛爷爷领首，撑着拐杖走出家门，去村里找孙子了。

孙子没找到，倒是在路上先碰上了同样跑出来找孩子的蛇夫人和兔夫人。青牛爷爷问明白情况，得知对方家的小孩子也不见了踪影，捋着须，心下有点奇怪，想着这群小孩子究竟是跑哪儿疯去了。三个家长交流几句，一致认为这些小孩估计是跑到十二号糖果屋玩了，于是结伴继续往村子的东面走去，准备到十二号去把自家玩昏头的小崽子领回家吃饭。

夕阳已找不见踪迹，天色愈发暗沉，村里的小径静默无声。青牛爷爷隐约觉得古怪，可能是天气不好的缘故，他没走太远的路竟是感到胸口有些闷。然而糖果屋已经近在眼前，青牛爷爷便想再坚持一下，走到大松树那边若还是感到不适，他就坐下歇会，再带孙子回家。

这样的打算合情合理，只是……

青牛爷爷晕晕乎乎地想：糖果屋今日怎么那么安静？那群小孩平日里聚在一起时，哪次不是闹腾得像要把屋顶都捅出个窟窿来。

他在大松树边上停下脚步，还未来得及开口询问树先生，就听见身边同样停下脚步的蛇夫人，用一种迷迷糊糊的声音恍惚地说："怎么起雾了……"

"是啊……"兔夫人的嗓音听上去也像是没睡醒,"好大的雾……"

青牛爷爷的眼神不如年轻时候那般清明了。再加上天色暗沉,他方才竟没有留意到,村子里不知何时腾起了从未见过的浓雾。这雾仿佛是趁着夜色在村子里疯狂蔓延,从微不可查到浓郁得呛人,不过是不足百步路之间的事情。青牛爷爷只觉得脑袋开始发胀,胸口愈发的闷,像是要喘不过气。他下意识深呼吸,想要缓解这种窒息感,不承想猛地吸入一口浓雾,原本还残存些许理智的脑子顿时就不清醒了,彻底失去之后的全部记忆。

本在打瞌睡的大松树听闻动静,悠悠转醒,他伸了个懒腰抖落了些许松针,这才后知后觉地意识到刚才似乎是听到有人在说话。树先生迟钝地睁开双眼,惊讶地看到青牛爷爷、兔夫人和蛇夫人正梦游似的,在糖果屋前的小路上晃晃悠悠、原地打转。

"你们这是怎么了?"树先生茫然地问,但没有人回答他的话。

树先生再迟钝,也感觉到不对劲了。他试探地伸出枝丫,去触碰眼前的青牛爷爷和两位夫人,然而他们都像是感觉不到他的触碰和呼唤。虽然还睁着眼睛,但目光却恍惚蒙眬,像是陷在了什么梦境之中,对外界的一切都失去了知觉。

而树先生不知道的是,这乍起的浓雾在几息之间已蔓延至全村。村里所有吸入雾气的村民都不约而同地,恍恍惚惚丢下手头的活计,目光在一瞬间失了应有的神采,只是步履蹒跚地在原地梦游似的晃悠,仿佛是同时着了魔。

树先生没能摇醒被这雾迷了神智的青牛爷爷等人,却招来了原本正在十三号里打瞌睡的猫大爷。猫大爷揉着眼睛推开门,不耐烦地问:"怎么回……事……"

猫大爷的问句在抬头看清眼前这怪诞景象的刹那间,倏地顿住。

矮个子青年下意识抄起恰好搁在门口的鱼竿,警惕地张望四周:"这是……有敌袭？大树，长老人呢！长老今天在不在村里？"

很可惜，老巫师这日确实有事不在村子里。好在自打数月前发现有神秘巫师在九重密林里活动过以后，老巫师就对世外谷的安全问题更加上心。虽说童谣村有结界守护，理论上不可能出现意外，但俗话说了——"小心驶得万年船"。因而自颁布禁令的那日起，只要老巫师需要离开世外谷办事，就一定会留下乌鸦先生守在开明崖上。今天也不例外。

浓雾起时，乌鸦先生正倚坐在开明崖巅的古树那最高的一根枝丫上，悠闲地半眯双目在空中晃荡着腿，手里还拎着他那从不离身的小酒壶。夜色和距离都无法阻拦他绝佳的目力，因而当那诡异的浓雾将开明崖下方的世外谷整个笼罩时，乌鸦先生蹙起眉头，在枝干上坐直了原本散漫的身形。

乌鸦先生自树干上站起。他身形清瘦但并不矮小，可此时此刻站在纤细的枝丫上时，整个人仿佛轻盈得没有丝毫重量一般，动作间连一片叶子都不曾惊扰。他自枝头远眺森林，这浓雾仿佛是只在世外谷的结界里蔓延，外头的森林看上去一切正常。见状，乌鸦先生眉头蹙得更深了，他足尖在树枝梢头轻点，便一跃而起，整个人在空中化作一片色调浓重的黑云，朝山崖底下的童谣村席卷而去。

猫大爷的话音刚落，树先生还来不及回答，乌鸦先生的身影就伴着一阵黑云落了糖果屋门前的小路上。一见他的身影，猫大爷本有些紧张的眉目下意识就是一松，像是因乌鸦先生的出现定了神。

"无涯先生，这是怎么回事？"猫大爷稍稍放下手里的鱼竿，走上前。

向来反应迟钝的树先生也难得急切地问道："难道说，是世外谷的结界被'餍女'攻破了吗？可是，这怎么可能呢？"

不过几息的工夫，如今的童谣村中，在迷雾侵袭下神智仍旧保持清醒的，只剩下在场的乌鸦先生、树先生和猫大爷。乌鸦先生没有立即回答他们的问题，而是走到神情恍惚的青牛爷爷面前，皱着眉头观察了片刻他空洞无神的目光，再若有所思地望向周围愈发浓重的白雾。

树先生和猫大爷在他沉思的目光下不自觉噤声，按捺住心中的焦躁不安，只是看着乌鸦先生抬起手在虚空中划动，掐了个复杂的诀文。浅淡的流光在雾中闪过，倏地，那光如同是碰到了什么不祥之物，噼里啪啦炸了一串响，落下某种东西被烧焦后的灰烬。乌鸦先生伸手接住些许灰烬，在指尖轻轻一捻，眼神从思索逐渐转向了然。

他拍落了掌心的余灰，侧首对等待他解释的猫大爷和树先生说："是'七日梦蛊'。"

他的这句解释，并没有让猫大爷和树先生的困惑减少。一猫一树用茫然的眼神对视一眼，复又一齐看向了他。明显对于他所说的那个什么"七日梦蛊"，一无所知。

乌鸦先生见状，只好更详细地进一步解释："在一千多年以前，九州大陆因为众生灵种族之间的纷争而处于战乱的那段时日里，西梁国的巫师为了窃取敌国的情报，发明出了一种特殊的蛊虫。那种蛊虫是用'子母蛊'的方式进行培育的，由一只母虫培育出一代又一代的子虫。子虫可以通过呼吸进入宿主的体内，生命周期仅有七天，被下蛊者在这七日之内会完全失去自我意识，如梦游一般四处晃悠，只有等身体里的子虫死去后才能恢复神智。可他们不会拥有过去七日的任何记忆，因为那些记忆都留在了子虫的身体里。

"西梁巫师将这种蛊下在一些不引人瞩目的生灵身上（如鸟雀、蛇鼠或兔子等等），待七日的期限将至，再用一种特制的'还魂香'召唤子虫将梦游中的宿主带回到操蛊者的身边，方便他们回收子虫，读取其中的记忆。由于对宿主而言，那被下蛊的七日就像是做了一场漫长的梦境，醒来后却什么也不记得，因而这种蛊被命名为'七日梦蛊'。无论是七日梦蛊的子虫还是还魂香，都是最适合被雾裹挟着进行传播的，也难怪那位蜃女选择使用这种蛊，对她而言这堪称是量身定做的妙招。"

看来半年以前，墨渡那三个孩子在密林中撞上的古怪迷雾，就是两个黑巫师在借用还魂香回收下在动物身上的七日梦蛊。这就说得通了。不管蟊女究竟在图谋些什么，下手前都需要对昆仑有所了解。而七日梦蛊是再合适不过的收集情报手段。

猫大爷认真听完他的解释，总算是知晓了那个所谓的七日梦蛊是什么东西，但他仍然不太理解："可是，无涯先生，长老的结界应该会将所有具有威胁性的生物——包括蛊虫在内，都阻挡在外的才对。蟊女是怎么突破世外谷的守护结界，将这种蛊送进村子里的呢？"

乌鸦先生一开始也有着同样的不解，但在他发现这是"七日梦蛊"之后，那点疑惑就迎刃而解了："她这是很巧妙地钻了一个空子。'七日梦蛊'的子虫本身不具备任何攻击性，它只会吞吃宿主的记忆而已。在结界的判定标准里，'七日梦蛊'的威胁性还没有到必须被阻挡在外的范畴。"

猫大爷闻言转过头，仔细端详了一番仅仅只是一脸恍惚，却没有任何攻击意图的青牛爷爷等人，倒是认可了他的这个说法。

树先生心中却有不同的困惑："假如说这个'七日梦蛊'不具备任何的威胁性，那……蟊女为什么要花力气，用迷雾特意将它们送进童谣村呢？"

总不会是恶趣味，想要让童谣村的村民们以这种状态梦游七天吧？还是说，待所有村民都中招以后，她打算用那什么"还魂香"将村民们吸引出村子？

乌鸦先生抬眸看了看似乎是因为已经达到目的而开始逐渐淡去的雾，心中有了判断："因为世外谷结界的核心古铭文都镌刻在了陆吾石雕上，而陆吾石雕只能从结界内部被触碰。即使是蟊女，也无法从外部突破结界，只能想办法从结界内部瓦解。虽然'七日梦蛊'的子虫本身只会吞吃宿主的记忆，不具备任何的攻击性，但我刚刚说过，'七日梦蛊'最初是用'子母蛊'的方式培育出来的。也就是说，如果'母虫'宿主在附近的话，所有的'子虫'宿主都将听命于它的号召。到了那时候，被下蛊者可就不仅仅像现在这样只是梦游了，他们将会完全服从母虫宿主所下的任何命令——比如，不惜一切代价破坏陆吾石雕。"

猫大爷刚要放下的心又随着他这个假设提了起来，矮个子青年捏着鱼竿紧张地左右张望："那么，那个'母虫'会被下在哪里？也是通过雾传播的吗？"

"七日梦蛊的母虫能够在宿主体内以一种假死的状态潜伏数年之久，直到被背后的操蛊者激活。但与之相对的，它的下蛊条件也比子虫苛刻。"乌鸦先生沉吟，"子虫可以通过雾进行传播，但母虫却是必须通过直接的血液接触，才能进入宿主体内的。且不像子虫那样随便下在什么生灵身上都能起效，母虫对宿主的选择非常挑剔——它必须要下在'寻道'生灵的身上。"

何谓"寻道"生灵？

九州巫师将那些拥有学习法术的天赋的特殊生灵，大致分为三类：寻道、入道和合道。而生灵想要使用法术，需要满足两个前提条件。第一个条件是必须先找到属于自己的"道心"，也就是走上这条有别于寻常生灵的道路必须持有的本心。生灵唯有找到道心，才算是被九州的自然法则所认可，被允许调动灵气、使用法术。没有道心的生灵，即便拥有先天天赋，在学习法术的道路上也是走不远的。第二个条件即是生灵在找到"道心"之后将会开启的"识海"，那是隐藏在生灵（或神灵）意识深处的一个只有自己才能看到的小世界。"识海"是生灵与自然之间的一个重要桥梁，生灵必须通过这个桥梁才能调动天地间的灵气为自己所用，也就是说，没有"识海"的生灵是无法真正使用法术的。

所谓的"寻道"生灵，指的就是那些已经显露天赋，却没有找到道心、尚未开启识海，因而无法真正使用法术的生灵。小龙墨渡就是其中之一，她之所以每次使用法术都会出一些令人哭笑不得的差错，其实就是因为她虽然有天赋，却还没有找到道心、开启识海的缘故。而"入道"指的就是那些已经拥有了道心和识海，能够得心应手使用法术的巫师们。一旦有了道心的守护，这些"入道"生灵的识海堪称坚不可摧，一般不会被外力（如七日梦蛊这样的旁门左道）所迷惑心智。至于最后的"合道"，说的是那些道行已经与神明不相上下的生灵，例如老龙王墨九溟和九州其他的一些古老生灵。

像七日梦蛊这种必须将母虫下在"寻道"生灵身上的蛊，其实是非常不实用的。九州的巫师本来数量就很有限，何况还有如此特定的限制。正是因为条件苛刻，这种蛊虫才会随着时代变迁，而被玩蛊的那些巫师逐渐摒弃了。导致现今的九州几乎没人记得，"七日梦蛊"最早是一种可以配套使用的"子母蛊"。

而对乌鸦先生来说，这般苛刻的限制，令他只要稍稍思索一番，就猜到了对方原定计划中的母虫宿主会是谁。想到这里，他抬眸看了看被纳闷的大松树戳来戳去，仍然恍恍惚惚没有丝毫攻击意图的青牛爷爷等人，再扭头瞥了眼异常寂静的糖果屋，心下笃定。

乌鸦先生问一直守在十二号门口的树先生说："我记得这几日小龙殿下和唐果一起住在十二号，今天她们这是跑哪儿去了？"

"子母蛊"的特性之一即是：一旦超出一定的距离，母虫就对子虫失去掌控力了。而从现在这些被下蛊的村民们仍旧混沌的状态看来，母虫宿主那边定是出现了什么连幕后主使都难以预料的差错。

树先生被他忽然转变的话题问得先是一愣，再是逐渐恍然——整个世外谷里，有神灵、有早已"合道"或"入道"的巫师，还有普普通通什么都不算的童谣村村民们……可有且只有一个符合七日梦蛊母虫寄生条件的"寻道"生灵！那就是老龙王和青瑜神女的孩子，小龙墨渡。

墨渡去了哪里？这是个好问题。

裹挟着"七日梦蛊"的迷雾很有针对性地只在世外谷内弥漫，因此距离世外谷虽说不太遥远，但也有点距离的小山洞，并未受到迷雾影响。迷雾在童谣村里蔓延时，同老虎先生一起围坐在山洞外的"十二生肖"，终于结束了他们在两餐之间加出的这顿烧烤。

其实，按墨渡原本的意思，他们应该是会更早些返回村子里的。然而这日老虎先生倚着阿凌打瞌睡，不知不觉就睡着了。小动物们见他们父女俩依偎在一起，有些不忍唤醒睡得正香的大老虎，于是默契地选择在山洞外多待了一段时间。直至暮色逝去，夜色渐深，他们才不得不收拾东西，准备返回童谣村——再不回去，家里的大人们忙活完祭祀，怕是就要发现他们"失踪了一下午"的事情了。

阿凌不舍地唤醒了靠在自己身侧打呼噜的父亲，轻言细语地与睡眼蒙眬的大老虎道别，说好明日再来山洞这边看他。

直到这时，一切都还如常。墨渡招呼跟在她身边的阿白，帮唐果收起这个下午没吃完的零食和其他烧烤用厨具。变故在她起身的那一刻发生。一众小伙伴一如既往叽叽喳喳、兴致高涨地讨论着一些无关紧要的琐事，墨渡也不例外。她前一秒分明还在同唐果说笑，却在起身准备迈开步伐的那个瞬间，毫无征兆地猛然失去了意识，栽倒在地。

不知是何时被种进她体内的那一只"七日梦蛊"的"母虫"，自假死一般的沉睡中被操蛊者唤醒，发作了。

伍·星汉灿烂

小龙墨渡血统特殊，生来就是"寻道"生灵。偶尔和世间弥漫的灵气能产生些许的共鸣，但没有"道心"，所以这样的共鸣基本像是转瞬即逝的错觉。老龙王墨九溟和青瑜神女对孩子的成长，大部分时候是放任自流的，毕竟"入道"这种事和读书截然不同。他们会对从小就爱玩，时常上蹿下跳地玩疯了头的墨渡说，"你该去背书了"，却不会对她说，"你该去找找你的道心"。所有九州神明和巫师都知道"道心"可遇不可求，讲究的是悟性和缘分，强求不来的。父母没有提起过，所以墨渡就很理所当然地从来没去考虑过"道心"的事。在她看来，自己的龙生还长着呢，什么事情都不必着急。对一个九岁的小孩来说，目前生活中没有比吃喝玩乐更重要的事情啦！

许是墨渡一直抱着这样"凡事都不着急"的心态，不仅给她下七日梦蛊母虫的巫师没有预料到这只小龙正处在"寻道"和"入道"之间那无比玄妙的一个阶段，就连墨渡自己，都不知道她其实早就隐约摸到"入道"的边缘了。只不过差了一个合适的契机，推动她去寻找到自己的"道心"，进而开启属于自己的那片"识海"。

试图掌控墨渡意识的七日梦蛊，恰好成了这么一个契机。

墨渡当然不知道这背后的各种弯弯绕绕、机缘巧合。她只觉得前一个瞬间，她还在跟身边的唐果讨论晚上吃什么，转瞬意识就被一股无形的力量强行拉扯进一片黑暗之中。即使胆大包天如小龙墨渡，在莫名其妙失去知觉的那个刹那，也短暂地惊慌了一瞬。尤其是这片黑暗中四面八方传来蛊惑人心的喃喃细语，所有的声音汇聚成一个念头，似乎是在引诱她往黑暗的更深处走去。

这让墨渡顿时警惕起来。她虽说从小到大都是那类不怎么认真学习的小孩，但好歹是被老龙王和青瑜神女手把手带大的，再加上云雾山庄从常住居民到时不时来串门的南嘉老祖都不是凡人，耳濡目染之下也将小龙的知识水平提上来了。因此脑海里一出现陌生的声音，墨渡就意识到自己八成是中招了——尽管她还不太明白是怎么中的招。

那个声音正在不断地蛊惑她，要她交出对自己身体的控制，说什么只要这样做了他们就能一起成就大事。墨渡在黑暗中翻了个大大的白眼，心想：骗子，鬼才会信你喔！

虽说对那个声音说的一系列说辞半个字都不相信，但墨渡也逐渐感到焦虑了，因为她发觉自己好像是陷在这片黑暗中出不去了。这可不妙！小龙脑海里瞬时晃过了一大堆曾经读到过的，意识被黑巫师掌控后失去对身体控制，并被控制着大开杀戒的惨剧。这些一晃而过的念头将墨渡吓得不轻，她想到自己身边还有一堆小伙伴，若她当真被控制，那可不是开玩笑的事情！想到这里，墨渡决定闭紧嘴巴一个字也不说，谁知道这些不要脸的黑巫师，会不会搞出什么契约陷阱给她跳呢？比如对话就是达成契约，交出身体控制权。

她心下十分担心身边的小伙伴，因为她不知道自己是怎么中的招，也无法确定是不是只有自己中了招。可是她在黑暗中徘徊晃荡了一圈，还是没有找到出去的路，她的意识好像是被封锁在了什么囹圄之中。即使墨渡按捺住自己不被诱惑，也同样无法突破这困住她的屏障。

就在墨渡逐渐控制不住自己地感到暴躁时，一缕微光忽然穿透过这片黑暗，自头顶倾泻而下。顺着那光一同淌入这片黑暗囹圄的，是一个清冷又圣洁的陌生女声。虽然这个声音听上去也很陌生，但那并不像黑暗中呢喃细语的声音一般令墨渡感到不舒服。甚至，在那女声顺着微光落下的刹那间，周围这些使墨渡感到烦躁的耳语，都像是碰到了什么极度恐惧的天敌，瞬时退散了不少。它们好像仍然不甘心就这样离去，却也不敢再过于靠近墨渡，呢喃声于是变得遥远了。

墨渡挑眉，顺着那缕光往上方望去，若有所思。

那声音复又唤了一声。这一次墨渡听清了，她叫的是她的名字——墨渡。

墨渡并没有完全放下警惕，虽然某种本能令她在听到的第一瞬间，就认定这个声音是可以相信的。落下的光渐渐给她铺了一条路，破开了这片诡异的黑暗。墨渡迟疑地抬脚踏在白光铺就的小径上，终究还是选择相信了自己的本能，顺着这条路往前走去。

沿着光的小径走到尽头，仿佛穿过了一个狭窄崎岖的黑暗洞穴。周围的黑暗里如同是伸出了无数双无形的手，想要将墨渡拽离这条她选定的小路。墨渡被身边的声音吵得烦心，干脆目不斜视、充耳不闻，只将注意力完完全全放在脚下的这条路上。在她走上这条路后，那个召唤她的女声就再未响起，墨渡依稀觉得，那也许是因为这条路必须由她自己走过去。

黑暗里的声音锲而不舍地在引诱她回头，可这反而坚定了墨渡继续向前的意志。因为那些藏匿在黑暗中的黏腻声音让她感到危险、反感甚至是恶心，而这条光点铺成的小路让她感到说不出的安全。她于是一往无前地顺着这条路走到尽头，黑暗被她决绝地抛在身后，墨渡坚定地走完这条路上的最后一步，眼前登时豁然开朗。

黑暗消失了，她站在了一片莫名熟悉的星海之下，一条仿佛由坠落的群星点缀而成的长河在苍穹底下流淌，河畔站着一个翩若惊鸿的白衣女子。墨渡觉得那身影有几分眼熟，事实上，头顶的这片星海也有些眼熟。这里很像她曾经做过的一个梦境。

就在她疑惑时，白衣女子回过了头，及腰长发被微风撩起，露出一张放在普遍容貌绝美的神明之中也极为出挑的清丽面容。她对墨渡浅浅一笑，说："你好，墨渡。"

墨渡听出这个声音就是引领她走出黑暗的那个女声。小龙走上前，有点困惑："我……在做梦吗？你是谁啊，我好像在梦里见过你。"

白衣女子失笑："不是梦，是你找到'道心'入道了，这里是属于你的识海。"

在走过方才那条小路时，墨渡对此就有所预感。九州生灵想要得道成神，其中最重要的一步就是找到"道心"，开启属于自己的识海，之后才能真正跟天地间的灵气进行沟通、使用法术。墨渡自认不算是天赋绝佳的生灵，其他同类若有她这被父母赋予的良好血脉，兴许早就找到那所谓的"道心"踏上修行之路了。不过，她望了望四周，仍然有些困惑。墨渡此前翻阅过许多相关书籍，从未听说哪个生灵或神灵的识海里会有"引路人"的。

"那你是谁？"墨渡茫然地问。

"我是这片识海的上一任主人，既然你现在继承了这里，那我应该算是你的师尊吧。"白衣女子如是说。

墨渡只觉得荒谬，每个生灵和神灵的识海都是独特的，她怎么不知道这东西还能从别人那里继承来的呢？墨渡先前还觉得自己可能是误打误撞，迈过了一道从小到大都摸不着边的坎，现在却认为自己应该是在做梦。

那个自称是她"师尊"的白衣女子仿佛一眼看透了她的心思，耐心地跟她解释："这里不是普通的识海，这条河又被称作时间长河，九州的过去和未来都被含纳其中。从创世纪之初，第一个神明降临到现世的那一刻开始，时间被赋予了真切的意义，这片识海也因而被正式开启。后来降临到这世上的神明都是自己选择开启怎样的识海，唯有这条时间长河与众不同，它为自己选择主人，而不是它的主人选择它。被时间长河选中的识海主人，将会成为九州的新任守护者，直至完成自己在现世的使命。我是这里的第二个继承者，我的师尊是这里的第一任主人。而现在，九州即将迎来一场新的浩劫，在这至关重要的时刻，它又选择了你，墨渡。"

这位"师尊"一口气长篇大论地说了一堆深奥言论。墨渡听完，先抬头看了看天，又低头看了看地，最后才对上"师尊"的目光。小龙沉思良久，用一种极度怀疑的语气试探性地问："前辈，您的意思是说，我继承了这片识海，因为我未来要干什么惊天动地的大事？"

"师尊"觉得她这个说法虽然过于直接，但本意也没错，于是点了点头。不承想她刚一点头，墨渡看向她的目光瞬间变成了一种看"江湖骗子"的质疑和警惕。若不是父母现在都不在身边，小龙可能就要窜到老龙王的身边大叫"阿爹我碰上骗子了，快来救我啊"。

"开什么蓬莱玩笑！"墨渡脱口而出，"就我这胸无大志的闯祸精德行，我阿娘恨不得一天打我仨回，我怎么可能是你说的那什么'继承者'！"

那位"师尊"八成是也没想到识海的新任继承者，竟是这副不靠谱的德行，被她这话说得愣住，半晌才找回自己被墨渡骤然间打断的思路。

新出炉的师徒俩面面相觑，牛头不对马嘴地沟通了好半天，墨渡这才不情不愿地接受了这里就是自己好不容易找到"道心"后开启的"识海"，并且这倒霉的劳什子识海做的还是强买强卖的生意，完全不给退货的机会。墨渡暂时将这个糟心的问题放到一边，准备等父母回童谣村后，再问问她"无所不能"的阿爹，碰到这种情况要怎么办。她现在更想要知道怎么从识海里出去，毕竟她突然失去意识晕倒了，肯定把身边的小伙伴们吓得不轻。

话说回来，她到底是怎么被人算计到失去意识，还险些被抢夺走身体控制权的来着？

"师尊"大概也是被她先前那一通怀疑搞得有些茫然，巴不得转移一下话题。听了她的自言自语，便主动替她解惑："你中了七日梦蛊的母虫，操蛊者将母虫唤醒了，试图通过母虫替代你的意识控制你的身体。"

墨渡不愧是从小被迫博览群书，并被唐果戏称为"一本会移动的九州通"。她听完这个在很多人听来应当是云里雾里的解释，第一反应不是问"什么是七日梦蛊"，而是惊道："七日梦蛊的母虫不是必须通过血液才能下蛊的吗？我怎么可能被下……"

墨渡尚未出口的话语因为忽然想起什么，而倏地被她自己掐灭。

她本想说自己从小到大，不是待在云雾山里，就是这次来了童谣村被关在世外谷中，完完全全处在父母长辈们的眼皮子底下，哪里可能有机会被人下这种必须通过血液接触才能种植进身体里的蛊虫？可话刚要脱口而出，墨渡忽然回忆起了自己近半年前那唯一一次离家出走期间碰上的事情，顿时打住了。

她脑海里迅速闪现过几个画面：九尾狐夫人拿着小龙王剑在她脖子上比比画画蹭出的伤口，还有之后在深山古庙里那个"明先生"故作友善地拿一块白色绢布替她包扎颈间的伤……而后来，在回家禁闭的那段时日，墨渡的确隐约感觉到那一次伤口好转得比以往缓慢许多。那时的她没当回事，再加上本就惹了父母生气，哪敢再拿伤口的事情火上浇油地去跟他们撒娇讨饶？不过是暗自嘟囔了几次，没往更深处琢磨。可现在再回想起来，就非常可疑了。

白衣师尊见她忽然顿住不说话了，心下明了她这是有怀疑的方向了。她也不出声打断墨渡的思路，只是安静地立在一旁等待着什么。片刻后，墨渡忍不住叹了口气，扼腕痛悔："下次我再也不乱闯祸了！"

原来都是她离家出走那次埋下的祸根，险些酿成大错！

然而墨渡仍旧有不理解的地方，不自觉就向身边的白衣师尊自言自语一般问出了口："可是，怎么会是九尾狐一族下的手呢？我一直以为是上次在九重密林里碰到的那两个巫师，还有他们说的那什么蜃女……难不成白华夫人、明先生和昆仑这边搞事情的巫师是一伙的？"

想到这里，墨渡脸色一变。

"难不成还真是一伙的！"墨渡惊悚了，"这次人间南北两国的战事，我阿爹说背后是九尾狐一族挑拨推动的。这母虫种在我身体里都有半年了，我阿爹阿娘刚走三天，他们就唤醒了沉睡的母虫抢夺我对身体的控制权……时机卡得那么准，不可能是巧合吧。难道说，他们真正的目标从始至终都是昆仑？人间的战事只是为了调虎离山？"

墨渡抱着脑袋，头一回觉得自己的脑子有点不够用。白衣师尊听了她自言自语的推测，抬眸往长河上飘摇的繁星凝望良久，说："七日梦蛊的子虫被迷雾送入世外谷中了。假如你现在不在世外谷外，而是在世外谷中，一旦母虫掌控了你的意识，所有的子虫宿主都将听命于母虫背后的操蛊者。"

对此墨渡已经猜到一二。毕竟说到底，她今天跟小伙伴们一同跑出世外谷，才是出乎所有人意料的。如果她是个听话的乖宝宝，现在就应该好好地待在童谣村里。操蛊者不可能预料到她正好在今天跑出门玩，那他唤醒她身上这只母虫的意图就很明显了——这是针对童谣村的袭击。

就算童谣村村民们普遍战斗力不强，在蛊虫和操蛊者的控制下，也足以打老巫师和乌鸦先生他们一个措手不及。

墨渡讷讷地说："那，我这算是……歪打正着？"

她不在童谣村里，别说现在母虫控制不了她，就算真控制了她，也会因为距离问题，无法掌控其他子虫宿主。不管操蛊者想通过她做什么，亦是心有余而力不足。墨渡勉强搞明白情况后，心情有点复杂。所以，她这是离家出走闯了祸，给人可乘之机被种下七日梦蛊的母虫。今天却又因为过于顽皮而没有待在她应该在的地方，误打误撞使得操蛊者的阴谋破产。

就连看上去一派正经的白衣师尊，似乎也对她这番波澜横生的曲折经历一言难尽，最后只是客观评价说："你也算是有些气运在身的。"

墨渡没有被她安慰到，但现在更重要的显然不是她的运气问题："那个，神女姐姐……"

"你可以叫我师尊。"白衣女子对她说。

墨渡不太想这么叫，干脆充愣装傻："可是这样会把你叫老哎！我倒是觉得姐姐看着还年轻得很……哎呀，不说这个啦！神女姐姐，你是不是能从这些星星里看到我看不到的东西？所以那两个黑巫师背后，到底是不是上古时期那个蜃女在作怪啊？他们的目标真的是童谣村吗，还是说世外谷里有他们想要的什么东西？"

只稍一接触，墨渡就觉出自己识海里的这位神女来历不凡，本能地感到自己想不通的一些事情能从她这里解惑。

白衣师尊没计较她的插科打诨，只专注于正事，她又望了眼长河上的那些星星，才对墨渡说："'九尾狐一族'被利用了的可能性很大，上古时期白华选择站在沧溟道的对立面，现在也未必真想对人类赶尽杀绝，只是想为自己的种族争取更多的生存空间。"

墨渡认真地点了点头，这个和她阿爹说的并不冲突。

"至于蜃女，"白衣师尊说到这里稍稍一顿，"她的神身在上古战场毁去了，元神应该是找到什么办法勉强留在现世，没有彻底泯灭。然而五千年下来，怕是也支撑不了太久……她现在最需要的，是一副真正的，属于神明的身体。"

"可是乌鸦先生对我说过，神明是无法被附身的。"墨渡皱起眉头。

白衣师尊点头："确实如此。所以我说，她需要塑造一副'新的神身'，而不是抢夺别的神明的身体。"

"这听上去很不可思议，真有可能做到吗？"

"也不是不可能，说到底这现世万物都是由'混沌因子'，也就是你们现在说的灵气组成的。包括我们神明的身体，其实也不例外……阿渡，今天是七月半吧？"

墨渡不明所以："是啊，如果没出这茬子事，我正要回村放河灯呢。"

白衣师尊对她淡淡一笑："你方才已经想到人间战乱是用来支开你父母的'调虎离山计'，兴许童谣村的动乱也不过是另一层障眼法。世外谷里倒是没有什么东西可以令蜃女重塑神身，可不代表昆仑山的其他地方没有。虽说昆仑神族已经陨落多年了，但昆仑山至今仍是九州灵气最充足的三个地方之一。"

"您指的是……昆仑山底下的'灵脉'？"墨渡恍然，"难道说，'灵脉'可以用来重塑神明的身体吗？"

白衣师尊颔首："只是没有哪个正派的神明会那样做。抽取灵脉中的灵气，对整个九州的自然环境和现世法则的伤害都很大。"

"蜃女可谈不上是什么正派的神明。"墨渡反驳，"她选择七月半这天对'昆仑灵脉'动手，是因为今天是九州灵气最不稳定的一天，得手的可能性最高是吗？"

"是啊，倘若错过了今天，她就要再多等一年了。然而你父母和文潇先生在过去几个月里，已将古昆仑的守护结界修补得七七八八。当真等到昆仑结界重新建立起循环的那一天，她再想潜入昆仑窃取灵脉，可谓是无稽之谈。"

墨渡终于在白衣师尊的帮助下，将原本混淆成一团乱麻的思绪，整理得八九不离十了："也就是说，蜃女在没有身体的情况下潜伏了五千年，但现在不得不想办法给自己重塑神身，不然她的元神就要彻底泯灭了。她利用九尾狐一族和人间战乱引开我父母，再想用我身体里的母虫在世外谷里惹出动乱，她就好趁文潇先生和乌鸦先生无暇顾及时，浑水摸鱼窃取昆仑灵脉，以此重塑身体……不行！我得想办法告诉文潇先生他们，不知道他们能不能想到这一层。文潇先生今天不在村子里，应该是去搞昆仑结界的事情了。万一童谣村一出事，他就选择赶回世外谷，那可真中了蜃女这出双重'调虎离山计'了！"

对此，白衣师尊看着倒是淡定，甚至还有闲心安慰颇感担忧的墨渡说："文潇先生和无涯先生都是聪明人，包括你父母在内，应该早已对蜃女有所防备。"

墨渡正要松口气，就听见白衣师尊思忖片刻，又客观地补充了一句："只不过蜃女的战力可观，文潇和无涯皆不以战力见长。倘若她有足够多的帮手，文潇不一定能应付。若你父王在此，这就不是问题了，也难怪蜃女要在七月半前夕支开他。"

"神女姐姐，咱说话能不这样大喘气吗！"墨渡刚要放下的心复又提了起来，"那我还是得想办法通知文潇先生啊！可是，我不知道他在哪里……"

小龙有点苦恼地在河边转了两圈。

"恰逢七月半，灵脉不稳，文潇先生既然不在世外谷，应该是有所准备地守在结界的薄弱处。"白衣师尊给她提供了思路，"只不过我出身蓬莱一族，对昆仑结界也不熟悉。"

墨渡闻言有点失望。也许是出于生灵对自己的识海那深入本能的信任感，即使认识时间很短，她已经通过刚才的交流，对这个出现在她识海里的"前任继承者"拥有了足够的信任基础。

白衣师尊见她一副垂头丧气的懊恼模样，禁不住露出一抹长辈看孩子那般的浅淡笑容："我是没办法，但这不代表你没有啊。蜃女在昆仑潜伏了如此久，不可能到了要动手的日子，都还对昆仑结界一无所知。她应该已经确定了那个'薄弱点'所在，那也将是最合适她动手窃取灵脉的地方。文潇先生同样清楚这点，他定会选择在今日夜里守在那个地方。"

"可这岂不是更糟糕了。"墨渡被她搞糊涂了，"蜃女他们知道文潇先生在哪里，我却半点头绪也没有。"

"未必。"白衣师尊抬起手，隔空轻轻点了点墨渡的眉心，"你忘记被种进你身体里的那只七日梦蛊的母虫了吗？七日梦蛊的母虫一般都被种在宿主的识海里，它能够在宿主的识海和操蛊者本人的识海之间搭出一条无形的桥梁，操蛊者通过这种桥梁来操纵宿主的身体。可是反过来，假如宿主本身的'道心'足够坚定，未必不能利用这种桥梁去侵入操蛊者的识海。"

"您的意思是，我可以通过这只母虫，反过来去看操蛊者现在在哪里？他们现在一定已经埋伏在灵脉薄弱处，准备等文潇先生被调虎离山，就动手窃取灵脉！"墨渡恍然大悟，"神女姐姐！你教教我好不好？我需要知道文潇先生在哪里，最好能赶在他们动手前给他报个信。"

白衣师尊没有说话，而是抬起手轻轻在墨渡眉心间晃过，流光在她纤长白皙的指尖萦绕着，随着她的动作，一只正在奋力挣扎的、不停扭动的银色虫子仿佛从虚空中被她拉扯了出来。墨渡定睛一看，就知道这不足她一个指节大的圆圆的银色虫子，肯定是那只被种进她识海里的母虫。

"阿渡，来，伸手。"白衣师尊的声音略显清冷，但对墨渡说话时的语气却是轻柔的，像是在引导家中的一个晚辈，"记住，识海之间的较量，本质上是道心之间的碰撞。一会儿无论发生什么，都不要动摇你的'道心'，要坚定自己的信念，相信自己选择的路。只要你相信自己的相信，这世间就没有什么能够打败你。"

墨渡被她这意味深长的话说得心下忐忑。但小龙转念又想到过去一段时间对她总是很慈祥友善的文潇先生可能面临着陷阱；想到她父亲一直强调的"九州和平"可能会被蝠女的阴谋给搅得天翻地覆；想到世外谷的童谣村很可能会因为蝠女强行抽取灵脉后而不复存在……墨渡就觉得自己现在的选择，应该是很有必要的。

她郑重其事地对上白衣师尊的目光，点了点头，伸出自己的右手。对方用流光操纵着那只不停挣扎的银色小虫，将它缓缓送至她的掌心间。那银色小虫似乎不想被她捏进手里，一直在流光中不断扭动。

墨渡踟蹰片刻，复又抬眸对上了白衣师尊的目光。后者也不催促她做什么决定，只是让那小虫悬在她掌心一寸之上。墨渡于是深呼吸，垂眸看向那银色小虫，心下一横，抬手猛地握住被流光托在空中的七日梦蛊的母虫。刹那间，她的意识就因这样的接触，被强行拉扯塞进了什么狭小拥挤的洞穴里，五彩斑斓的光在天旋地转的黑暗中倏地炸开，先前在黑暗圄圉里闻得一二的呢喃细语被无限放大至扰人心智的程度。

隧道尽头那属于操蛊者的意识，似乎是发觉了她的入侵，开始倾尽全力阻拦她的前进。霎时间，黑暗里的每一声呢喃都化作尖锐的利器，反反复复地刺向墨渡试图继续前行的意识。墨渡顿时就理解了白衣师尊所说的"碰撞"是什么意思，她觉得自己从未承受过这样的痛苦，那感觉和在林间狩猎时受的些许皮外伤无法同日而语，就好像她的脑袋在短短的一瞬间，已经被这样的利刃刺穿了千遍万遍。强烈的痛感如汹涌澎湃的浪潮一波又一波地冲击着她的意识，假如墨渡现在还能感受到自己的胃在何处，怕是已经因这样的头痛而反胃到呕吐了。

可就在墨渡感到自己在如此汹涌的疼痛浪潮中寸步难行时，白衣师尊的话语隐约又回荡在她耳畔，她记得对方对她说——"无论发生什么，都不要动摇你的道心。"

墨渡其实对自己的"道心"究竟是什么，依然是云里雾里。这不能怪她，她充其量就是个九岁的小鬼头，每天吃吃喝喝、玩玩乐乐，从来不往心里存着什么远大理想。倘若不是被别有用心的人种下七日梦蛊，险些被夺走身体控制权，她也不会为了摆脱蛊虫掌控而误打误撞地入了道。

她自然是不懂自己究竟阴差阳错地踏上了一条怎样的"道"，头顶又悬着一颗什么样的"本心"。所以她只是在这危急的时刻，死死地抓住了"不要动摇"这四个字。她默默对自己说——再坚持一下！不管前面还有多少痛苦等着我，我都要不动摇地走过去，为了……为了唐果、长乐和其他的小伙伴，为了童谣村里总是对她很友善、每次路上碰见都会跟她笑着打招呼再塞给她一些小零食的长辈们，也为了不让正在人间处理事务的父母失望。

她这样想着，好像连疼痛都缓解了不少。如同是在疯狂颠倒旋转的黑暗之中，找到了一个稳定的支点。蛊惑人心的呢喃被阻挡在外，一缕光在她的眼前若隐若现，墨渡奋力伸手拽住了那一缕微光。光明霎时破开黑暗，墨渡顺着这光芒勇往直前，带着势不可挡的信念冲出了这条隧道，在两股意识之间的斗争中占据绝对的上风，闯入了操蛊者的识海。

疼痛和茫然在破开黑暗的刹那间全部退去，一片幽暗寂静的森林出现在了墨渡的眼前。

她听到一个有几分耳熟的声音在近旁急切地问"她"："长阳先生，您还好吗？"

墨渡反应了片刻，才意识到自己反过来成功侵入了操蛊者的意识，眼前的场景应该是从对方的视角看到的。她费劲地转过头，看见了那个在迷雾森林里撞见过一次的黑巫师——年轻些的那个"阿全"。既然他管"她"叫"长阳先生"，那这副身体应该就是那日碰到的那个年长的黑斗篷巫师，原来他就是七日梦蛊的操蛊者。

墨渡到底只是个年少的孩子，被称为"长阳先生"的巫师道行应该是远在她之上的。她虽然在意识碰撞中占据了上风，却也无法真正控制对方的身体，墨渡能感觉到被她暂时压制住的属于"长阳先生"的意识仍在尽全力反抗，想要突破她的控制。

尽管无法真正掌控这具身体，暂且与其共享视觉是没有问题的。墨渡也不贪心，趁着长阳先生还无法将她的意识推出识海，立刻环视四周，试图通过眼前这不甚清晰的画面，判断出对方到底隐藏在森林何处。然而就这么仔细一看，她心下登时一沉。原来不止长阳先生和阿全两个黑斗篷巫师在此，周围的空地聚集了少说有二三十个同样打扮的巫师。这些黑斗篷巫师自觉围成一个不小的圆圈，而那圈子的中央，一团看不出形状的白雾飘摇在浅浅的晚风中，于幽暗沉寂的夜色里显得十分诡异。

下一个瞬间，那看不清面容的白雾里，传来一个令墨渡汗毛耸立的、蛇蝎一般黏腻的嗓音。那声音在夜晚的风中更显得飘忽不定，她听见她说："阿全，怎么回事？"

阿全用一种毕恭毕敬的语气答复："回蚕女大人，长阳先生似乎不太好。"

于是墨渡知道了，那团浓白的雾，就是苟延残喘了五千多年的、属于上古时期那个蚕女的元神。

伴随着阿全的话音落下，一道无形的目光自那白雾中，猛地向墨渡刺了过来。蚕女不愧是上古时期出了名的煞神，虽说仅仅只剩下一抹残魂，墨渡还是在她的目光瞥过来的刹那，毛骨悚然地感到自己仿佛成了被毒蛇盯上的、毫无反抗之力的柔弱猎物。白雾没有再说什么话，可蚕女带着阴冷笑意的声音，却在下一息于墨渡的意识里清晰地响起。

那声音对她说："真是个没有礼貌的小鬼。不请自来，竟也不知道跟前辈问个好。"

这话说得倒是很温和，但在她话音出口的那个瞬间，墨渡的意识被一股阴鸷的力量强行打回方才经过的那个黑暗逼仄的隧道里。这次的隧道比先前的戾气更重，四周的压迫感强烈到像是要将墨渡的意识彻底压碎撕裂。混乱之中，墨渡只来得及最后觑见一眼森林上方一晃而过的破败高塔，就跌落回到自己的识海里去了。

星空长河之畔，白衣师尊静静立着。她向摔在地上跌得七荤八素的墨渡缓缓伸出自己的手，想要拉她起来。墨渡晃了晃晕乎乎的脑袋，抬眸就看见一只白皙纤瘦的手出现在眼前。小龙从小到大就不知道"客气"二字怎么写，毫不犹豫地抬手借力，从地上一跃而起。

她努力回忆着最后觑见一眼的那座破败高塔，总觉得在什么地方看见过。可是她进了世外谷后就没有再离开，除了这段时间和小伙伴去山洞探望老虎先生，怎么可能看见过那种古昆仑神族风格的建筑呢……啊！对了，是她和唐果、长乐去开明崖的那一次！当时她自山崖上俯瞰森林，见到世外谷的南方，有一片看似被废弃已久的古建筑群。

"我知道了！"墨渡恍然大悟地叫道，"是那个'禁地'！蜃女今晚的目标是'禁地'！那里一定就是古昆仑结界的薄弱处了，文潇先生这才一直不允许猪猪他们往那里去！"

找到了答案，墨渡迫不及待想要去跟应当还在禁地驻守的老巫师报信。从蜃女和一群黑巫师潜伏在禁地附近森林里的画面看来，他们应该还未真正动手，那就说明老巫师仍旧守在禁地没有回童谣村。

白衣师尊看出她的急切，指点她说："这里是你的识海，无论是出去还是进来都凭你的意念，只要意念足够坚定，识海就是由你掌控的天下。"

墨渡虽然着急出去，却还是认真地对眼前的神女说："虽然不知道你是谁，但是我要谢谢你，帮我搞清楚这一切。"

"我是谁对你而言并不重要，重要的是你知道自己是谁。"白衣师尊冲她笑了笑，"前路荆棘丛生，阿渡，祝你好运。"

墨渡决定不接这个神神叨叨的话，只是再道了声"谢谢"，就开始专心致志地在脑海里想着——我要出去。

随着她持之以恒地不断重复这个念头，眼前属于星星的识海世界逐渐淡去。墨渡在脱离识海回到现实世界前的那个瞬间，依稀听闻白衣神女对她轻声说："阿渡，无论发生什么，都不必害怕。在你需要的时候，总有同道者与你前赴后继、披荆斩棘。"

星河彻底消失了，墨渡的意识在自己先前骤然昏倒的身体里倏地惊醒，眼前是唐果那布满了焦急神情的、圆圆的小脸。周围的小伙伴们的确是被她这突然的晕倒给吓坏了，倘若她再晚些醒来，他们就要派人先行回村求助了。墨渡来不及跟他们解释方才发生的一系列事情，只是一把拽住了离她最近的小猪的手，大声说："猪猪！是蜃女，蜃女马上就要对'禁地'下手了！"

古昆仑废墟附近的幽暗森林里，作为操蛊者的长阳先生因蛊虫的反噬而昏死在地。其他巫师面面相觑，有点慌乱的阿全刚想说些什么，就听闻白雾里传来蜃女冷淡又笃定的声音："不必再等了，世外谷那边的计划出现意外，我们现在就动手。"

阿全迟疑："可是，大人，禁地里……"

蜃女打断了他未完的话："龙王和那个神女前几日就已离开昆仑去往人间平乱，禁地里现在充其量就姜文潇一个老不死的巫师守着。姓姜的巫师也就会摆弄些旁门小道，不足为虑。七月半的月亮已经升起，化蛇[1]和鸣蛇[2]都已就位，不会有比今天更好的时机了。"

周围的那些黑斗篷巫师闻言，皆用一种虔诚的语气俯首称是。阿全心下仍有些疑虑，但见状也只能随身边的巫师一齐向着白雾低下了头。垂首的那一刻，他的目光落在已经没了动静的长阳先生身上，再慢慢地移开。

七月半的明月高悬在夜幕之上，灿烂的星海铺遍苍穹。星辉自九霄云上垂落至世间，照亮了昆仑众神陨落后，在无人问津中已沉寂五百年之久的古昆仑废墟。

---

1 化蛇，中国古代神话传说中的怪兽，能引发大水，出自《山海经·中次二经》："其中多化蛇，其状如人面而豺身，鸟翼而蛇行，其音如叱呼，见则其邑大水。"
2 鸣蛇，中国古代神话传说中的怪兽，能引起大旱，出自《山海经·中次二经》："其中多鸣蛇，其状如蛇而四翼，其音如磬，见则其邑大旱。"在本故事中，化蛇与鸣蛇皆是会飞的巨形怪蛇。

陆·禁地

老虎先生的山洞外复又点起方才熄灭的篝火，十二个小伙伴没了先前的嬉笑打闹，均是一脸严肃地围坐在篝火边。大老虎静静地趴在小虎阿凌身旁，虎目半睁半闭地看他们讨论什么听上去就很重要的事情。

唐果听完墨渡对事情来龙去脉的大致概括，茫然地问："那个……'灵脉'被蠹女抽取后，会发生什么？"

相比起其他对此毫无概念的同伴，墨渡显得非常忧心忡忡："我在历史书上看到过，上古九州大战期间，作为九大神域之一的方州国，曾在一场战役中被沧溟道抽干灵脉。整个方州国都因此塌陷，周围的大地四分五裂，短短半日内曾经繁华的方州神域万物凋零、寸草不生，周围地区也受到灵脉损毁的影响而生灵涂炭。在那次战役中幸存的神明和生灵，不得不迁至别的神域，其中的大部分都并入了蓬莱，方州国自此不复存在。"

原本还有些云里雾里的小动物们听了这话，脸上神情更加凝重了。唐果看上去十分坐立不安，跳起来说："不行，我们得想办法通知长老！假如他不知道蠹女已经埋伏在周围，可能真的会被他们的偷袭打个措手不及，陷入危险。"

"我也是这么想的。"墨渡深呼吸，终于下定决心，认真地对唐果他们说，"我身体里的母虫已经被控制住，童谣村现在应该是没有危险了。这样吧，我先去禁地给文潇先生报信，争取赶在蠹女动手前让他有所警惕。你们回童谣村搬救兵，乌鸦先生今天应该在村子里，你们就告诉他蠹女的目标不是世外谷，而是昆仑灵脉，让他快点来禁地支援文潇先生。蜃女带了少说也有二三十个巫师，我怕文潇先生一个人不是他们的对手。"

唐果想也不想就反驳："怎么可能让你一个人去禁地报信，我和猴哥肯定跟你一起去啊！"

长乐抄着从不离身的烧火棍站了起来，在唐果的身边无声地颔首表示赞同。

"可是这次是真的很危险，猪猪。"墨渡并不想把小伙伴们带入险境，"我们路上就有可能撞上蜃女和她的手下，更不要说到了禁地后会发生什么。"

"那就更不能让你自己去了！"唐果坚定地说。她挥了挥手上的钉耙，很庆幸自己跟猴哥一样养成了一旦出村子，就会随身带上武器的好习惯。

不等墨渡再辩驳什么，小虎阿凌也插嘴说道："我觉得猪猪说得对。我们是应该按你说的那样分兵两路，但不能让你一个人去禁地。不说别的，你对昆仑地形不熟悉，现在天又那么黑了，让你自己去的话搞不好会迷路。"

墨渡一时语塞。阿凌说得很有道理，她对昆仑确实不熟悉，也从来没去过那个"禁地"。就算凭借当初从开明崖上俯瞰森林时的那点模糊印象，应该最终是能够找到"禁地"所在的，可路上确实难免走一些弯路。走弯路事小，耽搁了时间来不及赶在蜃女动手前跟老巫师报信，问题就大了！

马兄白骑和小虎阿凌默契十足，可谓是听弦音知雅意，从小老虎一开口他就明了了对方的意思。因此见墨渡被阿凌说动，白骑适时地接话："还是我们三个和你们一起去吧。猪猪和长乐毕竟对这片森林没有我们狩猎队了解。再者说，万没有让你们三个去冒险，我们这几个做哥哥姐姐的却躲在安全的地方被保护的道理，你把我们当成什么胆小鬼了？"

小狗雪球连连点头："既然村子里现在应该是安全的，兔姐他们六个回去跟乌鸦先生报信就够了。我们几个还是跟你一起去禁地比较好，狩猎队之前在禁地附近活动过，即使现在天色黑了，我们三个也识路。"

墨渡顿时头大如斗。她不仅没有说服猪猪和猴哥留下，甚至连马兄、小虎和小狗都坚定地要跟她一起去闯禁地了。

兔姐桃桃犹豫地看了看他们，似乎是不太放心他们去冒险，也想跟过去帮帮忙。可是乌鸦先生那边也确实需要报信，不然单凭他们几个小孩子去禁地，那就不是给老巫师帮忙了，真碰到危险时他们掺和进去完全是添乱！所以兔姐终究还是认可了这个计划，她有点急切地起身，恨不得立刻把信传回童谣村："那我们这就回世外谷找乌鸦先生，让他快点去禁地帮长老应敌。"

小蛇青竹沉吟片刻，看向墨渡："我记得上次你说你有什么东西，可以用来抵御迷雾。要不我们每个人身上都备一点，万一回去的路上碰到迷雾被影响了，就无法及时将消息传给乌鸦先生了。"

十一双眼睛盯着墨渡，丝毫没有给试图插嘴的小龙任何反抗的余地。原本还想再挣扎一下说"还是我一个人去为好"的墨渡，终究是败在了小伙伴们的执着和热忱之下。她从阿白肚子里翻找出迷糓花，告诉大家怎样使用——以及尽量不要像唐果上次那样将花咽下去，免得事后精神过头无法入睡。毕竟事态紧急，既然已经敲定了分兵两路的报信计划，大家都没有再拖延，决定立刻启程。

在分别前，墨渡叹了口气："应该还是我一个人去禁地的，万一碰到危险……"

跟她同行的小虎和即将与他们分别的兔姐等小伙伴，齐声打断了她。兔姐桃桃神情认真地看着墨渡说："龙龙，你是我们的朋友，昆仑是我们的家。无论是为了朋友，还是为了守护我们的家，在这件事情上我们都义不容辞。"

小狗雪球附和："就是就是，所以即便碰上危险了，也不要觉得你连累了我们。昆仑可是我们的家，谁敢动我们的家，我们就该把他们打出去！别忘了，我们可是'十二生肖'！没听说哪个游侠碰到事情，会害怕退缩的。"

唐果和长乐觉得话都被抢着说完了，于是没有再多说什么。他们只是一边一个站在了墨渡身侧，手里抄好各自的武器，做好一旦遇到敌人就大干一场的准备。为防万一，小动物们将墨渡分配的迷榖花含在舌根下，就乘着夜色分头开始行动。

以兔姐桃桃为首的六个小伙伴，回村的路上一切太平，甚至等他们回到世外谷时，童谣村里的迷雾都已散去了。乌鸦先生刚想动身去找应该是被种下了七日梦蛊的母虫的墨渡，就看到桃桃带着五个小动物气喘吁吁地从森林里冲了出来。在望见他时，小孩子们目光立时一亮。

"乌鸦先生！"桃桃远远地高呼一声，加快脚步转瞬便跑到了糖果屋前，还没喘匀气就急急忙忙地汇报说，"快……快去帮长老！蠡女的目标是昆仑的灵脉，他们今晚就要动手，龙龙他们已经赶去禁地给长老报信了！"

乌鸦先生听了她这言简意赅的概括，脸色登时一变。在进一步问清楚墨渡等六个小鬼居然自作主张跑去了禁地，向来好脾气的乌鸦先生都忍不住厉声斥道："简直胡闹！他们跑去禁地有什么用，若真的撞上了蠡女……"

想到这里，乌鸦先生的话说不下去了。他撇下几个神情惶然的小孩子，步履匆匆地走到英招河畔，对着河面打了个响指。下一个瞬间，从兔姐到猫大爷都是目光惊悚地看着那向来平静无波澜的河面，忽然溅起一片水花。水花落下后，巨大的漩涡在河中央缓缓旋转出现，一匹虚虚实实的骏马身影在漩涡上腾起。倘若仔细望去，就会发现这匹虎纹骏马拥有着与人类相似的深邃面容，一双月白色的双翼随着它自漩涡中一跃而出徐徐在他背后伸展开来，好似一幅在浓重夜色里铺陈绽放的画卷。

好学生桃桃在看清那虚虚浮在水面上的神兽的特征后，失声惊呼：

"英招！是英招神兽！"

她这一声惊呼如同是唤醒了凝滞的时间，其他人也逐渐从呆愣之中反应过来，震惊地看着那只身形巨大的、在黑夜里仍旧显得庄重而威风凛凛的英招神兽。

自童谣村建村至今，英招神兽的传说在村子里流传甚广，可以说是每个孩子在童年时代里都听过的睡前小故事。然而此前从未有村民见过这神兽出没，大部分村民对这个传说的真实性其实半信半疑，基本都是当故事听过算数。猫大爷看着河面上的英招兽，简直下巴都要掉下来了，深觉自己每晚数英招兽的行为，是不是会给本尊带来什么困扰。

乌鸦先生来不及跟震惊的村民们解释什么，只是对英招神兽说："我得去禁地一趟，世外谷的安危就交给你了。"

英招神兽似乎与他是老相识了，闻言微微一额首，无声应下了这个任务。他朝乌鸦先生稍一屈前膝，原本目中无人的高高在上姿态，就这样凭空多了几分尊敬的意思在里头。

乌鸦先生也不再多说，向英招兽点头示意后就旋身化作一团黑云。在兔姐等村民反应过来前，他已融入浓重的黑夜里消失不见了。

"十二生肖"依计划兵分两路后，兔姐桃桃这一组算是顺顺利利地完成了任务——也就是将情况通报给乌鸦先生，催后者去禁地支援势单力薄的老巫师。相比之下，墨渡那一组"禁地小分队"有点出师不利，刚刚往南走了不远的路，就听闻身后暗沉的树林里传来一阵诡异的窸窸窣窣。这对于正处于高度紧绷状态的六个小孩子而言，有些过于毛骨悚然了。

墨渡紧张地回过头，神情凝重地抽出了腰间的剑。

"是什么？"唐果握紧手中的钉耙，也是一惊一乍地扭头，眯着眼睛试图从过于黑暗的光线里，观察方才从林子里晃过的究竟是什么东西。

其他小伙伴也是各自取出了武器，做好战斗的准备。那窸窸窣窣声距离他们愈发近了，在墨渡等人愈发紧绷的时候，一旁的小虎阿凌却隐约觉出几分不对劲。果然，下一瞬从灌木丛中慢慢悠悠钻出来将大家吓了一跳的，不是别人，是他们都很熟悉的那只大老虎。

"阿爹！"小虎阿凌收起手中的弓箭，皱着眉头走过去，"不是说好在山洞等我的吗？"

他们在临行前，小虎阿凌已将大老虎劝进山洞里休息了，她并不想让刚刚伤愈且已经年迈的父亲，跟她一起掺和进这么危险的、前途莫测的事情中。不承想他们前脚刚走，后脚大老虎就跟了上来。

大老虎听了女儿略带指责语气的话，只是稍稍俯身将自己的大脑袋轻轻搭在少女的肩头，低低地呜呜叫了两声。阿凌那满肚子的忧虑和火气，在大老虎这般动作下也是发不出来了，只是深深叹了口气。她伸手抱住大老虎的脑袋，柔声哄道："阿爹，我很快就回来了，你在山洞等我，好不好？"

大老虎不应声。他感觉得出女儿是要去做一些危险的事情，他也不去阻拦动摇阿凌的决定，但他认为自己必须跟着——不管之后将会碰上什么。一番无声的拉锯战，最后是阿凌迫于赶时间，无奈地在父亲毫不动摇的坚持中败下阵来。于是，六个小孩子和一只大老虎，一同穿梭在入夜后的黑暗森林里，踏上了去往禁地的路。

为了加快在森林里行进的速度，小虎、小狗和马兄选择变回原形，将墨渡这三个年龄稍小的孩子分别背在了自己的背上。大老虎见阿凌变回老虎形态，非常地兴奋，他时隔多年再次与自己的小老虎一齐并肩奔跑穿梭在林间。只不过，老虎先生的目光不满地扫过骑在小老虎背上的小猪唐果，似乎觉得她有点碍事。

唐果此时此刻心里紧张得很。她一边小心地抓着小虎阿凌颈间的毛发，以免自己在如此高速的前进中一个没坐稳，从虎背上跌落下去，一边却又无法不注意到跑在她们身侧的大老虎，那频频扫向她的、颇显不满意的目光。

忽然，骑在白马上的墨渡听见一旁的唐果惊恐地大叫了一声。墨渡握着武器扭过头，就看到大老虎毫无征兆地从小老虎身上叼起唐果，一甩脑袋将小猪丢到自己的背上。唐果被颠得"哎哟哎哟"地叫，惊魂未定地抓住身下属于老虎先生的毛发。小老虎诧异地转头，只见受了些惊吓的小猪一脸委屈，而奔跑中的大老虎却是昂首挺胸，即使注意到阿凌的目光，却一派自然地假装什么也没发生。

阿凌难得笑了起来："猪猪，我阿爹嫌你太沉，担心我驮着你跑太累。"

唐果伏在大老虎身上，敢怒不敢言，只嘟囔了一句："瞎说！我今天吃的又不多，只是下午多加了顿烧烤而已，但大家都有吃啊……"

满腹心事的墨渡见状，也禁不住被逗乐片刻："猪猪，老虎先生还没驮过我们其他人呢，你这也算特殊待遇了啦！"

这么想着，唐果心里好受了点。她趴在威风的大老虎背上，逐渐找到了假借老虎先生这高高在上的视角傲视群雄的乐趣，新奇地四处张望着，仿佛从一只小小的小猪变成了森林之王。

相比起唐果极其容易被转移注意的发散思维，墨渡没轻松少顷，思绪就复又沉回到蚕女的事情里去了。许许多多的念头自脑海里一晃而过——他们能赶在蚕女动手前给文潇先生报信吗？兔姐他们有没有顺利回到童谣村，将此事告知乌鸦先生？蚕女到底召集了多少帮手，乌鸦先生和文潇先生能否应付？她带着一群小伙伴和老虎先生去往禁地……到底是不是个正确的决策？万一碰到危险，他们能顺利脱身吗？

墨渡本人从小就是天不怕地不怕的那类孩子，不然也不至于小小年纪就干出离家出走去人间闯荡这种不着调的事情。上回她在南岭一带孤身一人去救蔺苏，结果力所不逮反被九尾狐夫人所捉时，心里其实也不曾生出多少恐惧。一是因为她确实准备好了靠谱的逃跑路径（也就是阿白），二则是出于某种无论后果是什么，总归只需要她自己去承担的心理。但今天晚上却不一样。唐果他们和老虎先生，都是因为她制定的计划而跑来跟她一起冒险的。墨渡不敢想象假如她的决策将一众她在意的小伙伴们带入险境，后果是不是她能够承受的。然而在前往禁地的这一路上，她的思绪仍是禁不住被这番忧虑不断地困扰着。

可是很快，墨渡就再没有退缩的余地了，因为在熟悉森林的小虎阿凌的带领之下，他们不多时就已来到了禁地的附近。沉在寂寥黑夜中的、宏伟又悲壮的古昆仑废墟，呈现在他们的眼前。

如果换一个合适的时机，墨渡应该是会对这她此前从未得幸见过的古昆仑国建筑，升起十万分的好奇心理的。然而，今夜无疑不是这样一个能令造访者拥有如此闲情逸致的日子。

这片被老巫师定义为"禁地"的古昆仑神域遗址，自开明崖上远眺之时规模似乎称不上太过瞩目，可那其实是距离产生的一种错觉。直到真正步入这片废墟，墨渡才发觉这对她而言十分陌生的"禁地"，比童谣村要大好多好多倍，怕是能够与总令她迷路的云雾山庄所比拟。

唐果等一众在昆仑土生土长的孩子，此时心中的茫然却不比墨渡少。为了不被可能就在附近的鼍女觉察行踪，在靠近禁地时，小虎阿凌三人就变回了藏在黑暗里相对不那么显眼的人形。六个孩子和一只大老虎小心翼翼地在遗址边缘摸索。墨渡凭常识也知道这么重要的地方，周围不可能没有设防护型结界，直接擅闯的话搞不好他们报信不成，先被结界削成唐果最爱吃的那种糖炒山药丝。

墨渡在遗址周边犯了难，脑海里倒是闪过一大堆前些日子恶补的法术咒文。然而懂理论有什么用呢？她上回用降温咒，就差点烧了学堂……等等！她现在已经入道了啊！按理说法术水平会因此而提高不少才是。墨渡后知后觉反应过来，心念一动，手中忽然就出现了一支陌生材质的毛笔。

正跟在她身边，眯着眼睛往建筑群内探头探脑的唐果，被墨渡手里突然出现的笔吓了一跳，而后是纳闷："龙龙，你要笔做什么？"

墨渡也憷然得很。她方才只是在琢磨是不是可以用什么法术，来探查一番遗址周围的结界，结果还没想好究竟要用什么灵文，就感觉手里突然多了一样东西。疑惑地垂眸一看，发现那竟是一支陌生的笔。可这笔虽然看似陌生，但被她握在手里时，却感到有一股说不出的暖流，在笔和自己的经脉之间缓缓流动着。墨渡隐约明悟，听说每一个入道的生灵都会拥有属于自己的"伴身器"，每个生灵和神灵的伴身器都各不相同，但用伴身器施法会更加得心应手。

看来，这笔就是她的"伴身器"了。只不过……为什么会是一支笔？墨渡终于拥有了属于自己的伴身器的喜悦，顿时被这伴身器的形态给冲淡了大半。虽然很不合时宜，但她心中实实在在晃过一瞬难以言喻的悲愤。小龙心想：难不成是从小到大被罚抄书罚得太多了，竟然连伴身器都自觉地在为她未来的抄书生涯做准备？这可真是太欺负龙了！

倘若不是时间紧迫，墨渡真想跟自己这"伴身器"好好沟通一番，看看它能不能乖乖变成一柄剑，就跟她阿爹老龙王的龙王剑那样英姿飒爽。不过现在显然不是纠结此事的好时机，墨渡只得憋屈地按捺下心中的复杂，凑合着跟她这支新出炉的伴身器先磨合磨合。

她没有跟疑惑的唐果解释什么，一边在心中祈祷这次的咒文可务必要生效，一边抬起笔对着眼前的黑暗念念有词："同声相和，立显原形！"

墨渡从未在使用法术时感到如此游刃有余。在念动咒文的时候，她才真切地意识到，自己的的确确已经跨过了那道一直以来都摸不见的门槛，真真正正地入了道，是一个合格的巫师了。随着这句初等咒文被念出，一道光自她手中的笔尖，顺着黑暗蔓延开来。那道光在蔓延至禁地边界时，就仿佛是撞上了什么无形的屏障，倏地将原本肉眼不可见的结界，用一丝丝银色的光在黑暗中描摹勾勒。

唐果等小伙伴们惊叹地望着眼前那一大片被银光勾勒出的、如凋零的蜘蛛网般一缕缕垂落的破碎屏障，一时没注意到墨渡的目光在看清显了形的结界时，变得愈发凝重。墨渡收起手中的笔，压低声音对他们说："禁地的结界已经被打碎了，我怀疑我们可能来晚了些……走吧，小心别碰到那些银色的线，可能会被划伤。"

墨渡带头从银丝清晰勾勒出的缝隙间，穿过已经碎掉的屏障，真正踏入这片所谓的"禁地"。唐果等人回过神来，也紧随其后，好在那些"缝隙"足够宽敞，即使是体型最庞大的老虎先生都成功挤了进来。

禁地里一片压抑沉闷的静寂，一幢幢高矮不齐、古老破败的高台楼阁沉浸在这无边的黑暗里，如同一座座被岁月遗忘已久的古墓。某种古怪的气氛，让墨渡他们在踏入禁地后，就不敢再用平常的声音说话。他们走在这杂草丛生的废墟上，好像是闯入了一段迷失在时间里的久远过往。

沉默地前进了一小段路，终是唐果按捺不住，低声问道："这里好大啊，长老会在哪里呢？"

这对向来有着一堆奇思妙想的墨渡而言，也是一个十分棘手的难题。然而不等小龙开动自己的脑袋琢磨出什么方法，用以找寻不知身在禁地何处的老巫师的踪影，位于禁地中央的那座高耸入云的九重高塔附近就远远传来一声惊天动地的巨响，代替她回答了唐果的这个问题。

墨渡抬头望向那骤然间划破寂静夜色，势如破竹般汹涌冲上云霄的两道水火交杂的巨影。那巨影如海啸一般疯狂咆哮着，仿佛要将苍穹都颠覆撕裂。墨渡禁不住咽了咽口水，胆大如她，此刻也难免感到自己带着唐果他们跑来禁地的行为，似乎是过于草率了些。

"那……是什么？"唐果目瞪口呆地看着那冲上夜空又盘旋落下的两道蛇形巨影，觉得自己这辈子都没见过如此恐怖又震撼人心的壮观景象。

火光燃烧了半边苍穹，在那巨影的衬托之下，就连先前看上去耸入云霄的高塔都黯然失色，更不要说他们这些渺小得不值一提的小鬼头了。

"那是……化蛇和鸣蛇！"墨渡只觉得手心有些冒冷汗，但她强自镇定地回答了唐果的疑问，就好像将书本里的内容背一遍，能够令颤抖的心情平复些许，"都是上古有名的凶兽，传说鸣蛇出没的地方会发生大旱，而化蛇一出现就会带来大洪水……它们曾经都受海神驱使，自那次战争后，已经五千年不曾出现过了。"

两条在黑暗里翻腾的巨蛇，将原本宁静的夜晚搅得翻天覆地，一时间仿佛整座昆仑山都陷在了半边滔天巨浪和半边无尽烈火中。即使隔着如此距离，墨渡这一行"小不点"也被这一阵剧烈的地动山摇晃得七倒八歪。墨渡勉强稳住身形，抬头看着那冲破天际的水火，终于对"战争"二字有了超出史书的深刻感受。她的那些小聪明、小手段，放在这绝对的力量前，似乎都是班门弄斧。

"长老……不会就在那里吧？"长乐扶住向他跌过来的唐果，率先回过神来，担忧地喃喃自语。

出乎墨渡意料的是，长乐的这一句话，让其他几个同样因眼前这从未见过的壮观场面而呆愣在原地的小伙伴们，纷纷从惊骇中回过神来。

唐果用钉耙撑着地面，忧虑地望着那冲上云霄又落下的巨影，沉思片刻，她试探性地提议："你们说，那两条怪蛇那么大，和它们比起来连老虎先生都像小虫子一样……我们就算跑近些去看看，它们应该也不会注意到我们的吧？"

小狗雪球晃了晃脑袋，将险些被黑暗中掀起的凛风冻住的大脑给晃清醒了不少。听了唐果这话，他立时附和道："我觉得猪猪说的有道理！而且我听说蛇的视力都不太好。上回我大晚上在村里碰到青竹，跟他打招呼，他都看不清我是谁。"

墨渡着实没想到，在她内疚自己似乎将一群小伙伴带入了险境时，她身边这些伙伴们头一回看到如此惊天动地的传说级凶兽，胆子竟是一个赛一个的大。但墨渡很快就从他们的你一言我一语中，听出他们想要凑近一探究竟的根本原因，其实在于担忧可能就在战斗中央的老巫师。

"龙龙，你觉得我们过去看一看，可以吗？"唐果最后征求了一下他们当中最有见识的墨渡的意见。

面对小伙伴们满怀信任的目光，墨渡默然片刻，匆匆说了句"等我一下"，就一头扎进了阿白的肚子里。唐果和长乐面面相觑，不等困惑的阿凌三人将疑惑问出口，消失少顷的墨渡又怀抱着一大堆的符纸、玉佩和古怪的青铜器皿钻了出来。

墨渡一边往几个小伙伴和老虎先生身上挂玉佩、贴符纸，一边跟他们解释说："这些都是我老祖原来给我的东西，应该能抵御一些法术攻击，具体效果其实我也不清楚，但总归比不戴要好。"

"啊……龙龙，需要贴那么多吗？"唐果茫然地看着墨渡往她的肚子上拍了第三张符，又往她脖子上挂第二块玉佩。

"有备无患嘛！"墨渡看着被她挂了一堆丁零当啷响的玉佩和挂饰的五个小伙伴和一只大老虎，再听远处响起的巨蛇咆哮声，一时间心下也觉得有了点底气，"好啦，我们出发吧！"

唐果低头看了看自己被贴得花花绿绿、一副神棍模样的衣服，沉默半晌，扭头看向站在她身边的长乐。猴哥似乎对于他们在几息间变幻的造型十分恍惚，少年目光飘忽地望着眼前的废墟，像是打定主意要忽略自己身上那一堆怪模怪样、神神叨叨的玩意儿。唐果于是又扭头看向站在她另一边的阿凌，小老虎看上去也对这一身丁零当啷的东西颇有些一言难尽，只是碍于墨渡满意的神情和确实出自好心的初衷而捏着鼻子认下了这身奇特的扮相。

小狗雪球却是想到什么说什么，他自觉从未穿过如此奇装异服上"战场"，没忍住拆台道："确定这样打起架来不会束手束脚的吗？我觉得我现在就像一棵挂了九个太阳的扶桑树[1]。"

---

1 扶桑树，古代传说中的神树，由两棵巨大的桑树相互扶持组成的，传说是十个太阳栖息的地方，后来在后羿射日时被踩断。出自《山海经·海外东经》："汤谷上有扶桑，十日所浴，居水中。九日居下枝，一日居上枝。"

"哪有那么夸张啦！"墨渡叫道。

话虽如此，他们还是带着这一身据说能抵挡法术攻击的符纸和玉佩挂件，偷偷摸摸地翻过一重又一重的残垣断壁，小心地向那翻滚着一波又一波水火浪潮的战斗中央靠近。越靠近位于战斗核心地带的九重高塔，地面晃动得愈发剧烈，废墟里的一些破败建筑在这般疯狂的地动山摇中逐渐开始倒塌。

"小心！"墨渡压低了一声惊呼，反应迅速地飞身一扑将身边的两个小伙伴推开，险险躲过一块从天而降的大石头。那石头在地面上砸出一个骇人的大坑，令唐果和长乐都有些心有余悸。然而他们压根来不及为此松一口气，就被身手灵活的小老虎三人拉着往前没命地跑了起来。

"快，这楼要塌了。"阿凌焦急地一手一个拽着唐果和墨渡，同时频频侧首确定奔跑在她一侧的大老虎的安全。好在老虎先生老当益壮，在如此的混乱下依然应付自如地灵活越过重重障碍和头顶砸下的乱石。

又一座大厦倾倒，六人一虎惊险地向前一扑，躲过在燃烧的火光中重重坠落的塔尖。可随之如大雨般落下的砖瓦和碎石，却险些将他们压成肉饼，好在墨渡就地一滚后反应迅速地回过身，用不知何时又出现在她手中的那支笔指着落石大喊一声："形从道来，复归于无！"

点点微光凝结成一片半弧形的临时屏障，将墨渡等人牢牢地护在底下。碎石落在屏障上，瞬间被化解成飘渺的尘灰。待一阵乱石雨过后，那微光组成的屏障这才缓缓消散在空气中，惊魂未定的唐果拍拍胸脯，真情实感地惊叹："龙龙！你真神了哎！"

方才一直有些紧张屏障会撑不住的墨渡，也缓缓地呼出一口气，闻言笑道："看来我阿爹说得对，多背点书总没坏处。"

历经一番惊险，他们现在总算来到了九重高塔的附近，两条怪蛇在他们头顶的黑夜里交错着翻云覆雨。可不知是不是灯下黑的缘故，在墨渡的几个小法术的帮助下，他们倒是成功钻进了高塔那落满灰尘的空旷大殿，找到了一个还算安稳的藏身之处。

这九重高塔十有八九是被施过非常高明的法术的，即使位于如此天昏地暗的战斗边上，也不曾被殃及池鱼，连晃动都显得非常轻微。穿过古墓一般沉寂老旧的大殿，他们循声小心翼翼地趴在一扇蜘蛛网交错的窗口，探头往外看去。

只一眼，原本因为靠近战斗地点而不敢出声的唐果就忍不住惊呼："长老！"

墨渡这才明了战斗真正的中心不是她先前以为的这座九重高塔，而是高塔背后那神秘又古老的八卦祭坛。腾起又落下的鸣蛇仿佛是往黑夜里丢下了一阵炸响的惊雷，泛白的烈焰瞬间将整座祭坛包围，将夜空映衬得比白昼更明亮。

祭坛的下方，烈焰燃烧的中心，老巫师正撑着一柄墨渡从未见过的陌生又古朴的伞，以此抵御燃烧的烈火。那伞明显不是凡物，竟能一次次抵御化蛇和鸣蛇的交错攻击，在水火两重天中护着与巨蛇相比身形渺小的老巫师不曾受重伤。

而在那祭坛之上，二三十个黑斗篷巫师围成圈立在高台边缘，用各自的法杖在地面上镌刻着什么古老的铭文。一团墨渡已非常眼熟的白雾，正飘浮在祭坛的中央。不知是不是墨渡的错觉，那白雾明显比她先前通过七日梦蛊瞥见的要凝实清晰许多，已能依稀看出一个高挑窈窕的女子身影在雾里若隐若现。被镌刻在祭坛上的古铭文逐渐亮起微光，好像有什么东西从地底下被通过那些连成片的铭文抽取上来，汇入那团诡异地浮在夜色中的白雾里。

墨渡凭直觉感到那被刻在地上的古铭文必须被毁掉，不然一定会发生很糟糕、很糟糕的事情。然而不等她顺着这思路去琢磨什么，身边小伙伴接连响起的几声惊叫，将她的注意力又拉回到被两只上古凶兽交错攻击到无力还手，情况着实不妙的老巫师身上。

虽说先前墨渡他们商量好只是来这里"看一看",而没有要插手这明显超出他们能力范围的战斗的意思,但看着势单力薄的老巫师被两只凶兽轮流欺负得灰头土脸、险象环生,从真性情的唐果到最沉稳的马儿,都有点按捺不住愈发焦急的心情了。然而只要抬起头瞥一眼那遮天蔽日的巨蛇之影,藏在高塔中的一群小孩一时间茫然无措。即使想帮忙,也是无从下手。

你要怎么对付两个上天入地、凶狠骇人的上古凶兽呢?就连童谣村村民们心目中无所不能的老巫师,都在水火交加的惊天浪潮中如一叶随时会覆灭的小舟那样,应付得十分艰难。

墨渡踌躇地摸了摸身边的阿白,墨黑的眸子里闪现过犹豫不决的挣扎。她在脑海里快速盘算了一番老祖给她的那些神器,试图找到什么能对现下这情况帮上些忙的东西。她还没想出个好办法,又一阵烈火自天空倾泻而下,身形瘦削的老巫师那握着伞抵抗火焰的手,似乎已经开始微微发颤。

趴在窗边的唐果拎着她的钉耙,简直急得要团团转:"龙龙,快想想办法呀……我们该怎么办呀?"

就在墨渡打算心一横,抱着那一堆作用不明的神器冲出高塔,不管三七二十一先往那两只凶兽身上招呼上去再说时,她忽然被人从背后捉住了手腕。不等墨渡回眸去看到底是谁伸手拉住她,下一个瞬间,正要对着地面上的老巫师再次俯冲而下的鸣蛇,突然被一只比它还大一圈的、长着九个脑袋的凶悍怪兽在半途中扑到了一边。

鸣蛇尖利的惨叫声回荡在废墟之上,原来那拥有着九个脑袋的蛇形怪兽刚一出现就毫不留情地从它身上撕下一块肉来,再暴躁地将它远远往黑暗里一掷,转头向另一边的化蛇冲了过去。鸣蛇哀嚎着被摔进夜空中,在天上翻滚了好几圈才稳住身形,复又尖叫着扑回来与被袭击的化蛇合力对付这新加入战场的、不比它们弱的巨型凶兽。

"九婴!"墨渡喜出望外地叫出声。

她在看见那九头凶兽的第一眼,就认出那是她阿爹老龙王的坐骑——她从五岁那年在望月峰和南嘉老祖一起见过一次后,一直惦记到现在都没机会再见到的上古凶兽九婴!也对,墨九溟和青瑜离开昆仑的时候,并没有说要将坐骑九婴一起带走。可能是因为将这上古凶兽带去人间并不合适,也可能是因为她阿爹阿娘早就预料到昆仑这边需要留些战斗力以备后患。

唐果等小伙伴被她这一声唤回神来。倘若换一个场景见到这巨大又凶悍的九头怪蛇,小猪唐果觉得自己可能是会被吓到哇哇叫的。然而现在她看着那在天空中以一敌二地牵制住化蛇、鸣蛇,将老巫师从节节败退中解救出来的九婴,心情简直无限接近看到了在她饿了一整天后给她送来一桌大餐的救星!

墨渡平复了因九婴的出现而激荡的心情,这才意识到自己的手腕还被人捉着。她心里还有点纳闷是谁突然拉住她,直到余光瞥见一旁正对着她身后龇着牙,警惕地做出攻击前那蓄势待发的伏地动作的老虎先生。墨渡迟钝地意识到不对劲,猛地回过头,就撞进乌鸦先生那双在夜色和火光映衬下显得色彩分外浓重的眸子。

"这可真是巧了。"面对墨渡惊悚的目光,乌鸦先生只是风轻云淡地浅笑,"小龙殿下,你说,我怎么总是在一些你不应该出现的地方碰见你,嗯?"

"这个……"墨渡的眼神从受到惊吓的悚然转为心虚,禁不住飘移了一瞬。

乌鸦先生的目光不咸不淡地扫过其他几个终于发现他的小孩子,在略显局促的狩猎队三人组身上稍稍停留,挑了挑眉:"哟,这次还多带坏三个小朋友?"

在乌鸦先生揶揄的语气下,墨渡下意识辩解:"这……我可以解释……"

其实她也不知道怎么解释。好在乌鸦先生只是随口这么一说，而不是当真在兴师问罪。高塔外的危机并没有因为九婴的出现而彻底解除，他现在还顾不上收拾这群不听话的小孩子。

九重高塔外的祭坛之下，披头散发一身狼狈的老巫师，终于从两头凶兽疯狂的轮流袭击中解脱出来。他尚且来不及好好喘口气，就立时重整旗鼓，试图往祭台上冲去。然而那群黑斗篷巫师也不是吃素的，他们借方才的时机似乎已经完成了祭台上那神秘古铭文的绘制，见老巫师从化蛇和鸣蛇的攻击下腾出手来，便不约而同地自高台上一跃而下，将有心阻拦蜃女通过古铭文抽取昆仑灵脉的老巫师团团围住。五彩斑斓的法术自二十多个杖尖齐齐飞出，将被围攻的老巫师打得一时疲于应付而脱不了身。

而在那古老的祭台之上，蜃女的影子在白雾中愈发清晰，已能隐约看见一个五官深邃锋利的长发女子的身体，在那腾起的雾气中缓缓凝结成形。

乌鸦先生温和的眉眼间是少有的肃穆，他目光凌厉地扫向那祭台上的女子，脸上瞬时没有了墨渡和唐果他们所熟悉的和颜悦色。墨渡听见乌鸦先生自言自语地低声道："真是虎落平阳被犬欺。当年连她主子都知道，不该打昆仑的主意。"

不等墨渡疑惑地问乌鸦先生，他所说的"她主子"指的难道是那个海神重溟吗？乌鸦先生已匆匆对着几个小孩子丢下一句"待在这里藏好点，不要出来"，遂化作一团黑云翻出了大殿高高的窗户。

墨渡稍稍一愣，就跟着唐果他们一起重新扑到窗子边，急切地顺着黑云席卷的方向往祭台下望去。只见消失在黑云间的乌鸦先生，转瞬就出现在了被噼里啪啦炸响的法术团团围住的老巫师身边，反手一挥用一片凝起的黑雾挡下一阵不祥的幽蓝火光。

老巫师在乌鸦先生的插手下缓了口气，捋了捋在混战中险些被烧焦的宝贝白胡子。他抬眸看了眼祭台上身形愈发凝实的蜃女，眸光凝重，高声对正在替他应敌的乌鸦先生喊道："无涯！这边你来顶一下！"

乌鸦先生用黑雾将一个步步紧逼的巫师卷起扔开，闻言回眸瞥了眼祭台，明白了老巫师的意思。然而他似乎并不赞同老巫师的这个提议。假如墨渡他们能看见此时此刻乌鸦先生看向侵略者时，那犹如寒霜凝结的凛冽眼神，就会理解为什么平日里他们在看似和善的乌鸦先生面前本能地不敢造次。

"你确定？"乌鸦先生冷声反问。宛若游龙般在一群黑斗篷巫师的攻击下游刃有余翻卷着的黑云，挡下又一串轰雷掣电后，如天上暴脾气的九婴那般倒掉着卷起一个巫师就将人远远甩进黑暗里。显而易见，虽说乌鸦先生的语气乍一听毫无波澜，但内心的暴躁和愤怒已经不亚于从来都是以坏脾气著称的凶兽九婴了。

"无涯！"老巫师撑开伞将一串火光反弹，"你冷静点。我姜文潇曾对重山王发过誓，只要我还在，就不会让昆仑有事的。"

乌鸦先生似乎被老巫师认真的语气说动。他虽然没有接话，但随心而动的黑云在下一刻便集中全部精力，牵制住了靠近祭台的那一片黑斗篷巫师，甚至无暇顾及主人的安危，而是视死如归般替老巫师艰难地开出一条径直通往祭台上的道路。

老巫师向乌鸦先生稍一颔首示意，就带着自己那柄奇特的"武器"冲上了祭坛。其他黑斗篷见老巫师要上祭坛阻止蜃女抽取昆仑灵脉，立刻飞身想要跟上去制止他，却在刚动身时就被乌鸦先生用化成几条长鞭形态的黑云捆着腰卷了回来。

"不忙着走。"乌鸦先生淡淡地说道，"在下还没来得及向不请自来的诸位，好好讨教讨教。"

苍穹之上，三只上古凶兽混战成一团，电闪雷鸣、狂嚎怒吼不绝于耳。九婴自认若与化蛇和鸣蛇中的任意一只单挑，以她的实力绝对能碾压这俩不知天高地厚的家伙。奈何化蛇和鸣蛇的战术过于流氓，配合默契地跟她打车轮战，翻云覆雨上蹿下跳，让她九个脑袋都有点咬不过来。若说原本九婴只是因老龙王临行前的吩咐，为守护昆仑安危而赶来一战，几个没头没脑的回合打下来，暴脾气的凶兽认为这已经是私仇了——这俩货一定是在嘲笑她！倘若她凭九个脑袋都咬不死这俩加起来只有两个脑袋的怪蛇，她自上古积攒至今的一世英名，可就毁于一旦啦！

发怒的九婴仰天一吼，星光霎时失色，一阵暴雨毫无征兆地倾泻而下，雨点化作刀光剑影嗖嗖地飞向在云层中翻滚的两只怪蛇，同时也将整座昆仑山都搅得天翻地覆。

地面上的乌鸦先生跟一群巫师缠斗成一团。虽说他牢牢将二十多个巫师全部牵制在祭坛之下，令他们腾不出手来去制止老巫师，却也因此承受了极大的压力，游走的黑云渐渐在接连不断汹涌袭来的五光十色下捉襟见肘。

即使是孤身一人冲上祭坛与白雾中飘浮的蜃女对峙的老巫师，情况也不容乐观。他将将踏上祭坛，就被地面上飞出的一连串刀剑给打得连连败退。白胡子老头以与他外表年龄截然不符的敏捷，旋身躲过这一片拔地而起的剑雨，摸摸胡子只觉得幸好自己老当益壮，不然至少得被戳好几个窟窿才能收场。

白雾里身形曼妙、气质幽冷的女子，缓缓睁开眸色浅淡的妖异双瞳，面无表情地转头看向他："人类巫师，你好大的胆子。"

老巫师手提那柄被他当作随身武器的伞，笑呵呵地谦逊道："阁下过奖，不比阁下强夺昆仑灵脉来得大胆。"

蜃女懒得同他多说什么场面话，她虽还未塑成神身，但已然凭借方才吸收的灵脉中的灵气而恢复了三四成法力。这点力量放在以往倒也算不上什么，只不过她认为凭此碾死一个人类巫师，还是绰绰有余的。于是又是一阵刀剑残影自地面缝隙间喷涌而出，追着老巫师一通不留情面地穷追猛打。可怜的老巫师一把年纪了还被赶鸭子上架，硬着头皮冲上这种级别的战场，被四面八方飞来的刀光残影追得连自己最宝贝的胡子都顾不上了。

一时间，天上地下皆是一片难以言喻的混乱。沉寂了五百多年的昆仑禁地，在地动山摇中摇摇欲坠，仿佛一段沉睡多年却被强行唤醒惊扰的古老传说。

虽说乌鸦先生在投身战斗前，曾严厉地嘱咐过墨渡这群本不该出现在战场上的小孩子们，让他们乖乖藏在尚算安全的九重高塔里，可是见熟悉要好的两个长辈被一群陌生讨厌的侵略者欺负，六个小孩子哪里可能在大殿里待得住。

率性的小猪唐果第一个不干了，扛着她的钉耙大骂了一句："何方妖孽，竟敢来我们昆仑撒野！还以多欺少，忒不要脸！"

唐果一边高声骂街，一边跳上窗台翻出了大殿，以迅雷不及掩耳之势冲进战场，一钉耙挥下砸在了某个黑斗篷巫师的……脚背上。

那巫师大抵是从未想过有对手会使用如此清奇的武器，防不胜防地被砸了个结结实实，顿时就是一声惨叫。不等他抬起自己的法杖，好好教训一番这个不知从何处窜出来的小鬼，猴哥长乐的烧火棍紧跟着小猪唐果的钉耙而至。从小就上树摘果子上习惯了的长乐弹跳力出奇的好，他抄着早已磨合到得心应手的烧火棍飞身跳起，当头一棒砸在了该巫师的脑门上。

只听"咚"的一声响，小猪和猴哥用朴素直接的战术，默契地放倒了一个方才将法术玩得极其像模像样的黑巫师。战场上打斗的敌我双方均是一愣，着实不明白这俩不按常理出牌的奇葩异卉，是从哪个犄角旮旯里蹦出来的。就连乌鸦先生在看清唐果手中的钉耙时，都忍不住腹诽了一句：那位老龙王到底教了学堂里这群孩子一些什么奇奇怪怪的东西！

被唐果和长乐联手放倒的那个巫师周边的几个黑斗篷，从茫然和震惊中反应过来后，深感作为一个阵营的同行，很有一种被严重侮辱了的屈辱感。他们一时都顾不上跟乌鸦先生互揍，当场调转法杖的杖尖，想先将这两个气人的小鬼给收拾了。不承想还未来得及施展法术，就被一堆迎面而来的青铜器砸了个正着。假如那只是普通的铜器，这一招不靠谱的战术顶多也就是烦人了些。然而那一堆并不是普通的铜器，而是南嘉老祖出品的各色神器。因此几个黑斗篷巫师的怒火刚要冲上发冠，就被炸开的一串烈火给烧了个干干净净。

墨渡见老祖给她的那些神器果然在战场上很有用，松了口气，反手拔出自己的小龙王剑就朝另一个准备冲唐果施法的巫师抽了过去。许是被小猪唐果耳濡目染地激发了几分骂街天赋，墨渡一剑挑过去时嘴里还不忘叱道："你这妖道以大欺小！欺负我的猪猪，忒不要脸！"

小龙墨渡本性桀骜不驯，先前的理智和谨慎，都是出于不想因自己的决策给小伙伴们带来危险。既然最要好的唐果和长乐已经率先冲进战场，她怎么可能再犹豫不决？当然是想也不想，就跟在他们身后一起从高塔里翻了出来，加入战斗！

墨渡剑挑又一个黑巫师时，被她先前扔出的神器烧得龇牙咧嘴、惨叫不迭的几个巫师，终于用法术变出的清水浇灭了烈火。正当这些巫师想一雪前耻地找某个小龙算账时，还未来得及在战场上找到墨渡的身影，就被一只凶猛的大老虎一掌狠狠地拍进了土里。一声虎啸冲破天际，竟有股不亚于上古凶兽的气势蕴含其中。

原来狩猎队三人组早就想动手了，一见唐果边骂边翻窗而出，也立马抄着各自的武器冲了出来。而大老虎别的不懂，可是看到自家小老虎匆匆忙忙跑出来跟这群讨厌的家伙打架，爱女心切的老父亲当然是毫不犹豫地气势汹汹跟过来帮忙了。

乌鸦先生见本该在塔里藏好的六个小鬼和一只大老虎竟是一个不落地纷至沓来，闯入他们不该参与的战斗，不由眉心直跳，简直想骂他们"胡闹"。然而事有轻重缓急，这群捣蛋鬼跑都跑出来了，赶也赶不回去，他的当务之急还是得尽量护着这群不知深浅的小家伙，免得他们在并不熟悉的法术战斗里中阴招。好在这些小鬼虽然没有多少应敌经验，可胜在招数无门无派、格外清奇，在他们对巫师们的法术一无所知的同时，一群黑斗篷巫师也被他们这边一钉耙、那边一闷棍的打法整得一愣一愣的。

倘若墨渡他们的作妖行为止步于此，倒也还算有些分寸，然而小孩子们的大胆超乎乌鸦先生的想象。唐果见狩猎队三人组和大老虎紧随其后掺和进战场，自觉乌鸦先生这边的危机已经被解决。小猪抬头一看，发现总是宠着她的老巫师在祭坛上被一片刀光剑影追得狼狈不堪，披散的白胡子和长头发凌乱在风中，小猪登时火冒三丈，提着钉耙就往祭坛上跳。唐果这么一动，同她形影不离的墨渡和长乐自然是不管不顾地跟了上去。

正跟七八个巫师对峙的乌鸦先生见状，眉毛简直要挑飞出额头了，惊道："快回来！"

可是他再惊怒，一时也腾不出手去管教这三个不知天高地厚的孩子，只能眼睁睁看着他们先后窜上了危机四伏的高台。好在墨渡不是当真没有轻重，她在跳上高台的刹那间就一甩手丢出了大堆的符咒。那些符咒在脱手的一瞬，如同有什么灵性般，自觉飞向祭坛上的几处法阵薄弱点，"啪"的一声牢牢贴在了地面上。随着符咒落地，那些飞走在夜空中的凌厉刀光顿时一滞，就好像忽然间失去了支撑它们的力量源头，渐渐消散在黑暗中。

浮在雾里的蜃女眉头一蹙，阴冷的目光转向了提着小龙王剑的墨渡，似乎是认出了她就是先前那个打乱了她初始计划的碍事小鬼。蜃女正要开口说些什么，就见另一个胖乎乎的小孩如同是初生牛犊不怕虎，竟敢挥舞着一根怪模怪样的武器径直冲到她的跟前。

唐果一钉耙朝那怪雾里的女子招呼上去，嘴里还不忘为老巫师出气，将蜃女劈头盖脸臭骂一通："好你个妖孽，懂不懂尊老爱幼啊！竟然欺负一个老人家，也不嫌丢脸！"

此话一出口，空气里弥漫着的、紧张的战斗气氛忽然一凝，某种不合时宜的滑稽气息缓缓荡漾开来。追在唐果身后的老巫师，原本是想要将这个怕不是吃了熊心豹子胆，竟敢同蜃女正面硬抗的小猪崽子给捞回来，闻言不由动作一顿，下意识伸手捋了捋自己的白胡子。他一时不知是该感动，还是该将专挑自己痛处踩的小猪拎回家好好教育一番！

与唐果一起飞扑过来的墨渡听了这话，险些一剑刺歪误伤己方队友。她默然片刻，委婉地对唐果说："猪猪，我想这位蜃女阁下，比文潇先生年龄要大上不少。"

蜃女作为九大神王之后最早一批降世的神明，她和老巫师之间的年龄差距……大概就跟老巫师和小猪唐果之间的年龄差距一般大。堪称隔了近一整个纪元的鸿沟，其间的辈分压根没法计算。

唐果一钉耙挥下，皱着眉头的蜃女只是轻轻松松挥手挡开。唐果却被这轻轻一撇扫得连连后退几步，才在长乐的帮助下稳住身形。听闻墨渡指出了自己语言中的漏洞，她也不觉得有什么不好意思的。小猪自认从小到大行走童谣村，她打架未必能赢，但骂街还从未输过。她权当前面的那一句失言不存，转而挥着钉耙再接再厉地怒斥道："好你个老妖婆！仗势欺人、恃强凌弱、以大欺小、不讲武德！忒不要脸了！"

蜃女："……"

蜃女在大风大浪里闯荡了那么多年，捅破过天、拆碎过地，打过上古神王、驯过神兽凶兽，还从未见过有哪个对手能这般令她气闷——这到底是何方神兽？难道说是昆仑本土的特产吗！

昆仑神兽果真名不虚传！

蜃女决定调转矛头，先碾死这个骂骂咧咧的小鬼。然而她刚一动手，就被护崽的老巫师及时撑起自己那柄神奇的伞挡开。一旁早有准备的墨渡更是兜头一堆神器砸了上去，白雾瞬间被炸成了斑斓的烟花，比七月半的河灯会还绚烂。雾状的蜃女不易受伤，但也被小龙这波不讲套路的操作给打得懵了片刻，回过神来后怒而反击。

老巫师攻击招数有限，自保能力倒是有一些的。虽说他有心让三个胆大包天的孩子退下，但已经被卷进战斗范围内的墨渡三人在这么一波猛攻之下，要安全地退下祭坛也不容易。何况三个小孩子无心这么做，他们自觉刚刚被揍得丢盔卸甲的老巫师压根搞不定眼前这个蠹女，很需要他们的帮忙。于是，三只"神兽"和一个老巫师，就这样相互配合着跟尚未恢复神身的蠹女周旋起来。

尽管有些不合时宜，但在一番配合之后，老巫师心中不禁感慨"后生可畏"。这仨小孩从未上过战场，竟然无师自通地跟他一齐形成了四方阵，各自占据一角合力与蠹女对峙。

挥舞着钉耙的唐果，完美诠释了什么叫作"雷声大雨点小"。她嘴里骂骂咧咧，手上的钉耙却没几下招呼在要害上，毕竟蠹女这种级别的上古神族（哪怕早已失去了神身又在现世消磨了五千年，元神严重受损）不是她能对付的。倘若不是蠹女现下虎落平阳、蛟龙失水，早就将她这个敢在太岁头上动土的小猪给一锅炖了！

反观小龙墨渡，她骂街比不过唐果，但不声不响、二话不说就是一堆神器噼里啪啦朝着蠹女招呼上去的行径，倒还真给对方添了不少麻烦。尤其是狡猾的老巫师每次都看准了时机，趁着蠹女应付炸开的神器时，什么阴招损招都不管不顾地丢了过去。对还未塑成真正形体的蠹女而言伤害不算大，可确实是拖延了她通过古铭文抽取昆仑灵脉的速度。祭坛的地面上刻画的那些古铭文，也因此而变得忽明忽暗，仿佛一排排在凛风中摇曳的油灯。

蠹女毕竟不是对老龙王有严重心理阴影的九尾狐夫人，因而当墨渡抄着那柄小型龙王剑冲上来时，她虽然认出了这柄花纹特殊的剑，却也没有太当回事。反倒是墨渡那一边玩剑，一边时不时抽空向她不由分说地扔出一堆"暗器"的不要脸打法，彻底将她惹毛了。

"你这后生好不要脸！"容貌冷峻的女子罕见地动了怒，同时被唐果那几乎形成声音攻击的骂街架势给带偏了思路，忍不住用相似的语言回嘴呵斥了墨渡一句。她连老巫师都暂时懒得去管，决定先集中精力把这只讨嫌的小龙给按在地上摩擦成烤龙饼再说别的。

蜃女一发狠，作为攻击目标的墨渡立时感到招架不住。真要说起来，瘦死的骆驼，那还比马大呢！哪怕是如今大伤元气、苟延残喘的蜃女，倘若真想打死他们几个，也不是做不到的。先前他们三个小孩和老巫师能合力与之一战，究其根本在于蜃女现在懒得搭理他们。在对方的眼里，借昆仑灵脉重塑神身才是当务之急。只要她将神身重塑，别说三个没什么本事的小鬼头，就是十个老巫师加在一起也在她手下走不过一招。因而蜃女打定主意要先收拾了墨渡，后者便立刻应付得左支右绌、险象迭生。

老巫师目光顿时变得愈发严肃。然而凭他的本事，若是只需拖延一番蜃女还能一试，真要他跟元神状态的蜃女正面硬抗难度太高了。老巫师兜头一串五颜六色的法术招呼上去，试图转移蜃女不知缘何粘在了墨渡身上的注意力，却没有成功。小龙墨渡法术实力平平无奇，拉仇恨的本领倒是异于常人。

墨渡也没想到唐果骂了那么一通难听的话，蜃女选择充耳不闻。而她分明是一语未发，怎么就被这尊大神盯上了呢？面对步步紧逼的白雾，墨渡那点小花招很快就不够用了。若不是她早有准备地往身上贴了一大堆南嘉老祖亲手画的符咒，现在怕是已经在一串阴毒的烈火咒下从小龙变烤龙了！

寻常的刀剑功夫面对上古神族的法术，逐渐力不能支。墨渡倒是想用法术来应对一二，但她今夜方才入道，脑海里记得的只有些许书本里看来的初级咒文。别说面对蜃女的攻击是否有用，光是念动咒文所需的时间，就是如此激烈的战斗中所抽不出来的。墨渡认真地感觉现在她分神去蹦出一个字的工夫，就足够蜃女把她送去忘川投胎转世了！

在墨渡开始在这应接不暇的战斗中，感到一种难以言喻的焦躁时，识海深处忽然传来那已有几分熟悉的清冷声音，白衣师尊的声音对她说："阿渡，专注。"

墨渡在那声音的帮助下倏地恢复了清明的神智，本能感觉到了危险，下意识朝侧面就地一滚，惊险地躲过了一柄法术化成的尖锐冰刃。那利刃擦着她闪避及时的身体，深深插进祭坛的地面上，再缓缓消散。墨渡这才发现自己被浅浅的迷雾包围了，雾里好像有什么东西在迷惑她的心智，让她心浮气躁，静不下心来应对眼前的挑战。

"龙龙！"

唐果满是焦急的惊呼声传入墨渡的耳畔。原来小猪和猴哥见她被蜃女打得连连败退，早已急得上火，只不过他们在这种级别的战斗中实在是帮不上忙。就连老巫师的法术对雾状的蜃女都伤害有限，一时间着实是束手无策。

墨渡躲过冰刃后，危机并未解除。蜃女好像打定主意要先碾死她，不顾另一边不断给她制造麻烦的老巫师，就是铁了心攥着墨渡满祭坛地你追我赶。可怜的小龙被她左一串冰刃、右一波烈火追着打到嗷嗷叫，虽然有符咒的保护并未受什么重伤，但该疼还是很疼的啊！

"不是，那个谁……我们往日无冤近日无仇！"墨渡崩溃地边跑边叫，"你怎么就追着我打呀！"

在战斗中不专心乃是大忌。就这么稍一分神，墨渡便被一阵凌厉的妖风卷起，重重扔下了高高的祭坛。听见小伙伴们此起彼伏的惊呼，墨渡心中倒是没有太惊慌，她觉得这祭坛的高度应该还摔不死龙，只是下意识在空中调整了姿势，做好落地时卸去冲劲以免受伤的准备。可墨渡没有料到的是，下一个瞬间，原本平坦的地面上忽然拔地而起就是一堆参差不齐的冰锥，其凶狠的架势怕是想把她给刺成烤肉串。

墨渡吓得惊叫出声，可是这时再躲避已经来不及了！

　　就在这千钧一发之际，一股在盛夏时节显得分外清凉的柔风轻轻将她托了起来，很惊险地令她没有被尖锐的利刃所伤，而后稳稳将她送到了一旁的平地上。墨渡惊魂未定地在祭坛下站稳，还未来得及去琢磨这风中染着的那点说不出的熟悉感，就听闻夜色里远远传来一声即使放在如此混乱的战场上，也显得格外清晰的清亮嗓音。

　　那声音用一种吊儿郎当的语气笑道："呀，这大过节的，昆仑好生热闹。"

柒·前尘

　　墨渡在听见那熟悉的声音时，原本紧绷的身体下意识松懈了些许。果不其然，伴随着声音自夜空中落下的，是南嘉老祖那清瘦却总能令小龙很有安全感的身影。落拓不羁的神明一如既往披着一身朴素的青衫，手执一柄折扇，不似高高在上的神仙，倒像凡间那些风流的江湖浪子。南嘉"唰"的一声打开折扇轻摇，面上带着几分温润的笑意，逍遥自在得仿佛头顶没有三只快要将苍穹都捅出个窟窿的上古凶兽在翻江倒海，他只是普普通通地来昆仑走亲访友而已。

　　"老祖！"墨渡欢喜地叫道。

　　站在祭坛上的南嘉老祖歪头看了她一眼，远远冲她笑了笑算作安抚，又将目光转回到白雾里的蜃女身上。

　　他的出现好像是今夜第一次真正令雾里的蜃女警惕了起来。先前无论是老巫师、乌鸦先生还是墨渡这群不足挂齿的小鬼头，在她眼里都是随手可以碾死的、不足为虑的蝼蚁。反观本在严肃应敌的老巫师和乌鸦先生，于南嘉老祖的声音响起的那个刹那，紧蹙的眉头顿时一松，就如同是扛了半宿后，终于等来了期盼已久的援军。

　　方才追着墨渡到祭坛边沿的白雾，缓缓退回至古铭文的中心。一直不屑于对墨渡他们正眼相看的蜃女，似乎是终于捡回了她在五千多年的苟延残喘中，消磨至所剩无几的社交礼仪。她用那双阴鸷的浅灰色双眸，自雾里看向祭坛边缘轻摇折扇的青衫神明，语气谨慎地开口问候道："南嘉公子，好久不见。"

"蜃女大人。"南嘉彬彬有礼地笑着回了一揖，"嘉不知阁下亦在昆仑做客，这大过节的也未曾备礼，实乃嘉之过也。还望阁下海涵。"

天上的九婴在一番激战后，终是瞄准合适的时机，一口咬住化蛇颈部的要害。凶兽濒死的嘶鸣声响彻昆仑山，堪称惊心动魄。地面上的战斗却因南嘉老祖的出现而倏地凝滞，祭坛上下的打斗皆不约而同停了下来。小老虎阿凌抱住了正要冲向另一个黑斗篷巫师的大老虎的脖子，带着父亲后撤至乌鸦先生的身侧，与对面举着法杖却暂缓攻势的那排巫师默然对峙。祭坛上的老巫师趁着这战斗间隙，悄无声息地挪动到唐果和长乐身边，支起伞将俩茫然地抄着武器的小孩藏到自己身后。

尽管南嘉老祖话说得客气，一双狐狸般的双眸里，更是含着与眼前这一触即发的紧张气氛所截然不同的浅浅笑意，可墨渡还是感觉出祭坛上的蜃女，似乎仍是对他抱有极高的敌意和警惕。

"公子客气了。"蜃女如是说道，语气里带着的一丝丝凉意，与她脱口而出的话不相称，显出几分难以言喻的诡异，"多年不见，敢问晏舟神尊近来可好？"

"神尊她一切都好，有劳阁下挂念。"

"哪里哪里，到底是故交。"蜃女扯了扯嘴角笑着说，"五千年前她那'一剑之恩'我尚未来得及报答，便是沧海桑田、粉身碎骨，又岂敢相忘。"

两个古老的神明就着天空中凶兽间翻天覆地的激战为背景，客客气气说起了鬼也不信的场面话。就连迟钝的小猪唐果，都从蜃女那阴鸷骇人的目光和咬牙切齿的语调中，听出了与字面意思相反的深意——他们这哪像是有恩情？怕不是有旧仇还差不多！

在这古怪的气氛中，唐果选择识时务地收敛了自己习惯性的骂街战术，安安静静地提着钉耙站在老巫师的身边。她将目光投向祭坛下的墨渡，后者正冲她悄悄使眼色，似乎是想让她和长乐从高台上退下来。

墨渡的担忧不是没有道理。如果她记得不错，老祖上次给她的那封回信里就已提起过，五千多年前蜃女正是因为晏舟神尊那一剑而失去了神身。虽然现在看来她因什么缘故侥幸在身体被毁的情况下保住了元神，可也只是落得个如此神不神、鬼不鬼的下场。

而她老祖南嘉不仅是蓬莱的神族，还是晏舟神尊的师弟。撇开立场问题换位思考一番，这仇怨可不是大了去了！搁墨渡自己，若是跟一抹游魂般在世间生不如死地徘徊游荡五千多年，她活过来后要做的第一件事情，估计也是提剑去找罪魁祸首算账。

果不出她所料，祭坛上那故友重逢般相互问候近况的"友好场面"，很快就被积压已久的冤仇撕裂。

一番语言上的周旋，蜃女望向南嘉的目光愈发阴森可怖："你们蓬莱神族向来傲慢，应当是从未想过我有朝一日还会回来吧。"

无论是面对蜃女的笑里藏刀，抑或是终于藏匿不住而暴露出的森森獠牙，南嘉都是一派淡定，甚至还用手中折扇漫不经心地扇了两下风，颔首笑道："当年确实有同族推测过您并未彻底陨落，而是将元神化作雾状逃过一劫。毕竟那日战场上的大雾久久不散，而雾里又是您的天下。您借此躲过我等视线，也不无可能。"

"真是绝妙的猜测，几乎已经很贴近现实了。"蜃女淡道，"怎么，你是一直不相信这种可能性？"

"信又如何，不信又如何。"南嘉将折扇一收，淡定自若地浅笑，"您若在世，早晚会现身。只是将主意打到昆仑灵脉之上，如此没有底线的行径，阁下未免也太过绝望了。"

"放肆！你又懂什么！"话说到这份上，也就没有必要佯装表面上的和平了，蜃女不再掩饰自己目光中的阴毒和仇恨，盯着南嘉的眼神就好像要将他撕成碎片，方才能解这五千年来积蓄已久的浓重恨意，"失去身体比蝼蚁还不如的五千多年我怎么过来的，你不曾体验过，又怎敢轻言'绝望'二字。我今日就先收拾了你，改日再去蓬莱找晏舟好好算算这笔账！"

话音未落，白雾瞬时化作一阵强烈到足以掀翻整座世外谷的狂风，风中甩出一卷旋转的尖锐利刃，带着腾腾煞气袭向风轻云淡般站在祭坛边缘的南嘉。青衫神明似乎早有所料，见状只是轻叹，信手一挥折扇，将快至眼前的尖锐利刃尽数拂去，就好像抖落了什么不慎沾上的尘灰。而后他足尖轻点，自祭坛上一跃而起，没入了夜色。

老巫师在蜃女动手的那个刹那间，收起武器一手一个拎起唐果和长乐这俩仍处于状况外的小鬼，飞身跃下祭坛避过那险些将他们三个撕碎的狂风，同时对距离祭坛最近的墨渡高声喊道："快跑！"

墨渡的身体反应向来快过头脑，因而她并不需要思考"为什么要跑"，就已经凭本能拔腿后撤。乌鸦先生几乎和老巫师同时反应过来，顾不上跟那些黑斗篷巫们对峙，而是迅速带着身边的三个小孩和一只大老虎远远撤离战斗中心。

几乎是在他们撤入九重高塔的那个瞬间，两股飓风在黑暗中积蓄成磅礴之势，带着无可匹敌的嚣张气焰在夜空中猛地碰撞。掀起的余波仿佛海面上滔天的巨浪，紫色的电光在飓风中反反复复炸裂，天幕霎时被映衬得恍若白昼，整座昆仑山都为之撼动。那架势竟比先前三只巨型凶兽的翻天覆地，有过之而无不及！原本云里雾里的几个小孩顿时瞪大了眼睛，后知后觉地明白了老巫师高喊的那一句堪称惊慌失措的"快跑"是何用意。

两团飓风并未在那惊天动地的碰撞中消散，反倒在高速旋转下愈演愈烈。倘若他们并未及时藏进估计是被施过很强悍的保护型法术的九重高塔，现在怕是已经被飓风的余波给卷上天，撕成碎片了。哪怕是这座坚不可摧的、在三只上古凶兽上天入地的打斗中也基本纹丝不动的九重高塔，现下都因外头席卷的狂风而不断震动，沉淀多年的灰尘自摆设上被抖落，石壁发出不祥的摩擦声响。即使是注意力完全投注在南嘉老祖和蜃女的战斗之中的小龙墨渡，也忍不住分出一丝心神，目光频频扫过四周上下，生怕这座高塔在两个古老神明的斗法中撑不住而倒塌覆灭。

就连缠斗成一团的九婴和鸣蛇也不得不避其锋芒，将自己这片战场撤远了不少，怕在混乱中被己方队友这简直敌我不分的打法误伤。

而对于墨渡等从未见过世面的小孩子来说，这个夜晚过得着实是太刺激了些。又是体型巨大的上古凶兽，又是震撼人心的神明打架，足以将他们尚未建立起的世界观按在地上碾作碎片随风而散。

小狗雪球抬头看了好一会儿，才想起要托起自己快被惊掉在地上的下巴，平日里的能言善道都被这难以描述的震撼场面给吹得七零八落："这可真是……厉害啊……"

马兄白骑在他的感慨声中勉强找回些神智，开玩笑道："这够你在小饭馆说半年的书了吧？"

"大胆点。"雪球摇头晃脑地说，"今晚的事够我吹上一年了！"

远处的飓风中，忽远忽近地传来南嘉老祖和蜃女的声音。他们这些上古神明的声音怕是也有些什么魔力，在高塔外的所有声响都被凌冽疯狂的风声所浇灭的混战之中，竟依然如此清晰可闻。

墨渡在这时明时暗的疾风骤雨里，目光早已寻不见南嘉老祖的身影，却听见他在凛风中依然镇定又淡然的一声轻叹："这世道早已改天换地五千余年了，阁下竟还是如此放不下当初的执念吗？"

癫狂的暴风雨犹如滔天的海啸，又仿佛有千军万马在其中奔腾呼啸。不仅整片禁地因此而陷入了岌岌可危的覆灭之灾，就连四周的古老森林都被搅得不得安宁。狂风扫过林间，需多人合抱的参天古树，就这般轻轻松松被连根拔起飞上了天，再被不时划过落下的雷电劈成了焦炭，在昏天黑地的暴风雨中悄无声息化作了无痕迹的埃尘。

蜃女阴冷的嗓音，在这毁天灭地的风暴中，显露出几分前所未有的癫狂。她似是被南嘉的那声叹息所激怒："不过是道不同罢了！蓬莱神族总是如此自以为是，从帝青到晏舟，皆以为天下苍生的命运都与你等有干系。实则不过道貌岸然，当年的战争中，你等为了这些蝼蚁连同族的命运都不顾了，可时过境迁又有哪个生灵种族，当真念着你们做出的选择和牺牲？"

"阁下此言差矣。"南嘉不为对方的愤怒所动，仍旧应付得游刃有余，言语间的气息都不曾有过多波动，反倒透出些说不出的悲悯之意，"谈不上牺牲，只是君子有所为、有所不为。"

相比起先前唐果抄着钉耙的骂街阵仗，现在九重高塔外的那两个神明，不光是打架的规模已远远超出墨渡这些小辈所能想象的范畴，就连这几句战斗间隙的斗嘴都令他们听得懵懵懂懂、不甚明白。不过他们现下也顾不上去听那个蠡女和南嘉老祖的对话，因为整座昆仑山，都快被古老的神力所掀起的电闪雷鸣和狂风暴雨，给翻转颠覆了！

唐果迷茫地提着自己的钉耙，在地动山摇中稳住身形，只觉得自己仿佛是汹涌海面上那一叶随时会被巨浪掀翻的小舟。她抬头愣愣地望着高塔外天昏地暗又波澜壮阔的战斗场面，对身边的墨渡喃喃地说："龙龙，你的老祖好厉害啊。"

墨渡其实正因这场战斗提心吊胆的，凝神专注地试图从混乱的苍穹之上，找出南嘉老祖的踪影。听了唐果的话，她一时都忘了要回应。好在唐果的思绪也被搅成一团乱麻，并没有注意到她的反常，倒是在感慨过这么一句后，忽然迟疑地将目光转向了身边胡子头发都凌乱不堪的、灰头土面的老巫师。半晌，小猪少年老成地叹了口气。

好面子的老巫师没注意到唐果的视线，他面色凝重地望着高塔外。在看到那狂风骤然间散去的时候，老巫师不仅没有放松下来，神情反倒更加肃穆，撑起伞喊了声："无涯！"

乌鸦先生会意，立时配合他朝着高塔四周释放了层层叠叠的法术。白光在黑暗里推动了被先前的狂风侵袭至摇摇欲坠的门窗，使其在转瞬间倏地牢牢阖上，将大殿闭合至固若金汤。

下一个瞬间，整座九重高塔忽然剧烈地震动摇晃起来，毫无防备的大老虎和六个小孩登时被颠得东倒西歪摔作一团。老巫师和乌鸦先生暂且分不出心神去照顾他们，而是持续不断地朝着大殿四周的门窗释放着各色法术，反反复复修补着在如此冲击下被撕裂破坏的建筑。

倒是墨渡因视线受阻，而不得不被迫从南嘉老祖和蜃女的战斗中收回心神。她下意识唤出自己的伴身法器，指着四周摇晃不迭的黑暗大喝一声："凡我所立，不退不遂！"

天地间的震动未止。可随着白光自笔尖闪过，以墨渡所站的位置为中心，周围一圈地面都在这地动山摇中偷得短暂的停歇。甚至连一边对着高塔施法、一边留神应付环境中的震动的老巫师和乌鸦先生，都感到压力稍减。在混乱中不小心将长乐当肉垫压在冷硬地面上的唐果，这才哎哟哎哟地叫着，连忙跟遭了无妄之灾的猴哥道歉，并试图挪开自己同样摔得到处都疼的身体。

墨渡倒是想去拉小猪一把，但她也腾不出手来。她依然执笔与黑暗中翻滚的无形浪潮对峙着，只觉得自己稍一分神，那被暂时挡在白光外的震动就又会汹涌地将他们掀翻。这对从未真正好好学过法术的墨渡而言，压力已大过了她所能承受的范围，令她额头上顿时开始冒冷汗，全凭一股意念支撑着自己不要松手，不然身边的这些小伙伴和老虎先生，很可能会在如此剧烈的颠簸中受伤。

正在反复加固晃动的九重高塔的老巫师，注意到墨渡进退两难的处境，眸光中闪过一丝意外。他似乎是没有料到她一个小鬼头，竟能在危机之下，爆发出如此惊人的力量。

老巫师对墨渡喊道："坚持住，孩子！你做得很好！"

墨渡抽不出力气去回应这句话，她死死地捏住手里被冲击得几乎要握不住的伴身法器，脑海里晃过一堆错综复杂的念头。墨渡隐约听见身边的唐果和长乐正惊慌失措地唤着她的名字，可她空不出心思去安抚他们。无形的灵气浪潮在黑暗中汹涌地翻滚着，让她前所未有地感觉到自己的渺小无力和世界的恢弘庞大。

天地都在为之颤抖。那些曾经在史书里匆匆瞥过的几行有关战争的文字描述，此时此刻都被添上了清晰具体的画面和感受。相比起令人心神激荡的震撼，更多的竟是不知身在何处的茫然无措。

九岁的小龙还理不明白如此紊乱的感受，因此她在那一大堆呼啸而过的庞杂思绪中，只牢牢地拽住了一个对她而言最为重要的念头——她的老祖呢？老祖现在怎么样了？

九重高塔外，飓风消散，倾泻而下的暴雨却化作咆哮的惊涛骇浪。一时间天地倒错，山川似海。禁地里所有古老的建筑，都深陷在翻腾的澎湃浪潮中摇摇曳曳。唯有九重高塔和被淹没在海浪下的祭坛，还稳稳地立于天地之间。祭坛上那一圈圈古铭文，像是被什么无形的力量所护住，在如此天崩地裂的战争中央，仍然散发着一种不祥的、幽绿色的光。昆仑灵脉里的灵气，由此源源不断被蠡女自地底抽取而出，汇入进愈发凝实的白雾中。

正在天上与蠡女斗法的南嘉，青衫衣摆被神力卷起的巨浪打湿了。相比起蠡女滔天的怒意和疯狂，他看上去倒是淡然得很，稍稍一挥手中折扇，将朝他席卷而来的、犹如金戈铁马般戾气深重的浪潮撒至一侧："沧溟道大势已去，阁下何必如此执迷不悟。"

"南嘉公子，你我对'执迷不悟'的定义，怕是大不相同。"蠡女冷冷地回应。

南嘉覆手压下一片自浪尖喷涌而出的刀光剑影，闻言，面上仍旧温润如常，只是浅色的眼眸中早已没了笑意。青衫神明在这毁天灭地的惊涛骇浪中，依然是一派飘逸洒脱。他执着折扇，向白雾里堕落的上古之神，轻轻一拱手，礼貌不改地淡道："既如此，蠡女大人就不要怪嘉，不念同族之情。"

话语未落，南嘉那双总是蕴含着些许笑意的狐狸眼中厉色一闪。不待蜃女反应过来，九只青铜鼎已毫无征兆地自虚空中现出，稳稳落在下方被海浪席卷的神秘祭坛之上。那青铜鼎落下的位置似是有什么讲究，随着它们重重压在祭坛上，古铭文散发的幽光顿时一滞，不间断往外抽调的灵气仿佛被某种力量倏地掐灭。禁地上方汹涌翻腾的乌云和灵气海浪，在这个刹那间都像是受到了什么影响，原本浩浩荡荡的气势稍稍一顿。

而在那无尽的苍穹之上，浮在白雾里的蜃女脸色霎时一变，原本愈发凝实的身影忽然间淡去不少，甚至有进一步消散的迹象。蜃女能够很清晰地感觉到，被她从昆仑山底下强行抽出的灵气，似乎是受到了本源的召唤，正反过来顺着那九个青铜鼎回归地脉。

"你做了什么？"蜃女反应过来后，脸上的神情转为极端的愤怒，声调里却染上了空前的惊慌。

"倒也没什么。"南嘉笑着一展折扇，甚至有心情云淡风轻地扇了扇风，"不过是尘归尘、土归土，一些多年前未曾了结的恩怨，今夜就在此做个了断吧。"

两个古老神明之间剑拔弩张的气氛，像是被他这一句话诡异地冻结住了。远处属于上古凶兽间的战斗，却在这短暂的静寂中，终于决出胜负。九婴用九个脑袋一起咬断了已经被她打到重伤的鸣蛇的颈子，战场上被该凶兽掀起的火光骤然间泯灭消散，化为轻烟。九婴谨慎地确认了对手的死亡后，这才缓缓地松了口。怪蛇的尸骸自翻滚的乌云密布间倏然坠落，压塌了昆仑山脉一座高耸入云的山峰。

鸣蛇的陨落，宛如是为这场撼天动地的神明打架，提前昭示了即将到来的结局。

蜃女感觉到好不容易被古铭文所凝聚起的充足灵气，在那九只青铜鼎构成的神秘阵法的作用下，逐渐开始不受控制地溃散。垂死挣扎般被她掀起的狂风、巨浪和灵气凝成的刀光，皆被面不改色的南嘉随手一挥折扇，轻轻松松地镇压。原本算是势均力敌的对峙场面，开始显而易见地向即将获得胜利的那一方所倾倒。

感到夜风中聚起了一片肉眼难见的天罗地网，蜃女对着意图分明的南嘉冷笑道："你觉得五千年前，就连晏舟的剑都留不下我，今夜凭你可以做到吗？"

"恕嘉愚钝。这行与不行，总要尝试一下才知道。"南嘉半点不因她挑衅的话而感到生气，和和气气地笑着，"蜃女大人，请指教。"

他话音方才落下，早在九只青铜鼎压下时就有了崩毁之势的古铭文，最后颤抖着闪烁了片刻。负隅顽抗的幽光，被逐渐安静下来的夜色所吞噬，彻底消散在了空气之中。蜃女的身影随着古铭文的毁坏而变得愈发模糊，被强行聚起的灵气争先恐后地从那团诡异的白雾里逃逸出来，回归到它们所属的大自然。

"南嘉公子。"蜃女的身影消失在白雾里，阴沉的嗓音却隐隐约约在夜色中晕散开来，"我们后会有期。"

"阁下说笑了。"南嘉那双半眯着的狐狸眼，在她的身影融入白雾中的那一刻睁大了些，早有所料般浅笑，"好不容易来昆仑做客一趟，不忙着走吧。"

青衫神明嘴里说着客套话，动作却是丝毫不拖泥带水。他反手往渐渐静默的夜空中掷出一张古老的舆图，那卷材质特殊的图纸在黑暗里自觉铺展开来。随着南嘉用折扇凭空以夜色为媒介，划动勾勒出一个复杂又神秘的符咒，古老舆图便像是突然间被什么力量所点亮，在黑暗中散发出一种柔和又不可抗拒的白光。

舆图亮起的刹那间，将要悄然融入黑暗里的白雾，登时被强行凝聚起形体。夜色中立刻传出蜃女如同是被什么看不见的利刃反复凌迟的痛苦尖叫，尖叫声替代了惊涛骇浪在禁地的上方盘旋回荡着，令藏在高塔里不知战斗已经进展到什么地步的墨渡等人眉心乱跳。

南嘉在鬒女的尖声咒骂中，泰然自若地道："阁下想来就来，想走就走，未免也太不知礼数了。"

折扇在空中轻点，藏匿于风中的天罗地网缓缓显了形，铺天盖地地袭向因被迫凝聚成型而无法化作雾状潜逃的、属于鬒女的元神。金色光点结成的层层巨网，将试图逃窜的那团白雾四面八方地网罗住。白雾试图冲破这金网布下的禁制，却频频在触到金光的刹那间，如同被灼烧般又退缩了回去。

"南嘉——"

鬒女的哀嚎声愈发痛苦。随着金网范围的逐渐缩小，被网罗其中的白雾已无多少垂死挣扎的余地，上古神女那向来阴冷的嗓音中渐渐透出几分濒死的绝望。

"我诅咒你——南嘉！我诅咒你——"鬒女只觉得自己陷在了一片无尽灼烧的熊熊烈火中，残存的神魂都快被这火烧尽成灰，她禁不住失去理智疯狂地叫嚣，"啊——我诅咒你神魂俱灭——不得好死！"

南嘉那浅色双瞳里是墨渡从未见识过的淡漠。面对鬒女恶毒的诅咒，他神情堪称八风不动，只是淡定地轻轻一挥手中折扇。层叠交错的金网最后一次猛地收缩，与被困在其中将要消散的、痛苦哀嚎的白雾结结实实地碰撞，尖叫声因此戛然而止。鬒女苟延残喘五千余年的元神，彻底被凌厉的金光撕碎成一缕缕再凑不成型的浅淡白烟。

风声骤停，浪潮退散，被搅得一片狼藉的古老森林终于恢复了宁静。只剩下失去了生机的烟雾，漫无目的地飘浮在天空中，再在夜色里缓缓散开。最后一缕白烟散为尘灰的那个瞬间，浮在空中的舆图渐渐淡去了光，重新飘回至南嘉的眼前。独自悬在苍穹上的青衫神明抬手收起卷轴，歪头感受到空气中的灵气浓度远超平常，于是复又抬起他那柄折扇远远指向禁地中央的祭坛。

九只青铜鼎随着他轻描淡写的动作而稍稍颤动，彼此似乎被某种阵法相互连接。禁地上空飘摇的、茫然不知归处的灵气，像是受到了什么熟悉的召唤，开始缓缓下沉，自祭坛地面的缝隙间回到它们应去之地。昆仑底下颤动不稳的灵脉，也在九鼎的安抚下渐渐平静。这场翻天覆地的战斗，终于落下了帷幕。

南嘉自高处放眼望去。乌云散去后，被遮蔽的月色和星光悄悄探出头来。经历了这一场惊心动魄的昆仑山脉，在重新回归宁静的夜色中，陷入它不被世人打搅的漫长沉睡。

完成了一项使命的南嘉老祖将折扇一收，目光望向在一堆倒塌的古建筑中幸免于难的九重高塔。他的身形在空中一闪，化作一缕青烟，转瞬就落在了下方的祭坛上。

九重高塔里，地动山摇终于停歇，黑暗的高塔重归百年如一日的静寂。见一旁的老巫师和乌鸦先生都松了口气一般，停止了不间断的施法架势，早已强撑到极限的墨渡，这才敢放松她紧握着伴身法器的手。小龙的身形止不住摇晃，被唐果惊慌地扶住时，她才后知后觉地感到自己整个人都脱力了，就好像这辈子都没有如此疲倦过。

"龙龙！你怎么了？"唐果焦急地扔了钉耙，抱住软下来的墨渡，以为她在方才的混乱中受什么伤了，"长老！长老你快来啊！龙龙受伤了！"

老巫师闻声收起伞，朝他们跑了过来。

"没事……"墨渡觉得自己只是虚脱了，比起担心自己，她更挂心的是在高塔外情况不明的南嘉老祖，"我……老祖……"

"昆仑灵脉已恢复正常，你老祖不会有事的。"老巫师拉过她的手腕搭了搭脉，神情一松，转头安慰唐果说，"小龙殿下没事，只是入道后第一次使用法术，有点消耗过度。"

老巫师从怀里摸出个细脖子的青花瓷瓶，打开瓶塞倒出几颗黑乎乎的药丸，给墨渡喂了下去。墨渡正要反抗说自己不吃药，不承想入口的药丸甜甜的，和它们的外表截然相反，比起药丸更像糖丸。于是墨渡从善如流地将那几颗小丸子咽下，正想再进一步问什么时，大殿紧闭的门被推开了。南嘉老祖走了进来，全须全尾、青衫依旧，看上去比某个脱力的小龙还要精神。

墨渡本还提着的心，终于在看到南嘉的身影完好无损出现在眼前的这个瞬间，放下了。她将全身力量毫不客气地压在了唐果身上，渐渐感到老巫师给她塞下的药丸似乎在起效，让她仿佛是被方才那一个法术所掏空的精力慢慢恢复。

南嘉跟在他推门前已经走到门口的乌鸦先生交流了几句，这才向着将自己整个挂在唐果身上的墨渡，摇着折扇、踱步走来。墨渡还未开口说些什么，就被南嘉用一个她分外熟悉的姿势拎起，落入散着浅淡酒香的怀抱中。

墨渡听见南嘉老祖揶揄又温柔的声音，在她的头顶响起："唉，小阿渡。老祖不在，怎么把自己搞得这般狼狈？"

墨渡彻底放松了已然紧绷一夜的心神，抱着他的胳膊哼哼唧唧，像个在外对敌时嚣张跋扈，回了家却瞬间又成了幼稚鬼的、没长大的小孩："还不是那个老妖婆……你把她搞定了吗？"

"搞定了。"南嘉用折扇轻轻点了点她的肩，将她满身的狼狈痕迹抹去，在战斗中破损的衣服就这样被法术修补如初，"就当老祖替你报过仇了吧。"

墨渡先是乐呵，而后才反应过来，疑惑地问："老祖，你怎么突然来昆仑了？"

"你阿爹给我传的信，说他和阿瑜有事要去人间一趟，昆仑这边让我替他照看一番。"南嘉笑道，"上回你们在森林里碰到的事情还没下文，你以为你阿爹阿娘会那么大意，什么准备都不做就直接离开昆仑吗？"

墨渡反应了一会儿，才将这里面的逻辑理明白——她父母离开昆仑去处理人间事务前，跟老祖通过信，所以老祖才会来到昆仑，及时制止了蜃女趁她父母不在，对昆仑灵脉下手，意图借灵脉重塑神身复活的阴谋。

"那……额，您到得可真及时。"墨渡沉默半晌，只憋出这么一句话，"再晚一点点，我就被那个老妖婆做成烤龙串了。"

说到这个，在与蜃女对峙时依然面色不改的南嘉，目光心虚地飘忽了一瞬："哎呀，老祖是估计到她十有八九盯上了昆仑灵脉，而下手的最好时机就是七月半当夜，这是一年中九州灵脉最不稳定的一天。我收到你阿爹的传信后，掐指算了算觉得时间还算宽裕，途中就先去北冥弯了一弯，向玄墨尊者借了点东西。"

"借什么东西？"墨渡疑惑。

见墨渡被忽悠过去，没有在意他途中耽搁的那点时间，险些令他赶不上从蜃女手下营救某个差一点就被串成烤肉的小龙。南嘉顺势从怀里掏出那个在大战中起了决定性作用的古老舆图，给她看了一眼："'山海舆图'，一个上古神器。我寻思着蜃女当年能从晏舟神尊剑下保住元神，又在众神眼皮子底下逃逸、隐藏那么多年，十有八九是有些不同凡响的保命手段的。她藏了五千多年好不容易按捺不住冒了头，那么好的机会，可不能让她再逃走了，不是吗？"

墨渡果然被转移了注意力："那这个舆图有什么用？"

"它能够短暂地改变九州某个区域的灵气运转规则，比如说，阻止蜃女将元神化雾后离开昆仑。我估计她上次就是这么捡回一条命的。"南嘉收起舆图，老神在在地摇了摇手里的折扇，"总之，你放心吧。这回她是没可能再继续兴风作浪了。"

墨渡似懂非懂地点了点头。而一旁的唐果是从南嘉说到那个什么舆图后，就一句也没听懂了。不过小猪也不在意，她只要知道那个来他们昆仑撒野的坏蛋已经被解决了，再看刚刚虚弱到脸色惨白的墨渡已在老巫师的药丸作用下慢慢恢复元气，其他的小伙伴也都没有在混战中受伤，唐果就感到十分心满意足。她弯腰正要去捡先前被自己丢在地上的钉耙，余光忽然瞥见角落里的几个正在悄悄往大殿门口挪动的黑斗篷巫师。

原来在南嘉老祖和蜃女动手前夕的混乱之中，虽说大部分黑斗篷巫师都没来得及提前找安全的地方隐蔽，因而被那场可怖的暴风雨卷上了天，可也有那么五六个黑巫师反应迅速，跟着熟悉禁地的老巫师一行人，及时溜进了九重高塔，躲过一劫。但这五六个巫师尽管侥幸在神明斗法中捡回一条命，现在一边倒的局势于他们而言，着实不怎么妙。因此，当他们反应过来蜃女已被南嘉老祖所灭，现场只剩下昆仑一方的神明、巫师和"神兽"之后，就开始琢磨着趁南嘉和墨渡这对久未见面的老祖和小徒孙重逢叙旧时，偷偷摸摸溜出大殿——先跑为上！

唐果倒是没明白，为什么大殿里还有五六个黑斗篷巫师。毕竟先前的场面过于混乱了，她没注意到有敌人跟在他们身后溜进高塔，也是很合理的事情。小猪虽然不知道为什么这几个讨厌的家伙在这，可她在看见他们那似乎要往大门口偷摸着溜走的架势的瞬间，愤怒先理智一步爆发了。

在唐果眼里，这群黑斗篷巫师就是一些敢跑到他们童谣村地盘上撒野、欺负了她尊敬的老巫师，还想要帮助那劳什子蜃女，抽取昆仑灵脉后毁掉他们的家的大坏蛋！而现在，这些大坏蛋的头头已经被墨渡的老祖解决了，前面蹦跶得那么欢的小喽啰们见势不妙，居然在做了那么多讨人厌的事情后，还敢妄想在她眼皮子底下逃跑！

这可真是长老能忍，小猪不能忍！

"妖孽，哪里跑！"唐果气吞山河的一声怒吼在高塔里骤然间响起，又慢慢地回荡。其他人皆是被她这声怒吼惊了一跳，下意识循声望去，就见小猪抄起了地上的钉耙，气势汹汹地往那群一点点向大门口挪动的黑斗篷巫师冲了过去。

长乐是第一个从唐果那惊天一嗓子中缓过神来的。他见小猪已经很莽撞地抄着武器冲上去跟六个黑斗篷巫师对峙，于是也来不及管别的，立时舞着烧火棍追了过去，对着一个黑斗篷跳起来就是一闷棍，直接朝那脑门上招呼。而唐果则如先前那般，抢着钉耙准确地砸向了那巫师的脚背。

一声惊心动魄的惨嚎，伴随着令乌鸦先生等人感到分外熟悉的"咚"的一声响，顺着九重高塔空荡荡的大殿，层层往上盘旋、回荡。

唐果和长乐完成了又一次他们心目中完美默契的配合杀招，将各自的武器往肩上一扛，只觉得神清气爽。再一看被放倒在地的黑斗篷巫师，更是解气极了。而头一回见到如此与众不同、世所罕见的战术的南嘉老祖，简直惊呆了，不知道钉耙配烧火棍，是什么极具昆仑本土特色的制敌战术。

不等南嘉回过神来，冲身边同样对唐果和长乐这招数感到无言以对的老巫师和乌鸦先生，说些什么发自内心的夸奖的话，就见另外三个提着刀、枪、叉的少男少女紧随唐果和长乐之后，朝那几个不知道是幸运还是倒霉的黑斗篷巫师冲了过去。后面还跟着一只一爪子下去能把人压扁的大老虎，虎视眈眈地盯着那几个黑巫师，给五个跳脱的小孩子压阵。

好一顿一边倒的痛打！

小孩子们提心吊胆了一个晚上，现在危机终于过去，局势愈发明朗。他们在松一口气的同时，也不由得拿出十二分的精神痛打落水狗，算作泄愤。

唐果边打边骂："敢来我昆仑撒野！是欺负我们童谣村没人了吗？你害得我在村子里一关就是半年，连沙棠果子酱都没得吃，错过了多少春天夏天的当季美食……啊，这可真是气死猪了！妖孽休走，再吃我一耙！"

长乐习惯了唐果一生气就骂骂咧咧，性情沉着的猴哥倒是没跟着她一起骂什么，而是看好时机一挥一个准地往这些巫师的脑门补上一烧火棍。

挥舞着捕鱼叉的小狗雪球倒是觉得这般骂街很解气，一叉子挥出去后跟着骂道："你害我不能进山捕猎，没有新鲜肉吃！吃鱼吃得满身腥味，都快改姓猫了！吃我一叉！"

"你刚刚以多欺少，欺负我阿爹！"这是为大老虎险些在混战中受伤而气呼呼的小虎阿凌。

"你刚刚用火烧焦了我的头发！"这是自认风度翩翩，很爱惜形象的马兄白骑。

在唐果那一声吼前，本已准备出手收拾剩下这几个漏网之鱼的乌鸦先生，见状，默默地收回了抬起的脚——算了，让孩子们历练历练吧。

看戏看得津津有味的南嘉老祖，不忘将已经因过度使用法术而脱力，还未恢复就想要提剑加入战局助小伙伴们一臂之力的小龙墨渡给捞了回来。墨渡遗憾地看着小伙伴们大发神威，很可惜自己现在竟没有力气冲过去掺和一脚！

"小阿渡。"墨渡听见南嘉老祖啧啧称奇地对她感慨，"你这哪里是结交了一群小伙伴，你这是结交了一群小神兽啊！"

墨渡不是很确定这是不是夸奖的话，但是抬头一看自家老祖满是欣赏意味的目光，就确定了这应该是一句夸奖。于是小龙与有荣焉地晃了晃脑袋，乐道："那是！猪猪他们好厉害的！我还认识了一个神神叨叨的小羊，她和老祖一样，特别喜欢看星星！"

悠然自得摇晃着折扇的南嘉正要接话，忽然间脸色微变，反手将折扇朝正在围殴黑巫师的战斗中心甩了出去。几乎是他动手的同一时间，摸着白胡子的老巫师和守着大门的乌鸦先生，皆是神情一肃。

"小心！"老巫师喊出这一声的同时，掷出了自己手中的伞。伞面在空气中旋转张开，逐渐形成一张巨大的防护罩，横在了大殿中央。而乌鸦先生已在瞬间化作一片黑云，席卷过去将五个小孩和一只大老虎卷起带离了战斗现场。

只听闻"轰隆"一声巨响，整座九重高塔都因此而晃了三晃。高塔里大片沉积已久的灰尘自高处被抖落，稀里哗啦地仿佛落起了灰尘雨。

被乌鸦先生及时卷起扔到伞面形成的防护罩后的唐果等"神兽"，侥幸没有在这陡生的变故中受到任何伤害。对他们来说，上一息他们还在抄着武器痛揍那几个黑斗篷巫师，下一刻却是倏地眼前一黑、天旋地转，再落地时就看见一柄旋转变大的巨伞结成一面散发着白光的罩子，牢牢地将大殿另一侧乍起的火光挡在了背后。一阵噼里啪啦声过后，摇曳的火光逐渐熄灭，被骤起的烈火所照亮的大殿重归昏暗。一切如旧，唯独先前被唐果他们痛打的几个黑斗篷巫师不见了踪影，空气中似是飘浮着些许色彩诡异的尘灰，但很快也不着痕迹地散去了。

白光淡去，老巫师收起了伞。他拿伞尖撑着地面，望着黑暗大殿的神情是一副高深莫测的凝重。南嘉老祖轻轻叹息，一挥衣袖无声召回了方才在危急之际，被他掷出去的扇子。那展开的折扇在空中优雅地打了个转，复又稳稳落回至青衫神明纤长又骨节分明的手中。

别说唐果他们对这番变故摸不着头脑，不太明白刚才还在原地的那几个黑斗篷去哪里了，就连旁观了全程的墨渡，也有些不明所以，她琢磨了片刻，选择直接问南嘉："老祖，你刚刚做了什么呀？"

南嘉收起折扇，轻轻在她小脑袋上点了点："不是老祖做了什么，是那几个巫师自爆了元神。若不是文潇先生和无涯先生反应快，你的几个小伙伴离得那么近，可能就要受伤了。"

对神灵和巫师而言，"元神"的重要性，相当于普通生灵的"魂魄"。在九州，只要魂魄尚存，死去的生灵就能重入轮回投胎转世。而元神若是不曾受到过重的损害，那些陨落的神明就能去往永恒之地。就如同上古时代许许多多的神明那般，陨落对他们来说，只是为现世的这段旅途画上了终点，而他们在现世之外的世界的旅程，仍然在继续。可若是元神被毁，就犹如刚才死于南嘉手下的蜃女和现在自爆元神的巫师，那当真是上天入地、现世往生，再也寻不见存在的痕迹了。

"'自爆元神'，不就是永远消失了吗？"墨渡听懂了南嘉的话，可她还是有点茫然，"他们为什么要这么做啊……"

"好问题。"南嘉的神情倒是不似老巫师和乌鸦先生那般凝重，即便他所说的话听上去很需要被重视，"宁可自爆元神也不愿落入我们手里，那说明这几个巫师心中藏了不少不能被我们知晓的秘密。倒是……有点意思。"

见墨渡听了他这话，小脸上的神色逐渐凝重起来，似是含着某种与年龄所不符的忧虑，南嘉禁不住摇头失笑，伸手在她的小脑瓜上拍了拍："行啦！小小年纪，心思那么重做甚。兵来将挡水来土掩，是秘密总有真相大白的一天。"

相比起墨渡，小猪唐果的处世之道似乎与南嘉老祖的淡然不谋而合。她其实没太理解"自爆元神"是个什么情况，只是从南嘉和墨渡的对话中听出这几个坏蛋不是跑了，而是做贼心虚地自己解决了自己。对于只看重结果的小猪来说，不管这几个大坏蛋是不是因为脑子被他们刚刚那一通泄愤坏了，才会出此下策自我了结，她只要知道他们没在干完坏事后还逃之夭夭就好。

唐果看了看南嘉和墨渡，又转头看了看身边的老巫师和乌鸦先生，最后低头盯着自己的钉耙想了半天，才抬起头对摸着胡子沉思的老巫师，拍着胸脯郑重其事地保证道："长老，你不要担心，我和猴哥会好好跟着龙龙的阿爹学武的！我保证，以后上武学课再也不打瞌睡了。要是还有坏人跑到我们昆仑撒野，我来保护你！谁敢再打我们的主意，我和猴哥把他们通通打出去，让他们知道我们童谣村可不是好欺负的！"

听了唐果的话，长乐捏着自己的烧火棍，一脸严肃地点了点头。经过方才那一场混战，猴哥觉得自己任重道远，不仅要保护猪猪和其他的小伙伴，还要操心本来以为很靠谱的长老那险些保不住的白胡子！

被唐果和长乐那两双蕴含着五味杂陈的同情担忧和士气高涨的浓浓战意的目光盯到发毛的老巫师，藏在白胡子后的老脸险些绷不住一贯的沉着高深。倘若不是怕给身边那个远道而来的蓬莱神明看了笑话，他差点就要恼羞成怒地对这俩不知天高地厚的气人小鬼头说：瞎讲什么梦话呢！我姜文潇才不会需要你们这两个初出茅庐的小鬼保护！

老巫师深呼吸，好一会儿才稳住自己一贯德高望重的形象，开口用他那和蔼慈祥的语调对俩小孩说："好孩子，你们真是有心了。但未来的路还长着呢。在你们成长起来以前，还得是长老保护你们、保护村子。"

唐果和长乐没有反驳他的话，但从俩孩子那仿佛写满了"您不用解释了，我们都懂"的小眼神看来，他们对老巫师这话的可信度深表怀疑。唐果甚至禁不住腹诽，长老什么都好，就是太好面子了！明明打不过，还要瞎逞强！这真是太令小猪担心了。看来她回村后要好好请教请教龙龙的阿爹，让他教她和猴哥一些绝招。童谣村的重担，都压在他们两个的身上了。

唐果如是想着，不禁老成地叹了口气——生活不易啊！

老巫师被她这口气叹得眉心乱跳，只觉得这小孩脑子里，肯定在想什么编派他的话！

一旁的南嘉老祖，倒是深觉墨渡新交的这两个小伙伴，可真有意思。他看热闹不嫌事大，跟脸色不妙的老巫师感慨："甚好、甚好，真是后生可畏啊！以后的世界都是这些年轻孩子的，文潇先生，我们这些老家伙，也好安心休息啦！"

老巫师隐在胡子后的脸色险些涨成了猪肝色，好悬没被气到翻白眼。他忽然觉得这一场战斗，最大的输家不是蛊女、不是那些黑斗篷巫师，分明就是他英名扫地的姜文潇！

墨渡同情地看了一眼脸色不怎么好的老巫师。她原本有些凝重的思绪被唐果和长乐这么一搅和，哪里还记得要去琢磨那几个巫师自爆元神的背后，到底藏着些什么不可告人的秘密。她倒是想起另一件重要的、应该告诉南嘉老祖的事情。

"对啦，老祖！"墨渡叫道，"我入道了。"

南嘉笑道："嗯，我看出来了。感觉如何，开启的识海好玩吗？"

墨渡本想跟他仔细说说，自己那个特殊的"继承"识海和里面那位"白衣师尊"的事情。毕竟这事实在是有些离奇，完全超出了她的知识储备所能理解的范畴。不过经历了禁地里的这番折腾，她现在倒是有一件更紧迫的事想要请教南嘉。

凭空变出自己的"伴身法器"，墨渡将那支笔托在掌心上给南嘉看，目光中满是对自家老祖的信任和希冀："老祖！你快来帮我看看，我要怎么做才能改变伴身法器的形状，我不知道为什么它会是一支笔！"

南嘉垂眸看向她手中那造型别致、闻所未闻的"伴身法器"，沉默半晌。片刻后，寂静的九重高塔里传出一阵属于青衫神明的、清亮又爽朗的大笑声。

大殿内，墨渡正用控诉的眼神狠狠地盯着南嘉，很委屈他居然不想着帮她的忙，还敢这样肆意地笑话她！

南嘉在小徒孙那自以为"凶狠"的目光下勉强憋住了笑意，恢复他那向来淡然自若的神情。青衫神明一展折扇轻轻摇晃，用一种故作正经的语调揶揄墨渡说："看来，连你的伴身器都知道，你今夜带小伙伴们擅闯昆仑禁地，改日怕是逃不过九溟王和阿瑜布置的抄书作为惩罚了。"

墨渡瞬间沉默。

她低头看了看掌中的笔，这才在南嘉的"提醒"下，记起自己今夜闯下的一系列足以让她抄书抄到地老天荒的祸事。想到这里，墨渡握笔的手顿时一颤，隐约感觉到某种错觉铺天盖地在周身席卷，一股深入骨髓的酸痛自指尖蔓延至整个手臂。

尚未反应过来的唐果，看到墨渡这副恍恍惚惚的模样，奇怪地问："龙龙，你这是怎么了？"

"猪猪……"墨渡忽然反过来握住了唐果的手，目光倒是清明了些许，但神情似是有些说不出的悲愤和哀戚，"我要和你告别了！"

"为什么？"唐果没理解，"什么告别啊，你要去哪儿？要回家了吗？"

"我这次闯大祸了，阿爹阿娘要是知道我带你们擅闯禁地还撞上了蜃女，肯定不会放过我的！"墨渡哭唧唧地抱住唐果说，凄惨得仿佛这就是生离死别了，"我可能要被关禁闭到天荒地老，再也见不到你啦！"

唐果懵然地被她抱着，不明白事情怎么就严重到这个地步了。而南嘉笑意依然地晃着折扇，看墨渡夸张大过真实的表演，摇头在心中感叹：这小龙真是多少年也没点进步，一闯祸就当着他的面凄凄惨惨地哀嚎，妄图让他心软，从父母手里保下免不了被一顿揍的她。

高塔里的这一出小闹剧，全然无损高塔之外，那终于自混乱中恢复一片沉静的美好夜色。温柔的月光复又悄然攀上高耸入云的塔尖，百年如一日静静屹立在无人问津的禁地中的九重高塔，带着古老久远的、被漫长岁月所散落遗忘的往事和记忆，在连绵起伏的昆仑山深处静静沉睡。

闪耀的群星铺遍浩瀚无垠的广阔苍穹，在沉入各自睡梦之中的世人头顶，无声等待着与新一天来到这世上的太阳的又一次重逢。

尾声·一曲终时

墨渡九岁这年的七月半，是她过的第一个没有按九州神明的风俗，往河里放花灯的中元节之夜。她这一个夜晚从体内的七日梦蛊被催动发作的那一刻起，到昆仑灵脉重归地底沉睡的那一瞬为终，过得堪称是前所未有的惊心动魄。以至于当他们几个小孩子被老巫师先一步带回童谣村后，墨渡只来得及强打着精神根据老巫师的指导，利用自己体内的那只七日梦蛊的母虫召唤出被种进村民们体内的子虫，令混混沌沌在夜色中徘徊的众村民恢复了神智。做完这一项必须由她去完成的任务，异常困倦的墨渡转身就一头栽进了糖果屋里属于她的那面床榻上，睡了个昏天黑地。

在她安心沉入睡梦的时候，南嘉老祖和乌鸦先生还留在禁地，收拾硝烟散去后的战斗残局。虽说昆仑灵脉在一番抢夺后重新归位，可禁地里因神明打架而遭了无妄之灾的古建筑，就没这般幸运了。作为罪魁祸首的蜃女已经被南嘉消灭，后者看了看禁地中东倒西歪了一地的昆仑古建筑，心里倒是有点过意不去。好歹是昆仑神域的圣地，被糟蹋成这样，他也不是完全没有责任。于是在老巫师带孩子们回童谣村时，南嘉选择留下来跟乌鸦先生一起打扫战场，尽力恢复一些尽管摇摇欲坠但还有救的古昆仑遗迹。

墨渡则是一觉睡醒，揉开蒙眬睡眼瞥向悄悄自帷幔缝隙间流淌进卧房的晨曦，这才后知后觉地意识到——虽然父母还未归，但她老祖来到童谣村了！她昨晚下意识跟着唐果一起回了糖果屋，忘记在南嘉老祖抵达昆仑后，她其实应该回乾坤小楼陪他的！

下铺的小猪唐果昨晚在禁地挥着钉耙一番大战，估计也是累到了，到现在还打着小呼噜睡得正香。墨渡轻手轻脚地从上铺爬下来，看了眼睡得四仰八叉还在流口水的唐果，见她那般香甜的模样，怕是又梦到什么好吃的美食了。墨渡不禁咧嘴笑了笑，伸手轻轻拉过被褥给唐果盖上肚子，免得小猪着凉。

糖果屋外，太阳已经升起。时辰倒是还早，村子里静悄悄的。

墨渡推开糖果屋的大门，扑面而来的是浅浅的金色朝阳、初秋的柔软微风和随着风在村间小径弥漫开来的丹桂香。屋外的大松树下，青衫神明慵懒闲适地倚着树干而坐，姿态散漫地曲着一条长腿，双眸轻合，墨色的长发被清晨的微风悄悄带起又落下，似是在这世外小村庄里偷得浮生半日闲一般安然小憩。昨夜被握在手中的折扇正静静躺在他身侧的草地上，修长的手里捏着一个造型有点眼熟的小酒壶摇晃着，很像乌鸦先生平时用的那种。听闻推门的动静，南嘉睁开双眼，微微侧首向她看了过来。

看清来人是自己的小徒孙而不是她那性情跳脱的小伙伴，南嘉对此倒也不太意外，只是浅浅地冲墨渡勾起嘴角，抬起空着的一手无声地向她招了招。墨渡遂反手轻轻合上糖果屋的大门，朝南嘉走了过去。

"老祖，早安。"墨渡挨着南嘉在大松树下席地而坐。

"早安。"南嘉随手替她将没梳好的一缕垂在额前的头发捋到一边，"小阿渡这是有了喜欢的小伙伴们，就忘了老祖啦？"

虽然说着"谴责"的话，但南嘉的那双狐狸眼里却是含着笑意的。墨渡很轻松就能觉察出他并没有生气的意思。可她垂眸无意间瞥见南嘉收回的那只手，苍白的手背上是一道道深可见骨的伤痕，利刃划出的痕迹零星错乱，顺着手腕蔓延向上，没入风流依旧的宽大衣袖底下。墨渡抬起眼眸，南嘉的脸上仍是那一如既往的浅淡笑意，除却手上那些做不了假的伤，全然看不出他昨夜方才经历过一场毁天灭地的大战。

墨渡吸了吸鼻子，在糖果屋里安安稳稳睡上一觉后，她好像这才迟钝地感到了后怕。

南嘉意外地看着从小就皮得天不怕地不怕的小龙，竟因他那无伤大雅的一句揶揄红了眼眶，眸中闪过一丝茫然、诧异和罕见的不知所措。青衫神明放下手中的小酒壶，将小徒孙轻轻搂进怀里，温柔地拍了拍她的背，笨拙地轻声哄道："这是怎么了？不哭啊，小阿渡，老祖和你开玩笑呢。你有了要好的小伙伴陪着，老祖开心还来不及。"

墨渡胡乱抹掉从眼眶中不受控制溢出的泪水，也觉得自己这样非常丢脸。可昨晚过得太混乱，她的的确确是到了此时此刻，才被南嘉手上的伤痕勾起了在混乱中一闪而过又强自压下的诸般错综复杂的心情。茫然和震撼、对在意的人的担忧、害怕失去的恐惧……以及无能为力的自责。

她第一次对自己从小耽于玩乐，不好好修习而感到后悔。

墨渡抹掉眼泪，抬头对南嘉坚定地说："老祖，我以后会好好学习法术的。这样碰到坏蛋，我就可以保护你们了。"

而不是理所应当地被长辈们护在身后。

让她感到意外的是，南嘉并没有因她这话感到欣慰，说些什么"阿渡长大了"一类的感慨。南嘉倚着大树、拎着小酒壶静静地看了她片刻，才缓缓地开口柔声对她说道："阿渡想做什么就做什么，不用有这么重的负担。我和你阿爹、阿娘戎马半生，就是为了替你们这些后代换一片安宁。再说了，天塌下来总有高个子顶着，你这才多大呀，正是该享受和小伙伴们吃喝玩乐的年纪。好好玩吧，别想那么多，嗯？"

墨渡听了南嘉老祖这少有的一番正经话，心下非常感动，说："可是，老祖，你个子也不怎么高啊？"

南嘉的身高放在神明中确实不算高挑，比她阿爹老龙王要矮半个头呢！墨渡不太理解，为什么他会将自己算在要去顶塌下来的天的那类"高个子"之中。

闻言，南嘉瞬间沉默。正准备安抚地揉揉小徒孙脑袋的手一顿，再默默地收了回来，转而若无其事地提起一旁的小酒壶晃荡。他很大度地没接这话，心里却想：这孩子，可真是越大说话越讨打了。

都是跟谁学的啊这是！

一大一小间的友好谈心就此夭折。墨渡见势不妙，赶紧一溜烟跑回了糖果屋，嘴里不忘叫道："我去叫猪猪起床啦！然后给老祖准备好吃的早饭！"

糖果屋的卧室里，舒舒服服睡了个懒觉的小猪唐果在床榻上悠悠醒转。她打着哈欠伸了个懒腰，开启了童谣村新一天鸡飞狗跳的生活。

在南嘉老祖抵达昆仑后的第七天傍晚，老龙王夫妇终于处理完人间的事，风尘仆仆地回到了世外谷。彼时，某个玩世不恭的古老神明毫无高高在上的神明架子，已经在短短几天里跟童谣村一众小孩子打成一片，正带着"十二生肖"在乾坤小楼里拆天拆地。

青瑜方才步入小楼，险些被迎面而来的一串焰火砸了个正着。她反应迅速地挥开那乱窜的焰火，定睛往屋里一看，顿时被气了个仰倒。只见原本清静出尘的小楼简直成了焰火晚会现场，法术化成的五彩斑斓的烟花在屋子里到处乱飞，空中上上下下飘浮着几个巨型的球，应该是由宣纸捏成再用法术充了气。唐果和雪球正趴在球上，新鲜地体验被法术带着飘在空中的奇妙感受。而始作俑者仿佛还嫌不够混乱，捏了一堆小纸人在房间里叽叽喳喳地乱跑，有些主动围着孩子们跳舞，还有的则是兀自唱着各地的小曲儿。没离开过昆仑的小孩子都觉得那些小调有趣极了，忍不住跟着哼了起来。

墨九溟转头看了一眼夫人脸上风雨欲来的神色，在心中叹了口气，为那位蓬莱神明和自家小龙捏了把汗。

撇开南嘉和青瑜这对师徒间意外上演的一出好戏，老龙王夫妇这次归来，带回的基本上都是好消息。若言简意赅地用一句话来概括，那就是他们及时赶上，并调停了南姜和北燕两国的战事。

"这次非常惊险。北燕军趁姜帝离开长明城巡视各地期间，撕毁了遵守多年的和平条约，趁南姜边防毫无防备之际出兵，一路打到了伏虎关下。若真让燕军打进长明，这事就不好办了，我们很难让燕王将已经吃到嘴的东西吐出来。"老龙王轻抿口清茶，说到这里，忽然抬眸看了一眼叼着烤肉串听他讲解人间局势的墨渡，"这回倒是你那个小朋友立了大功。"

墨渡茫然地"啊"了一声，叼在嘴里的烤肉串掉了下来，好在她反应迅速地接住了。墨渡心有余悸地看着险些喂了地板的烤肉，缓了片刻才找回先前的疑问："这和阿苏有什么关系，他不是随他父王出巡了吗？"

"你那小朋友体弱多病，出了长明城后还没到伏虎关就染了风寒病倒了。姜帝无法，只能将他留在伏虎关养病，自己带着军队出关往其他城镇巡视。按理说，伏虎关作为最靠近南姜帝都长明城的一个关隘，确实还算安全，姜帝将九公子留在伏虎关养病的做法合乎常理。只是这回燕军打了南姜一个措手不及，短短两天内竟从边关一路打到了伏虎关下。以有心算无心，姜帝从接到急报再率军回援，压根赶不及。若是我和你阿娘去得再晚一些，伏虎关可能就保不住了。"

听到这里，墨渡的心顿时提起。假如不是父母回来后已经告诉过她，说蔺苏没有事，她现在怕是能再吓掉一次手里的烤肉串。

"你别吓唬阿渡了。"青瑜谴责地瞪了老龙王一眼。后者从善如流地一摊手，表示那你来说吧。

于是，青瑜接着老龙王停顿的地方，将前几日的事情继续说了下去。总而言之，伏虎关最后安然无恙，老龙王夫妇和南姜国教"璇玑派"的修士几乎是前后脚赶到战场的。北燕军此番出动，求的就是一个"快"字，准备趁南姜没有防备的时候一举攻入帝都长明，这样即使姜帝率军回援也来不及了。人间四国的国教已经很多年不理世事，倘若大局彻底定下，国教未必会出手帮姜帝夺回失地。到时候只要新登基的皇帝仍然将璇玑奉为国教，仙山上那些不问世事的修行者估计会睁只眼、闭只眼，无所谓帝位上坐着的皇帝到底姓什么。

然而，南姜国教璇玑这次的反应比北燕所预计得要快。或者说，他们在进军至伏虎关时，被意外地拖延住了。

"怎么会是阿苏？他身体那么弱，战斗力还不如我！"墨渡惊呆了，"他哪里有能力拖延住那么多燕军……啊！"

说着说着，墨渡忽然愣住。她脑海里倏地灵光一现，一个不可思议的推测浮了上来："阿苏他入道了？！"

老龙王颔首："不错，你和你的小朋友倒是挺有缘，连入道都是整整齐齐地一起迈过了那个坎。"

"可是……那怎么可能呢？"墨渡还是觉得难以相信。

毕竟她的情况和普通生灵不一样，由于她父母都算是神灵，她自出生起身体状态就更接近神灵而不是生灵。基本上是只差个合乎自然的"道心"，就能够径直入道。寻常生灵想要入道，还得经过"寻道"的阶段，等身体和灵气磨合到一定程度才可能更进一步。蔺苏一个正常的人族少年，上回见面时一看就没什么不同寻常的能力，怎么可能一夜之间就越过"寻道"的过程直接"入道"了呢！

难不成大军压境带来的压力那么有效？直接给人逼得身体都违反自然规律地进化啦！

老龙王夫妇看着一副怀疑龙生模样的墨渡，笑而不语。似乎是觉得某只古灵精怪的小龙，这难得一见的迟钝模样，很有意思。

倒是一旁拎着小酒壶，倚在软榻中半醉半醒的南嘉老祖，通过这些只言片语已将真相猜了个八九不离十。看墨渡还是反应不过来，他用一种懒洋洋的语调，厚道地提点了她一句："那人类小孩，是'天择'吧？倒是有些日子不见'天择'现世了，据我所知，上一个人类'天择'入道，还是两百多年前。"

墨渡怔愣片刻，而后恍然大悟。

"天择"是一种体质很稀罕的生灵。九州除了传统概念上所区分的"神灵"和"生灵"，还有两种比较特殊的情况，常常被九州的巫师们戏称为"神明预备役"。其中一种就是墨渡这般拥有神明血统的，整个身体状态都非常接近神明，只差找到"道心"就能一路往上冲的神灵后裔。而第二种就是"天择"——被上天择选中的孩子，指的是身体里没有一丝神明血统，但生来就拥有一副与众不同的"神骨"和对天地灵气分外敏感的"元神"的生灵。跟前者相比，后者的命运注定坎坷。

相比起墨渡这种神灵后裔，她即使一辈子都找不到那所谓的"道心"，不去入道为神，也可以作为长寿的生灵种族健健康康、快快乐乐地度过一生。"天择"却不一样，他们虽然生来拥有神骨和元神，但血肉却是完完全全属于凡间生灵的。由于骨、肉和灵魂的错位，这类生灵自出生起就体弱多病。倘若他们无法及时找到属于自己的"道心"入道修行，走上那条上天注定的成神之路，肉体很快就会无法承受这不属于生灵的骨头和元神，而以不正常的速度衰败、崩溃。找不到"道心"的"天择"，通常难以撑到成年。

假如蔺苏是"天择"，那一切都说得通了。他向来比常人要差太多的身体素质，以及为什么他能够在军临城下的危急关头忽然"入道"。因为"天择"和墨渡的情况相仿，他们距离"入道"不差别的，就差一个虚无缥缈的所谓"道心"。

那之后的事情，就一目了然了。北燕国教不曾插手人间战事，因而出动的燕军虽然人数众多，可皆是普通生灵。在伏虎关将破之际，蔺苏阴差阳错地寻到"道心"入了道，相当于为南姜一方的战场添了个战力可观的巫师。伏虎关就这样惊险地支撑到了老龙王夫妇和国教璇玑的支援，在援军抵达后，燕军首领见破城无望，为了不被姜帝的援军自后方包抄导致全军陷入险境，尽管非常不甘心如此良机就这样稍纵即逝，还是不得不就此退了兵。据说在退军途中，燕军被姜太子蔺琰率的一队轻骑，在某山谷间狠狠摆了一道，中埋伏后同样损失不小。

总而言之，燕军此番出动没讨着好，双方各有损失。因此，当老龙王事后带着乐水姑娘查出的有关"青丘九尾狐一族"的阴谋和燕三公子的真正死因的确凿证据，登门拜访燕王替姜国澄清"谋害燕三公子"的误会时，相当于适时地给率先撕毁"和平条约"的燕王一个台阶。同样短时间内打不起另一场仗的、正在忧心姜国若是起兵报复该如何应对的燕王，很上道地顺着这个台阶借坡下驴，用老龙王都深感不易的绝佳演技连连感慨"原来如此""都是误会"，算是揭过了这次燕国"偷鸡不成蚀把米"的丑事。

至于出巡途中险些被人端了老窝的姜帝，尽管愤怒得恨不得立刻领军冲到燕国都城，去揍燕王那个不讲仁义道德的老家伙一顿，可是由于姜国土地富饶，近年来形势一片大好，打仗这种事不仅劳民伤财，重点是燕国全国上下都穷得快揭不开锅了，就算他费劲将燕国整个打下来，也是无利可图、讨不着好。姜帝斟酌了许久，还是捏着鼻子吃下了这个暗亏——以后他会不会找机会报复，那也是以后的事情了。

至少现下，历经了一番不小的动荡，九州人间勉强在各方的妥协之下，彼此将面子上的功夫做到了位，假装在"和平条约"的制衡中又恢复了一片宁静祥和。

墨渡对于人族向来尔虞我诈、面和心不和的文化不予评价，在知晓人间目前安然无事后，她更关心的是小伙伴蔺苏的事。老龙王告诉她，蔺苏在入道后，已经被南姜国教璇玑的长老闻折柳，带回璇玑山上潜心修行了。

"阿苏他怎么跑去入了仙教呀！"墨渡有点闷闷不乐，"他去走了那个什么仙道，而我肯定和文潇先生他们一样走巫道、做巫师，我们以后是不是就玩不到一块儿去了呀。"

她的父母似乎对此倒是并不意外。

墨九溟淡然道:"自'和平条约'落成,近千年来人间四国的仙教一贯是自诩为正统的。九公子身为姜国皇室子弟,他在入道后被国教收上山,亦是理所应当之事。"

墨渡对巫道、仙道间的区别其实没有太深的感触,她忧心的是走了不同的路,她和小伙伴之间的关系会渐行渐远。想到以后蔺苏这个好朋友说不准会因为"道不同"而不理自己,小龙就提前感到难过起来。

晃荡着小酒壶喝到微醺的南嘉老祖,本是没有太在意这个话题的。但见小徒孙是认认真真在为自己和小伙伴的友谊感到担忧,南嘉禁不住轻笑一声,漫不经心地用听上去并不像安慰的话语,出言安抚她说:"什么仙道巫道的,九州从始至终只有一条成神之路。无论你选择哪个方向,途经多少波折,到了最后终是殊途同归。"

这不经意的两句话背后似乎藏了更多的深意,以墨渡的稚嫩思维尚还琢磨不透其中的道理。她仔仔细细将南嘉老祖的话一字一句地掰开去理解了半天,总算是明白了他想要表达的核心含义,那就是——无论是巫道还是仙道,都不会影响她和蔺苏之间的友谊。

墨渡从小就相信南嘉老祖,因此也不对他所说的话抱有丝毫的怀疑。

少年人的心思纯粹得很,只要知道小伙伴不会因此和自己离了心,墨渡就感到心满意足了。剩下的所谓仙巫两道、生灵抑或神灵、通天成神还是平凡一生,于她而言都是无伤大雅的小插曲。

尤其是几日之后的清晨,她收到了蔺苏派一只陌生青鸟,自南姜的璇玑山上给她送来的很长、很长的一封信件。少年在信纸上将他们失联的这段时间所发生的事情,事无巨细地用他一贯平和淡然又不失风趣的笔触一一同墨渡说来。在读完这封信后,墨渡原本还稍稍有些不安的心情彻底被抚平——即使蔺苏入道了,还上了璇玑山,他们之间的友谊一切如旧。

蔺苏在信件最后附上了他的新地址，墨渡便在看完信后立刻坐到了书桌前。她将自己这段时间跌宕起伏的经历，写成一封长短不亚于少年寄来的信件，再求着阿青替她将这封信尽快送往璇玑山去。

说来也巧，人间的战乱方才平息不久，乌鸦先生就在童谣村学堂的一节自然课上说到了"凫徯"——墨渡数月前在开明崖上瞥见过一眼的那种生物。小龙这才意识到自己当时把书本上的知识给记混淆了，《九州地方志》上对"凫徯"这个生物的介绍，写的并不是她以为的"每次见到就会发生倒霉的事情"，而是"其状如雄鸡而人面，其鸣自叫也，见则有兵[1]"。也就是说，只要见到"凫徯"现世，就会有战事发生。

墨渡瞪着那行介绍看了半天，深觉自己这半点不靠谱的、倒霉催的脑子不能要了。假如书上写的没错，她几个月前就已经看到了战争的先兆，只是她傻乎乎地记错了，将这点蛛丝马迹毫无所觉地忽略了过去。

下课后，墨渡沮丧地在糖果屋外的大松树下，找到了南嘉老祖。后者听完了前因后果，却对她的懊恼不以为然，还说："不要被预言所困扰，小阿渡。这世界上没有真正的预言，我们看到的都只是未来的一种可能性。它有很大的概率会发生，同样不表明它一定会发生。反之亦然，有时我们先知先觉地通过蛛丝马迹预判了未来，可竭尽所能却依然无法阻止你早已预料到的那个悲剧，顺着命运的轨迹发生。逆天改命是很危险的思想，没有人能逆着潮流而行……即使是神明，也不行。"

墨渡对此似懂非懂。她觉得老祖那漫不经心的语调，八成只是在安慰她不要将此事往心里去罢了。虽说没懂对方的逻辑，可墨渡还是被南嘉老祖的三言两语轻易安抚住。好像她家老祖从来都有这样一种本事，即使看上去常常是很不着调的，然而每当他说些什么的时候，听者总会不自觉对

---

1 摘自《山海经·西山经》。

他的话深信不疑。

就好像前几日他们讨论到"识海"时那样。墨渡几乎是在诸事了却后的第一时间，就将自己那个不太正常的、据说是从其他神明那里继承而来的"星河识海"，跟父母和老祖从头到尾仔细说了一遍。相比起老龙王夫妇听完她这反常的、前所未闻的"识海"现象后，神情肃穆得如临大敌，南嘉老祖虽然同样沉默了很长时间，可最后只是抬眸望了望天上的繁星，用他一贯从容的语速缓慢地开口，就好像这世上压根不存在能令他大惊失色的难题："继承识海，在我的少年时期，确实是听到身边的同族遇见过这种情况。这算是一些古老神明间从未成文的秘辛，阿瑜和九溟王的年纪相对太轻，没听说过也很正常。"

老龙王蹙了蹙眉头，语气稍显急切地问出了一个比较关键的疑问："这种继承来的识海，和自己开启的有什么不同之处？"

"会有一些偏向性。"南嘉跟他们解释说，"巫师和神明找到道心或神格后自己开启的识海，相当于完全是建立在自我的本心之上。比如说我心中有一件非常想要做成的事情，那么我的识海将完全听从于我的意志，帮助我调动天地灵气达成这个目标。而继承来的识海与自我开启的识海最大的不同之处，就在于他们一定程度上会受到前任使用者的道心或神格的影响。假如我现在要做的事情违背了前任使用者残存的执念，那么我的识海可能会受到这执念的干扰，不那么积极地听从于我。但其实也不必太过担心，因为真正会带来的影响，远没有听上去的那么严重。即使是继承而来的识海，更多还是会听从现任使用者的本心，前任的神格不过是一些残存的执念，左右不了真正的大局。"

老龙王夫妇听完这个解释后，沉默地皱眉，思索其中的含义。而墨渡则歪了歪头，兴致不高，见父母一时没有说话的意思，她便开口问南嘉："可是，老祖，那个白衣裳的神女姐姐说的话，我不是很喜欢。她说的好像继承了这个识海，我未来就要做一些什么大事情。但我不想做什么惊天动地的大事，我只想和你们待在一起，大家都平平安安的，就很好了。"

南嘉闻言，温柔地伸手摸了摸墨渡的头："嗯，阿渡不喜欢，就不用强迫自己去做什么。识海里的那个姐姐说的话……你听过算数吧。她只是提供了一条可能的道路，而真正做决定的还是你。这个识海现在是属于你的了，你不用在意其他神明留下的执念，阿渡，你只要好好地做你自己就行了。"

阿渡，你只要好好地做你自己就行了。

墨渡听了南嘉老祖的话，原本有些复杂、茫然和不安的内心，在青衫神明那仿佛能含纳世间一切的温和目光中，逐渐回归久违的平静。兴许是真的将老祖的那一句"做自己就好"听进了，墨渡自入道后对那个继承来的识海抱有的些许微妙的抵触心理，似是当真缓解了不少。她在当天夜里，在刻意回避了许多日之后，第一次主动进入了那个浩瀚璀璨的星河识海。

群星依旧，长河漫漫。白衣师尊还站在河畔等她。

墨渡走过去，和她一起在河畔坐下，说："我是来道谢的。谢谢你那天……做的一切。"

"不用客气，墨渡。"白衣师尊如是说道。

墨渡安静了一阵，正想要再说些什么的时候，就听见身边的神女忽然开口对她说："其实，是我应该跟你道歉。"

"啊？"墨渡茫然地扭头看她。

白衣师尊望着眼前的星河，半晌，才侧过头对上她困惑的目光。墨色长发自耳边垂落，气质清冷的神女在此时此刻看上去，倒是有种说不出的娴静美好。

"嗯，我该向你道歉的，我那天不应该迫不及待地将自己的执念强加于你。只是，我在这里等一个继承者等了很多很多年。即使是神明，也很容易在漫长的时光迷失自我，只余下愈来愈深的执念。"

说到"执念"，墨渡叹了口气："神女姐姐，我很抱歉，我觉得我不是你想要等的继承者。我没什么野心，也没什么远大的理想。从小到大，我唯一想做的事情，不过是在长大后当个游侠，到九州大陆各地去转转。我担不起那么大的责任。我就是个做事不过头脑的闯祸精，如果不是阿爹阿娘还有老祖他们替我兜着，我都不知道闯了多少收不了场的祸事啦！"

"阿渡。"白衣师尊轻声唤道，"你不用感到困扰，我已经明白了。你的未来是属于你的，我只是一个过去了的时代留下的残声回响。我的执念不是你的执念，你会有一条属于你自己的路。"

墨渡沉默片刻，道："我老祖说，我只要做我自己就好了。"

"他说的是对的。"白衣师尊浅浅一笑，"你做你自己就好，阿渡。"

墨渡在她温和的目光下，渐渐释然了。在离开识海前，她突发奇想地问白衣师尊："神女姐姐，我未来会碰到你吗？我是说在识海之外，在现实世界里。"

白衣师尊微怔，似乎没想到她会问这样一个问题。垂眸对上小姑娘那双稚气未褪的大眼睛，神女咽回了原本已到唇边的那句"等时机到了，会的"，转而说道："有缘的话，我们会见面。在那之前，阿渡，好好享受九州的每一次寒来暑往，复一轮春秋冬夏吧。"

白衣神女立于河畔目送墨渡离去，再独自守望着九州的星与海。

随着七月半那夜的硝烟散去，蜃女和黑斗篷巫师们筹谋已久的阴谋，彻底被南嘉老祖掐灭在复又陷入沉眠的昆仑禁地之中。九重密林里的阴翳也逐渐退散了，童谣村的禁令时隔大半年，终于被老巫师宣布解除。世外谷的日子重归一片安好无忧的宁静祥和。

自禁令解除后，童谣村里的小孩子们玩够了各式各样的乌鸦牌，最近迷上了两个新的游戏——寻找凶兽九婴和神兽英招。

这事自然是要从七月半那日晚上说起的。此前与墨渡要好的小伙伴们倒是从小龙这边听说过不少有关凶兽九婴的事情，但他们从未见过九婴，自然也无法理解墨渡对老龙王这坏脾气坐骑的念念不忘源于何处。直到唐果这些在当晚随墨渡闯入禁地的小孩子，头一回见识到化蛇和鸣蛇这类将他们长老都打得无还手之力的上古凶兽。在心下震撼之余，也对后来以一己之力将化蛇和鸣蛇全部消灭的九婴，难以自制地升起了一种前所未有的崇拜。

由于那夜在场的旁观者中，有小狗雪球这样的"说书先生"，九婴的事迹就这般被完完整整（甚至是添油加醋）地带回了童谣村——当然啦，雪球非常厚道地隐去了自家长老被那俩凶兽围攻得险些保不住胡子的糗事——再通过绵羊小饭馆，传遍了整座村庄，成了村民们茶余饭后的新鲜话题。

当晚去禁地经历了一番惊心动魄的冒险，并亲眼看到九婴是如何大显神威的唐果等孩子，顿时成了村中对九婴分外好奇的小伙伴们热情高涨的关注对象。虽然同样的故事他们已经从小狗雪球那里听了很多遍，可他们还是热衷于在村中捉住路过的唐果等其他旁观者，再重复说上几次。

而在"十二生肖"中，兔姐等六个小伙伴由于当晚的分工不同，错过了去禁地亲眼见识一番凶兽九婴的机会。他们在听过小狗雪球对禁地那场大战绘声绘色的叙述后，对此非常羡慕。但要说非常遗憾，倒也不至于。因为那夜他们回村之后，有幸得见从小到大都以为是传说的、住在英招河里的那只从不现身的英招神兽的真容。

威风凛凛，叹为观止。

该神兽大抵是真的不喜被人围观，虽说应了乌鸦先生的召唤，在后者离开世外谷的这段时间里兢兢业业地浮在英招河上守护着村子。可桃桃他们想要接近时，英招却只是居高临下地瞥了一眼几个小鬼，并不搭理他们。而待到老巫师带着墨渡他们重回世外谷、踏入童谣村结界的那个瞬间，英招神兽就转身没入了平静无波澜的河面，再不见丝毫的踪迹了。

听过桃桃他们所说的有关英招神兽现身的事迹后，即使兔姐的讲故事能力远不如雪球那般引人入胜，可村子里的孩子对找寻英招神兽这一游戏的热情，截然不亚于去九重密林里寻找九婴。兴许是因为"九婴"对他们而言其实是很陌生的，英招神兽却不同。儿时作为睡前故事的传说忽然成了真，而那条隐藏着神兽的英招河就在村子里多年如一日地汩汩流淌着，孩子们试图在这条无比熟悉的河流中找出那传说中的神兽的身影，是完全可以理解的一种好奇心。

当然啦！传说之所以是传说，就是因为通常那只能是一些被人口口相传、神龙见首不见尾的故事。或许偶尔令有缘的世人侥幸觑见一二，也不过是稍纵即逝，再去刻意寻找便又不见了踪影。唯有那些真真假假、虚虚实实的故事，顺着时间长河流传下来。

即使童谣村的孩子们对于寻找九婴和英招的热情，一直从初秋持续至秋收过后才稍稍缓解些许，可还是谁也没能从英招河里召唤出那只不爱理人的神兽，也没有谁在九重密林里瞥见坏脾气凶兽的丝毫痕迹。

墨渡对于找寻九婴的执念，倒是自七月半那夜后放下了不少。她依然喜欢九婴，却没有那么执着了。这大抵是因为那夜在禁地，她已圆了儿时的一个梦想——那就是找机会和九婴好好"玩"一次。

嗯，应该算是"玩"过了吧。

那天夜里，战火消散平息，他们一行人从九重高塔里走了出来，第一眼就看到了存在感颇强的、身形巨大又威风的九婴，正趴在祭坛上半眯着眼打瞌睡。月光洒在她那染着血迹和伤痕的鳞片上，却只是为在战场上凶悍厮杀过的勇士，平添几分令人肃然起敬的飒爽英姿。

在这某只小龙本不该出现的战场上看见墨渡的身影，九婴的其中三只面朝九重高塔的脑袋同时在月色下支棱了起来，三双眼睛一齐恶狠狠地瞪了瞪这不听话的小龙。其中酝酿的无声的愤怒，半是因为即使时隔几年，某只记仇的凶兽还清楚地记得主人家的这个讨兽嫌的小鬼头，曾跟随旁边那个青衫神明跑到望月峰拆了她的窝。剩下的一半，自然是因为老龙王在临行前跟她嘱咐过，要看住自家顽皮的小龙别跑出世外谷闯祸。这下好啦！这只坏小龙不仅不听话地跑出了世外谷，还跑到了战场中央——这可真是胆子肥了！皮又痒痒了，欠收拾是吧！

没有完成老龙王的托付，刚刚打完一场酣畅淋漓大胜仗的九婴，忽然觉得很丢面子，于是气得抬起全部脑袋向墨渡狠狠地龇牙。

墨渡却全然没有讨兽嫌的自觉，见九婴向她抬起了九个脑袋，还觉得对方是"友好"地在跟她打招呼，惊喜地"呀"了一声就冲祭坛跑了过去："九婴！终于找到你啦！"

九婴被她出乎意料的热情惊得缩了缩脖子，警惕地用九双眼睛盯着这只朝自己颠颠地跑来的小龙。南嘉老祖淡定自若地摇着折扇跟在墨渡身后，见九婴被墨渡一把抱住脖子后似乎想要反抗，也不觉得担忧。果不出他所料，某只凶兽虽然不喜欢主人家的这个讨厌小鬼，可也不至于直接上牙伺候，一时竟被墨渡缠得进退两难。

南嘉轻笑着用折扇敲了敲九婴的其中一只脑袋，淡道："你就给她抱一抱吧。不让她圆了这个念头，她以后还得缠着你不放。"

九婴低下自己被抱住的脖子，锐利橙黄的蛇眼对上了胆大包天的墨渡那双在漫天星光下显得亮晶晶的大眼睛，很憋屈地忍下了这口气。墨渡从来不知道"适可而止"四个字怎么写，既然九婴没有反抗，她权当对方是默认了她的亲近，搂着九婴的脖子好一通黏糊，将驰骋沙场从不退缩的凶兽搞得不知所措。

最后还是南嘉见某凶兽快按捺不住坏脾气要发飙了，适时伸手笑眯眯地将墨渡从九婴的脖子上扒拉了下来，说："好啦，小阿渡跟九婴说晚安吧，已经到小孩子的睡觉时间啦。"

墨渡被南嘉拎起来后，依然望着好不容易能近距离接触一次的九婴依依不舍。坏脾气的凶兽被她看得浑身发麻，忍了又忍，终于还是忍不住恶狠狠地用九个脑袋一起龇牙喷了她一身的水，将小龙迎头浇成了"落汤龙"，这才觉得解气些许。

可惜某只小龙心比天宽，完全没将这一身的水当回事，还一厢情愿地认为这是九婴表达好感的方式。南嘉老祖用折扇掩去唇边的一抹笑意，替墨渡用法术烘干了湿透的衣服，决定不告诉她被凶兽嫌弃了的残酷事实——这是他身为老祖的一个出于善意的小小隐瞒。

于是，自以为已经和九婴交上朋友的墨渡，心满意足地跟着老巫师返回了童谣村，为这场冒险之旅画上了一个完美的句号。

时至霜降[1]，今岁比往年更漫长的炎热天气终于过去。墨渡在某天清晨醒来时，发现世外谷的气候骤然转凉，似有跳过一整个秋季，从夏天径直往冬天蔓延的架势。

洪荒纪五零三九年的最后一段日子，九州天上人间皆是太平无事。

这年七月半给童谣村带来的后续影响，除却掀起了一波风靡全村的找寻"英招"和"九婴"的探险热潮，便是童谣村学堂里的习武风气因此而陡然高涨。学堂里的孩子们本就很喜欢上老龙王墨九溟的武学课，在七月半的冒险故事传遍全村后，更是恨不得将闲暇时刻都泡在新添的几节武学课堂上。其中以几乎全程参与了禁地大战，并由此坚定了要好好习武、保护童谣村和他们的白胡子长老的小猪唐果和猴哥长乐为最。

老龙王墨九溟在听说了这对活宝于禁地大战中，钉耙配烧火棍克敌于防不胜防间的惊人战绩后，面对唐果和长乐期待地望向他的目光，认真琢磨着给他们研究编纂一套独特的配合战术。这套以钉耙攻下三路、烧火棍

---

1 霜降，二十四节气中的第十八个节气，也是秋季的最后一个节气。霜降二字并非代表"降霜"，而是指气温骤降，昼夜温差极大。总的来说，霜降是一年中昼夜温差最大的时节，由于"霜"是天冷和昼夜温差变化大的表现，故而古人将该节气命名为"霜降"。过了霜降时节，气温逐渐转冷，慢慢过渡到冬季。

补上三路的清奇组合招式，在霜降这日正式面世，获得了唐果和长乐的赞不绝口。俩小孩自此更有了习武的方向和干劲，每天扛着钉耙和烧火棍进进出出，走在村中气势汹汹的模样，愈发不愧对"童谣村二霸"的美名。就连腰间挂着小龙王剑，自认很有一番游侠气势在身的墨渡都自愧不如。

除了唐果和长乐之外，"十二生肖"中的其余小伙伴同样在今岁剩下的时光里，沉迷于习武不可自拔。就好像七月半那夜的一段意外的冒险经历，令从小生活在与世隔绝又十分安逸的童谣村中的孩子们，终于拥有了对"危机"的深刻理解。原本开玩笑性质更甚的"游侠门派"，忽然间似是当真衍生出前所未有的、以守护为名的使命感。

于是，撇开在武学课堂上的认真和热情，十二个小伙伴也在课外的时间，互相监督着刻苦练习武学基本功。每逢休沐日，还会聚在糖果屋外的草地上，由从小就受过正统训练的墨渡以及在实践中摸索出不少实用技巧的狩猎队三人组，给其他的小伙伴做些指点。

一旁的大松树总会在此时假装打着瞌睡，实际却暗自为这些年轻一代的孩子们如此发愤图强而感到欣慰。

在完成了一整天的习武对练后，每每到了傍晚，他们总会开开心心地收起五花八门的、极具童谣村本土特色的武器，然后在糖果屋门口美美地享受一顿由唐果掌勺的烤肉大餐。自打禁令解除的那天起，狩猎队便马不停蹄地在每一个尚算晴朗的天气进山去狩猎，为即将到来的冬天做准备。这些时日村子里家家户户的伙食都以肉眼可见的速度变得愈发丰盛，而随着糖果屋的地窖逐渐被填满，每次小猪唐果准备的烤肉大餐，成了所有小伙伴最期待的时刻。

在又一次聚餐时，老虎先生趴在长桌边的草地上打瞌睡。恰如他曾经在小山洞外的篝火边那般，安安静静地陪伴守护着小虎阿凌和她的小伙伴们。

随着气候逐渐转凉，老巫师望着天象预测说，继罕见的漫长酷暑之后，他们即将在今冬迎来多年难得一见的严寒和暴风雪。为此，小虎阿凌十分担忧身体日渐虚弱的父亲无法在山洞里熬过这个严冬，其他的小伙伴也同样在过去一段时日里和大老虎建立起了深厚的感情基础，对于让大老虎独自在山洞里过冬很是不满。

在"十二生肖"反反复复地、锲而不舍地跑去跟老巫师提出"放大老虎进世外谷过冬"的诉求后，老巫师看在老虎先生于禁地一战中做出的贡献，决定根据眼下的情况开个特例。他制作了一块特殊的、被施了法术的牌子挂在大老虎的脖子上，这牌子将允许大老虎穿过世外谷的守护结界，同时却也控制着大老虎不能对村民们做出任何攻击性行为。

鉴于脖子上的这块牌子能令他光明正大地跟自己的小老虎团聚，大老虎除了刚戴上时不适地拿爪子去扒拉了一下，之后就睁只眼闭只眼不去跟那个人类巫师计较了。

老虎先生总在聚餐时先所有小动物们一步吃完自己的那份烤肉，然后便悠然自得地趴在阿凌的身边闭目养神，只悄悄竖起一只耳朵，努力去听小老虎和其他小伙伴兴高采烈的各种对话。

今天长桌边的"十二生肖"似乎格外兴奋，因为唐果和长乐在墨渡的协助下，终于将老龙王替他们编纂的那套组合招数掌握了大半。所有小伙伴们都替他们两个感到高兴，尤其是那日在禁地，见识过唐果和长乐自学成才般用钉耙和烧火棍痛打黑斗篷巫师的狩猎队三人组。

唐果一高兴，长桌上的美食比平时还要多出一倍，吃得所有小动物们撑到肚圆。饭后大家或坐或躺于大松树下，看浩瀚星海垂落的星光，将世外谷的夜晚温柔点亮。

瘫在草地上的唐果摸着肚皮，对坐在她身边的墨渡说："我们'十二生肖'现在可不是杂牌军了呢！要是再有坏蛋闯进昆仑，我们就一起把他们打回老家！"

墨渡被她的说法逗乐，随手给小猪撸了撸吃得太撑的肚皮，点头：

"对，再有坏蛋招惹我们，就把他们打回老家去！"

一旁叼着根麦秆的雪球突发奇想："我看其他游侠话本里的门派，都有属于自己的信物，我们'十二生肖'是不是也该搞一个？"

小狗的这个提议勾起了其余小伙伴的兴趣，但同时大家也犯了难，对具体应该搞一个什么样的信物毫无头绪。倒是小羊半夏用她那恍恍惚惚的语气提出，不如参考一下老巫师给童谣村每家每户做的那种历经风霜雪雨后，仍是多年如一日崭新又朴素的门牌。

小伙伴们七嘴八舌就着这个讨论了半天，最后由于老巫师的门牌涉及法术的运用，大家将这个难题寄予厚望般地扔给了小龙墨渡。墨渡面对十一双满含期待的目光，深感肩上的担子有些沉重。之后的几天墨渡翻阅了家中的不少藏书，倒是从老巫师的木质门牌上找到了些灵感，转而问一旁趴在大部头的古书中打瞌睡的唐果："猪猪，你觉得我们做十二块青铜的令牌怎么样？"

童谣村的门牌是用木头做的，想要常年保存对法术的运用要求比较高，墨渡对自己那忽高忽低的法术水平没有太大的信心。可若是用青铜就不一样了，由于材质本身容易保存，对法术的要求就会随之降低，她觉得自己可以尝试一下。

唐果看书看得迷迷糊糊，也没看进几行字，只觉得趴在这本厚重的书上很适合睡上一觉。听了墨渡的话，她只是含糊地呼噜了一声，表示同意。

墨渡自觉得到了小伙伴的支持，于是顺着这个思路继续研究下去。在老龙王的藏书室的支撑下，她很快就找齐了制作青铜令牌的流程和具体方式，最后只差决定往令牌上刻些什么字了。

她第一时间想到参照的还不是童谣村的门牌，而是曾经在浮山驿站时，蔺苏丢给她的那块象征着对方作为姜国皇室子弟的玉牌——虽然当时她因为孤陋寡闻，并没有如少年所想的那般认出该玉牌的象征意义。然而她现在回想起来，还记得当时那块玉牌的一面雕刻着大姜的国姓"蔺"字，另一面则刻着"九"，那是蔺苏在家中兄弟姐妹间的排行。

以此类推，墨渡认为他们"十二生肖"的青铜令牌完全可以选择一面雕刻"生肖"二字，但另一面的"数字排行"却让她犯了难。倘若按年龄来排，她岂不是成了当中最小的那个啦？墨渡并不想成为门派中的小师妹，她觉得自己作为游侠，明明比童谣村的小伙伴们还要有经验一点（因为她的离家出走经历，是其他人所没有的）。

墨渡在数字排行的问题上纠结了好些天，在学堂某天夜里的一节天文课上，忍不住跟身边来围观老巫师讲课的南嘉老祖倾诉了自己的烦恼。南嘉正倚着天文台的栏杆浅酌小酒，闻言懒洋洋地抬了抬眸，似乎不觉得这是个值得她烦恼的难题。

不过见墨渡是认真在为此感到头疼，南嘉便随口提点她："这有何难？文潇先生给童谣村各家定下的门牌号，本就是根据星辰轨迹定下的、最合乎自然的排列方式，你的小伙伴们都是童谣村的，将他们自家的门牌号挪用过来不就解决了。省得你为此烦心。"

墨渡听了，觉得这确实是一招。观星象、看命运本不是她所擅长的，但文潇先生和南嘉老祖都是此道中的佼佼者。既然南嘉这么说了，一定表明了童谣村的门牌号里面很有一番她看不出的名堂。不过，问题也没有完全解决，墨渡想了想，不满地叫道："可是，老祖！你是不是把给我忘了呀？我不是童谣村的正式居民，我在这里没有门牌号啊！如果用门牌作为我们'十二生肖'的排行的话，我怎么办呀？"

南嘉老祖被她逗笑了，觉得这小龙有时候呆起来也是真好玩。不过真把小孩惹急了，怕是就要变回原形上爪子挠他了，于是南嘉见好就收，晃着小酒壶笑着说："你没发现你的十一个小伙伴中，从数字的连贯性上来说，恰好缺了一位吗？"

墨渡一愣，很快就反应了过来："你是说'五'号！"

五号的狐狸夫人和姆村长关系非常要好，鉴于唐果经常性在村子里和姆村长发生冲突，狐狸夫人早早就让自家孩子，不要跟小猪和猴哥这对拆天拆地的"童谣村二霸"走得太近。而狐狸家的这对兄妹也比较听母亲的话，不似小老虎阿凌那般我行我素、叛逆非常。既然母亲这么吩咐过了，他们兄妹俩刻意与"十二生肖"保持了些距离，不怎么亲近，平时在学堂里也不过是点头之交。

墨渡想了想，觉得这是个好办法。既然"五"号恰好空出来了，她只要拿自己填补上去，一下子就凑齐了"十二"生肖啦！

一下课，墨渡跟老祖打了个招呼说晚点回家，就兴冲冲地带着唐果和长乐去找其他小伙伴说她的这个办法了。南嘉凭栏轻摇折扇，跟身边捋着白胡子的老巫师一起，目送小孩子们一窝蜂涌下天文台。

孩子们的身影消失在夜色中，老巫师转过头邀南嘉老祖上生肖塔坐坐，后者颔首应了。他们一前一后沿着楼梯走上生肖塔的最高处，塔顶的小亭子里摆放着各式各样复杂又精密的占星卜卦仪和用作记录、运算的图纸，从此地仰望苍穹，群星异常璀璨。

南嘉安静地远望了半晌星星的轨迹，收起折扇，冲老巫师笑道："有点意思，你管这塔叫作'生肖'？"

老巫师摸着自己长长的白胡子，神神秘秘地笑而不语。

在得到了小伙伴们的一致同意后，墨渡开始制作属于他们"十二生肖"的青铜令牌。世外谷今冬的第一场初雪落下时，每个小伙伴都拿到了墨渡精心用法术雕刻而成的令牌。正面刻着金色的、龙飞凤舞的"生肖"二字，背面则是大写的数字"壹"到"拾贰"。而在每个令牌的金色数字底下，隐约可见银纹勾勒而成的，对应着每个小伙伴种族的图腾。一看就知道，墨渡在这些令牌上用了很多心思，每个图腾都惟妙惟肖，让小伙伴们拿到以后就爱不释手。在图腾设计上帮了不少忙的唐果、长乐和桃桃，对此与有荣焉。

如此好事，当然值得他们来一顿聚餐庆祝一番。墨渡自打来了童谣村后，就发现这边的村民们什么大事、小事，都会被借来当个貌似很像样的由头，再热火朝天地聚在一起大快朵颐——其中以向来热衷于美食的唐果为最！

南嘉老祖不似其他长辈们那般端着架子，听说他们要在糖果屋吃火锅，某青衫神明以帮小龙出过主意的贡献作为理由，光明正大地跟在墨渡的身后跑来糖果屋蹭饭。唐果很喜欢这个会想出各种各样好玩的游戏陪他们玩的南嘉老祖，对于对方的"蹭饭"，好客的小猪不仅毫无意见，还偷偷摸摸在其他小伙伴尚未抵达前，从地窖里翻出了一堆自己收藏的甜食零嘴给南嘉加了餐。

面对唐果的善意，南嘉笑眯眯地接受了，边吃边跟小猪讨论哪种甜食味道最好，适合搭配什么正餐享用。说到后来，就变成了两个吃货对九州各地小吃的探讨和向往，对吃食的热情比之二者稍弱些许的墨渡和长乐叼着零食旁听，不时插嘴说些自己的意见。直到其他小伙伴们陆陆续续敲开糖果屋的大门，这场"九州美食讨论会"才告一段落。

他们就着窗外飘零的新雪，很幸福地吃了一顿火锅。

随着第一场雪的到来，洪荒纪五零三九年已行至尾声，新年将近了。南嘉老祖在小孩子们的依依不舍中，于新年前夕离开了昆仑，返回蓬莱过年。虽说墨渡对此早有预料，离别前还是将自己整个挂在了南嘉的胳膊哼哼唧唧好一阵，非常舍不得老祖又要离开她。但她也知道南嘉每次过年，都要回蓬莱去的，无论她怎么撒娇要赖也改变不了对方的主意。

好在这次她身边还有小伙伴们的陪伴，抑或是她在过去这些年里，已经经历过很多次与南嘉老祖的分别了，墨渡在南嘉离开童谣村后，并没有难过太久，转而恢复了她在每一次给蔺苏写信的同时，往蓬莱也寄去一封的习惯。

童谣村的新年比云雾山庄更具节日气息，家家户户早早就张灯结彩，同时为一年一次的、必须要比平时更丰盛的年夜饭做准备。这是墨渡从小到大过得最有"年味"的一个年，也算是变相圆了小龙一直想要回南海老家，热热闹闹地迎接新年的愿望。

墨渡在跟童谣村这些要好的小伙伴们无忧无虑的嬉笑玩闹中，在老巫师用法术变出的、在空中炸开的斑斓焰火之下，迎来了洪荒纪元的第五千零四十个年头。

这个冬天如老巫师所预测的那般异常严寒，但在提早准备了充足炭火的情况下，倒是不如夏天难熬。真要说起来，从小在气候适中的云雾山庄长大的墨渡，对昆仑的寒冬反倒是最不适应的。好在身边有那么多小伙伴陪她玩，唐果和长乐更是自打发觉小龙一到大雪天就瑟瑟发抖地不想出家门，贴心地将平时的玩耍地点都定在了乾坤小楼。他俩在每天一大早睡醒后，就带着暖手炉，兴冲冲地跑去森林找趴在窗口翘首以盼的墨渡。小龙于是心满意足地觉得，虽说世外谷的冬日超出想象的寒冷，可她每天还是过得非常愉快。

尤其是在她央着老龙王，替她从收藏中翻找出了一个施了法术的、不需不断添炭火就会一直很暖和的小暖炉后，墨渡就一刻不离手地抱着她的小暖炉，复又精神抖擞地裹着厚重的鹤氅，跑出门找其他小伙伴玩去了。由于该暖炉比寻常大家用的暖手炉更加暖和，基本能让她附近一圈的小伙伴都被照顾到，墨渡在这段时日里因此得了个有意思的外号，叫"行走的小太阳"。

她就这样作为"行走的小太阳"，在世外谷的童谣村里，度过了这个寒冷的冬天。

过完年后不久，即是新一年的立春。极度严寒的气候也自那日起，逐渐有了转暖的迹象。熬过了最寒冷的一段日子后，墨渡终于可以放下手里抱了一整个冬天的暖炉，可她也因此有了新的烦恼。

既然已经开春，那么距离他们一家离开童谣村的日子，就不遥远了。

随着和小伙伴们的离别时刻渐渐靠近，从来都不知道"悲伤"二字怎么写，即使有什么伤心事，只要睡一觉就会在次日早晨恢复蓬勃朝气的墨渡，近些时日情绪持续处于低迷状态。

某日午后，老龙王见她愁眉苦脸地抱着阿白，缩在软榻中满腹心事的模样，挑了挑眉："怎么了？"

"阿爹……"墨渡垂着脑袋，闷闷不乐地跟他说自己的心事，"我不想和猪猪他们分开。"

老龙王见她还是为此事烦心，倒也没有不知所措，只是抿了口茶温声说道："可是，我们总归是要回家的。难道你不想念乐水姐姐他们吗？"

"想的。"墨渡更加难过了，"我知道我们肯定要回家，但我想到要和猪猪他们分开，心里还是好难过啊……"

老龙王把玩着茶杯的手微微一顿，望向她的目光是一如既往的温和："和喜欢的小伙伴们分开，感到难过也是正常的事。就好像你每次和你老祖分开时，不是也会为此感到伤心的吗？可是离别带来的伤心，总会随着时间慢慢过去的。"

"可是那不一样。"墨渡没有被他这话安慰到，没精打采地反驳。

"怎么不一样？"老龙王耐心地反问。

墨渡想了想，说："每次老祖离开我，回去蓬莱时，我都会感到很难过。可那和现在的感觉还是不一样的，我不会为老祖的离开难过很久，因为我知道他总会回来的嘛！"

童谣村就不一样了。她这次有机会来昆仑做客，是因为文潇先生需要她父母来帮忙修补古昆仑年久失修的结界。现在结界修好了，以她阿爹阿娘这种多少年都不乐意出一趟门的习惯，昆仑又距离南岭那么遥远，她还不知道要哪年哪月才能重新见到唐果他们呢！

想到这里，墨渡心里更难过了。她是真的好喜欢好喜欢唐果这些小伙伴呀！她一点都不想和他们分开。

墨九溟看着无比伤心的墨渡，沉默了半晌，才缓缓开口说道："九州人间有一个成语，叫作'曲终人散'，指一首曲子演奏至终章，听众便会随着音乐声的终止而散去。它的意思其实是，这天下没有不散的筵席。"

"我明白的，阿爹。"墨渡叹了口气，惆怅地说道，"我知道这个词的意思是，即使我和猪猪他们玩得再开心，也总有离别的时候。道理我都懂，但该难过，还是会很难过的嘛！"

老龙王看了她片刻，放下茶杯，倾身靠近，伸手温柔地摸了摸她的小脑袋："那么，你不如将这个道理反过来想。"

"这是什么意思？"墨渡抬眸对上父亲温和的眸光，不甚理解。

"意思是，这天下没有不散的筵席，一曲终时，总要面对各奔前程的离别。可是……"老龙王说到此处，稍作停顿，再开口时语气更加柔和，"等到下一首曲子的旋律响起时，你们又会随着旋律声重聚到一起，属于你们的故事也将在新的曲子中继续被书写成章。"

墨渡怔愣地看着他，而墨九溟则是将未完的话语，缓缓地说了下去。

他说："每一次的曲终人散，都是为了在新的乐章中，更好地邂逅。"

墨渡歪头思忖，努力去理解父亲的话。渐渐地，她墨黑的眸子里隐隐浮现出一丝明悟。

"阿爹的意思是，即使现在不得不分别，可我总会和猪猪他们再会的！"

老龙王浅笑着颔首。

墨渡在想通这个道理后，逐渐走出了多日来的低迷情绪，复又高兴起来。她从软榻上一跃而起，亲昵地抱住老龙王的手臂摇晃："那阿爹什么时候再带我来昆仑玩呀？"

"昆仑的话，短时间内文潇先生应当是不会再邀请我们的了……"在墨渡的目光因他这话瞬间变得哀怨时，老龙王不为所动地浅浅一笑，忽然话音一转，"倒是九州人间，南姜的帝都长明距离我们云雾山，路途倒是不算遥远，长明城灯火通明的夜色也确实值得一看。也许，你会愿意找机会，去拜访一下你的另一个小朋友？"

想到蔺苏，墨渡眸光倏地一亮，立马抱着老龙王开开心心地说了一通好话。她转头看了看小楼外的天色，见时辰不早了，已经很接近她和唐果他们约好的要在糖果屋外聚餐的时间。于是墨渡急匆匆地抱起一旁的阿白，跟墨九溟说道："阿爹！我先去找猪猪他们玩啦，今天晚饭我不回家吃，你和阿娘不用等我呀！"

话语未落，她的身影已经冲出家门，沿着森林里的小径，踩着被茂密的枝叶揉碎的夕阳，朝安然坐落于童谣村里的、在逐渐黯去的暮色中显得格外温馨的糖果屋跑去。

她在这扑面而来的晚风中，跑得十分雀跃又快活，完全不见近些时日因即将离别而愈发深重的消沉。

因为——

每一次的曲终人散，都是为了在新的乐章中，更好地邂逅。

主要人物列表

墨渡	云雾山庄的小龙，又被小伙伴们称为龙龙。现年九岁，是老龙王墨九溟和青瑜神女的独生爱女，龙生理想是长大以后成为话本传说中的游侠，擅使一柄老龙王为她打造的小龙王剑。
唐果	住在童谣村十二号糖果屋的小猪，又被伙伴们称为猪猪。现年十岁，是小龙墨渡非常要好的小伙伴，最喜欢的武器是一柄钉耙。
长乐	住在童谣村九号树屋的猴哥，现年十二岁。从小与小猪唐果一起长大，是小龙墨渡和小猪唐果非常要好的伙伴，最顺手的武器是一根烧火棍。
蔺苏	人间南姜国的九公子，现年十二岁。因被九尾狐一族绑架，意外与小龙墨渡结识。
姜文潇	老巫师，一手创建了世外谷的童谣村，是村民们心目中德高望重的长老。年龄不详，经历过上古时代的战争。
墨九溟	云雾山庄的老龙王，小龙墨渡的父亲。曾经是九州龙族的龙王，现已退位。年龄不详，经历过上古时代的战争，曾是九州出了名的战神。
青瑜	蓬莱一族的神女，小龙墨渡的母亲。年龄不详，经历过上古时代的战争，医术极佳。
南嘉	通常被称为"南嘉老祖"，蓬莱的神族，青瑜的师父。年龄不详，经历过上古时代的战争，来历非常古老。
乐水	九州龙族，常住云雾山庄，老龙王墨九溟的亲信，平日里负责照看小龙墨渡。
九婴	老龙王墨九溟的坐骑，上古凶兽，脾气极其暴躁。

树先生	糖果屋外的大树，是童谣村唯一开了灵智的植物，年龄不详，见证了童谣村的创立。
无涯	原形是乌鸦，通常被称为"乌鸦先生"，是童谣村最神秘的居民，常住高耸入云的开明崖上。年龄不详，经历过上古战争。
猫大爷	住在童谣村十三号的猫，本名不详，年龄不详，来历不详。性格古怪，不喜欢和村民们打交道。
星星	住在童谣村一号的小老鼠，现年十一岁，是"十二生肖"的成员。
执安	住在童谣村二号的小青牛，现年十一岁，是"十二生肖"的成员。
阿凌	住在童谣村三号的小老虎，现年十五岁，是姆村长的女儿。因身手不凡成为童谣村狩猎队队长，"十二生肖"的成员。
桃桃	住在童谣村四号的兔子，现年十四岁，被唐果等小伙伴称为"兔姐"。"十二生肖"的成员，头脑非常聪明，因为家里有三个小妹妹，所以很会照顾同伴。
青竹	住在童谣村六号的小蛇，现年十二岁，是"十二生肖"的成员。
白骑	住在童谣村七号的白马，现年十五岁，常被伙伴们称为"马兄"，是童谣村狩猎队和"十二生肖"的成员。
半夏	住在童谣村八号的小羊，现年十二岁，家里经营着整个童谣村唯一的一家"绵羊小饭馆"。平日里懵里懵懂，喜欢看星星，可能有预言天赋，是"十二生肖"的成员。
阿音	住在童谣村十号的小鸡，现年十二岁，是"十二生肖"的成员。
雪球	住在童谣村十一号的小狗，现年十四岁，是童谣村狩猎队和"十二生肖"的成员，业余爱好是到绵羊小饭馆当说书先生。
姆村长	住在童谣村三号，是童谣村的村长，曾任童谣村狩猎队队长，是小虎阿凌的母亲。
老虎先生	小虎阿凌的父亲，未开灵智，不能化作人形。

青牛爷爷	住在童谣村二号，小青牛的爷爷，是童谣村比较年长的长辈，也是少数识字的村民之一。在童谣村学堂建立后，常负责给孩子们讲课。
阿洗	本名"阿喜"，住在童谣村十号的鸡窝里。同样是少数识字的村民之一，但由于性情尖酸刻薄，在村子里人缘很差。
白华	青丘九尾狐一族的首领，年龄不详，在创世纪时就与老龙王墨九溟有过节。
蜃女	"沧溟道"余孽，属于九州最古老的一批神明，擅长操纵雾。在上古战争时期，是海神重溟最重要的左右手。
明先生	来历不详的黑衣巫师，协助青丘九尾狐一族绑架南姜九公子，意图挑起人间战乱，疑似"沧溟道"余党。
长阳先生	来历不详的黑衣巫师，协助蜃女在昆仑作恶。
阿全	来历不详的黑衣巫师，协助蜃女在昆仑作恶。

后　记

一、《洪荒漫记》九部曲的起源

我儿时读的第一个神话故事是盘古开天辟地。故事里，高大的巨人用斧头劈开了混沌，以血肉之躯撑起了天与地，最后又在力竭倒下时化作这片天地间的山川河流、江海湖泊、日月星辰、森林和草原、云雾和清风……如此才有了世间万物，才有了我们人类所生存的这个世界。人类文明是在更古老的文明的残骸遗址上孕育而生的，这个想法对一个孩子而言实在是震撼又浪漫。后来我又读了很多西方的神话故事，但再没有哪一篇创世传说能超过儿时记忆中高大又悲壮的盘古。

所以我始终认为在属于中国的奇幻故事里（哪怕是一个全新的架空神话世界），神明也应该比西方奇幻中高高在上的神更具有神性和悲悯情怀。就像开天辟地的盘古是心甘情愿化作这世间万物以滋养后来的生灵的。这样无私忘我的奉献精神和对众生的悲悯情怀，是独属于中国神话的浪漫史诗，而《洪荒漫记》的故事也是基于这样悲壮的浪漫而展开的。

在《洪荒漫记》的世界里，九州最早只是一片混沌，混沌孕育出了古老的神族，而神族又开辟了混沌、创造出整个九州大陆和生存在其中的一众生灵。随着生灵世界自然法则的逐渐完善，古老的神族就如盘古那样走到了他们命中注定的结局——他们将要陨落，一身的血肉与神力都将回归到他们所创造的大自然中，灵魂去往所谓的"永恒之地"、化作天上的星星，这个世界

365

的未来便与他们再无关系。神族的陨落，是生灵世界自然法则的落成所必不可少的最后一个环节，而这即是《洪荒漫记》九部曲中最核心的矛盾冲突。

对于神族命中注定的陨落，众神的态度分成了水火不容的两派。其中一部分神族如盘古一样，哪怕对此感到悲伤，却也是接受这样的结局的。这类神明将他们创造的世界和众生灵当作是自己的孩子，认为没有父母会为了延续自己的生命而杀死自己的孩子，因此在面对注定要到来的陨落时，他们选择顺应自然、遵从天命，心甘情愿地牺牲自己以成全生灵世界。而另一部分神族则对这样的宿命感到不甘，对这些神明而言，生灵世界的重要程度远不如他们自己的生命，即便这个生灵世界是由他们亲手创造的。因此他们选择抗争，为了延缓神族的衰亡和陨落，在必要的情况下他们宁可将生灵世界摧毁，让世界重归最初的混沌。古老的神族对陨落的两种截然不同的态度和理念，便是战争的开端。两派神族为了不同的信仰一次又一次地掀起战争，生灵世界也因而不断被卷入其中、风雨飘摇，于是就有了《洪荒漫记》这部传奇史诗。

二、《洪荒漫记》九部曲概述

《洪荒漫记》九部曲发生在神话时代和人类历史交替的年间。彼时，神话传说中的那些创世神明尚未真正陨落，《山海经》中所记载的那些远古生物物种还未在优胜劣汰的进化过程中退出历史舞台。而人类作为一个即将拉开新时代序幕的生灵种族，已经慢慢崛起，与那些将要成为过去式的神话传说在同一片大陆上共存。故事从一个孩童的视角（主角小龙墨渡）切入进这个宏大的远古神话世界，通过一系列的冒险故事慢慢揭开这个奇幻世界中所隐藏的种种有关物种兴衰、自然规律和世界真相的秘密。九部曲的目录如下：

《洪荒漫记Ⅰ童谣村》

《洪荒漫记Ⅱ人间事》

《洪荒漫记Ⅲ昆仑虚》

《洪荒漫记Ⅳ游侠传》

《洪荒漫记Ⅴ蓬莱岛》

《洪荒漫记Ⅵ忘川渡》

《洪荒漫记Ⅶ无妄海》

《洪荒漫记Ⅷ西洲录》

《洪荒漫记Ⅸ九州策》

　　九部曲的故事分为三个阶段进行讲述。第一阶段由《洪荒漫记Ⅰ童谣村》《洪荒漫记Ⅱ人间事》《洪荒漫记Ⅲ昆仑虚》三部作品组成，这个阶段的创作已经完成，三部作品合计约七十六万字，主题是"童年"。第一阶段的故事从孩童的视角带领读者进入这个浩瀚的神话世界当中，有趣又惊险的冒险经历、童趣盎然的生活日常和现实世界中没有的神奇法术与古老生物，将这个神秘又广阔的神话世界以一种充满童趣的方式展现在了读者的面前。这个阶段的故事整体基调是有趣又轻松的，尽管故事里主角碰到的一系列危机和惊险刺激的冒险经历，已经开始展现这片古老的大陆正处于一个动荡不安的年代。可主角作为一个孩子的生活基本是无忧无虑的，冒险只是岁月静好的生活中的一些小小的调剂。直到发生足够大的危机，将这无忧无虑的童年时代彻底打破，孩童世界里那乌托邦式的岁月静好面纱被危机戳破，故事自此随着主角的成长进入第二个阶段。

　　第二阶段则是由《洪荒漫记Ⅳ游侠传》《洪荒漫记Ⅴ蓬莱岛》《洪荒漫记Ⅵ忘川渡》三部作品组成，主题就是"成长"。成长意味着主角在度过了无忧无虑的童年时光后，开始慢慢走出父辈的羽翼所撑起的乌托邦式的童话世界，真正去面对、去认知、去理解她所处的这片浩瀚无垠的大陆、这个动荡不安的时代和这传奇史诗一般的世界。

第三阶段由《洪荒漫记Ⅶ无妄海》《洪荒漫记Ⅷ西洲录》《洪荒漫记 Ⅸ 九州策》三部作品组成，主题是"战争"。或者说，是一段古老的神话史诗的落幕。在这个阶段，所有的秘密都被揭晓，所有的冲突都已爆发，所有的抉择都已呈现。而在这史诗一般的战争终于尘埃落定后，一段古老的神话也彻底落下了帷幕，世界自此开始走向属于人类的新时代。随着故事里的神明陨落、《山海经》里描绘的古老生物也纷纷退场，神话世界成为过往的传说，崛起的人类慢慢走进我们所熟知的真实的世界历史当中。

三、故事为什么从童谣村开始

作为一篇传奇史诗，《洪荒漫记》所描绘的神话世界是很宏大的。相比之下，世外谷的童谣村在这个奇幻世界里只是很微不足道的一座世外小村落。可对于主角小龙墨渡而言，即便她后来见识了更辽阔的世界、结识了更多传奇的人物，但童谣村的意义始终是不同的。即使是在那样一片充斥着奇幻的九州大陆上，童谣村也是一个独一无二的乌托邦，再没有任何一个地方能比童谣村更像一座令人感到安心的"家园"。在小龙墨渡未来的冒险旅途中，她只要想到这个世界上还有如世外谷的童谣村那样的世外桃源的存在，就好像没有什么困难是不能被克服的。

所以这段传奇必须从童谣村开始，不仅是因为小龙墨渡一生中最重要的两个生死相随的伙伴小猪唐果和猴哥长乐就生活在这里，更因为与世隔绝的童谣村有着其他地方所没有的淳朴与温暖。在直面这个世界的黑暗面与战乱纷扰以前，身为这部传奇史诗的主角的小龙墨渡，总要先看到这个世界为什么而存在的理由，才能有着为之而战的信念。

2024 年 7 月 15 日

廖亦晨

神秘与浪漫的交织：探秘九州大陆的童谣村

在远古的洪荒年代，当人类正逐渐从大地的怀抱中崛起，与神话传说中的众神共舞，一个新的篇章悄然拉开。这就是九州大陆，昆仑山脉最深处的童谣村，一个充满神秘与浪漫的地方。这里，动物化作人形的十二个小朋友，正在享受他们的童年和少年时光。他们的名字与生肖紧密相连，仿佛带我们窥见了一段古老传说的冰山一角。

在繁星点点的夜空下，他们欢笑，他们探索，他们听老巫师讲述那些有趣的故事。他们的笑声和欢呼声，如同璀璨的星星，照亮了这个无忧无虑的古村庄。他们的存在，给这片充满神秘和浪漫的大陆，带来了一种独特的温暖和希望。

这本小说，是作者丰富想象力的结晶，是对未知世界的深深探索。魔法、神话、传说，这些元素交织在一起，构建了一个引人入胜的故事世界。每一个情节，每一个角色，都在诉说着生命的顽强，以及对未来的期待和希望。

这是一部奇幻儿童文学，长达九部，它不仅展现了生命的力量，也揭示了我们对未知世界的向往。在这个世界里，我们看到了新与旧的交替，神话与历史的过渡，物种在自然世界里的兴衰存亡。这些都是我们生活的一部分，是我们理解世界的方式。

童谣村的故事，就像一首优美的诗，充满了神秘和浪漫。它让我们相信，即使在最黑暗的夜晚，也有星星在闪烁。它让我们明白，每个人都有自己的故事，每个生命都有其独特的价值。

作者创作的这个小说，不仅是一部文学作品，更是一个世界的缩影。它让我们看到了生命的美好，也让我们对未来充满了期待。我相信，每一个读过这本书的人，都会被其中的神秘和浪漫所吸引，都会被那些活灵活现的角色所感动。

愿这部小说，如同那璀璨的星空，照亮每一个读者的心灵，带给他们无尽的想象和无尽的喜悦。

张德　新华通讯社上海分社原电视新闻中心常务副主任

上海交通大学国家战略研究中心研究员

二零二四年七月二十四日

图书在版编目（CIP）数据

洪荒漫记 . Ⅰ，童谣村 / 廖亦晨著 . -- 上海：文汇出版社，2024. 9. -- ISBN 978-7-5496-4313-4

Ⅰ . I247.5

中国国家版本馆 CIP 数据核字第 2024JU4756 号

洪荒漫记 Ⅰ 童谣村

著　　者　廖亦晨
封面绘图　刘予航
责任编辑　徐曙蕾
审读编辑　郑　蔚
装帧设计　红　红

出版发行 文汇出版社
上海市威海路755号
（邮政编码200041）

照排 南京理工出版信息技术有限公司
印刷装订 启东市人民印刷有限公司
版次 2024年9月第1版
印次 2025年1月第2次印刷
开本 710×1000　1/16
字数 300千
印张 23.5

ISBN 978-7-5496-4313-4
定价 78.00元